JOHN CONNOLLY

John Connolly est né à Dublin en 1968. Il a été journaliste pendant cinq ans à l'*Irish Times*, journal auquel il contribue encore aujourd'hui, avant de se consacrer à plein-temps à l'écriture. *Tout ce qui meurt* (Presses de la Cité, 2001), son premier roman, a été un best-seller aux États-Unis et en Grande-Bretagne. Depuis, d'autres titres ont paru, mettant à nouveau en scène le détective Charlie Parker : *Laissez toute espérance…* (2002), *Le Baiser de Caïn* (2003), *Le Pouvoir des ténèbres* (2004), *L'Ange noir* (2006), *La Proie des ombres* (2008), *Les Anges de la nuit* (2009), *L'Empreinte des amants* (2010), *Les Murmures* (2011), *La Nuit des corbeaux* (2012) et *La Colère des anges* (2013). Plusieurs de ses romans ou nouvelles sont en cours d'adaptation pour le cinéma. Son dernier roman, *Les Âmes perdues de Dutch Island*, paraît en 2014. Tous ses ouvrages ont été publiés aux Presses de la Cité. Aujourd'hui, John Connolly est considéré outre-Atlantique comme l'un des maîtres du roman noir à l'américaine.

**Retrouvez toute l'actualité de l'auteur sur :
www.johnconnollybooks.com**

LES MURMURES

DU MÊME AUTEUR
CHEZ POCKET

DANS LA SÉRIE CHARLIE PARKER

TOUT CE QUI MEURT
… LAISSEZ TOUTE ESPÉRANCE
LE POUVOIR DES TÉNÈBRES
LE BAISER DE CAÏN
L'ANGE NOIR
LA PROIE DES OMBRES
LES ANGES DE LA NUIT
L'EMPREINTE DES AMANTS
LES MURMURES
LA NUIT DES CORBEAUX
LA MAISON DES MIROIRS
LA COLÈRE DES ANGES

JOHN CONNOLLY

LES MURMURES

*Traduit de l'anglais (Irlande)
par Jacques Martinache*

PRESSES DE LA CITÉ

Titre original :
THE WHISPERERS

Pocket, une marque d'Univers Poche,
est un éditeur qui s'engage pour la préservation
de son environnement et qui utilise du papier fabriqué
à partir de bois provenant de forêts gérées
de manière responsable.

Le Code de la propriété intellectuelle n'autorisant, aux termes de l'article L. 122-5, 2° et 3° a, d'une part, que les « copies ou reproductions strictement réservées à l'usage privé du copiste et non destinées à une utilisation collective » et, d'autre part, que les analyses et les courtes citations dans un but d'exemple et d'illustration, « toute représentation ou reproduction intégrale ou partielle faite sans le consentement de l'auteur ou de ses ayants droit ou ayants cause est illicite » (art. L. 122-4).
Cette représentation ou reproduction, par quelque procédé que ce soit, constituerait donc une contrefaçon, sanctionnée par les articles L. 335-2 et suivants du Code de la propriété intellectuelle.

© 2010, John Connolly
© 2011, Presses de la Cité, un département de place des éditeurs,
pour la traduction française
ISBN : 978-2-266-22600-4

*À Mark Dunne, Paul O'Reilly, Noel Maher
et Emmet Hegarty : tous des princes*

Prologue

« La guerre est un événement mythique... Où ailleurs, dans l'expérience humaine, excepté dans les affres de la ferveur... nous trouvons-nous transportés dans une condition mythique et dans la plus extrême réalité des dieux ? »

James HILLMAN, *A Terrible Love of War*

Prologue

Bagdad
16 avril 2003

Ce fut le Dr Al-Daini qui trouva la fille, abandonnée dans le long couloir central, presque entièrement enfouie sous des éclats de verre, des tessons de poterie, des vêtements usés, des débris de meubles et des vieux journaux utilisés comme emballages. La poussière et l'obscurité auraient dû la rendre quasiment invisible, mais le Dr Al-Daini avait passé des dizaines d'années à chercher des filles comme elle et il la repéra là où d'autres seraient peut-être passés sans la remarquer.

Seule sa tête émergeait : yeux bleus ouverts, lèvres colorées d'un rouge passé. Il s'agenouilla près d'elle et balaya de la main une partie des détritus qui la recouvraient. Il entendit dehors des cris et le grondement de chars changeant de position. Soudain, une lumière vive éclaira le couloir et des hommes armés surgirent, braillant des ordres, mais ils arrivaient trop tard. D'autres soldats semblables à eux avaient assisté passivement à ce qui s'était passé, ils avaient plus important à faire. Ils se fichaient bien de la fille, mais Al-Daini, lui, ne s'en fichait pas. Il l'avait immédiatement reconnue, car c'était une de ses préférées. Sa beauté l'avait fasciné dès l'instant où il avait posé les yeux sur elle et, les années suivantes, il n'avait jamais manqué de passer un moment tranquille avec elle dans la journée, de la saluer ou de se tenir simplement devant elle et de lui rendre son sourire.

On peut peut-être encore la sauver, pensa-t-il, mais, quand il eut écarté les gravats, il dut admettre qu'il ne pouvait plus grand-chose pour elle. Son corps était en morceaux, sacrilège qu'il ne parvenait pas à comprendre. Ce n'était pas un accident mais un acte délibéré : il distinguait sur le sol les traces des bottes qui lui avaient écrasé les bras et les jambes, les réduisant en fragments à peine plus gros que les grains de sable sur lesquels elle reposait maintenant. Sa tête avait cependant échappé à ce déchaînement de violence et le Dr Al-Daini se demandait si cela rendait moins terrible ou plus épouvantable encore ce qu'on lui avait infligé.

— Pauvre petite, murmura-t-il en lui caressant doucement la joue, la touchant pour la première fois depuis quinze ans. Qu'est-ce qu'ils t'ont fait ? Qu'est-ce que nous t'avons tous fait ?

Il aurait dû rester. Il n'aurait pas dû l'abandonner, ni elle ni les autres, mais les fedayin se battaient contre les Américains près du ministère de l'Information, le fracas des coups de feu et des explosions lui parvenait alors qu'avec ses collègues il protégeait les frises par des sacs de sable, enveloppait les statues de caoutchouc mousse, heureux d'avoir au moins pu mettre à l'abri une partie des trésors avant le début de l'invasion. Les combats avaient ensuite gagné le siège de la chaîne de télévision, situé à moins d'un kilomètre, et la gare routière, de l'autre côté des bâtiments, se rapprochant sans cesse. Il avait été partisan de rester, puisqu'ils avaient stocké de la nourriture et de l'eau au sous-sol, mais la plupart des autres estimaient que c'était trop dangereux. Tous les gardes sauf un avaient fui, abandonnant armes et uniformes, et des soldats en tenue noire pénétraient déjà dans le jardin du musée. Al-Daini et ses collègues avaient fermé à clé les portes de devant et étaient sortis par-derrière avant de traverser le fleuve pour passer dans la partie est de la ville et attendre chez l'un d'eux que la fusillade s'arrête.

Elle n'avait pas cessé. Lorsqu'ils avaient tenté de revenir par le pont de l'hôpital, ils avaient été refoulés et étaient retournés à la maison du collègue, où ils avaient de nouveau attendu en buvant du café. Ils y avaient peut-être discuté trop longtemps pour savoir s'il était sage ou non de quitter ce qui était, pour le moment, un endroit sûr, mais qu'auraient-ils pu faire d'autre ? Al-Daini n'arrivait cependant pas à se pardonner, ni même à atténuer son sentiment de culpabilité. Il l'avait abandonnée et on l'avait violentée.

À présent il pleurait, non à cause de la poussière et de la saleté, mais de rage et de chagrin. Il ne s'arrêta pas quand des pieds bottés s'approchèrent de lui et qu'un soldat lui braqua une lampe électrique sur le visage. D'autres se tenaient derrière, l'arme levée.

— Monsieur, vous êtes qui ? demanda le militaire.

Le Dr Al-Daini ne répondit pas, il en était incapable. Toute son attention était concentrée sur les yeux de la fille.

— Monsieur, vous parlez anglais ? Je vous le demande encore une fois : vous êtes qui ?

Al-Daini perçut de la nervosité dans la voix du soldat mais aussi une pointe d'arrogance, la supériorité naturelle du conquérant sur le vaincu. Il soupira, leva la tête.

— Je m'appelle Mufid Al-Daini, dit-il en essuyant ses yeux, et je suis conservateur adjoint des antiquités romaines de ce musée.

Il réfléchit et corrigea :

— Non, j'*étais* conservateur adjoint des antiquités romaines, parce qu'il n'y a plus de musée, maintenant. Il ne reste que des ruines. Vous avez laissé faire, vous n'êtes pas intervenus...

Mais il s'adressait autant à lui-même qu'aux militaires et les mots se changèrent en cendres dans sa bouche. Le personnel avait quitté le musée mardi. Samedi, ses collègues et lui avaient appris qu'il avait été pillé et ils étaient revenus pour évaluer les dégâts et empêcher d'autres vols. Quelqu'un avait déclaré que le pillage avait commencé dès le jeudi, lorsque des centaines de gens s'étaient massés autour de ses grilles. Pendant deux jours, ils avaient eu tout le loisir de le mettre à sac. La rumeur courait déjà qu'ils avaient bénéficié de complicités à l'intérieur, que certains gardiens leur avaient indiqué les pièces les plus précieuses. Les pillards avaient volé tout ce qu'on pouvait emporter et, ce qu'ils n'avaient pas pu prendre, ils avaient tenté de le détruire.

Le Dr Al-Daini et quelques autres s'étaient rendus au quartier général des marines et avaient demandé de l'aide pour protéger le bâtiment parce qu'ils craignaient un retour des pillards et que les tankistes de l'US Army postés à moins de cinquante mètres du musée avaient refusé d'intervenir en alléguant les ordres. Les Américains avaient finalement promis d'envoyer des gardes, mais ils arrivaient seulement maintenant, mercredi. Le Dr Al-Daini les avait précédés de quelques minutes, car il faisait partie de ceux qu'on avait chargés d'assurer la liaison avec les militaires et les médias.

Avec précaution, il souleva la tête de la fille fracassée, juvénile et cependant très ancienne, des restes de peinture encore visibles sur ses cheveux, sa bouche et ses yeux après presque quatre mille ans.

— Regardez, dit-il, sanglotant encore, regardez ce qu'on lui a fait.

Les soldats fixèrent un moment le vieil homme couvert de poussière blanche qui tenait dans ses mains une tête creuse, puis allèrent sécuriser les salles vandalisées du musée de l'Irak. Ils étaient jeunes et leur mission concernait l'avenir, pas le passé. Il n'y a pas eu de morts, ici, pensaient-ils. Le pillage, ça fait partie des choses qui arrivent.

C'était la guerre, après tout.

Le Dr Al-Daini suivit des yeux les soldats qui s'éloignaient. Regardant autour de lui, il vit un chiffon taché de peinture près d'une vitrine renversée. Il l'examina et, le trouvant relativement propre, posa dessus la tête de la fille et noua les quatre coins pour pouvoir la porter plus facilement. Puis il se leva avec lassitude, la tête pendant au bout de son bras gauche, tel un bourreau apportant à son potentat la preuve de l'œuvre de la hache. L'expression du visage de la fille était si vivante et le Dr Al-Daini si bouleversé qu'il n'aurait pas été surpris que le cou tranché se mette à saigner à travers le tissu, semant des gouttes, pétales rouges sur le sol poussiéreux. Autour de lui, tout rappelait ce qui avait été, absences semblables à des plaies ouvertes. On avait arraché les bijoux des squelettes et éparpillé leurs os, décapité des statues pour emporter plus facilement leur partie la plus frappante. Curieux, pensa-t-il, que les pillards aient négligé la tête de la fille, si exquise, mais il avait peut-être suffi à celui qui l'avait brisée de détruire son corps, d'anéantir un peu de beauté dans ce monde.

L'étendue des dégâts était sidérante. Le vase de Warka, chef-d'œuvre de l'art sumérien, datant de vers 3500 avant J.-C., le plus ancien vase liturgique en pierre sculptée, avait disparu, arraché de son socle. Les pillards avaient réduit en petit bois une magnifique lyre à tête de taureau pour en extraire l'or. Le socle de la statue de Bassetki : envolé. La statue d'Entemena : envolée. Le masque de Warka, première sculpture naturaliste du visage humain : envolé. Il passa d'une salle à l'autre, remplaçant les pièces perdues par des fantasmes, des fantômes d'elles-mêmes – ici un sceau d'ivoire, là une couronne incrustée de gemmes – pour recouvrir les décombres du présent de l'image du passé. Encore sous le choc, le Dr Al-Daini commençait déjà à dresser dans son esprit le catalogue de la collection, il s'efforçait de se rappeler l'âge et la provenance de chaque précieuse relique au cas où les fichiers du musée ne leur seraient plus accessibles quand ils s'attelleraient à la tâche apparemment impossible de retrouver ce qui avait été volé.

Reliques.

Al-Daini s'arrêta de marcher, vacilla légèrement et ses yeux se fermèrent. Un soldat qui passait lui demanda s'il allait bien et lui proposa de l'eau, geste de gentillesse que le conservateur fut incapable de reconnaître tant son anxiété était forte. Il se tourna et lui saisit les bras, ce qui aurait pu mettre fin sur-le-champ à ses ennuis si le soldat en question avait eu le doigt sur la détente de son arme.

— Je suis le Dr Mufid Al-Daini, se présenta-t-il, conservateur adjoint de ce musée. Je vous en prie, j'ai besoin de votre aide, il faut que je descende au sous-sol vérifier quelque chose. C'est très important. Vous devez m'aider à passer.

De la main, il indiqua les hommes armés postés devant eux, silhouettes beiges dans les couloirs sombres. Le jeune militaire parut perplexe puis il haussa les épaules.

— Faudrait d'abord que vous me lâchiez, monsieur, répondit-il.

Il ne pouvait pas avoir plus de vingt ou vingt et un ans, mais il émanait de lui une assurance, une aisance dignes d'un homme plus âgé.

Le Dr Al-Daini recula en s'excusant de son audace. La bande de tissu cousue à l'uniforme du soldat portait le nom de « Patchett ».

— Vous avez des papiers ? demanda Patchett.

Le conservateur tira de sa poche le badge du musée mais l'inscription était en arabe. Il fouilla son portefeuille, trouva une carte de visite – en arabe d'un côté, en anglais de l'autre – et la tendit. Les yeux plissés dans la faible lumière, Patchett la déchiffra et la lui rendit.

— OK, on va voir ce qu'on peut faire.

Le Dr Al-Daini avait deux fonctions au musée. En plus d'être conservateur adjoint des antiquités romaines, titre qui rendait insuffisamment justice à l'étendue de ses connaissances et aux responsabilités supplémentaires qu'il assumait officieusement et sans rémunération, il était conservateur des pièces non cataloguées, autre qualité désignant mal les travaux d'Hercule qu'elle impliquait. Le système de classement du musée était à la fois obsolète et compliqué, et des dizaines de milliers de pièces n'y avaient pas encore été incluses. Le sous-sol du bâtiment était un labyrinthe d'étagères où s'entassaient des objets, rangés ou non dans des caisses, et pour la plupart – du moins la plupart de ceux que le Dr Al-Daini et ses prédécesseurs avaient catalogués – estimés de peu de valeur, chacun étant cependant un vestige d'une civilisation devenue méconnaissable ou ayant totalement disparu de ce monde. À de nombreux égards, ce sous-sol était la partie du musée qu'Al-Daini préférait car nul ne savait quels trésors insoupçonnés on y trouverait peut-être un jour. À vrai dire, il en avait peu découvert jusqu'ici et la part d'objets non catalogués demeurait toujours aussi grande car, pour chaque tesson de poterie, pour chaque fragment de statue officiellement ajouté aux fichiers du musée, il en arrivait dix autres, de sorte que plus le corpus de ce qui était connu se développait, plus la masse inconnue croissait aussi. Un homme médiocre aurait jugé que la tâche était vaine, mais le Dr Al-Daini avait une conception romantique du savoir et l'idée que ce qui restait à découvrir ne cessait d'augmenter l'emplissait de joie.

Lampe à la main, suivi du soldat Patchett qui éclairait lui aussi le chemin, il pénétra dans les entrailles des archives sans avoir besoin de sa clé puisqu'on avait enfoncé la porte. Il faisait une chaleur suffocante au sous-sol et l'air était imprégné d'une odeur âcre laissée par le caoutchouc mousse dont les pillards avaient fait des torches. L'électricité ne marchait plus depuis l'invasion mais le conservateur le remarqua à peine. Son attention se focalisait sur un point, un seul. Les voleurs avaient là aussi laissé leurs marques en retournant les étagères, en éparpillant le contenu des caisses, en brûlant même des fichiers, mais ils s'étaient sans doute rapidement rendu compte qu'il n'y avait rien d'intéressant pour eux et les dégâts se révélaient moins graves. Ils avaient cependant manifestement emporté quelques pièces et, en s'enfonçant plus profondément dans le sous-sol, Al-Daini sentit son angoisse monter jusqu'à ce qu'enfin il parvienne à l'endroit qu'il cherchait et qu'il découvre l'espace libre sur l'étagère. Il faillit renoncer mais il restait encore un espoir.

— Il manque quelque chose, dit-il à Patchett. Je vous en conjure, aidez-moi à le retrouver.

— On cherche quoi ?

— Une caisse en plomb. Pas très grande, répondit le conservateur en écartant ses mains d'une soixantaine de centimètres. Toute simple, avec un fermoir ordinaire et une petite serrure.

Ensemble, ils fouillèrent le sous-sol et, lorsque Patchett fut rappelé par son chef de peloton, le Dr Al-Daini continua à chercher le reste de la journée et une partie de la nuit mais il ne trouva pas trace de la caisse.

Si l'on veut cacher un objet précieux, le noyer dans une masse sans valeur est un bon moyen de le faire. C'est mieux encore si on l'emmaillote de vêtements misérables qui le déguisent si bien qu'on peut le laisser au vu de tous sans qu'il attire le moindre regard. On peut même le cataloguer pour ce qu'il n'est pas : en l'occurrence, une caisse en plomb, perse, XVIe siècle, contenant un coffret scellé légèrement plus petit, apparemment en fer et peint en rouge. Date : inconnue. Provenance : inconnue. Valeur : minime.

Contenu : aucun.

Rien que des mensonges, en particulier sur ce dernier point car, si l'on s'était approché suffisamment de cette boîte à l'intérieur d'une autre boîte, on aurait presque pu croire que quelque chose, à l'intérieur, parlait.

Non, pas « parlait ».

Murmurait.

Cape Elizabeth, Maine
Mai 2009

La chienne entendit l'appel et s'approcha prudemment du haut de l'escalier. Elle avait dormi sur l'un des lits, ce qu'elle n'était pas censée faire, elle le savait. Elle tendit l'oreille et ne décela dans la voix rien qui pût annoncer des ennuis. Lorsque l'homme appela de nouveau et que la laisse cliqueta, l'animal dévala les marches et faillit s'emmêler les pattes d'excitation lorsqu'il arriva en bas.

Damien Patchett le calma en levant un doigt et attacha la laisse à son collier. Malgré la chaleur, il portait une veste de treillis verte. La chienne renifla une des poches, reconnut une odeur familière, mais Damien l'écarta de la main. Son père travaillait au *diner* et la maison était silencieuse. Le soleil s'apprêtait à se coucher et, lorsque Damien emmena la chienne vers la mer à travers les bois, la lumière commença à changer et le ciel à saigner, rouge et or, derrière lui.

Peu habituée à être tenue en laisse, la chienne mordilla les maillons métalliques. D'ordinaire, on la laissait courir librement çà et là pendant ses promenades. Elle manifestait son mécontentement en tirant sur sa laisse. On ne la laissait même pas s'arrêter pour flairer une odeur et, quand elle voulut uriner, on la força à repartir, ce qui la fit lâcher un jappement plaintif. Il y avait un nid de frelons à face nue dans un bouleau proche, ogive grise à présent silencieuse, mais dans la journée entourée d'une masse bourdonnante et agressive. La chienne s'était fait piquer quelques jours plus tôt quand elle avait voulu inspecter la coulée de sève de l'arbre, là où un pic avait décollé l'écorce pour se nourrir, laissant une source sucrée à la disposition d'une foule d'insectes, d'oiseaux et d'écureuils. Se rappelant sa douleur, la chienne commença à geindre dès qu'ils se rapprochèrent du bouleau et manifesta son désir de s'en éloigner mais l'homme la rassura en lui tapotant l'échine et en s'écartant du lieu de sa mésaventure.

Enfant, Damien avait une passion pour les abeilles, les guêpes et les frelons. Cette colonie s'était formée au printemps quand la reine, s'éveillant de plusieurs mois de sommeil après l'accouplement de l'automne précédent, avait mélangé de la fibre de bois et de la salive pour fabriquer un axe en pâte à papier auquel elle avait ajouté progressivement des alvéoles hexagonales pour sa progéniture : d'abord les femelles provenant de ses œufs fécondés puis les mâles issus des œufs vierges. Damien avait observé chaque étape du développement de la colonie comme il le faisait enfant. Il avait toujours été fasciné par les chemins qu'empruntait le pouvoir féminin car il appartenait à une famille à l'ancienne où les hommes prenaient les décisions, du moins l'avait-il cru jusqu'au jour où, en grandissant, il avait commencé à remarquer les façons subtiles dont sa mère, ses grand-mères, ses diverses tantes et cousines manipulaient les hommes. Là, dans le nid gris, la reine gouvernait plus ouvertement, donnant la vie, créant des défenseurs du nid, nourrissant et se faisant nourrir, gardant même ses jeunes au chaud grâce à ses battements d'ailes, l'air ainsi réchauffé étant retenu dans une cavité en forme de cloche qu'elle avait fabriquée.

Il se retourna pour regarder le nid presque invisible parmi les feuilles, comme s'il rechignait maintenant à s'en éloigner. Ses yeux perçants distinguèrent des toiles d'araignée, des fourmilières, une chenille verte escaladant une sanguinaire, et chaque créature retenait son regard, chaque image semblait se graver dans son esprit.

Ils pouvaient sentir la mer quand Damien s'arrêta. Si quelqu'un avait été là pour le voir, il aurait constaté des signes manifestes que celui-ci pleurait. Il avait le visage grimaçant et des sanglots secouaient ses épaules. Il regarda autour de lui, à droite, à gauche, comme s'il s'attendait à apercevoir une présence parmi les arbres mais il n'y avait que le chant des oiseaux et le fracas des vagues.

La chienne s'appelait Sandy. C'était une bâtarde, avec une dominante retriever. Âgée de dix ans, elle appartenait à Damien autant qu'à son père malgré les longues absences du fils, les aimant tous deux autant qu'ils l'aimaient. Elle ne comprenait pas la conduite de son jeune maître ce jour-là car il avait pour elle une indulgence que même son père ne montrait pas. Elle remua la queue de manière hésitante lorsqu'il s'accroupit près d'elle et attacha la laisse au tronc d'un jeune arbre. Puis il se releva et tira le revolver de sa poche. C'était un 38 Special, un Smith & Wesson modèle 10. Il l'avait acheté à un dealer qui prétendait le tenir d'un ancien du Viêtnam traversant une mauvaise passe mais qui – Damien l'avait découvert par la suite – l'avait en fait échangé contre une dose de cocaïne pour assouvir la toxicomanie qui avait fini par le tuer.

Damien porta ses mains à ses oreilles, l'arme serrée dans sa main droite dirigée maintenant vers le ciel. Il secoua la tête, ferma les yeux.

—Je vous en supplie, arrêtez, murmura-t-il. Par pitié.

Les lèvres tordues vers le bas, la morve au nez, il écarta les mains de son crâne et, tremblant, braqua le revolver sur la chienne. À quelques centimètres de son museau. Elle se pencha en avant, le renifla. Elle était habituée aux odeurs d'huile et de poudre car Damien et son père l'emmenaient souvent chasser des oiseaux qu'elle leur rapportait entre ses mâchoires. La perspective du jeu lui fit battre la queue.

— Non, disait Damien, ne me faites pas faire ça, s'il vous plaît.

Son doigt se replia sur la détente. Tout son bras tremblait. Au prix d'un effort de volonté, il éloigna l'arme de l'animal et cria vers la mer, vers le ciel et le soleil qui se couchait. Les dents serrées, il détacha la laisse de la chienne.

— Va ! lui ordonna-t-il. À la maison, Sandy ! À la maison !

La queue retomba entre les pattes mais remua encore légèrement. Sandy ne voulait pas partir, elle sentait que quelque chose n'allait pas. Damien se précipita sur elle pour lui botter l'arrière-train mais retint son pied au dernier moment afin de ne pas la toucher. Elle fila vers la maison puis s'arrêta alors que Damien était encore en vue ; il se rua de nouveau vers elle et, cette fois, elle s'éloigna pour de bon, ne s'immobilisant que lorsqu'elle entendit le coup de feu.

Elle inclina la tête sur le côté puis s'en retourna lentement vers son maître, curieuse de voir ce qu'il avait abattu.

I

« J'ai combattu seul, et contre des hommes que nul n'aurait pu affronter. »

HOMÈRE, *L'Iliade*, chant 1

1

L'été était venu, saison du réveil de toutes choses.

Le Maine, État du Nord, ne ressemblait pas à ses cousins du Sud. Ici, le printemps n'était qu'une illusion, une promesse faite et cependant jamais tenue, un faux-semblant de renouveau entravé par la neige noircie et la glace fondant lentement. La nature avait appris à attendre son heure sur les côtes et dans les tourbières, dans les Great North Woods du comté et les marais salants de Scarborough. L'hiver maintenait son emprise en février et mars, battait lentement en retraite jusqu'au 49e parallèle, refusant de céder un seul pouce de terrain sans combattre. À l'approche d'avril, les saules et les peupliers, les noisetiers et les ormes bourgeonnaient parmi les chants d'oiseaux. Ils attendaient depuis l'automne, leurs fleurs enveloppées mais prêtes, et bientôt les tourbières se couvraient d'aulnes marron et pourpre ; les tamias, les castors et les moufettes se mettaient en mouvement. Les cieux éclataient de bécasses, d'oies, de quiscales s'éparpillant comme des graines sur des champs de bleu.

À présent, mai amenait enfin l'été et tout se réveillait.

Tout.

Le soleil éclaboussant la vitrine me chauffait le dos et on versait du café frais dans ma tasse.

— Sale affaire, déclara Kyle Quinn.

Kyle, net et trapu dans sa tenue blanche immaculée, était le patron du Palace Diner de Biddeford. Il en était aussi le cuisinier, l'un des cuisiniers de *diner* les plus propres que j'aie vus de ma vie. J'avais mangé dans des restaurants où, rien qu'en apercevant le cuistot, j'avais immédiatement envisagé de suivre un traitement antibiotique, mais Kyle était si net et sa cuisine si impeccable qu'il y avait des unités de soins intensifs à l'hygiène moins rigoureuse que le Palace, et des chirurgiens aux mains plus sales que les siennes.

C'était le plus ancien *diner* du Maine, construit par la Pollard Company de Lowell, Massachusetts. Ses couleurs rouge et blanc étaient encore pimpantes et l'inscription dorée de la vitrine confirmant que les dames étaient bien admises brillait comme si elle eût été en lettres de feu. Le restaurant avait ouvert en 1927 et, depuis, cinq patrons s'y étaient succédé, Kyle étant le dernier en date. L'établissement ne servait que des petits déjeuners et fermait avant midi, mais c'était l'un de ces menus trésors qui rendent la vie quotidienne un peu plus supportable.

— Ouais, acquiesçai-je. Sale au pire sens du mot.

Le *Portland Press-Herald* étalé devant moi sur le comptoir annonçait en bas de la première page, sous la pliure :

AUCUNE PISTE DANS LE MEURTRE
DU POLICIER DE L'ÉTAT

Le policier en question, Foster Jandreau, avait été retrouvé tué par balles dans son pick-up derrière l'ancien Blue Moon, un bar situé juste à la limite de Saco. Il n'était pas de service et portait des vêtements civils quand on avait retrouvé son corps. Que fabriquait-il au Blue Moon ? Personne n'en avait la moindre idée, d'autant que l'autopsie avait révélé qu'il était mort après minuit mais avant 2 heures du matin, alors que personne n'avait de raison de traîner derrière la carcasse calcinée d'un bar mal aimé. Son cadavre avait été découvert par une équipe de cantonniers qui s'était garée sur le parking du Moon pour boire un café et griller la première cigarette du matin avant de se mettre au boulot. On lui avait tiré deux balles de 22 à bout portant, l'une dans le cœur, l'autre dans la tête. Tout indiquait une exécution.

— Ce rade a toujours attiré les ennuis, reprit Kyle. On aurait dû raser ce qui en restait après l'incendie.

— Oui, mais pour mettre quoi à la place ? demandai-je.

— Une pierre tombale. Avec le nom de Sally Cleaver dessus.

Kyle alla remplir les tasses des autres traînards, dont la plupart lisaient ou causaient entre eux à voix basse, assis en rang comme les personnages d'un tableau de Norman Rockwell. Il n'y avait au Palace ni box ni tables, rien que quinze tabourets. J'occupais le dernier, le plus éloigné de la porte. Il était 11 heures passées et, en principe, le *diner* était fermé, mais Kyle ne presserait pas les clients de partir. C'était comme ça, au Palace.

Sally Cleaver : son nom figurait dans le reportage sur le meurtre de Jandreau, petit fragment d'histoire locale que la plupart des habitants auraient préféré oublier, et dernier clou dans le cercueil du Blue Moon, pour ainsi dire. Après sa mort, on avait couvert de planches les fenêtres et la porte du bar, et, quelques mois plus tard, quelqu'un y avait mis le feu. La police avait interrogé le propriétaire, dans l'éventualité d'un incendie volontaire et d'une escroquerie à l'assurance, mais ce n'était qu'une enquête de pure forme. Les oiseaux dans les arbres savaient que c'était la famille Cleaver qui avait craqué l'allumette et nul ne le lui avait reproché.

Cela faisait maintenant près de dix ans que le Blue Moon était fermé, ce qui n'attristait personne, pas même les alcoolos qui le fréquentaient auparavant. Les gens du coin l'appelaient toujours le Blue Mood, la Déprime, car aucun client n'en était jamais sorti en meilleur état qu'en y entrant, même s'il n'avait rien mangé ni bu dont on n'eût pas ouvert l'emballage devant lui. C'était un lieu lugubre, une forteresse de brique surmontée d'une enseigne illuminée par quatre ampoules dont jamais plus de trois ne marchaient en même temps. À l'intérieur, on maintenait l'éclairage au minimum pour cacher la saleté et tous les tabourets du comptoir étaient vissés au sol pour donner un peu de stabilité aux pochetrons. Le menu adhérait à la cuisine tendance obésité chronique mais la clientèle préférait se bourrer de cacahuètes gratuites, salées à un poil de la crise cardiaque pour encourager la consommation d'alcool. À la fin de la soirée, les cacahuètes restantes, non croquées mais abondamment tripotées, étaient remises dans le grand sac qu'Earle Hanley, le barman, rangeait à côté de l'évier. Earle était le seul barman. S'il tombait malade, ou s'il avait quelque chose de plus important à faire que d'alcooliser les ivrognes, le Blue Moon n'ouvrait pas. Parfois, en regardant les clients arriver pour faire le plein journalier, on avait peine à dire s'ils étaient soulagés ou mécontents de trouver porte close.

Et puis Sally Cleaver était morte et le Moon avait péri avec elle.

Aucun mystère n'entourait sa mort. Elle avait vingt-trois ans, elle vivait avec une racaille nommée Clifton Andreas, « Cliffie » pour ses potes. Chaque semaine, Sally mettait de l'argent de côté sur sa paie de serveuse dans l'espoir, peut-être, d'économiser assez pour faire liquider Cliffie Andreas, ou pour persuader Earle Hanley de saupoudrer ses cacahuètes de mort-aux-rats. Je savais que Cliffie était un petit malfrat connu de la police, qu'il valait mieux éviter. Cliffie Andreas ne voyait jamais un chiot sans avoir envie de le noyer, ni une bestiole sans vouloir l'écraser. Il ne trouvait que des boulots saisonniers et n'était jamais désigné « Employé du Mois ». Il ne se résignait à bosser que lorsqu'il n'avait plus un sou et voyait le travail comme un ultime recours quand taper ses connaissances, voler ou simplement parasiter quelqu'un de plus faible que lui ne constituaient plus des options envisageables. Il possédait un charme superficiel de mauvais garçon qui plaisait aux femmes affectant de considérer les types bien comme des mollassons, même si elles rêvaient secrètement d'un homme normal qui ne serait pas embourbé dans la vase de l'étang ni déterminé à y entraîner quelqu'un d'autre.

Je n'avais pas connu Sally Cleaver. Apparemment, elle avait peu de respect d'elle-même, et encore moins d'ambition, mais Cliffie Andreas avait encore sapé l'un sans jamais réussir à se hisser au niveau pourtant bas de l'autre. Bref, Cliffie avait découvert un soir la petite pelote durement gagnée de Sally et décidé de s'offrir une fiesta au Moon avec ses copains. En rentrant du boulot, Sally s'était aperçue que l'argent avait disparu et elle était allée le chercher dans son bar préféré. Elle l'avait trouvé au comptoir parmi ses admirateurs, vidant avec ses économies la seule bouteille de cognac du Moon, et avait décidé de se défendre pour la première et la dernière fois de sa vie. Elle l'avait injurié, lui avait griffé le visage et tiré les cheveux jusqu'à ce qu'enfin Earle Hanley demande à Cliffie d'emmener sa bonne femme et ses problèmes de couple ailleurs, et de ne pas revenir avant d'avoir maîtrisé la situation.

Cliffie Andreas avait donc alpagué Sally Cleaver, l'avait traînée dehors par la porte de derrière et les clients assis au comptoir l'avaient entendu la rouer de coups. Il était revenu les jointures à vif, les mains tachées de rouge, le visage semé de gouttelettes de sang. Earle Hanley lui avait servi un autre cognac avant d'aller discrètement voir comment allait Sally. Elle étouffait déjà dans son sang et elle était morte sur le parking de derrière avant l'arrivée de l'ambulance.

Cela avait été la fin pour le Blue Moon et pour Cliffie Andreas. Condamné à une peine de dix à quinze ans à Thomaston, il en avait purgé huit et s'était fait tuer deux mois après sa sortie de prison par un « agresseur inconnu » qui avait volé la montre de Cliffie, sans toucher à son portefeuille, puis l'avait jetée dans un fossé proche. On avait murmuré que les Cleaver n'avaient pas la mémoire courte.

Foster Jandreau avait été assassiné à quelques mètres de l'endroit où Sally Cleaver avait étouffé dans son sang et on avait tisonné de nouveau les cendres de l'histoire du Moon. La police de l'État n'appréciait pas de perdre l'un des siens. Elle n'aimait déjà pas ça en 1924 quand Emery Gooch était mort dans un accident de moto à Mattawamkeag, et pas davantage en 1964 lorsque Charlie Black avait été le premier policier de l'État tué dans une fusillade pendant le braquage d'une banque à South Berwick. Mais des ombres planaient au-dessus du meurtre de Jandreau. Le journal avait beau prétendre que la police n'avait aucune piste, la rumeur disait le contraire. On avait retrouvé des fioles de crack sur le sol près de la voiture de Jandreau et des fragments de verre de même provenance sur le plancher du véhicule, à ses pieds. L'autopsie n'avait révélé aucune trace de drogue dans son organisme mais on craignait maintenant dans le service que Foster Jandreau n'ait dealé en douce, ce qui aurait été mauvais pour tout le monde.

Lentement, le *diner* commença à se vider mais je restai jusqu'à ce qu'il n'y ait plus que moi au comptoir. Kyle s'assura que ma tasse était pleine avant de me laisser pour aller nettoyer la cuisine. Les derniers habitués, essentiellement des types âgés qui ne concevaient pas la semaine sans une visite ou deux au Palace, réglèrent leur addition et sortirent.

Je n'avais jamais eu de bureau. Je n'en avais pas l'utilité et, si je l'avais eue, je n'aurais probablement jamais trouvé cette dépense justifiée, même avec un loyer modéré à Portland ou à Scarborough. Seuls quelques-uns de mes clients m'avaient fait une remarque à ce sujet, et quand le besoin d'un endroit tranquille et discret se faisait vraiment sentir, j'étais en mesure de m'en faire prêter un. J'utilisais à l'occasion les bureaux de mon avocat à Freeport, mais il y a des gens que l'idée de pénétrer dans le cabinet d'un avocat défrise autant que les avocats en général, et j'avais découvert que la plupart de ceux qui faisaient appel à mes services préféraient un cadre plus informel. Généralement, j'allais chez eux, mais quelquefois un endroit comme le Palace, désert et discret après 11 heures, faisait aussi bien l'affaire. En l'occurrence, c'était mon client potentiel qui avait choisi l'endroit et cela me convenait parfaitement.

Peu après midi, la porte du *diner* s'ouvrit, un homme d'une bonne soixantaine d'années entra. Le stéréotype même du vieux Yankee : casquette ornée du logo d'une fabrique d'aliments pour animaux, blouson L.L. Bean sur une chemise à carreaux, jean bleu parfaitement propre et chaussures de chantier. Sec comme un câble électrique, il avait un visage buriné et ridé, des yeux marron clair derrière des lunettes à monture d'acier étonnamment à la mode. Il salua Kyle par son nom, ôta sa casquette pour s'incliner devant Tara, la fille de Kyle, qui nettoyait derrière le comptoir et qui lui sourit en retour.

— Contente de vous voir, monsieur Patchett, fit-elle. Ça faisait un bout de temps.

Il y avait dans sa voix et dans ses yeux une tendresse, une chaleur qui disaient tout ce qu'il y avait à dire sur les récentes souffrances de l'homme qui venait d'entrer.

Kyle se pencha par le passe-plat séparant la cuisine du comptoir.

— Tu es venu essayer un vrai *diner*, Bennett ? T'as l'air d'avoir besoin qu'on t'engraisse un peu.

Avec un petit rire, Bennett Patchett balaya l'air de la main droite comme si les propos de Kyle étaient des insectes bourdonnant autour de sa tête qu'il fallait chasser, et prit place à côté de moi. Depuis plus de quarante ans, Patchett était le patron du Downs Diner, proche du champ de courses de Scarborough Downs, sur la Route 1. Son père, qui avait tenu le Downs avant lui, l'avait ouvert peu après son retour d'Europe, où il avait combattu. Il était mort alors qu'il était encore dans la quarantaine et son fils avait finalement repris l'affaire. Bennett avait maintenant vécu plus longtemps que son père, comme je semblais destiné à vivre plus longtemps que le mien.

En ôtant son blouson et en l'accrochant près de l'antique radiateur à gaz, il accepta la tasse de café que Tara lui proposait. Puis elle alla discrètement dans la cuisine aider son père pour nous laisser seuls, Bennett et moi.

— Charlie, me salua-t-il en me serrant la main.
— Comment ça va, monsieur Patchett ?

Cela me faisait drôle de l'appeler par son nom de famille. J'avais l'impression d'avoir dix ans, mais, avec des hommes de sa trempe, on attendait la permission d'être un peu plus familier dans la manière de s'adresser à eux. Je savais que tous ses employés l'appelaient « monsieur Patchett ». S'il était sans doute une figure paternelle pour certains d'entre eux, il n'en demeurait pas moins leur patron et ils le traitaient avec le respect qu'il méritait.

— Tu peux m'appeler Bennett, fiston. Pas besoin de cérémonies. Je crois bien que t'es le seul détective privé à qui j'aie jamais parlé, et seulement parce que tu venais manger chez moi. Les privés, je les connais uniquement par les films et la télé. Et pour être franc, ta réputation me rend un peu nerveux.

Il me dévisagea et je vis son regard s'attarder un instant sur la cicatrice de mon cou. L'année d'avant, une balle m'avait écorché assez profondément pour laisser une trace permanente. Ces derniers temps, j'avais accumulé plaies et bosses de ce genre, semblait-il. À ma mort, on me mettra peut-être dans une vitrine pour servir d'exemple à ceux qui pourraient être tentés de suivre un chemin similaire fait de coups, de blessures par balles et d'électrocution. D'un autre côté, j'avais peut-être eu de la chance. Ou de la malchance. Selon qu'on voit le verre vide ou le verre plein.

— Ne croyez pas tout ce que vous entendez, lui recommandai-je.

— Je m'en garde bien, mais tu m'inquiètes quand même.

Je haussai les épaules, il eut un sourire malin.

— Pas la peine de tourner autour du pot, poursuivit-il. Je te remercie d'avoir accepté de me rencontrer. Tu es probablement très occupé.

Je ne l'étais pas mais c'était gentil de sa part de suggérer le contraire. Au début de l'année, on m'avait rendu ma licence, suspendue à la suite de malentendus avec la police de l'État du Maine, mais depuis, les affaires étaient plutôt calmes. J'avais travaillé pour des compagnies d'assurances, des petits boulots ennuyeux où je n'avais rien de plus ardu à faire que de rester assis dans une voiture et de feuilleter un livre en attendant qu'un crétin prétendument handicapé après un accident du travail se mette à soulever de grosses pierres dans son jardin. Mais le travail pour les compagnies d'assurances se faisait rare avec la situation économique. La plupart des privés du Maine connaissaient des difficultés et j'étais contraint d'accepter toutes les affaires qu'on me proposait, y compris celles qui me donnaient envie de prendre un bain d'eau de Javel quand j'avais fini. J'avais filé un nommé Harry Milner qui honorait trois femmes différentes en une semaine dans divers motels et appartements tout en s'acquittant d'un travail à plein temps et en conduisant ses gosses à l'entraînement de base-ball. Son épouse le soupçonnait d'entretenir une liaison, mais, comme on pouvait s'y attendre, elle fut quelque peu étonnée d'apprendre que son mari se livrait au genre d'exploits sexuels généralement associé aux comédies françaises. Son habileté à gérer son temps était presque admirable, de même que ses réserves d'énergie. Milner n'avait que deux ou trois ans de moins que moi et, si j'avais essayé de satisfaire quatre femmes chaque semaine, je me serais exposé à une attaque, probablement en prenant un bain glacé pour faire désenfler mon machin. Cela avait quand même été le boulot le mieux payé que j'avais eu depuis un moment et j'avais recommencé à m'occuper du bar du Great Lost Bear de Forest Avenue, autant pour passer le temps que pour autre chose.

— Je ne suis pas aussi pris que vous l'imaginez, le détrompai-je.

— Alors, tu auras le temps de m'écouter jusqu'au bout.

Je hochai la tête et répondis :

— Avant qu'on aille plus loin, je tiens à vous présenter toutes mes condoléances pour Damien.

Je n'avais pas connu Damien Patchett mieux que je ne connaissais son père et je n'avais pas fait l'effort d'assister à l'enterrement. Les journaux en avaient peu parlé mais tout le monde savait comment il était mort. La faute à la guerre, avançaient certains. Il ne s'était suicidé qu'en apparence, l'Irak l'avait déjà tué.

— Merci, dit Bennett, le visage plissé de chagrin. Tu dois te douter que c'est pour lui qu'on est ici. Je me sens mal à l'aise de venir te parler de ça : comparé aux tueurs que tu traques, ce que j'ai à te proposer te paraîtra sûrement rasoir.

Je fus tenté de lui raconter les planques devant des chambres de motel où des gens se vautraient dans l'adultère, les longues heures assis dans une voiture, un appareil photo sur la plage avant, dans l'espoir qu'il se passe quelque chose.

— Ça change agréablement, les trucs rasoir, quelquefois, arguai-je.

— Ah, je veux bien te croire.

Ses yeux se portèrent sur le journal avant les miens et il grimaça de nouveau. Sally Cleaver, pensai-je. Bon Dieu, j'aurais dû planquer le journal avant l'arrivée de Bennett.

Sally travaillait au Downs Diner avant sa mort.

Il but une gorgée de café et resta silencieux pendant au moins trois minutes. Les hommes comme Bennett Patchett n'atteignaient pas la dernière partie de leur vie en parfaite santé ou presque en précipitant les choses. Ils suivaient le temps du Maine et ceux qui faisaient affaire avec eux avaient tout intérêt à régler leur montre en conséquence.

— J'ai une serveuse, commença-t-il enfin. Une bonne petite. Tu te souviens peut-être de sa mère, Katie Emory ?

Katie Emory et moi avions fréquenté le lycée de Scarborough en même temps quoique dans des groupes différents. C'était le genre de fille qui adorait les sportifs et je ne les aimais pas beaucoup, ni les filles qui traînaient avec eux. Lorsque j'étais retourné là-bas à l'adolescence après la mort de mon père, je n'étais pas d'humeur à traîner avec qui que ce soit et je restais le plus souvent seul. Les jeunes de Scarborough avaient tous formé des bandes bien établies dans lesquelles il était difficile d'entrer. J'avais fini par me faire quelques amis et, l'un dans l'autre, je ne m'étais pas fait trop d'ennemis. Si je me souvenais effectivement de Katie, elle ne se serait sans doute pas souvenue de moi dans des circonstances normales. Mais mon nom était plusieurs fois apparu dans les journaux au fil des ans, et peut-être que Katie et d'autres comme elle les lisaient et se rappelaient le garçon revenu à Scarborough pour ses deux dernières années de lycée, traînant derrière lui l'histoire d'un père flic qui avait tué deux jeunes avant de mettre fin à ses jours.

— Qu'est-ce qu'elle devient ?

— Elle vit sur la Ligne aérienne.

La Ligne aérienne était le surnom local de la Route 9 qui reliait Brewer à Calais.

— Troisième mariage. Elle s'est mise à la colle avec un musicien.

— Ah ouais ? Je ne la connaissais pas vraiment.

— Tant mieux pour toi. T'aurais pu te retrouver à la colle avec elle.

— Ça ne m'aurait pas déplu. C'était une belle fille.

— Elle est toujours pas mal, estima Bennett. La taille un peu plus épaisse que dans ton souvenir, sûrement, mais on devine ce qu'elle a été. On le devine aussi en voyant la fille.

— Comment elle s'appelle, la fille ?

— Karen. Karen Emory. Seule enfant du premier mariage et née après que le père s'est fait la valise, ce qui explique qu'elle porte le nom de sa mère. Seule enfant des trois mariages, maintenant que j'y pense. Ça fait un an qu'elle travaille pour moi. Une bonne petite, comme je disais. Elle a des ennuis mais je pense qu'elle s'en sortira si on lui accorde l'aide dont elle a besoin et si elle a assez de bon sens pour la demander.

Bennett Patchett n'était pas un homme ordinaire. Lui et sa femme Hazel, morte deux ans plus tôt, avaient toujours considéré ceux qui travaillaient pour eux non comme de simples employés mais comme les membres d'une sorte de famille élargie. Ils avaient une tendresse particulière pour les jeunes femmes qui passaient par Scarborough Downs. Certaines y restaient des années, d'autres quelques mois seulement. Bennett et Hazel étaient doués pour repérer les filles qui galéraient ou avaient simplement besoin d'un peu de stabilité dans leur vie. Ils ne se mêlaient pas de leurs affaires, ils ne leur faisaient pas de sermons, mais ils savaient écouter quand on se tournait vers eux et ils aidaient quand ils le pouvaient. Les Patchett possédaient à Saco et Scarborough deux immeubles qu'ils avaient convertis en logements bon marché pour leurs employés et ceux d'un petit nombre d'autres commerces bien établis gérés par des gens ayant la même conception de la vie. Les appartements étaient séparés, les femmes d'un côté, les hommes de l'autre. Il y avait inévitablement des rencontres mais moins souvent qu'on n'aurait pu le penser. La plupart du temps, ceux qui acceptaient de vivre dans un logement proposé par les Patchett étaient heureux de l'espace – non seulement physique mais aussi psychologique – qu'on leur offrait. La majorité d'entre eux finissaient par partir, certains après avoir remis de l'ordre dans leur vie, d'autres pas, mais tant qu'ils travaillaient pour les Patchett, il y avait quelqu'un pour s'occuper d'eux, soit le couple lui-même, soit les plus anciens des employés. Si la mort de Hazel avait durement touché Bennett, elle n'avait pas changé d'un iota son attitude envers ses employés. Ils étaient maintenant tout ce qui lui restait et il voyait Sally Cleaver dans le visage de chacune de ces femmes. Il avait peut-être commencé à voir Damien dans celui des jeunes gars.

— Karen s'est entichée d'un type qui me plaît pas beaucoup, continua Bennett. Elle vivait dans un des immeubles du personnel, au bout de Gorham Road. Elle et Damien s'entendaient bien. Je crois qu'il avait le béguin pour elle, mais elle, elle n'avait d'yeux que pour le copain qu'il s'était fait en Irak, un nommé Joel Tobias. Il était le chef de peloton de Damien. Après la mort de Damien, ou peut-être avant, Karen et Tobias se sont mis ensemble. Je crois savoir qu'il est marqué par ce qu'il a vu là-bas. Des copains morts sur lui, littéralement. Ils se sont vidés de leur sang dans ses bras. Il se réveille la nuit en hurlant, trempé de sueur. Karen pense qu'elle peut l'aider.

— C'est elle qui vous l'a dit ?

— Non, je l'ai appris par une autre serveuse. Karen ne me fait pas ce genre de confidences, elle préfère en parler à d'autres femmes, je suppose. Et elle sait que j'approuve pas qu'elle se soit installée avec Tobias si peu de temps après l'avoir rencontré. Je suis peut-être vieux jeu mais je pense qu'elle aurait dû attendre. Je lui ai dit, d'ailleurs. Ça ne faisait pas deux semaines qu'ils vivaient ensemble et je lui ai demandé si elle n'avait pas l'impression de précipiter un peu les choses. Mais elle est jeune, elle croit savoir ce qu'elle veut et je n'avais pas l'intention d'intervenir. Elle souhaitait continuer à travailler pour moi et ça me convenait. Ces derniers temps, les affaires ne sont pas trop brillantes, comme partout, mais il me suffit de gagner de quoi régler les factures, ce que je peux encore faire, et il me reste même encore quelque chose à économiser. Je n'ai pas besoin de prendre un employé en plus, je peux même dire que je n'ai pas besoin de tous ceux que j'ai, mais eux, ils ont besoin de travailler et ça fait du bien à un vieux d'avoir des jeunes autour de lui.

Il finit son café et lorgna le pot posé de l'autre côté du comptoir. Comme par télépathie, Kyle leva la tête du gril qu'il était en train de récurer et lui lança :

— Prends-en, si t'en veux. On le jettera de toute façon.

Bennett alla prendre le pot et nous resservit du café. Puis il resta un moment à fixer par la vitrine l'ancien palais de justice en réfléchissant à ce qu'il allait dire.

— Tobias est plus âgé qu'elle : trente-cinq ans environ. Trop vieux et trop déjanté pour une fille comme elle. Il a été blessé en Irak, il a perdu des doigts, il a la jambe gauche amochée. Il est chauffeur routier, maintenant. À son compte, à ce qu'il dit, mais apparemment, il travaille plutôt décontracté. Il avait toujours le temps de traîner avec Damien et il tournait toujours autour de Karen, en tout cas plus qu'aurait dû le faire quelqu'un censé gagner sa croûte sur les routes. On dirait que l'argent n'est pas un problème pour lui.

Bennett mit de la crème dans son café et il y eut un autre silence. Il avait sans doute beaucoup réfléchi à ce qu'il me dirait, mais il hésitait encore manifestement à le prononcer à voix haute.

— Tu sais, je n'ai que du respect pour l'armée. Forcément, vu l'homme qu'était mon père. Si ma vue n'avait pas été aussi mauvaise, je serais sûrement parti pour le Viêtnam et on n'aurait peut-être pas cette conversation en ce moment. Je ne serais peut-être pas ici mais enterré quelque part sous une pierre blanche. Ou, tout au moins, je serais un homme différent, peut-être meilleur.

« Je sais pas si c'est bien ou mal, cette guerre en Irak. Je trouve quand même que ça fait beaucoup de chemin, et beaucoup de vies perdues, alors que je ne vois pas de bonne cause à défendre, mais il se peut que des gens plus intelligents que moi sachent des choses que je sais pas. Le pire, c'est qu'on ne s'est pas occupé des garçons et des filles qui sont revenus, pas comme on aurait dû. Mon père, il est revenu blessé de la Seconde Guerre mondiale, sauf qu'il ne le savait pas. C'était une blessure intérieure, causée par ce qu'il avait vu et fait, et, à l'époque, ça ne portait pas le même nom médical que maintenant, ou alors les gens ne se rendaient pas compte des dégâts que ça pouvait faire. Quand Joel Tobias est arrivé à Scarborough Downs, j'ai compris qu'il était abîmé lui aussi, et pas seulement à la main et à la jambe. Il souffrait en lui-même, il était déchiré de colère. Je le sentais sur lui, je le voyais dans ses yeux. Je n'avais pas besoin qu'on m'en parle.

« Ne comprends pas de travers ce que je dis : il a autant que n'importe qui le droit d'être heureux, peut-être même plus à cause des sacrifices qu'il a faits. Ses souffrances, mentales ou physiques, ne lui enlèvent pas ce droit et il se pourrait, si les choses se passaient normalement, que quelqu'un comme Karen puisse l'aider. Elle a une blessure elle aussi. Je ne sais pas laquelle mais c'est en elle et ça la rend sensible aux gens comme elle. Ça pourrait guérir un type bien, à condition qu'il en profite pas. Mais je crois pas que Joel Tobias est un type bien. Voilà le fond du problème. Il n'est pas l'homme qu'il faut à Karen.

— Comment le savez-vous ?

— J'en sais rien, répliqua-t-il et je sentis de la frustration dans sa voix. Enfin, pas avec certitude. Mais j'en ai le pressentiment, voire un peu plus. Il a son propre camion, aussi neuf qu'un nouveau-né dans les bras de sa nourrice. Il roule dans un gros pick-up Silverado, flambant neuf aussi. Il vit dans une gentille petite maison de Portland et il a de l'argent. Il en gaspille plus qu'il ne devrait. J'aime pas ça.

J'attendis. Il fallait que je fasse attention à ce que j'allais dire. Je ne voulais pas donner l'impression que je mettais ses propos en doute mais je savais qu'il avait parfois tendance à surprotéger ses jeunes employés. Il se reprochait de ne pas avoir su protéger Sally Cleaver et tentait encore de réparer, même s'il n'aurait jamais pu empêcher ce qui était arrivé à la jeune femme. Ce n'était pas sa faute.

— Vous savez, il a peut-être tout acheté à crédit, fis-je valoir. Jusqu'à ces derniers temps, on vous laissait repartir avec un pick-up neuf si vous versiez un demi-dollar comptant. Il a peut-être aussi touché des indemnités pour ses blessures. Vous ne...

— Elle a changé, murmura-t-il, si bas que je faillis ne pas l'entendre. Il a changé lui aussi. Je le vois quand il vient la chercher. Il a l'air malade, comme s'il ne dormait pas la nuit, c'est encore pire qu'avant. Dernièrement, j'ai commencé à le voir en elle aussi. Il y a deux jours, elle s'est brûlée à la main en essayant de rattraper une cafetière. Ce n'était qu'un manque d'attention, mais un manque d'attention dû à la fatigue. Elle a maigri, et elle n'était déjà pas bien grosse au départ. Et puis je pense qu'il l'a battue. J'ai remarqué des bleus sur son visage. Elle m'a raconté qu'elle s'était cognée dans une porte, comme si quelqu'un croyait encore à ce vieux bobard.

— Vous avez essayé de lui en parler ?

— J'ai essayé mais elle s'est tout de suite mise sur la défensive. Comme je disais, elle n'aime pas parler aux hommes de problèmes personnels. J'ai pas insisté, pour ne pas l'amener à se fermer complètement. Mais je m'inquiète pour elle.

— Qu'est-ce que vous voulez que je fasse ?

— Tu vois toujours les Fulci ? Tu pourrais leur demander de cogner un peu Tobias, de lui conseiller de trouver une autre fille à mettre dans son lit.

Il avait fait cette suggestion avec un sourire triste mais je sentais qu'une partie de lui aurait vraiment aimé voir les Fulci – en gros, des machines de guerre dotées d'un solide appétit – lâchés sur un homme capable de frapper une femme.

— Ça ne marche pas, répondis-je. Ou la femme trouve des excuses au gars, ou bien le gars comprend qu'elle en a parlé à quelqu'un et ça devient pire.

— J'avais envie d'y croire, soupira-t-il. Si c'est pas possible, je voudrais que tu enquêtes sur Tobias, que tu voies ce qu'on peut trouver sur lui. J'ai besoin de quelque chose qui pourrait convaincre Karen de s'éloigner de lui.

— Ça, je peux, mais elle ne vous en sera pas forcément reconnaissante.

— Je prends le risque.

— Vous voulez connaître mes tarifs ?

— Tu vas m'arnaquer ?

— Non.

— Alors, je pars du principe que tu mérites ce que tu demandes, déclara Bennett en posant une enveloppe sur le comptoir. Il y a 2 000 dollars là-dedans. Ça suffira ?

— Ça devrait. Si j'ai besoin de plus, je vous préviendrai. Si je dépense moins, je vous rembourserai.

— Tu me diras ce que t'auras trouvé ?

— Oui. Mais si je découvre qu'il est tout beau tout propre ?

— Il l'est pas, affirma Bennett. Un homme qui bat une femme peut pas être tout beau tout propre.

Je touchai l'enveloppe du bout des doigts et j'eus envie de la lui rendre. Au lieu de quoi j'indiquai l'article sur Jandreau.

— De vieux fantômes, dis-je.

— De vieux fantômes, approuva-t-il. Tu sais qu'il m'arrive d'aller là-bas. Je saurais pas t'expliquer pourquoi, si ce n'est l'espoir de remonter le temps pour la sauver. Finalement, je récite juste une prière pour elle. On devrait raser ce qui reste.

— Vous connaissiez Foster Jandreau ?

— Il venait quelquefois. Ils viennent tous : les policiers de l'État, les flics locaux. On les bichonne. Oh, ils paient leur addition comme tout le monde mais on veille à ce qu'ils aient le ventre plein quand ils ressortent. Je connaissais un peu Foster, quand même. Son cousin Bobby Jandreau a fait l'Irak avec Damien et y a laissé ses jambes. C'est horrible.

Je marquai une pause avant de le questionner à nouveau :

— Vous avez dit que, d'une certaine façon, c'est la mort de Damien qui motive notre rencontre. Mais le seul lien, c'est Karen Emory ?

Bennett parut troublé. Toute mention de son fils devait être douloureuse pour lui, mais il y avait autre chose.

— Tobias est rentré de cette guerre perturbé, pas Damien. D'accord, il avait vu des choses épouvantables et, certains jours, ça lui revenait en mémoire, je le voyais bien, mais il était resté le garçon que j'avais connu. Il me répétait qu'il avait eu une bonne guerre, si tant est que ce soit possible. Il n'avait tué que des types qui cherchaient à le tuer et il n'avait aucune haine contre les Irakiens. Il était désolé de ce qu'ils subissaient et il s'efforçait de se comporter du mieux possible envers eux. Il a perdu des copains là-bas mais il n'était pas hanté par ce qu'il avait traversé, du moins pas au début. C'est venu plus tard.

— Je ne connais pas grand-chose au stress posttraumatique, avouai-je, mais, d'après ce que j'ai lu, les effets mettent du temps à se faire sentir.

— C'est exact, convint Bennett. Moi aussi j'ai lu ça. J'ai étudié la question avant la mort de Damien en me disant que je pourrais peut-être l'aider si je comprenais mieux ce qu'il endurait. Mais Damien aimait l'armée.

Il avait rempilé plusieurs fois et il serait reparti. En fait, il ne parlait que de ça quand il est revenu.

— Pourquoi il ne l'a pas fait, alors ?

— Parce que Joel Tobias voulait qu'il reste.

— Comment vous le savez ?

— Je le sais d'après ce que Damien m'a dit. Il est allé deux ou trois fois au Canada avec Tobias et j'avais l'impression qu'ils préparaient quelque chose, un truc qui finirait par rapporter gros. Damien commençait à parler de créer son entreprise, peut-être une agence de sécurité, s'il ne retournait pas dans l'armée. C'est là que les ennuis ont commencé. C'est là qu'il s'est mis à changer.

— Changer comment ?

— Il ne mangeait plus. Il avait du mal à dormir et, quand il y arrivait, je l'entendais crier dans son sommeil.

— Vous compreniez ce qu'il disait ?

— Quelquefois. Il demandait à quelqu'un de le laisser tranquille, d'arrêter de parler. Non, d'arrêter de *murmurer*. Il est devenu anxieux, agressif. Il me parlait durement sans raison. Quand il ne bossait pas pour Tobias, il restait seul à fixer le vide. Je lui ai conseillé d'aller voir un psy mais je ne sais pas s'il l'a fait. Il n'était rentré que depuis trois mois quand tout a commencé et, deux semaines plus tard, il s'est suicidé.

Bennett me tapota l'épaule et conclut :

— Renseigne-toi sur ce Tobias et on en reparlera.

Là-dessus, il dit au revoir à Kyle et à Tara avant de quitter le *diner*. Je le regardai marcher lentement vers sa voiture, une Subaru déglinguée avec un autocollant de l'équipe de hockey des Sea Dogs sur le pare-chocs arrière. Quand il ouvrit la portière, il se rendit compte que je l'observais. Il hocha la tête, me salua de la main et je fis de même.

Kyle sortit de la cuisine.

— Je vais fermer, maintenant, annonça-t-il. Vous avez fini ?

— Oui, merci.

Je payai en laissant un bon pourboire, à la fois pour la qualité de la nourriture et pour la discrétion de Kyle. Il n'y avait pas beaucoup de *diners* où deux hommes pouvaient se rencontrer et parler de ce dont Bennett et moi avions discuté sans crainte des oreilles indiscrètes.

— C'est un mec bien, dit Kyle tandis que la Subaru quittait le parking.

J'approuvai. En rentrant à Scarborough, je fis un détour pour passer devant le Blue Moon. Les rubans jaunes de la police accrochés à un tuyau de descente s'agitaient dans le vent et se détachaient sur la carcasse noircie du bar. Les fenêtres étaient toujours condamnées, la porte d'acier fermée par un gros verrou, mais il y avait dans le toit un trou par lequel les flammes avaient jailli des années plus tôt, et si l'on s'approchait suffisamment, on sentait encore une odeur de bois brûlé. Kyle et Bennett avaient raison : on aurait dû démolir le Moon, mais il était toujours là, telle une sombre cellule cancéreuse sur le trèfle incarnat du pré qui s'étendait derrière.

Je repartis, les ruines du Blue Moon s'éloignant dans mon rétroviseur jusqu'à ce qu'enfin je les laisse derrière moi. Pourtant, j'eus l'impression qu'il en restait quelque chose dans le miroir, comme une tache laissée par un doigt noirci, rappel des morts aux vivants de ce que ceux-ci leur doivent encore.

2

Rentré chez moi à Scarborough, je réfléchis à ma conversation avec Bennett et m'assis à mon bureau pour prendre des notes. Si Joel Tobias battait sa copine, il méritait d'avoir des ennuis, mais je me demandais si Bennett savait dans quoi il se fourrait. Si je dénichais quelque chose qu'on pourrait utiliser contre Tobias, ça ne changerait pas grand-chose à ses rapports avec Karen, sauf si c'était assez épouvantable pour que n'importe quelle femme saine d'esprit fasse aussitôt sa valise et déguerpisse. J'avais aussi prévenu Bennett qu'elle ne le remercierait peut-être pas de mettre le nez dans ses affaires, même si Tobias était violent avec elle. Si ç'avait été la seule raison qui poussait Bennett à se mêler des histoires d'une de ses employées, ses motivations auraient été saines et j'aurais pu lui consacrer une partie de mon temps. Il payait pour, après tout.

Le problème, c'était qu'il ne m'avait pas contacté uniquement pour le bien de Karen Emory. C'était un stratagème, un moyen d'ouvrir une enquête distincte de celle relative à la mort de son fils, tout en y étant liée. De toute évidence, Bennett pensait que Joel Tobias était en partie responsable du changement de comportement de Damien Patchett, changement qui l'avait conduit à s'autodétruire. En fin de compte, toutes les enquêtes déclenchées par des particuliers et menées en dehors des structures d'une entreprise ou des forces de l'ordre ont un caractère personnel, mais certaines plus que d'autres. Bennett voulait que quelqu'un réponde de la mort de son fils puisque son fils n'était plus là pour en répondre. D'autres pères, dans une situation semblable, auraient reporté leur colère sur l'armée, incapable de reconnaître les tourments d'un soldat rentré de la guerre, ou contre l'incompétence des psychiatres, mais, selon Bennett, son fils était revenu d'Irak à peu près indemne. Cette affirmation demandait à être vérifiée, mais, pour le moment, aux yeux de Bennett, Tobias était aussi responsable de la mort de son fils que s'il avait tenu la main de Damien quand celui-ci avait appuyé sur la détente.

Curieux bonhomme, ce Bennett. S'il était fragile de l'intérieur, sa carapace avait la dureté de celle d'un crocodile. Il était stabilisé maintenant mais il avait fait de la taule. Dans sa jeunesse, il s'était retrouvé avec une bande de gars d'Auburn qui avait braqué des stations-service et des supérettes avant de passer à du plus lourd, le hold-up de la Farmers First Bank d'Augusta, pendant lequel l'un d'eux avait sorti une arme et tiré, quoique avec des balles à blanc. Ça ne leur avait pas rapporté gros, environ 2 000 dollars et de la monnaie. Peu de temps après, la police avait officieusement identifié au moins l'un des membres du gang. Après l'avoir arrêté et cuisiné, les flics avaient finalement obtenu les noms de ses complices en échange d'une peine réduite. Bennett, le chauffeur, risquait dix ans de prison. Il en avait tiré cinq. Ce n'était pas un criminel endurci. Cinq années à Thomaston, prison forteresse construite au XIXe siècle et portant encore dans le sol les traces de sa potence, l'avaient convaincu de son erreur. Il était retourné au restaurant de son père la queue entre les jambes et avait depuis évité les ennuis. Cela ne voulait pas dire qu'il nourrissait une grande tendresse pour les flics et, après s'être fait balancer des années plus tôt, il n'avait aucune envie de devenir lui-même une balance. M'embaucher au lieu de s'adresser à la police était un compromis qui lui ressemblait bien, tout comme me demander d'enquêter sur un homme dans l'espoir de découvrir la vérité derrière la mort d'un autre.

Il n'y a plus de secrets. Avec un peu d'ingéniosité et d'argent, on peut apprendre sur quelqu'un quantité de choses qu'il pensait confidentielles ou aurait préféré garder telles. C'est encore plus facile pour un détective privé nanti d'une licence. Au bout d'une heure, j'eus sur mon bureau le profil bancaire de Joel Tobias. Il n'y avait pas de mandat contre lui et, d'après ce que je pouvais voir, il n'avait jamais eu de démêlés avec la police. Depuis que l'armée l'avait réformé pour invalidité, un an plus tôt, il travaillait dur, réglait ses factures et menait selon toute apparence une vie tranquille de chauffeur routier.

L'une des formules préférées de mon grand-père était « pas clair ». Une justification trop riche en détails pouvait avoir quelque chose de « pas clair ». Un petit bruit presque inaudible dans le moteur de sa voiture l'amenait à soupçonner le carburateur d'un comportement « pas clair ». Pour lui, le « pas clair » était plus troublant que le franchement mauvais parce que la nature du défaut demeurait indéfinie. Il savait qu'il y avait un problème mais il ne pouvait pas s'y attaquer parce que sa véritable nature ne s'était pas encore révélée. Le franchement mauvais, il pouvait y remédier ou s'en accommoder, mais le « pas clair » s'interposait entre son sommeil et lui.

    Les affaires de Joel Tobias n'étaient pas claires. Son camion avec couchette lui avait coûté 85 000 dollars. Contrairement à ce qu'avait dit Bennett, il n'était pas neuf mais presque. Tobias avait acheté en même temps une remorque pour 10 000 dollars de plus. Il avait versé 5 % comptant et réglait le reste par mois, avec un taux d'intérêt qui n'était pas excessif et qu'on pouvait même qualifier d'intéressant, mais ses traites se montaient quand même à 2 500 dollars mensuels. En outre, le même mois, il s'était offert un pick-up Silverado Chevrolet neuf. Il avait fait, en marchandant, une assez bonne affaire : 18 000 dollars, soit 6 000 de moins que le prix normal du concessionnaire, et il payait par versements mensuels de 280 dollars. Enfin, le remboursement du crédit pour sa maison de Portland, juste derrière Forest, pas loin du Great Lost Bear, s'élevait à 1 000 dollars par mois. Elle avait appartenu à son oncle, qui avait déjà accumulé du retard dans ses règlements quand son neveu Joel en avait hérité. Au total, Tobias devait débourser près de 5 000 dollars par mois rien que pour garder la tête hors de l'eau et il restait à payer l'assurance, la mutuelle, l'essence pour son Silverado, le chauffage, la bière et tout ce dont il avait besoin pour rendre sa vie agréable. Si l'on ajoutait encore 1 000 dollars par mois, au bas mot, pour tout ça, les revenus annuels de Tobias auraient dû se situer autour de 70 000 dollars après impôts. La somme n'était pas tout à fait inaccessible puisque, en tant que transporteur indépendant, Tobias pouvait espérer gagner 60 cents du kilomètre, moins le carburant, mais cela signifiait de longues heures derrière un volant. Par ailleurs, il touchait probablement des indemnités pour sa main, et peut-être aussi pour sa jambe. Disons entre 500 et 1 200 dollars nets d'impôt chaque mois, ce qui l'aidait à payer ses factures, mais il lui restait encore beaucoup de fric à gagner sur les routes. Sa solvabilité demeurait bonne, il n'avait jusque-là sauté aucune traite et il alimentait régulièrement son plan d'épargne retraite.

Mais, selon Bennett, ou selon l'impression qu'il avait retirée, Tobias ne travaillait pas pendant toutes les heures que Dieu lui accordait. En fait, il ne semblait avoir aucun souci pécuniaire, ce qui suggérait que de l'argent provenait d'une autre source que de ses indemnités ou de son métier de transporteur. Ou alors il avait des économies avec lesquelles il subventionnait son entreprise, ce qui signifiait qu'elle ne resterait pas longtemps en activité.

On en était là. Joel Tobias n'était pas clair ; du fric venait d'ailleurs. Il suffisait d'établir la provenance de ces revenus supplémentaires et une remarque de Bennett m'incitait à faire une supposition éclairée sur ce point. Selon Bennett, Tobias faisait la navette entre le Maine et le Canada. « Canada » voulait dire franchir une frontière, et « frontière » voulait dire contrebande.

Et puisque cette frontière séparait le Canada et le Maine, cela voulait dire drogue.

Selon un article du *New York Times*, « enrayer la contrebande sur la frontière entre le Maine et le Canada requerrait une petite armée tant le territoire est sauvage et les opportunités nombreuses et variées ». L'article en question avait été rédigé en 1892 et demeurait aussi vrai maintenant qu'alors. À la fin du XIXe siècle, ce qui préoccupait surtout les autorités, c'était la perte de taxes sur l'alcool, le poisson, le bétail et les produits agricoles passés en fraude, mais la drogue commençait à poser problème, notamment l'opium entreposé en douane au Nouveau-Brunswick puis introduit aux États-Unis en passant par le Maine. La frontière de cet État avec le Canada s'étend sur 600 kilomètres, dans une région essentiellement sauvage, auxquels il faut ajouter 5 000 kilomètres de côtes et environ 1 400 petites îles. C'était, et c'est encore, le paradis des contrebandiers.

Dans les années 1970, lorsque la DEA commença à concentrer ses efforts sur la frontière avec le Mexique, la Nouvelle-Angleterre devint une contrée intéressante pour les passeurs de beuh, d'autant que les étudiants de ses deux cent cinquante facultés constituaient un marché potentiel. Il suffisait d'acheter un bateau, d'aller en Jamaïque ou en Colombie et, en suivant une route bien établie, de larguer une tonne d'herbe en Floride, dans les Carolines, à Rhode Island et pour finir dans le Maine. Depuis, des Mexicains se sont installés dans l'État ainsi que divers Sud-Américains, des motards et autres individus s'imaginant assez coriaces pour se tailler une part du marché des stupéfiants et la conserver.

Renversé dans mon fauteuil, je regardai par la fenêtre les marais salants et les oiseaux de mer glissant sur leurs eaux. Au sud, une mince colonne de fumée sombre monta dans le ciel avant de se dissiper lentement dans l'air immobile, laissant une trace de pollution souiller le bleu immaculé du jour déclinant. J'appelai Bennett Patchett, qui me confirma que Karen Emory était au travail. Son service se terminait à 19 heures et Joel Tobias viendrait certainement la chercher. Il le faisait souvent lorsqu'il n'était pas sur les routes. Quand Bennett avait demandé à Karen si elle pouvait rester un peu plus tard, elle avait répondu que c'était impossible, qu'elle allait au restaurant avec Joel. Il prévoyait une série de livraisons au Canada qui les empêcherait de se voir beaucoup dans les semaines suivantes. N'ayant rien de mieux à faire, je décidai de jeter un coup d'œil à Tobias et à sa copine.

Le Downs était un restaurant plutôt vaste capable de servir une centaine de couverts à condition qu'il y ait assez de personnel dans les cuisines et que les serveuses soient prêtes à se démener pour gagner leurs pourboires. De larges vitrines donnaient sur la Route 1 et sur le parking du bowling Big 20 situé de l'autre côté de la chaussée. Un unique comptoir courait sur presque toute la longueur de la salle et remontait pour former une sorte de U allongé. Le long de chaque mur s'alignaient des box pour quatre, avec au centre de la pièce une autre série de box formant un îlot de vinyle et de formica. Les serveuses portaient des tee-shirts bleus avec le nom du restaurant floqué dans le dos et illustré dessous par trois chevaux galopant vers un poteau d'arrivée. Chacune avait son nom cousu sur le tissu au-dessus du sein gauche.

Au lieu d'entrer, j'attendis sur le parking et je vis Karen Emory déposer des additions sur ses tables en prévision de la fin de son service. Bennett me l'avait décrite et c'était la seule blonde qui travaillait ce soir-là. Elle était jolie, petite – guère plus d'un mètre cinquante –, avec un corps mince et une poitrine si rebondie que, même de loin, son tee-shirt semblait trop petit d'au moins une taille. Les hommes venaient sans doute au Downs uniquement pour laisser un filet de jaune d'œuf couler sur leur menton tandis qu'ils contemplaient bouche bée le tissu tendu.

À 18 h 55, un Silverado noir aux vitres teintées pénétra dans le parking. Vingt minutes plus tard, Karen Emery sortit vêtue d'une courte robe noire et chaussée de hauts talons, les cheveux tombant sur les épaules et le visage fraîchement remaquillé. Elle monta dans le 4 × 4, qui tourna à gauche pour s'engager sur la Route 1 en direction du nord. Je le filai jusqu'à South Portland, où il s'arrêta devant le Barbecue on Broadway de Beale Street. Karen descendit la première, suivie de Joel Tobias. Il faisait au moins trente centimètres de plus qu'elle, avec des cheveux un peu longs et déjà striés de gris, rabattus en arrière et derrière les oreilles. Il portait un jean et une chemise en denim bleu. S'il avait une once de graisse, elle était bien cachée. Il boitait légèrement de la jambe gauche et gardait la main gauche fourrée dans une poche de devant de son jean.

Je leur laissai deux minutes puis entrai à mon tour. Comme ils étaient installés à l'une des tables proches de la porte, je m'assis au bar, commandai une bière sans alcool et des frites, et me tournai de manière à pouvoir regarder à la fois la télé et leur table. On leur servit des margaritas et de la bière avec une assiette d'amuse-gueule. Ils semblaient prendre du bon temps : beaucoup de rires et de sourires, surtout de la part de Karen, mais ils me parurent un peu tendus, à moins que l'opinion de Bennett n'ait déteint sur la mienne. Je m'efforçai d'oublier tout ce qu'il m'avait dit et de les considérer uniquement comme un couple intéressant d'inconnus dans un restaurant. Non, Karen paraissait quand même se forcer, impression qui me fut confirmée quand Tobias alla aux toilettes et que le sourire de la jeune femme s'estompa peu à peu pour faire place à une expression à la fois pensive et préoccupée.

Je venais de commander une autre bière, que je n'avais pas l'intention de boire, quand Tobias apparut près de moi. Je ne protestai pas quand il se faufila jusqu'au comptoir pour demander l'addition au barman en tendant le bras vers la serveuse, occupée ailleurs. Il se tourna vers moi, me sourit, me dit : « Excusez-moi, monsieur », et alla rejoindre sa copine. Quand il s'éloigna, j'aperçus sa main gauche : la peau était balafrée et il lui manquait deux doigts. Une ou deux minutes plus tard, la serveuse vint chercher l'addition que lui tendait le barman et l'apporta à leur table. Deux ou trois minutes après, ils avaient payé et sortaient.

Je ne les suivis pas. Il m'avait suffi de les voir ensemble et l'apparition soudaine de Tobias à côté de moi m'avait laissé une sorte de malaise. Je ne l'avais pas vu revenir des toilettes, ce qui signifiait qu'il était sorti par la porte latérale et rentré par la porte principale. Il était peut-être allé fumer une cigarette dehors mais, dans ce cas, il était du genre à se contenter de deux bouffées. Ce n'était probablement qu'une coïncidence mais je ne voulais pas risquer de confirmer d'éventuels soupçons en me précipitant dans le parking et en prenant leur sillage dans un crissement de pneus. Je vidai les trois quarts de la bière dont je n'avais pas envie et suivis un moment le match à la télé avant de quitter le bar. Le parking était presque désert, le Silverado noir avait disparu. Il n'était pas encore 10 heures et il restait un peu de clarté dans le ciel. Je retournai à Portland pour passer devant chez Joel Tobias. C'était une petite maison d'un étage bien entretenue. Le Silverado était garé dans l'allée mais il n'y avait pas trace du camion de Tobias. Dans une pièce du haut, une lampe était allumée, visible entre les doubles rideaux entrouverts ; elle s'éteignit sous mes yeux et la maison devint entièrement noire.

J'attendis un moment en songeant à l'expression de Karen Emory, à la présence de Tobias près de mon coude, puis je rentrai à Scarborough pour retrouver une maison silencieuse. Une femme et une enfant y avaient vécu avec moi, ainsi qu'un chien, mais ils étaient maintenant dans le Vermont. J'allais voir ma fille, Sam, une ou deux fois par mois et elle passait quelquefois la nuit chez moi lorsque Rachel, sa mère, avait à faire à Boston. Rachel sortait avec un autre homme et cela me gênait d'envahir sa vie privée. Je lui en voulais aussi, parfois. Mais je me tenais à distance parce que je ne voulais pas qu'il leur arrive du mal et le mal s'accrochait à moi.

Leurs places avaient été prises par les ombres d'une autre femme et d'une autre enfant, que je n'entrevoyais plus mais dont je sentais encore la présence, comme l'odeur persistante de fleurs jetées après que leurs pétales ont commencé à tomber. Elles avaient cessé d'être pour moi une source d'inquiétude, cette femme et cette enfant défuntes. Elles m'avaient été ravies par un tueur dont j'avais pris la vie à mon tour, et, dans mon sentiment de culpabilité et ma rage, je les avais laissées se transformer en présences hostiles, vengeresses. Mais c'était avant ; à présent, les sentir me réconfortait car je savais qu'elles auraient un rôle à jouer dans tout ce qui pouvait m'arriver.

Lorsque j'ouvris la porte, l'air de la maison était chaud et chargé de l'odeur de sel des marais. Je sentis le vide de l'obscurité, le désintérêt du silence, et je dormis d'un sommeil léger, seul.

3

Jeremiah Webber venait de se servir un verre de vin avant de se mettre doucement à préparer son repas du soir quand la sonnette grelotta. Il n'aimait pas qu'on perturbe ses habitudes, et les soirées du jeudi dans sa maison relativement modeste – du moins à l'aune huppée de New Canaan, Connecticut – étaient sacro-saintes. Le jeudi soir, il éteignait son portable, il ne répondait pas à son fixe (à vrai dire, ses quelques amis, connaissant ses manies, se gardaient bien de le déranger, un décès, imminent ou déjà survenu, étant la seule excuse admise) et certainement pas aux injonctions de la sonnette. Sa cuisine se trouvait à l'arrière de la maison et, comme il fermait la porte quand il faisait à manger, on ne pouvait voir qu'un mince rai de lumière horizontal à travers la vitre de la porte d'entrée. Une lampe était allumée dans la salle de séjour, une autre dans sa chambre, en haut, mais c'était tout. Bill Evans jouait en sourdine sur la chaîne stéréo de la cuisine. Webber passait parfois les jours précédents de la semaine à prévoir quel genre de musique il écouterait en faisant la cuisine et en mangeant, quel vin accompagnerait le repas, quels plats il préparerait. Ces menus plaisirs l'aidaient à ne pas devenir fou.

Le jeudi soir, donc, ceux qui le savaient chez lui ne le dérangeaient pas, et ceux qui ne savaient pas avec certitude qu'il y était ne pouvaient établir sa présence ou son absence sur la seule base des lampes allumées dans la maison. Même ses clients les plus précieux, dont une bonne partie d'hommes et de femmes riches habitués à voir leurs désirs satisfaits à toute heure du jour ou de la nuit, en étaient venus à accepter que le jeudi soir, Jeremiah Webber n'était pas disponible. Son train-train avait déjà été légèrement perturbé ce jeudi-là par une série de longues conversations téléphoniques et il était rentré chez lui à 8 heures passées. Il était maintenant presque 9 heures, il n'avait toujours pas mangé et il était moins que jamais d'humeur à être dérangé.

Webber était un cinquantenaire courtois aux cheveux bruns, d'une beauté qu'on pouvait juger quelque peu efféminée, impression renforcée par son goût pour les nœuds papillon à pois, les gilets de couleur vive et des centres d'intérêt comprenant – sans s'y limiter – la danse classique, l'opéra et la danse moderne. Cela conduisait ses lointaines relations à le supposer homosexuel, mais Webber n'était pas gay. Loin de là, en fait. Ses cheveux n'avaient même pas commencé à grisonner, caprice génétique qui le rajeunissait de dix ans et lui avait permis de sortir avec des femmes qui étaient à tous égards trop jeunes pour lui, sans attirer l'attention désapprobatrice, quoique envieuse, que de telles « rencontres de mai et décembre » suscitaient fréquemment. Le charme relatif qu'il exerçait sur le sexe opposé, conjugué à une générosité personnelle envers celles qui gagnaient sa faveur, s'était révélé être à la fois un avantage et un inconvénient. Il avait conduit à une fin pénible deux mariages dont il ne regrettait vraiment que le premier, car il avait aimé sa première épouse, quoique insuffisamment. L'enfant de cette union, sa fille et seule progéniture, avait veillé à ce que les lignes de communication restent ouvertes entre les deux époux séparés, avec comme résultat que sa première femme, croyait-il, le considérait maintenant avec une certaine tendresse perplexe. Son second mariage avait toutefois été une erreur qu'il n'entendait pas renouveler et il préférait désormais la désinvolture à l'engagement en matière de sexe. Il manquait donc rarement de compagnie féminine, même s'il avait payé le prix de ses appétits par deux mariages brisés et par les conséquences financières qui accompagnent ce genre d'affaires. Webber avait connu récemment de sérieux problèmes de trésorerie et avait été contraint de prendre des mesures pour remédier à la situation.

Il s'apprêtait à enlever l'arête d'une truite posée sur une petite plaque de granit quand il entendit la sonnette. Il s'essuya les doigts à son tablier, prit la télécommande et réduisit encore le volume de la chaîne, tendit l'oreille. Puis il s'approcha de la porte de la cuisine et fixa le petit écran vidéo jouxtant l'interphone.

Un homme se tenait sur le pas de sa porte. Il portait un feutre sombre et détournait la tête de l'objectif de la caméra. Sous le regard de Webber, il la ramena face à l'appareil, comme s'il se savait observé. Il garda cependant la tête baissée et ses yeux restèrent cachés dans l'ombre mais, au bref aperçu qu'il eut de son visage, Webber sut que cet homme lui était inconnu. Il crut déceler une marque sur sa lèvre supérieure mais c'était peut-être simplement un effet de la lumière.

Le carillon sonna une deuxième fois et l'homme maintint son doigt sur le bouton, répétant indéfiniment les trois notes.

— Enfin, quoi ? s'exclama Webber, dont l'index pressa le bouton de l'interphone. Oui ? Qui êtes-vous ? Qu'est-ce que vous voulez ?

— Vous parler, répondit l'inconnu. Peu importe qui je suis, c'est savoir pour qui je travaille dont vous devriez vous préoccuper.

Son élocution était légèrement imprécise comme s'il avait quelque chose dans la bouche.

— Et c'est qui ?

— Je représente la Fondation Gutelieb.

Webber lâcha le bouton de l'interphone et porta son index droit à sa bouche. Il en mordilla l'ongle, habitude prise dans l'enfance, signe de désarroi. Gutelieb : il avait été en affaires avec cette fondation. Par l'intermédiaire d'un tiers, un cabinet d'avocats de Boston. Les tentatives pour découvrir exactement ce qu'était la Fondation Gutelieb et qui décidait de ses acquisitions avaient été vaines et Webber avait soupçonné qu'elle n'avait pas d'existence au-delà d'une façade commode. Persistant dans ses efforts, il avait reçu une lettre des avocats l'avisant que la fondation en question était très pointilleuse sur son anonymat et que toute enquête ultérieure de la part de Webber se solderait par la cessation immédiate de toute transaction avec la fondation, assortie de rumeurs judicieusement répandues pour faire savoir que M. Webber n'était pas aussi discret que certains de ses clients le souhaitaient. Il avait donc fait machine arrière. La Fondation Gutelieb, structure réelle ou simple façade, s'était procuré des pièces inhabituelles et coûteuses grâce à lui. Les goûts de ceux qui se tenaient derrière étaient très spéciaux et, chaque fois que Webber les avait satisfaits, il avait été payé promptement, sans question ni marchandage.

Mais la dernière pièce… Il aurait dû être plus prudent, plus attentif sur sa provenance, se dit-il, même s'il savait qu'il était en train de préparer les mensonges qu'il servirait à son visiteur pour se disculper si le besoin s'en faisait sentir.

Il tendit la main gauche vers son verre de vin mais estima mal la distance. Le verre se brisa sur le sol, éclaboussa ses pantoufles et le bas de son pantalon. Jurant, Webber retourna à l'interphone. L'homme était toujours là.

— Je suis occupé, déclara-t-il. Je suis sûr que nous pourrons discuter à une heure moins indue de ce qui vous amène.

La réponse lui parvint par l'appareil :

— C'est ce que nous avions pensé mais nous éprouvons apparemment des difficultés à attirer votre attention. Nous avons laissé des messages sur votre messagerie et à votre bureau. Si nous avions l'esprit mal tourné, nous pourrions croire que vous cherchez à nous éviter.

— Mais de quoi s'agit-il ?

— Monsieur Webber, vous lassez ma patience, comme vous avez lassé celle de la fondation.

Il capitula :

— Bon, j'arrive.

Il baissa les yeux vers le vin répandu sur le carrelage noir et blanc, contourna soigneusement le verre cassé. Quel gâchis, pensa-t-il en ôtant son tablier. Il alla à la porte d'entrée en s'arrêtant uniquement pour prendre le revolver sur l'étagère du portemanteau du vestibule et le glisser dans la ceinture de son pantalon, dans son dos, sous son cardigan. L'arme était petite, facile à dissimuler. Webber jeta quand même un coup d'œil à son reflet dans le miroir, pour être sûr, et ouvrit.

L'homme qui se tenait sur le seuil s'avéra moins grand qu'il ne l'avait pensé. Son costume bleu foncé avait dû constituer autrefois un achat coûteux mais semblait maintenant démodé, même s'il avait survécu au passage des ans avec une certaine élégance. Une pochette à pois bleu et blanc assortie à la cravate de l'inconnu dépassait de sa poche de poitrine. Il avait encore la tête baissée mais c'était cette fois pour ôter son chapeau. Un instant, Webber imagina bizarrement que le dessus du crâne suivrait, comme le haut de la coquille d'un œuf dur nettement tranchée, lui permettant de plonger les yeux à l'intérieur. Finalement, il ne découvrit que des mèches tombantes de cheveux blancs semblables à des effilochures de barbe à papa sur une tête en forme de dôme. Puis l'homme se redressa et Webber recula instinctivement.

Dans un visage blême, de minces trous sombres marquaient la base d'un nez fin, parfaitement droit. La peau autour des yeux, ridée et bleuie, faisait penser à la maladie et au délabrement. Les yeux eux-mêmes disparaissaient presque sous des replis de chair qui descendaient de son front comme de la cire molle coulant d'une chandelle impure. Sous les orbites, le bord des paupières était rougi et Webber songea que l'homme devait être constamment irrité par la poussière.

Mais l'inconnu avait clairement d'autres préoccupations en matière de souffrance. Sa lèvre supérieure tordue rappelait les photos des journaux du dimanche montrant des enfants au palais fendu pour inciter le lecteur à faire un don charitable, sauf qu'il ne s'agissait pas d'un palais fendu. C'était une blessure, une plaie en forme de pointe de flèche qui révélait des dents blanches et des gencives décolorées. Elle était en outre gravement infectée, ponctuée de taches violettes virant au noir. Webber crut presque voir les bactéries dévorant la chair et se demanda comment son visiteur pouvait supporter cette torture et quels calmants il devait prendre uniquement pour pouvoir dormir. Comment pouvait-il même supporter de se regarder dans un miroir lui rappelant la trahison de son corps et sa mort manifestement imminente ? Sa maladie rendait impossible d'estimer son âge mais Webber lui donnait entre cinquante et soixante ans, même en tenant compte de son dépérissement.

— Monsieur Webber, dit-il d'une voix douce et agréable malgré sa blessure, permettez-moi de me présenter. Je m'appelle Herod.

Il sourit et Webber dut faire un effort pour que son expression ne manifeste pas son dégoût car il craignait que le mouvement des muscles faciaux du visiteur n'élargisse la plaie de la lèvre et ne révèle le septum.

— On me demande souvent si j'aime les enfants et je ne le prends jamais en mauvaise part, poursuivit-il.

Ne sachant que répondre, Webber ouvrit plus grand la porte pour laisser entrer l'inconnu, sa main droite se posant nonchalamment sur sa taille, à portée de la crosse du revolver. Herod s'inclina poliment en entrant dans la maison, jeta un coup d'œil à la ceinture de Webber et celui-ci fut certain qu'il avait deviné la présence de l'arme et qu'il ne s'en souciait absolument pas. Herod regarda en direction de la porte ouverte de la cuisine et Webber lui fit signe d'y entrer. Il remarqua qu'Herod marchait lentement, non à cause de sa maladie, mais parce qu'il était du genre à se déplacer avec circonspection. Une fois dans la cuisine, il posa son chapeau sur la table, regarda autour de lui avec un sourire bienveillant et approbateur. Seule la musique parut le déranger et il plissa légèrement le front en fixant les enceintes.

— Cela ressemble à... Non, *c'est* la *Pavane* de Fauré, affirma-t-il. Je ne puis cependant dire que j'apprécie ce qu'on lui fait subir.

Webber eut un haussement d'épaules presque imperceptible.

— Bill Evans, argua-t-il.

Qui n'aimait pas Bill Evans ? Herod parvint à esquisser une petite moue de dégoût.

— Je n'ai jamais approuvé ce genre d'expérimentation. Je suis un puriste, je le crains, dans la plupart des domaines.

— À chacun ses goûts, répliqua Webber.

— Certes, certes. Le monde serait assommant si nous partagions tous les mêmes. On ne peut cependant s'empêcher de penser qu'il vaut mieux résister à certaines inclinations que d'y céder. Puis-je m'asseoir ?

— Je vous en prie, répondit Webber avec juste une pointe d'agacement.

Herod s'assit, remarqua le vin et les éclats de verre sur le carrelage.

— J'espère que je n'y suis pour rien.

— Non, non, simple effet de ma distraction. Je nettoierai plus tard.

Webber ne voulait pas avoir les mains occupées à tenir une balayette et un ramasse-poussière tant que cet homme serait dans sa cuisine.

— Apparemment, je vous ai interrompu dans la préparation de votre repas, reprit Herod. Je vous en prie, continuez. Je ne veux en aucune façon vous déranger.

— Pas de problème, assura Webber, qui ne voulait pas davantage tourner le dos au visiteur. Je finirai après votre départ.

Herod marqua une pause, comme s'il résistait à l'envie d'émettre un commentaire, et laissa finalement passer la remarque, tel un chat qui décide de ne pas pourchasser et déchiqueter un papillon. Il porta son regard sur la bouteille de bourgogne blanc posée sur la table, la fit délicatement tourner d'un doigt pour en voir l'étiquette.

— Oh, excellent, dit-il en levant les yeux vers Webber. Pourrais-je le goûter ?

Peu habitué à des hôtes aussi exigeants, Webber alla prendre deux verres dans un des éléments et versa à Herod une quantité de vin plus que généreuse, vu les circonstances, avant de se servir lui-même. Herod leva son verre, le huma. Il tira de la poche de son pantalon un mouchoir qu'il plia soigneusement et plaça sous son menton puis but une gorgée du coin de la bouche en évitant la plaie de sa lèvre. Quelques gouttes de vin tombèrent et tachèrent le mouchoir.

— Un délice, merci, dit-il en agitant le mouchoir d'un air désolé. On s'habitue à la nécessité de sacrifier un peu de sa dignité pour continuer à vivre comme on le souhaite.

Avec un nouveau sourire, il ajouta :

— Comme vous le présumez sans doute, je ne suis pas bien portant.

— Vous m'en voyez navré, répondit Webber en s'efforçant de mettre un peu de sentiment dans ses propos.

— Je vous suis reconnaissant de votre sollicitude, répliqua Herod d'un ton sec. Mon corps est criblé de cancers mais…

Il pointa le doigt vers sa lèvre supérieure.

— Ceci est récent : un mal nécrosant contre lequel la pénicilline et la vancomycine ne peuvent rien. Le débridement n'a pas enlevé tous les tissus nécrosés et il faudra procéder, semble-t-il, à de nouvelles explorations. Curieusement, il semblerait que mon homonyme, le massacreur d'enfants, souffrait d'une fasciite nécrosante de l'aine et des parties génitales. Le châtiment de Dieu, pourrait-on dire.

Tu parles du roi Hérode ou de toi ? se demanda Webber, et ce fut comme s'il avait pensé à voix haute car l'expression d'Herod changea, perdant le peu de bienveillance qu'elle avait eu.

— Asseyez-vous donc, monsieur Webber. Enlevez cette arme du creux de vos reins, ce ne doit pas être très confortable, et je ne suis pas armé. Je suis venu pour parler.

Embarrassé, Webber posa le revolver sur la table en prenant place en face d'Herod. L'arme était toujours à portée de main en cas de besoin et il tenait son verre dans sa main gauche pour plus de sûreté.

— Venons-en aux choses sérieuses, suggéra Herod. Comme je vous l'ai dit, je représente les intérêts de la Fondation Gutelieb. Jusqu'à ces derniers temps, nous pensions entretenir avec vous des relations mutuellement avantageuses : vous nous fournissiez des pièces, nous vous payions sans discussion ni retard. À l'occasion, nous vous chargions d'agir en notre nom et d'acheter la pièce lors d'une vente aux enchères quand nous préférions garder l'anonymat. Là encore, vous étiez plus que largement rétribué pour le temps que vous y consacriez. En fait, nous vous permettions d'acquérir l'objet avec notre argent et de nous le revendre avec une marge considérablement supérieure à la simple commission d'un agent. Est-ce exact ? Je ne déforme pas la nature de nos accords ?

Webber secoua la tête mais demeura silencieux.

— Et puis il y a quelques mois, poursuivit Herod, nous vous avons demandé d'acheter pour nous un grimoire : XVIIe siècle, français. Relié veau, selon sa description, mais nous savions que ce n'était qu'une ruse pour ne pas attirer une attention indésirable. La peau humaine et celle du veau ont, nous ne l'ignorons ni l'un ni l'autre, des textures très différentes. Une pièce unique, donc, c'est le moins qu'on puisse dire. Nous vous avons communiqué toutes les informations requises pour la préempter : nous ne voulions pas que ce livre fasse l'objet d'une vente aux enchères, aussi discrète et spécialisée dût-elle être. Pour la première fois, vous ne nous avez pas fourni la pièce car un autre acheteur vous a devancé. Vous nous avez rendu l'argent en promettant de faire mieux la prochaine fois. Malheureusement, il est dans la nature de la pièce unique de ne pas connaître de « prochaine fois ».

Herod eut le sourire attristé d'un professeur déçu par un élève incapable de saisir un concept simple. L'atmosphère de la cuisine avait changé de façon palpable depuis qu'il y était entré. Ce n'était pas seulement le malaise croissant que Webber ressentait devant le tour que la conversation prenait, c'était l'impression que la pesanteur s'y faisait plus forte, que l'air était plus lourd. Le poids de son verre l'étonna lorsqu'il voulut le porter à ses lèvres. Herod modifiait l'essence même de la pièce en libérant des éléments de l'intérieur de son corps qui changeaient la composition de chaque atome. Il émanait une sorte de densité de cet homme en train de mourir – car, à coup sûr, il agonisait – comme s'il n'était pas fait de chair et de sang mais d'une matière inconnue, de composés pollués, d'une masse d'un autre monde.

Lorsque Webber parvint à approcher le verre de ses lèvres, du vin coula sur son menton, reproduction déplaisante de la mésaventure d'Herod. Il l'essuya de la paume de la main.

— Je n'y pouvais rien, affirma Webber. Il y a toujours une vive concurrence pour les pièces rares ou ésotériques. On peut difficilement garder leur existence secrète.

— Elle l'était pourtant dans le cas du grimoire de La Rochelle, rétorqua Herod. La fondation consacre beaucoup de temps et d'efforts à retrouver des pièces intéressantes oubliées ou perdues et mène ses recherches avec une extrême discrétion. Elle est tombée sur la trace du grimoire après des années d'enquête : il avait été incorrectement catalogué XVIIIe siècle, erreur que nous avons confirmée par une série de recoupements. Seule la fondation connaissait l'importance de ce livre. Même son propriétaire n'y voyait qu'une simple curiosité, d'une certaine valeur, peut-être, mais il n'avait pas conscience de son intérêt exceptionnel pour le bon collectionneur. Lorsque la fondation vous a demandé d'agir en son nom, vous n'aviez plus qu'à le payer et à assurer son transport en toute sécurité. La partie ardue de la tâche avait déjà été faite pour vous.

— Je ne vois pas trop ce que vous insinuez.

— Je n'insinue rien, *j'expose* ce qui s'est passé. Vous êtes devenu trop gourmand. Vous aviez fait affaire autrefois avec le collectionneur Graydon Thule, vous connaissiez sa passion pour les grimoires. Vous l'avez informé de l'existence de celui de La Rochelle. En échange, il a accepté de vous payer une commission et a proposé pour le grimoire 100 000 dollars de plus que ce que la fondation vous avait alloué. Vous n'avez pas versé la totalité de la somme au vendeur, vous en avez gardé la moitié pour vous en plus de votre commission. Vous avez ensuite engagé un sous-agent de Bruxelles pour vous représenter et le grimoire est allé à Thule. Je crois n'avoir omis aucun détail, n'est-ce pas ?

Webber fut tenté de discuter, de nier la véracité des propos d'Herod mais il en fut incapable. Rétrospectivement, il lui semblait idiot d'avoir cru pouvoir tromper la fondation et s'en tirer ; sur le moment, cela lui avait paru tout à fait possible, raisonnable même. Il avait besoin de cet argent : les rentrées de fonds s'étaient ralenties dernièrement car ses affaires n'étaient pas à l'abri de la crise économique. De plus, sa fille était en deuxième année de médecine et le coût de ses études le crucifiait. Si la Fondation Gutelieb, comme la plupart de ses clients, le payait bien, ce n'était pas assez souvent et il avait du mal à s'en sortir depuis quelque temps. L'achat du grimoire pour Thule lui avait rapporté 120 000 dollars après règlement du sous-agent de Bruxelles. C'était une grosse somme pour lui : de quoi éponger une partie de ses dettes, payer sa part des études de Suzanne pour l'année suivante et lui laisser un petit quelque chose à la banque. Il commençait à trouver scandaleuses les manières d'Herod. Webber ne travaillait pas pour la Fondation Gutelieb, il n'avait envers elle qu'un minimum d'obligations. Certes, son rôle dans la vente du grimoire n'était pas tout à fait honorable mais on faisait ce genre d'opération tout le temps. Qu'Herod aille se faire foutre. Webber avait maintenant de quoi se débrouiller et il était dans les petits papiers de Thule. Si la Fondation Gutelieb le lâchait, tant pis. Herod ne pouvait rien prouver de ses affirmations. En cas d'enquête sur la provenance de l'argent, Webber avait suffisamment de faux actes de vente pour justifier une petite fortune.

— Je crois que vous devriez partir, maintenant, dit-il. J'aimerais finir de préparer mon repas.

— Je n'en doute pas, répondit Herod. Malheureusement, je crains de ne pas pouvoir en rester là. Une réparation est nécessaire, sous une forme ou une autre.

— Je ne comprends pas de quoi vous parlez. Il m'est effectivement arrivé de travailler pour Thule mais il a lui aussi ses sources. Je ne peux pas être tenu pour responsable de toutes les ventes manquées.

— De toutes, non, mais de celle-là, oui. La Fondation Gutelieb est très sourcilleuse sur les questions de responsabilité. Personne ne vous a contraint à faire ce que vous avez fait. C'est la beauté du libre arbitre mais aussi sa malédiction. Vous devez accepter qu'on vous reproche vos actes. Il faut faire amende honorable.

Webber voulut protester mais Herod le fit taire en levant une main.

— Ne me mentez pas, monsieur Webber. C'est insultant pour moi et cela vous rend ridicule. Comportez-vous en homme. Reconnaissez votre faute et nous pourrons nous mettre d'accord sur une réparation. L'aveu est un soulagement pour l'âme.

Il posa sa main droite sur celle de Webber. Son contact était désagréablement humide et froid mais Webber était incapable de bouger. Le poids de cette main le paralysait.

— Tout ce que je vous demande, c'est de la franchise. Nous connaissons tous deux la vérité, il s'agit simplement de trouver un moyen d'en finir avec cette histoire.

Ses yeux sombres luisaient comme des spinelles dans la neige. Webber était pétrifié. Il hocha la tête, Herod fit de même.

— J'ai traversé une mauvaise passe, dernièrement, argumenta Webber.

Ses yeux devenaient brûlants, sa gorge se nouait, comme s'il allait pleurer.

— Je le sais. Les temps sont difficiles pour beaucoup de gens.

— Je n'avais jamais fait ça de ma vie. Thule m'a téléphoné pour autre chose et j'ai craqué. J'étais aux abois. J'ai commis une faute, je m'en excuse. Auprès de vous et de la fondation.

— Nous acceptons vos excuses. Il faut maintenant discuter de la réparation.

— La moitié de l'argent est déjà partie. J'ignore quelle somme vous envisagez mais…

Herod parut surpris.

— Ce n'est pas une question d'argent. Nous n'avons pas besoin d'argent.

Webber eut un soupir de soulagement.

— Qu'est-ce que vous voulez, alors ? Si c'est des informations sur des pièces intéressantes, je vous en fournirai à un bon prix. Je peux me renseigner, contacter mes sources. Je suis sûr que nous trouverons quelque chose qui compensera la perte du grimoire et…

Il s'interrompit. Il y avait maintenant sur la table une enveloppe de papier kraft, le modèle avec fond en carton.

— Qu'est-ce que c'est ? demanda-t-il.

— Ouvrez, vous verrez.

Webber prit l'enveloppe. Elle ne portait ni nom ni adresse et n'était pas cachetée. Il glissa une main à l'intérieur, en tira une photo en couleur. Il reconnut la jeune femme, photographiée manifestement à son insu, la tête légèrement tournée vers la droite pour regarder par-dessus son épaule, souriant à quelqu'un ou à quelque chose qui se trouvait hors champ.

C'était sa fille, Suzanne.

— Qu'est-ce que cela signifie ? Vous menacez ma fille ?

— Pas en tant que telle, répondit Herod. Comme je vous l'ai dit, la fondation s'intéresse beaucoup à la notion de libre arbitre. S'agissant du grimoire, vous aviez le choix et vous avez choisi. Je suis maintenant chargé de vous soumettre un autre choix.

Webber avala sa salive.

— Continuez.

— La fondation a autorisé le viol et le meurtre de votre fille. Pas forcément dans cet ordre, si cela peut vous consoler.

Sans réfléchir, Webber regarda le revolver, tendit le bras pour le prendre.

— Je dois vous avertir que s'il m'arrive quoi que ce soit, poursuivit Herod, votre fille mourra ce soir, après des souffrances encore plus atroces. Vous aurez peut-être à faire usage de cette arme, monsieur Webber, mais pas maintenant. Laissez-moi terminer et vous réfléchirez.

Ne sachant quoi faire, Webber ne réagit pas et son sort fut scellé.

— La fondation a autorisé ces actes mais ils ne seront pas obligatoirement commis, continua Herod. Il y a une autre solution.

— Laquelle ?

— Vous mettez fin à vos jours. C'est l'alternative : votre mort, rapide, ou celle de votre fille, lente et très douloureuse.

Muet de stupeur, Webber fixait son visiteur.

— Vous êtes fou, lui assena-t-il.

Mais au moment même où il prononçait ces mots, il savait que ce n'était pas vrai. Il avait sondé le regard d'Herod, il n'y avait décelé qu'une parfaite santé mentale. La souffrance pouvait précipiter quelqu'un dans la folie mais ce n'était pas le cas de l'homme assis en face de lui. Elle lui avait au contraire donné une extrême lucidité : il ne se faisait aucune illusion sur le monde, il avait une idée claire des souffrances qu'il pouvait infliger.

— Non, pas du tout, dit-il. Vous avez cinq minutes pour vous décider. Après quoi, il sera trop tard pour empêcher ce qui est sur le point d'arriver.

Herod se renversa en arrière ; Webber saisit le revolver et le braqua sur lui.

— Appelez vos patrons. Dites-leur de la laisser tranquille.

— C'est votre choix ?

— Non. Il n'y a pas de choix. Si vous n'appelez pas, je vous tue.

— Et votre fille mourra.

— Je pourrais vous torturer. Vous tirer une balle dans le genou, dans le bas-ventre. Vous torturer jusqu'à ce que vous accédiez à ma demande.

— Votre fille mourrait quand même. Vous le savez. Au fond de vous-même, vous reconnaissez que je vous ai dit la vérité. Vous devez l'accepter et choisir. Quatre minutes trente secondes.

Webber releva le chien du revolver.

— Pour la dernière fois... menaça-t-il.

— Vous croyez être le premier homme confronté à ce choix, monsieur Webber ? Vous pensez sincèrement que je n'ai jamais fait ça avant ? En fin de compte, vous devez choisir : votre vie ou celle de votre fille. Quelle est celle qui a le plus de prix pour vous ?

Herod attendit, regarda sa montre, compta les secondes.

— Je voulais la voir se marier et devenir mère, murmura Webber. Je voulais être grand-père. Vous comprenez ?

— Je comprends. Elle vivra sa vie et ses enfants déposeront des fleurs sur votre tombe. Quatre minutes.

— Vous n'avez personne qui vous soit cher ?

— Non.

— Comment puis-je être sûr que vous ne mentez pas ?

— À quel sujet ? À propos du viol et de l'exécution de votre fille ? Oh, vous savez que je parle sérieusement.

— Non. Comment être sûr que vous la laisserez tranquille ?

— Je ne mens jamais. Je n'en ai pas besoin. D'autres mentent. Il m'incombe de les mettre face aux conséquences de leurs mensonges. Chaque faute doit être jugée. Chaque acte a des conséquences. La question est de savoir qui vous aimez le plus : votre fille ou vous ?

Herod se leva. Il avait son verre dans une main, un téléphone portable dans l'autre.

— Je vous laisse réfléchir, dit-il. N'essayez pas de téléphoner, notre accord ne tiendrait plus et je veillerais à ce que votre fille soit violée à mort. Oh, et mes associés feraient en sorte que vous ne surviviez pas au lever du jour.

Webber ne tenta pas de le retenir quand il sortit lentement de la pièce.

Dans le vestibule, Herod examina son reflet dans le miroir. Il redressa sa cravate, brossa de la main une peluche accrochée à sa veste. Il adorait ce vieux costume, il l'avait porté en de nombreuses occasions semblables. Au moment où il consultait de nouveau sa montre, il entendit parler dans la cuisine. Il se demanda un instant si Webber était assez fou pour téléphoner, mais non, le ton de la voix n'était pas celui d'un appel à l'aide. Il pensa ensuite que Webber faisait acte de contrition ou disait adieu de loin à sa fille, mais, en se rapprochant, il distingua les mots prononcés.

— Qui êtes-vous ? demandait Webber. Êtes-vous la personne chargée de faire du mal à ma Suzy ? C'est vous ? C'est *vous* ?

Jetant un coup d'œil dans la cuisine, Herod découvrit que Webber fixait l'une des fenêtres. Il vit le reflet de Webber et le sien dans la vitre et, un instant, crut apercevoir une troisième forme, trop peu substantielle, estima-t-il, pour être celle de quelqu'un les regardant du jardin, et cependant il n'y avait dans la cuisine que deux êtres vivants et promis à une mort prochaine.

Webber se retourna vers Herod. Il pleurait.

— Soyez maudit, dit-il. Puissiez-vous finir en enfer.

Il approcha le revolver de sa tempe, pressa la détente. La détonation se répercuta sur les murs carrelés de la cuisine et fit siffler les oreilles d'Herod. Webber s'écroula et battit des jambes près de sa chaise renversée. Quel amateurisme, songea Herod, mais en même temps on ne pouvait attendre de Webber qu'il soit un professionnel du suicide. La nature même de l'acte l'excluait. Le canon de l'arme s'étant relevé au moment du coup de feu, la balle avait arraché une partie du haut du crâne de Webber mais il n'avait pas réussi à se tuer. Les yeux écarquillés, il ouvrait et refermait spasmodiquement la bouche, un peu comme, dans son agonie, le poisson qu'il avait laissé sur la plaque de granit. Dans un moment de pitié, Herod prit le revolver de la main de Webber et finit le travail pour lui puis but le reste de son verre et se disposa à partir. Il s'arrêta sur le seuil de la pièce, se tourna de nouveau vers la fenêtre. Quelque chose n'allait pas. D'un pas rapide, il s'approcha de l'îlot de cuisine, inspecta le jardin bien entretenu et légèrement éclairé de Webber. Il était ceint de hauts murs, fermé par des grilles de chaque côté de la maison. Herod ne vit pas trace d'une présence mais demeura troublé.

Il regarda sa montre : il était déjà resté trop longtemps, surtout si les coups de feu avaient attiré l'attention. Il trouva le compteur électrique dans un placard, sous l'escalier, éteignit toutes les lumières d'un coup avant de tirer un masque chirurgical bleu de sa poche et de le placer devant la partie inférieure de son visage. D'une certaine façon, le virus H1N1 était une bénédiction pour lui. Oh, les gens le détaillaient encore parfois quand il les croisait mais, pour quelqu'un qui montrait des signes de maladie aussi évidents que lui, il y avait autant de compréhension que de curiosité dans leurs regards. Dissimulé par l'obscurité, Herod se fondit dans la nuit et effaça à jamais Jeremiah Webber et sa fille de son esprit. Webber avait fait un choix, le bon, selon Herod, et sa fille aurait le droit de vivre. Herod, qui travaillait seul en dépit de ses allégations, ne lui ferait aucun mal.

Car il était à sa manière un homme honorable.

4

Loin au nord, alors que le sang du corps de Webber se mêlait au vin répandu et se figeait sur le sol de la cuisine, et qu'Herod retournait dans l'ombre dont il avait surgi, une sonnerie de téléphone retentit dans une clairière.

Le bruit fit reprendre conscience à l'homme recroquevillé sur un drap sale et il sut immédiatement que c'étaient eux. Il le savait parce qu'il avait débranché le téléphone avant de s'endormir.

Étendu sur le lit, il bougea seulement les yeux, les tournant lentement en direction de l'appareil, comme s'ils étaient déjà près de lui et qu'un changement de position leur révélerait qu'il était réveillé.

Foutez le camp. Laissez-moi tranquille.

Le téléviseur s'alluma bruyamment et l'homme perçut des bribes d'une vieille comédie des années 1960 dont il se rappelait qu'elle l'avait fait rire avec son père et sa mère, assis sur le canapé. Il sentit des larmes sourdre de ses yeux au souvenir de ses parents. Il avait peur, il aurait voulu qu'ils le protègent mais ils avaient quitté cette terre depuis longtemps et il était seul. Puis l'image s'effaça, ne laissant qu'un écran noir, et les voix sortirent du poste, comme la veille, et le soir d'avant, et tous les soirs depuis qu'il avait pris livraison du dernier lot. Malgré la chaleur de l'air, il se mit à trembler.

Arrêtez. Allez-vous-en.

Dans la cuisine située à l'autre bout de la cabane, la radio se mit en marche. C'était son émission préférée, « A Little Night Music », ou du moins ce l'était avant. Maintenant, quand il mettait la radio, il les entendait derrière la musique, dans les intervalles entre les mouvements symphoniques, par-dessus la voix du présentateur. Ils ne la couvraient pas totalement mais l'empêchaient de se concentrer sur ce qui était dit, et les noms du compositeur ou du chef d'orchestre lui échappaient tandis qu'il luttait pour ne pas entendre la langue étrangère si mélodieuse. Même s'il n'en comprenait pas les mots, leur sens était clair pour lui.

Ils voulaient être libérés.

N'y tenant plus, il se leva d'un bond, saisit la batte de base-ball qu'il gardait près de son lit et l'abattit avec une force et une détermination qui auraient fait son admiration dans sa jeunesse. Le téléviseur implosa avec un bruit sourd et une gerbe d'étincelles. Quelques instants plus tard, le poste de radio gisait en morceaux sur le sol et il ne restait plus que le téléphone à fracasser. Il brandit sa batte au-dessus de l'appareil dont le fil n'était même pas branché et qui sonnait pourtant. Il aurait dû être surpris mais il ne l'était pas. Ces derniers temps, il avait totalement perdu sa faculté d'étonnement.

Au lieu de réduire le téléphone à des éclats de plastique, il reposa la batte et le rebrancha. Il approcha le récepteur de son oreille, pas trop cependant pour éviter que les voix ne sautent du combiné à sa tête et n'y élisent domicile, le précipitant dans la folie ou n'y enfonçant davantage. Il écouta un moment, la bouche tremblante, les larmes continuant à couler, avant de composer un numéro. À l'autre bout du fil, un téléphone sonna quatre fois, un répondeur se déclencha. C'était toujours un répondeur. Il se calma autant qu'il le put avant de bredouiller :

— Y a quelque chose qui va pas. Faut que vous veniez tout prendre. Dites aux autres que je laisse tomber. Payez-moi ce que vous me devez, vous pouvez garder le reste.

Il raccrocha, enfila un manteau et une paire de baskets, prit une lampe électrique. Après un moment d'hésitation, il passa une main sous le lit et trouva l'étui vert réglementaire de l'armée. Il en tira le Browning, le glissa dans une poche de son manteau, emporta aussi la batte de base-ball pour être plus tranquille et sortit de la cabane.

C'était une nuit sans lune, avec un ciel noir de nuages, et le monde lui parut extrêmement sombre. Le faisceau de sa torche trouait l'obscurité tandis qu'il se dirigeait vers la rangée de chambres condamnées et parvenait à la 14. Il se rappela son père et se revit enfant devant cette même chambre du motel, lui demandant pourquoi il n'y avait pas de numéro 13, pourquoi les chambres passaient de 12 à 14. Son père lui avait expliqué que les gens étaient superstitieux. Ils ne voulaient pas coucher dans la chambre 13, ni au treizième étage d'un hôtel, en ville, et on avait trouvé un moyen de les rassurer. La 13 devenait la 14 et tout le monde dormait un peu mieux, même si en fait la 14 était toujours la 13, malgré les efforts pour le dissimuler. Il y avait même des gens qui refusaient la 14 pour cette raison mais, généralement, la plupart des clients ne s'apercevaient de rien.

Il était maintenant seul devant la 14. Il n'y avait aucun bruit à l'intérieur mais il sentait leur présence. Ils l'attendaient, ils attendaient qu'il fasse ce qu'ils avaient exigé de lui par-dessus la musique de la radio et les dialogues de la télévision, dans les appels nocturnes d'un téléphone qui n'aurait pas dû marcher : les libérer.

La serrure et les verrous étaient intacts mais, lorsqu'il inspecta les vis qu'il avait enfoncées dans le bois de l'encadrement de la porte, il découvrit que trois d'entre elles étaient en partie dévissées et qu'une quatrième était tombée par terre.

— Non, balbutia-t-il, c'est pas possible.

Il ramassa la vis tombée, en examina la tête. Elle ne portait aucune marque. Quelqu'un aurait pu s'approcher pendant son absence et la dévisser mais pourquoi une seulement, pourquoi pas aussi les autres ? Cela n'avait aucun sens.

À moins que...

À moins qu'on ne les ait dévissées de l'intérieur. Mais comment ?

Il faut que j'ouvre, se dit-il. Il faut que j'ouvre et que je vérifie. Il n'en avait pourtant aucune envie, il avait peur de ce qu'il pourrait voir, de ce qu'on le forcerait peut-être à faire. S'il lui restait une seule bonne décision à prendre dans la vie, c'était d'ignorer ces voix. Il les entendait presque l'appeler de l'intérieur, le railler...

Il alla chercher sa caisse à outils dans la cabane et revint à la 14. Au moment où il levait sa visseuse, il entendit un bruit de métal sur du bois. Il posa l'outil, braqua la lampe sur la porte.

L'une des vis restantes tournait lentement, s'extrayait du bois. Lorsqu'elle fut enfin visible sur toute sa longueur, elle tomba par terre.

Des vis ne suffiraient pas, plus maintenant. Il rangea la visseuse, prit le pistolet à clous. Respirant bruyamment, il s'approcha de la porte, appuya le canon de l'outil contre le bois, pressa la détente. Le recul le secoua légèrement mais, lorsqu'il s'écarta, il constata que le clou, long de douze centimètres, était enfoncé jusqu'à la tête. Il continua, en cloua vingt au total. Ce serait une corvée, plus tard, de les enlever, mais il se sentit un peu mieux.

Il s'assit sur le sol humide. Les vis ne tournaient plus et il n'entendait plus de voix.

— Ça vous a pas plu, hein ? murmura-t-il. Bientôt, vous serez plus mon problème mais celui de quelqu'un d'autre. Je vais prendre ma thune et me tirer. Ça fait trop longtemps que je moisis ici. Je vais me trouver un petit coin bien chaud et me planquer un moment, ouais, ouais.

Il regarda la lourde boîte à outils, n'eut pas le courage de la rapporter à la cabane. D'ailleurs, il en aurait peut-être encore besoin d'ici peu. La chambre 15 n'était condamnée que par un panneau de contreplaqué. A l'aide d'un tournevis, il délogea les deux vis qui le maintenaient en place et posa la boîte à outils dans la pièce obscure. Il distingua la forme de la vieille armoire, à gauche, le cadre nu du lit, ressorts rouillés et montants tordus, tel le squelette d'une créature morte depuis longtemps.

Tournant la tête, il fixa le mur séparant cette chambre de la 14. La peinture s'écaillait, formait des cloques par endroits. Il posa la main sur l'une des cloques, la sentit céder. Il s'attendait que le mur soit humide et froid mais il était chaud, plus chaud qu'il n'aurait dû l'être normalement, à moins qu'il n'y eût un feu ronflant de l'autre côté. Il fit glisser sa main sur la surface jusqu'à ce qu'il trouve un endroit frais, où la peinture était restée intacte.

— Qu'est-ce... ?

Le son de sa voix dans l'obscurité le fit sursauter, comme si ce n'était pas lui qui avait parlé mais un autre lui-même qui se tenait à l'écart, qui l'observait avec curiosité, un homme vieilli avant l'âge, brisé par la guerre et la perte de proches, hanté par des téléphones qui sonnaient en pleine nuit et des voix qui parlaient dans des langues étranges.

Car, sous sa paume, il sentait l'endroit frais devenir chaud. Non, pas simplement chaud : brûlant. Il ferma brièvement les yeux et une image surgit dans son esprit : une présence dans la chambre voisine, une créature difforme, tordue, se consumant de l'intérieur, qui avait placé une main contre le mur et suivait le mouvement de la sienne, comme un morceau de métal entraîné par un aimant.

Il retira sa main, la frotta contre la jambe de son pantalon de survêtement. Il avait la bouche et la gorge sèches. Il eut envie de tousser mais se retint. C'était absurde, il le savait : il venait de visser une porte et d'y enfoncer des clous, ce n'était pas comme s'il n'avait fait aucun bruit jusqu'à cet instant. Mais il y avait une différence entre ces bruits mécaniques et le caractère humain, intime – fragile, même, pourrait-on dire –, d'une toux. Une main plaquée sur les lèvres, il sortit de la pièce à reculons en y laissant la boîte à outils. Il remit le panneau de contreplaqué en place, ne prit pas la peine de le revisser. La nuit était calme, il n'y avait pas assez de vent pour le faire tomber. Il ne regarda pas une seule fois derrière lui avant d'arriver à sa cabane. Une fois à l'intérieur, il ferma la porte à clé, but de l'eau, suivie d'un verre de vodka et d'un Nyquil pour l'aider à dormir. Il rappela le numéro qu'il avait composé un quart d'heure plus tôt et laissa un autre message.

— Plus qu'une nuit, prévint-il. Je veux mon argent, je veux que vous repreniez ce truc. J'en peux plus, désolé.

Puis il réduisit le téléphone en morceaux avant d'ôter son manteau et ses baskets, se recroquevilla dans son lit. Il écouta le silence et eut l'impression que le silence l'écoutait.

On les traitait comme des moins que rien, c'était ce qu'il pensait : depuis le début, on les traitait comme des moins que rien. Ils avaient même réussi à mal orthographier son nom sur ses plaques d'identification : Bobby Jandrau au lieu de « Jandreau ». Pas question d'aller faire la guerre avec son nom mal écrit : ça lui porterait la poisse, là-bas. Quand il avait soulevé le problème, ils avaient fait toute une histoire, comme s'il demandait à être amené en Irak en chaise à porteurs.

En même temps, les riches baisaient toujours les pauvres et c'était une guerre de riches faite par des pauvres. Il n'y avait pas de friqués qui attendaient de se battre à ses côtés et, s'il y en avait eu, il leur aurait demandé pourquoi, parce que ça n'avait pas de sens d'être là si on avait le choix. Non, c'étaient tous des gars comme lui, certains plus pauvres encore, même s'il savait ce que c'était que de vivre dans la gêne. Mais, comparé à quelques-uns des types qu'il connaissait et qui tutoyaient la misère avant de s'engager, il était presque à l'aise.

Les gradés leur avaient dit qu'ils étaient prêts pour le combat, mais on ne leur avait même pas fourni de gilets pare-balles.

« C'est parce que les Irakiens vont pas te tirer dessus, avait expliqué Lattner. Ils vont juste dire des vilaines choses sur ta maman. »

Lattner, un grand maigre, peut-être le plus grand type qu'il ait jamais rencontré, appelait toujours ses parents « m'man et p'pa ». Sur le point de mourir, il avait réclamé sa maman, qui se trouvait à des milliers de kilomètres de là et priait probablement pour lui. On l'avait bourré de calmants pour réduire la douleur et il ne savait plus où il était. Il se croyait de retour à Laredo. On lui avait dit que « m'man » arrivait et il était mort en le croyant.

Ils avaient récupéré des morceaux de métal et des boîtes de conserve aplaties pour se fabriquer leur propre armure. Plus tard, ils avaient pris des gilets pare-balles sur les corps d'Irakiens morts. Les hommes et les femmes qui viendraient ensuite seraient mieux équipés : rembourrages, protection des yeux, lunettes de soleil Wiley-X, et même des fiches avec les réponses à donner aux éventuelles questions des médias, parce qu'à ce moment-là tout se barrait en sucette et que, comme disait son daron, ils ne voulaient pas que quelqu'un déblatère à la sortie de l'école.

Au début, il n'y avait pas de douches non plus, ils se lavaient dans leurs casques. Ils couchaient dans des bâtiments en ruine et, plus tard, à cinq dans une chambre sans climatisation par une température de plus de 50 °C. Ils finirent par avoir la clim, des unités d'habitation conteneurisées, des chiottes convenables, des foyers avec Playstation et télé grand écran, une coopérative militaire vendant des tee-shirts ornés de blagues vaseuses, et un Burger King. Ils eurent des terminaux Internet, des centraux téléphoniques ouverts en permanence, sauf que, lorsqu'un soldat se faisait tuer, on les fermait jusqu'à ce que la famille soit informée.

Toutes ces difficultés, il s'en fichait, au début. On ne s'engageait pas pour rester au pays et tirer son temps aux États-Unis. On s'engageait parce qu'on voulait se battre, et qu'est-ce que Rumsfeld, le secrétaire à la Défense, avait dit, déjà ? On fait la guerre avec l'armée qu'on a, pas avec l'armée qu'on aimerait avoir. D'un autre côté, la dernière fois qu'il l'avait vu, Rumsfeld avait encore tous ses membres, alors, c'était facile pour lui de dire ça.

Jandreau avait des tatouages sur les bras, des conneries de gamin, aucun rapport avec les gangs. Il n'était même pas sûr qu'il y ait dans le Maine une bande qui mérite qu'on se fasse tatouer, et, s'il y en avait une, le tatouage n'aurait pas impressionné de vrais durs comme les Bloods et les Crips. L'armée finirait par ajouter un tatouage à elle : les éléments de sa plaque d'identification gravés dans son flanc, sa « plaque de viande », afin que, s'il était réduit en morceaux par une explosion, si ses plaques métalliques étaient perdues ou détruites, son corps porte toujours son identité. Un sergent-chef lui avait promis une dérogation pour ses vieux tatouages quand il s'était enrôlé, il avait même promis d'effacer les délits mineurs qu'il pourrait avoir sur son casier mais il n'avait même pas une conduite en état d'ivresse à son passif. On lui avait garanti la bonne vie : une prime d'engagement, des congés payés et une bourse pour faire des études s'il en avait envie après avoir fini ses deux années. Il avait obtenu de bons résultats aux tests d'aptitude de l'armée, ce qui lui permettait de signer un engagement de deux ans mais il avait signé pour quatre. Il n'avait pas grand-chose d'autre en perspective de toute façon, et un engagement de quatre ans lui assurait une affectation dans une division particulière et il voulait se retrouver avec d'autres gars du Maine si c'était possible. Ça lui avait plu, l'armée. Il était bon soldat. Du coup, il avait rempilé. S'il ne l'avait pas fait, la suite aurait été très différente. La deuxième fois, ce serait encore mieux. La deuxième fois, ce serait mortel.

Mais d'abord on l'avait envoyé faire ses classes à Fort Benning pendant trois mois et il avait cru crever le deuxième jour. Après quoi, on lui avait accordé deux semaines pour glander puis on l'avait mis sur le Programme d'aide au recrutement dans la ville natale, qui consistait à se balader en uniforme de parade pour recruter ses potes, l'équivalent militaire de la vente pyramidale, mais ses copains n'étaient pas preneurs. C'est alors qu'il avait rencontré Tobias. Même alors, Tobias savait y faire. Il nouait des alliances, arrangeait des accords, rendait de petits services pour lesquels il demanderait plus tard un renvoi d'ascenseur. Tobias l'avait pris sous son aile.

« Tu connais rien à rien, lui avait-il dit. Reste avec moi, je ferai ton éducation. »

Et il l'avait fait. Tobias avait veillé sur lui tout comme il avait lui-même veillé sur Damien Patchett, jusqu'à ce que les rôles soient inversés et que les balles sifflent.

Je suis l'appât, pensa-t-il. La chèvre attachée à un piquet.

Je vais mourir.

5

J'étais de retour devant chez Tobias le lendemain matin. Au lieu de la Saturn que j'utilisais parfois pour les planques, comme la veille, j'avais pris la Mustang, au cas où Tobias soupçonnerait une filature après notre rencontre. La Mustang ne passait pas précisément inaperçue mais je m'étais garé derrière une camionnette sur le parking de la boulangerie Big Sky, au coin de Deering Avenue, tourné de façon à voir la maison de Tobias dans Revere sans qu'il puisse me repérer facilement. Son Silverado se trouvait encore dans l'allée et les doubles rideaux de la fenêtre du premier étaient toujours fermés. Peu après 8 heures, Tobias apparut par la porte de devant, vêtu d'un tee-shirt et d'un jean noirs. Il avait un tatouage sur le bras gauche mais, à cette distance, je ne pouvais pas distinguer ce que c'était. Il monta dans son 4 × 4, tourna à droite. Quand il eut presque disparu, je pris son sillage.

Il y avait beaucoup de circulation et je pus rester loin derrière lui sans le quitter des yeux. Je faillis le perdre à Bedford lorsque le feu changea mais je le rattrapai deux rues plus bas. Finalement, il s'engagea dans un ensemble d'entrepôts situé en retrait de Franklin. Je passai devant et pénétrai dans le parking suivant d'où je vis Tobias s'arrêter à côté d'un des trois semi-remorques garés près d'une clôture en grillage. Pendant l'heure qui suivit, il bricola sur son camion puis remonta dans le Silverado et retourna chez lui.

Je fis le plein de la Mustang, achetai un café à la boulangerie Big Sky et me demandai ce que je devais faire maintenant. Tout ce que j'avais découvert, c'était que les finances de Tobias ne collaient pas et qu'il avait peut-être des problèmes avec sa copine, comme Bennett l'avait suggéré, mais je ne pouvais pas m'empêcher de penser que, finalement, ça ne me regardait pas vraiment. Théoriquement, j'aurais dû le filer jusqu'à ce qu'il parte comme prévu pour le Canada, le suivre de l'autre côté de la frontière et voir ce qui se passait, mais il y avait peu de chances pour qu'il ne me repère pas si je restais derrière lui aussi longtemps. S'il se livrait à des activités illégales, il devait se méfier et une filature bien faite aurait exigé deux, voire trois véhicules. J'aurais pu mettre Jackie Garner dans le coup mais il ne travaillait pas pour rien, sauf si on lui garantissait un peu d'amusement, et filer un camion jusqu'à Québec ne correspondait pas à l'idée qu'il se faisait d'un bon moment. Tobias faisait de la contrebande, et alors ? Je n'appartenais pas aux douanes américaines.

Savoir s'il cognait ou non sur sa copine était une autre histoire, mais je ne voyais pas en quoi mon implication améliorerait la situation. Bennett Patchett était mieux placé que moi pour aborder le problème discrètement avec Karen Emory, peut-être par l'intermédiaire d'une des employées du *diner*, parce qu'un parfait inconnu venant lui demander si son mec lui avait tapé dessus dernièrement était peu susceptible d'attirer sa sympathie.

J'appelai le portable de Bennett. J'obtins sa messagerie, lui demandai de me rappeler. J'essayai au Downs mais il n'y était pas et la femme qui répondit m'informa qu'il ne devait pas passer au restaurant de la journée. Je raccrochai. Mon café refroidissait. Je baissai ma vitre, vidai mon gobelet en carton par terre et le jetai à l'arrière de la voiture. Je trouvais le temps long, je me sentais frustré. Je pris un roman de James Lee Burke dans la boîte à gants, me renversai contre le dossier de mon siège et me mis à lire.

Trois heures plus tard, j'avais mal aux fesses et avais fini le bouquin. En plus, le café avait fait son chemin à travers mon organisme. Comme tout bon privé, je gardais une bouteille en plastique vide pour ce genre d'éventualité mais je n'en étais pas encore là. Je tentai de nouveau de joindre Bennett, me retrouvai une fois de plus sur sa messagerie. Vingt minutes plus tard, la Subaru verte de Karen Emory apparut au carrefour. Karen était au volant et portait déjà son tee-shirt bleu du Downs. Il ne semblait pas y avoir quelqu'un d'autre dans la voiture et je la laissai s'éloigner.

Au bout d'une demi-heure, le Silverado de Tobias sortit et prit la direction de la grand-route. Je le suivis jusqu'au cinéma Nickelodeon de Portland où il acheta un billet. J'attendis vingt minutes, il ne ressortit pas. Apparemment, ce n'était pas aujourd'hui que Tobias irait au Canada. Et s'il avait prévu de partir ce soir, je ne pouvais pas le suivre. Je devais travailler au Bear ce soir-là et le lendemain, je ne pouvais pas laisser tomber Dave Evans. J'avais l'impression d'avoir perdu ma journée. Ce n'était pas de cette façon que Bennett en aurait pour son argent. Il était 5 heures de l'après-midi, je devais être au Bear à 8 heures et je voulais prendre d'abord une douche et aller aux toilettes.

Je retournai à Scarborough. Il faisait chaud, étouffant. Après m'être douché et changé, je pris ma décision : je facturerais à Bennett les heures que j'avais déjà faites et je lui rendrais le reste de son argent, à moins qu'il n'ait une raison convaincante de m'en dissuader. S'il le souhaitait, et s'il me servait d'intermédiaire, je parlerais à Karen Emory gratuitement et la conseillerais sur ce qu'elle pouvait faire si elle était victime de violences. Quant à Joel Tobias, à supposer qu'il ne bouche pas les trous de son budget par des activités parfaitement légales dont je n'avais pas connaissance, il pouvait continuer à trafiquer jusqu'à ce que les flics ou les douanes le chopent. Ce n'était pas un compromis idéal mais les compromis le sont rarement.

Il y avait du monde au Bear ce soir-là. Des policiers de l'État du Maine picolaient au bout du comptoir, loin de la porte. Je jugeai judicieux de les éviter et Dave fut de mon avis. Ils ne m'aimaient pas beaucoup et l'un d'eux, un inspecteur nommé Hansen, était toujours en congé maladie après s'être mêlé de mes affaires quelques mois plus tôt. Je n'y étais pour rien mais je savais que ses collègues voyaient les choses autrement. Je passai la soirée à prendre les commandes des serveuses de la salle et laissai les deux barmen habituels s'occuper des clients assis au comptoir. Le temps s'écoula rapidement et, à minuit, j'avais terminé. Par acquit de conscience, je passai une fois encore devant chez Tobias. Le Silverado était là, ainsi que la voiture de Karen Emory. Lorsque je retournai aux entrepôts, le semi-remorque de Tobias n'avait pas bougé.

Mon portable vibra alors que j'étais à mi-chemin de chez moi. Le système d'identification d'appel afficha le numéro de Bennett et je me garai devant un Dunkin' Donuts.

— Vous appelez un peu tard, monsieur Bennett, fis-je remarquer.

— Je me suis dit que tu devais être un oiseau de nuit comme moi, se justifia-t-il. Pardon de ne pas t'avoir rappelé plus tôt, j'ai eu des problèmes à régler toute la journée et, pour te dire la vérité, une fois que j'ai eu fini, j'avais pas spécialement envie de consulter mes messages. Je suis rentré, je me suis envoyé un dernier verre et je me sens un peu plus détendu maintenant. Tu as trouvé quelque chose d'intéressant ?

Je répondis que non, à part que les finances de Tobias n'étaient peut-être pas tout à fait claires, ce que Bennett soupçonnait déjà. Je lui exposai ensuite mes préoccupations : filer Tobias serait difficile sans main-d'œuvre supplémentaire et il y avait peut-être de meilleurs moyens de s'occuper d'éventuelles violences infligées à Karen Emory.

— Et mon garçon ? s'écria-t-il d'une voix brisée.

Je me demandai combien de « derniers » verres il avait pris.

— Et mon garçon ?

Je ne savais pas quoi lui répondre. Votre garçon n'est plus, ce n'est pas cette enquête qui le ramènera. C'est le stress posttraumatique qui l'a emporté, pas son implication dans ce que Joel Tobias trafique peut-être derrière la façade de son entreprise de transport.

— Écoute, poursuivit Bennett, tu me prends pour un vieil idiot incapable d'accepter les circonstances de la mort de son fils, et c'est sûrement vrai. N'empêche que j'ai le flair pour les gens, et ce Tobias est pourri. Il m'a immédiatement déplu quand je l'ai rencontré et je n'étais pas content que Damien soit mêlé à ses affaires. Continue, je te le demande. C'est pas une question d'argent. De l'argent, j'en ai. Si tu dois embaucher quelqu'un d'autre, fais-le, je le paierai aussi. Qu'est-ce que t'en penses ?

Que pouvais-je dire ? Je promis d'enquêter quelques jours encore, même si je pensais que ça ne servirait à rien. Il me remercia et raccrocha. Je fixai un moment le téléphone avant de le jeter sur le siège à côté de moi.

Cette nuit-là, je rêvai du camion de Joel Tobias, garé sur un parking désert. Les portes de sa remorque n'étaient pas fermées à clé et, quand je les ouvris, je ne vis qu'une obscurité profonde qui s'étendait au-delà de l'arrière de la remorque, comme si mon regard plongeait dans le vide. Je sentis une présence monter de l'abîme, se précipiter vers moi, et je m'éveillai aux premières lueurs de l'aube avec le sentiment que je n'étais plus tout à fait seul.

Le parfum de ma femme morte flottait dans la chambre et je savais que c'était un avertissement.

6

Je me garai devant le débarcadère de Casco Bay au moment où le navire postal partait pour sa tournée du matin, emportant une poignée de passagers, des touristes pour la plupart, qui regardaient le quai s'éloigner, assistaient au ballet des bateaux de pêche et des ferries. La malle était une partie intégrante de la vie de la baie, un lien biquotidien entre la côte et les habitants de Little Diamond, Great Diamond et Diamond Cove, de Long Island, Cliff Island et Peaks Island, de Great Chebeague, la plus grande des îles de Casco Bay, et de Dutch Island, ou Sanctuary, comme on l'appelait quelquefois, la plus éloignée des « Calendar Islands ». La malle reliait non seulement ceux de la côte à ceux des îles mais aussi les divers avant-postes de Casco Bay entre eux.

Voir le navire postal suscitait toujours un peu de nostalgie. Il semblait appartenir à une autre époque et on ne pouvait s'empêcher de penser à ses prédécesseurs, à l'importance qu'avait ce trait d'union lorsque le voyage de la côte aux îles n'était pas si facile. Il apportait des lettres, colis et marchandises mais aussi les nouvelles, et contribuait à les répandre. Mon grand-père, le père de ma mère, m'avait emmené sur l'une des tournées de la malle peu après que ma mère et moi étions retournés dans le Maine pour tenter d'échapper à la tache sans cesse plus grande causée par la mort de mon père. Je m'étais alors demandé si nous ne pourrions pas vivre sur l'une de ces îles, abandonnant le continent à tout jamais, pour que, lorsque la tache atteindrait la côte, elle s'écoule lentement dans la mer et soit dispersée par les vagues. Rétrospectivement, je me rendais compte que j'avais toujours fui quelque chose : l'héritage de mon père, la mort de Susan et Jennifer, ma femme et mon enfant ; j'avais fui en définitive ma propre nature.

Mais j'avais maintenant cessé de fuir.

Le Sailmaker, à franchement parler, était un établissement répugnant. C'était l'un des derniers bars des quais de Portland construits pour satisfaire aux besoins des pêcheurs de homards, des dockers et de tous ceux dont l'existence dépendait des aspects les plus durs du port. Il était là bien avant que quiconque imagine que des touristes puissent avoir envie de se balader sur le quai et, lorsque ceux-ci finirent par s'y risquer, ils évitèrent soigneusement le Sailmaker. Il faisait penser à ces chiens qui sommeillent dans une cour, le pelage couturé de cicatrices d'anciennes batailles, la gueule découvrant, même au repos, des dents jaunies, les yeux chassieux sous des paupières à demi closes : tout en eux exprimait une menace contenue et la promesse d'un doigt en moins si un inconnu était assez stupide pour tenter en passant de leur tapoter la tête. Même le nom sur l'enseigne accrochée dehors était à peine lisible puisqu'on avait renoncé depuis des années à la repeindre. Les gens qui avaient besoin d'y aller savaient où le trouver, et cela s'appliquait aussi bien aux habitants du coin qu'à un certain type de nouveaux venus, ceux qui ne s'intéressaient ni aux bons dîners, ni aux visites de phare, ni aux pensées nostalgiques sur les navires postaux et les îliens. Ceux-là découvraient le Sailmaker en reniflant et s'y faisaient une place après avoir échangé des coups de dents avec les autres chiens.

Le Sailmaker était le seul commerce encore ouvert sur son quai. Tout autour, des planches clouées sur des fenêtres et des portes cadenassées protégeaient des établissements où il n'y avait plus rien à voler. En y pénétrant quand même, on risquait de passer à travers le plancher et de tomber dans l'eau froide puisque ces bâtiments, comme le quai lui-même, pourrissaient lentement et s'enfonçaient dans la mer. C'était un miracle que tout ne se soit pas écroulé des années plus tôt, et si le Sailmaker semblait plus solide que ses voisins, il reposait sur les mêmes pilotis incertains.

Prendre un verre au Sailmaker procurait une sensation de danger à de nombreux égards, le risque de se noyer dans la baie après avoir passé le pied à travers une planche bousillée semblant relativement mineur comparé aux menaces de violences physiques plus immédiates de la part d'un de ses clients. Même les homardiers, pour la plupart, ne fréquentaient plus le Sailmaker, et ceux qui y venaient encore songeaient moins à pêcher qu'à boire assidûment jusqu'à ce que l'alcool leur ressorte par les oreilles. Ils n'étaient plus homardiers que de nom car ceux qui finissaient au Sailmaker s'étaient résignés à ce que leur temps de membre utile de la société, travaillant dur pour un honnête salaire, soit terminé depuis longtemps. On se retrouvait au Sailmaker quand on n'avait plus nulle part où aller, quand la seule fin en vue était un enterrement auquel assisteraient des types qui ne vous connaissaient que par la place que vous occupiez au bar et par la gnôle que vous consommiez, et qui pleureraient autant sur leur propre vie que sur la vôtre quand on vous mettrait en terre. Toutes les petites villes côtières avaient un Sailmaker où, d'une certaine façon, on se souvenait mieux des clients défunts que dans ce qui leur restait de famille. En ce sens, le Sailmaker était, au propre comme au figuré, le lieu adéquat où terminer ses jours, le « voilier[1] » d'un navire étant à bord celui qui cousait un marin mort dans son hamac et passait l'aiguille dans le nez du matelot pour s'assurer qu'il était bien mort. Au Sailmaker, cette précaution était inutile : les clients se tuaient eux-mêmes en buvant et, lorsqu'ils cessaient de commander à boire, c'était le signe à peu près sûr qu'ils avaient atteint leur objectif.

Le bar avait pour patron un certain Jimmy Jewel que je n'avais jamais entendu appeler autrement que « Monsieur Jewel » en sa présence. Jimmy possédait beaucoup d'autres biens semblables au Sailmaker et au quai sur lequel il se dressait : des immeubles d'appartements à peine conformes aux lois ; des bâtiments en ruine sur le front de mer et dans les rues adjacentes de tout le littoral de Kittery à Calais, des terrains vagues semés de flaques d'eau sale qui n'étaient pas à vendre et ne portaient aucune indication qu'ils appartenaient à quelqu'un hormis une série de pancartes « Défense d'entrer », certaines d'aspect à peu près officiel, d'autres constituées d'une simple planche sur laquelle l'interdiction avait été gribouillée en recourant à des orthographes variées et inventives.

Ce que ces bâtiments et ces terrains avaient en commun, c'était la possibilité d'intéresser un jour un promoteur. Le quai du Sailmaker faisait partie de ceux qui avaient une chance d'être intégrés dans un éventuel

---

1. En anglais, *sailmaker*. (*N.d.T.*)

réaménagement des ports du Maine, un projet de 160 millions de dollars pour relancer le front de mer, avec un nouvel hôtel, une tour de bureaux et une marina, projet qu'on avait depuis abandonné et dont la perspective semblait maintenant de plus en plus lointaine. Le port connaissait de grandes difficultés. Les quais de sa partie internationale, autrefois couverts de conteneurs attendant d'être chargés sur des cargos ou des péniches, ou transportés à l'intérieur des terres par route ou voie ferrée, étaient plus mornes que jamais. Le nombre des bateaux de pêche apportant leurs prises à la criée du quai aux Poissons de Portland était tombé de trois cent cinquante à soixante-dix en quinze ans et les moyens d'existence des pêcheurs étaient également menacés par une réduction des jours de pêche autorisés. Le Cat, service de ferries ultrarapide entre Portland et la Nouvelle-Ecosse, avait fermé, privant le port de revenus et d'emplois dont il avait grand besoin. Certains avançaient que, pour assurer la survie du front de mer, il fallait augmenter le nombre de bars et de restaurants autorisés sur les quais mais le port courrait alors le danger de n'être guère plus qu'un parc à thème, avec une poignée de homardiers qu'on laisserait vivre chichement pour offrir un peu de couleur locale aux touristes, et Portland ne serait plus que l'ombre du grand port en eau profonde qui avait défini l'identité de la ville pendant trois siècles.

Au milieu de toute cette incertitude trônait Jimmy Jewel, qui jaugeait les possibilités, dressant un doigt humide pour estimer la direction du vent. Il aurait été faux de lui reprocher de ne pas s'intéresser à Portland, à ses jetées et à son histoire. Il s'intéressait simplement davantage à l'argent.

Les immeubles délabrés, quoique représentant une part importante de son patrimoine, ne constituaient pas la totalité de ses intérêts commerciaux. Il s'était aussi fait une place dans le transport, à la fois à l'intérieur de l'État et d'un côté et de l'autre de la frontière, et en savait plus sur l'introduction de la drogue du Canada aux États-Unis que n'importe qui ou presque de la côte nord-est. Jimmy s'occupait surtout d'herbe mais il avait durement été frappé ces dernières années et, selon la rumeur, il abandonnait la drogue pour des activités légales, ou des activités d'*apparence* légale, ce qui n'était pas la même chose. Les habitudes ont la vie dure et, s'agissant de criminalité, Jimmy demeurait dans le coup autant pour l'argent que pour le plaisir qu'il prenait à enfreindre la loi.

Je n'avais pas à téléphoner pour prendre rendez-vous avec lui. Le cœur de son empire, c'était le Sailmaker. Jimmy y avait un petit bureau derrière mais la pièce servait surtout de remise et on trouvait toujours Jimmy au bar, lisant le journal, répondant à des appels occasionnels sur un téléphone ancien et enfilant à la chaîne les tasses de café. Il y était quand j'arrivai ce matin-là. Il n'y avait personne d'autre, excepté un barman en veste blanche tachée qui ramenait des fûts de bière de la remise. Il s'appelait Earle Hanley, le Earle Hanley qui servait au bar du Blue Moon le soir où Sally Cleaver avait été battue à mort par son mec, car le propriétaire des deux établissements était une seule et même personne : Jimmy Jewel.

Earle leva les yeux à mon entrée. Si ma venue lui fit plaisir, il s'efforça virilement de le dissimuler. Son visage se plissa telle une feuille de papier serrée dans un poing, alors que, au repos, il ressemblait déjà à la dernière noix restant dans une coupe une semaine après Thanksgiving. Earle faisait aussi partie des gars qui, à l'occasion, bastonnaient les récalcitrants ayant contrarié Jimmy et s'attirant ses foudres. Il donnait l'impression d'être un assemblage de grosses boules de lipides, celle du haut étant garnie de cheveux noirs et gras. Même ses cuisses étaient sphériques. Je pouvais presque entendre la graisse ballotter dans son corps quand il bougeait.

Jimmy, lui, portait un costume noir de croque-mort sur une chemise bleue au col ouvert. Il était maigre et ses cheveux montraient un dégradé de gris maintenu en place par une pommade sentant faiblement le clou de girofle. Haut d'un mètre quatre-vingts et légèrement voûté, il semblait ployer sous un fardeau invisible pour tous mais terriblement accablant pour lui. Le coin droit de sa bouche était perpétuellement relevé, comme si la vie était une amusante comédie et lui un simple spectateur. Jimmy n'était pas le mauvais type, comparé aux autres contrebandiers et dealers. Il s'était castagné deux ou trois fois avec mon grand-père, qui était flic de la police de l'État et qui avait connu Jimmy à ses débuts, mais les deux hommes se vouaient un respect mutuel. Jimmy avait assisté à l'enterrement de mon grand-père et exprimé un chagrin à mes yeux sincère. Depuis, je n'avais pas été souvent en relations avec lui mais, une ou deux fois, il avait eu l'amabilité de m'indiquer la bonne direction quand j'avais besoin d'une réponse, à condition que personne n'en pâtisse et que les flics ne soient pas dans le coup.

Il leva les yeux de son journal et son demi-sourire tremblota comme une ampoule dont la source électrique est momentanément perturbée.

— Tu devrais pas porter un masque ? me lança-t-il.

— Pourquoi ? Il y a quelque chose ici qui mérite d'être volé ?

— Non, mais je croyais que vous, les justiciers, vous portiez tous un masque. Comme ça, les gens se demandent : « Mais qui est donc le vengeur masqué ? » quand tu disparais dans la nuit. Sinon, t'es juste un gars qui s'habille trop jeune pour son âge, qui fourre son nez où il devrait pas et qui s'étonne quand il se met à saigner.

Je m'installai sur un tabouret en face de lui et il replia son journal en soupirant.

— Tu trouves vraiment que je m'habille trop jeune pour mon âge ? m'inquiétai-je.

— Si tu veux mon avis, tout le monde aujourd'hui s'habille trop jeune pour son âge... si on peut appeler ça s'habiller. Je me rappelle encore une époque où les radeuses qui bossaient dans les bars n'auraient jamais osé se fringuer comme certaines des filles que je vois passer, été comme hiver. Ça me donne envie de leur acheter un manteau, pour qu'elles aient bien chaud. Mais qu'est-ce que je connais à la mode ? Pour moi, tout costume qui n'est pas noir est une tenue tape-à-l'œil.

Il tendit le bras et nous nous serrâmes la main.

— Comment tu vas, petit ?

— Bien.

— Toujours avec cette femme ?

Il voulait parler de Rachel, la mère de Sam, ma fille. Je n'éprouvai pas le besoin d'exprimer de la surprise : personne ne survit aussi longtemps que Jimmy Jewel sans se tenir à jour sur tous les types qu'il a croisés.

— Non, répondis-je. Nous sommes séparés. Elle vit dans le Vermont.

— Elle a emmené la gosse ?

— Oui.

— Désolé.

Ce n'était pas un sujet de conversation que je tenais à développer et je reniflai l'air avec précaution.

— Il pue, ton bar, diagnostiquai-je.

— Mon bar sent bon, affirma Jimmy. C'est la clientèle qui pue mais, pour me débarrasser de la puanteur, faudrait que je me débarrasse aussi des clients et je me retrouverais seul avec mes fantômes. Oh, et Earle n'embaume pas vraiment non plus, mais lui, c'est peut-être génétique.

Sans répondre, Earle ajouta quelques plis à son expression et se remit à réarranger la saleté.

— Tu bois quelque chose ? Tournée du patron.

— Non, merci, déclinai-je. Il paraît que tu coupes ta gnôle avec de l'eau pour lui donner du goût.

— Tu manques pas d'air de venir ici dénigrer mon établissement.

— Ce n'est pas un établissement, c'est une dépense déductible de tes impôts. Si jamais il te rapportait, ton empire s'écroulerait.

— Parce que j'ai un empire ? Première nouvelle. Si j'avais su, je me serais mieux sapé, je me serais acheté des costumes noirs plus chers.

— Tu as un gars qui t'apporte du café et qui concasse les crânes sans que tu le demandes. Ça compte, quand même.

— C'est un café que tu veux ? dit Jimmy.

— Il est aussi mauvais que tout le reste dans ton bar ?

— Pire, mais je le fais moi-même et au moins tu sais que j'ai les mains nettes. Au sens propre, pas au sens figuré.

— Un café, ça me va, merci. C'est un peu tôt pour moi pour prendre autre chose.

— Alors tu t'es trompé de bar. Tu crois que mes fenêtres sont petites parce que j'ai pas les moyens de me payer des vitres plus grandes ?

Il faisait toujours sombre au Sailmaker, les clients n'aimaient pas qu'on leur rappelle le passage du temps.

Jimmy fit signe à Earle, qui réussit à dénicher une tasse quelque part, en examina l'intérieur pour vérifier qu'elle n'était pas sale, ou pas trop, et la remplit. Quand il la posa sur le comptoir, du café déborda et forma une petite flaque sur le bois. Earle me regarda, comme s'il me défiait de me plaindre.

— Il est délicat, pour un colosse, soulignai-je.

— Il ne t'aime pas, expliqua Jimmy. Ne le prends pas personnellement : il aime personne. Quelquefois, je me dis qu'il ne m'aime pas non plus mais je le paie, ça m'assure une certaine tolérance de sa part.

Il me tendit un pot à lait en argent et un sucrier. Jimmy n'aimait pas le lait UHT, ni la crème bon marché, ni les sachets d'édulcorants. Je pris le lait, pas le sucre.

— C'est une visite amicale ou j'ai commis une faute grave qu'il faut réparer ? s'enquit-il. Parce que, je dois te l'avouer, ta présence dans mon bar me donne envie de vérifier ma police d'assurance.

— Tu penses que j'apporte des ennuis ?

— Bon Dieu, la Mort en personne t'envoie sûrement des chocolats à Noël pour te remercier du travail que tu lui fournis.

— J'ai une question sur le transport routier.

— Ne te lance pas là-dedans, je te le déconseille. De longues journées, des heures sup non payées. Tu dors dans une cabine, tu bouffes mal, tu meurs sur une aire de repos. En même temps, personne ne cherche délibérément à te tuer, ce qui semble être un des risques professionnels de ta partie, ou de ce que tu en fais.

Je ne relevai pas.

— C'est au sujet d'un gars, un indépendant. Il a des traites à payer sur un camion, sur une maison, les trucs habituels. Je dirais qu'au total ses dépenses se montent à 70 000 par an, sans mener la grande vie.

— En triturant un peu les chiffres ?
— Probablement, convins-je. Tu as déjà rencontré un homme honnête ?
— Pas au point de vue impôts. Si j'en trouvais un, je lui piquerais tout ce qu'il a, exactement comme le fisc, mais en moins vindicatif. Ton gars, il fait les longues distances ?
— Le Canada, mais c'est tout, je crois.
— Le Canada, c'est grand. Il va loin, d'après toi ?
— Jusqu'à Québec, autant que je sache.
— On n'est pas dans les longues distances. Il bosse beaucoup ?
— Pas assez, j'ai l'impression.
— Alors, tu penses qu'il se fait peut-être de petits à-côtés ?
— Comme il passe la frontière, cette idée m'a traversé. Et, avec tout le respect que je te dois, je ne crois pas que les écureuils franchissent la frontière sans que tu le saches et que tu prennes 10 % sur leurs noisettes.
— 15, corrigea Jimmy. Et c'est un prix d'ami. Il a un nom, ton mec ?
— Joel Tobias.
Jimmy détourna la tête, eut un claquement de langue.
— Il est pas à moi.
— Tu sais à qui il pourrait être ?
Au lieu de répondre, il me posa une question :
— Pourquoi tu t'intéresses à lui ?
En venant à Portland, je m'étais demandé ce que j'étais prêt à confier à Jimmy. Finalement, je décidai de lui révéler l'essentiel, sans mentionner la mort de Damien Patchett pour le moment.
— Il a une petite amie et un citoyen responsable pense qu'il ne la traite peut-être pas comme il faudrait et qu'elle vivrait mieux sans lui.

— Et alors ? Tu prouves que Tobias fait de la contrebande, elle le jette et elle sort avec un prédicateur ? Ou tu mens – et je crois pas que tu sois venu ici pour ça –, ou ton citoyen responsable a besoin d'apprendre comment tourne le monde. La moitié des filles de cette ville sont prêtes à sauter sur un type qui a trois thunes en poche pour les lui claquer et elles se foutent d'où vient le fric. En fait, si tu leur annonces que c'est de l'argent sale, certaines appelleront leurs frangines pour qu'elles participent.

— Et l'autre moitié ?

— Elles se contenteront de lui taxer son portefeuille. Objectifs à court terme, bénéfices à court terme.

Jimmy se passa la main sur le visage et j'entendis crisser sa barbe de vingt-quatre heures.

— Je sais que t'es pas du genre à suivre les conseils, reprit-il, mais tu m'écouteras peut-être en souvenir de ton grand-père. Ça ne vaut pas le coup que tu t'occupes de ce type s'il s'agit seulement d'une embrouille de couple qui se réglera toute seule d'une manière ou d'une autre. Laisse tomber. Y a plus facile pour se faire du blé.

Je bus une gorgée de mon café, qui avait un goût d'huile de vidange. Si je n'avais pas vu Earle le verser, j'aurais cru qu'il était sorti par-derrière pour remplir ma tasse d'eau de la baie avant de me la donner. Ou alors il gardait dans un coin des tasses et des verres vraiment dégueu pour les visiteurs de marque.

— Ça ne marche pas comme ça, Jimmy, répondis-je.

— Ouais, je me doutais que je parlais pour rien.

— Donc, tu connais Tobias ?

— Toi d'abord. C'est pas seulement une histoire de fille qui sort avec un sale mec.

— J'ai été embauché par quelqu'un qui pense qu'il trafique et qui lui en veut.

— Et tu es venu me voir parce que tu crois que Tobias transporte des marchandises illégales dans son camion pour joindre les deux bouts et que je suis au courant.

— Jimmy, tu sais des choses que même le Bon Dieu ignore.

— C'est parce qu'Il ne s'intéresse qu'à la part qu'Il touche, et on finit tous par la payer, alors Il peut se permettre d'attendre. Moi, par contre, je cherche toujours à m'étendre.

— Alors, Tobias ?

Il haussa les épaules.

— J'ai pas grand-chose à dire sur ce lascar mais ce que je sais ne te plaira pas...

Jimmy Jewel était au fait de tout ce qui se passait sur la frontière. Il connaissait chaque route, chaque crique, chaque anse perdue de l'État du Maine. Il travaillait essentiellement pour lui-même en ce sens qu'il servait d'agent à certaines organisations criminelles qui préféraient souvent se tenir à l'écart des activités illicites qui les finançaient. L'alcool, la drogue, les immigrés, l'argent : pour tout ce qu'il fallait transporter, Jimmy trouvait une solution. Un système de pots-de-vin était en place depuis longtemps et il y avait des hommes en uniforme qui savaient quand il fallait regarder ailleurs. Jimmy Jewel se plaisait à répéter qu'il employait plus de personnel que l'administration et pour des boulots plus stables.

Le 11 Septembre avait changé la donne pour Jimmy et ses congénères. On avait resserré les contrôles sur la frontière et il n'était plus en mesure de garantir des livraisons sans accroc. Le montant des pots-de-vin avait augmenté et quelques-uns de ses contacts l'avaient discrètement informé qu'ils ne pouvaient plus courir le risque de travailler pour lui. Deux chargements avaient été saisis et les gens pour qui Jimmy les transportait n'avaient pas apprécié. Il avait perdu de l'argent, et des clients. Mais le ralentissement économique avait aussi été un atout : l'argent se faisait rare, les emplois disparaissaient et, dans cette situation, la contrebande semblait offrir un choix intéressant à des gens qui traversaient une mauvaise passe. Mais même si Jimmy avait toujours besoin de personnel, il sélectionnait avec soin ceux qu'il employait. Il voulait des gars à qui il pouvait faire confiance, qui ne montreraient aucun signe de panique quand les chiens renifleraient autour de leur camion ou de leur voiture, qui n'essaieraient pas de le truander en s'enfuyant avec les bénéfices. Seuls les novices tentaient le coup. Les anciens ne s'y risquaient pas. Jimmy Jewel était du genre aimable, pas Earle Hanley. Earle brisait les pattes d'un chaton pour le punir d'avoir renversé son lait.

Et si Earle ne parvenait pas à régler la situation – ce qui était rare –, Jimmy avait des amis partout, le genre d'amis qui avaient une dette envers lui et savaient où chercher un type assez crétin pour contrarier Jimmy Jewel. Et comme les novices transportaient uniquement des marchandises d'une valeur inférieure à un nombre à cinq chiffres, il y avait une limite à la distance qu'ils pouvaient couvrir pour s'échapper, à supposer, pour commencer, qu'ils aient accès aux « trappes », aux doubles fonds, aux compartiments secrets. Même ceux qui levaient le pied avec la marchandise finissaient par revenir à la case départ parce que Jimmy veillait aussi à employer des gens qui avaient une famille et des amis à sa portée. Ou la partie fautive revenait de son plein gré parce que la compagnie de ses proches lui manquait, ou on l'encourageait à le faire pour éviter des ennuis à ces mêmes proches. Il s'ensuivait une bonne correction, avec saisie des biens ou, en l'absence de biens, deux ou trois sales boulots risqués effectués pour un maigre salaire ou gratuitement, à titre d'expiation. Jimmy répugnait aux châtiments définitifs parce qu'ils attiraient une attention indésirable sur ses activités, ce qui ne signifiait cependant pas que personne n'était jamais mort pour avoir mis Jimmy Jewel de mauvaise humeur. Il y avait des cadavres enterrés dans les Great North Woods, mais ce n'était pas Jimmy qui les y avait mis. Il arrivait simplement que des clients acceptent assez mal la perturbation introduite dans leurs affaires par quelqu'un qui s'évaporait avec leur argent ou leur drogue et qu'ils insistent pour qu'on fasse un exemple afin de *décourager les autres*[1], comme aimaient à dire les contacts québécois de Jimmy. Dans ce genre de cas, il plaidait la clémence mais, si ses appels tombaient dans l'oreille de sourds, il faisait clairement comprendre qu'il n'était pas question qu'il descende qui que ce soit, parce que ce n'était pas sa façon de travailler et que son personnel n'était pas du genre doigt sur la détente. Personne ne s'était jamais plaint de sa position sur le sujet, principalement parce qu'on trouvait toujours des hommes disposés à souffler une bougie malchanceuse, ne serait-ce que pour se maintenir en forme et dans le coup.

Jimmy ne forçait jamais personne à travailler pour lui. Il se contentait d'approches délicates, quelquefois

---

1. En français dans le texte. (*N.d.T.*)

par l'intermédiaire d'un tiers, et, s'il essuyait une rebuffade, il passait à autre chose. Il était patient. Souvent, il suffisait de semer la graine et d'attendre un changement de situation financière qui incitait à reconsidérer son offre. Il surveillait les chauffeurs routiers locaux, il écoutait toujours attentivement les rumeurs selon lesquelles tel faisait des dépenses excessives, tel venait d'acheter un nouveau camion alors que, de notoriété publique, il avait à peine de quoi entretenir l'ancien. S'il y avait une chose que Jimmy détestait, c'était la concurrence, les petits malins qui tentaient de se mettre à leur compte, quoique à une moindre échelle. Cette règle souffrait quelques exceptions : on murmurait qu'il avait conclu un accord avec les Mexicains, mais il n'aurait pas même essayé de raisonner les Dominicains, les Colombiens, les motards ni même les Mohawks. S'ils voulaient profiter de ses services, comme cela arrivait parfois, tout se passait bien, mais si Jimmy Jewel mettait en cause leur droit de vendre le produit, Earle et lui se retrouveraient attachés sur une chaise du Sailmaker, avec des morceaux d'eux-mêmes éparpillés autour de leurs pieds – à supposer que ces pieds ne fassent pas partie des morceaux éparpillés –, tandis que le bar brûlerait en ronflant à leurs oreilles, à supposer qu'ils en aient encore.

C'était ainsi que Joel Tobias avait attiré l'attention de Jimmy. Il avait un camion et une maison mais n'effectuait pas le genre de trajets qui lui permettrait de les garder longtemps. Ça ne collait pas et Jimmy s'était discrètement renseigné parce que, si Tobias faisait de la contrebande, la marchandise venait forcément de quelque part et se retrouvait quelque part, et, dans les deux cas, les hypothèses étaient en nombre limité. L'alcool, c'était encombrant et ça ne rapportait pas assez pour le risque encouru. En outre, à la connaissance de Jimmy, Tobias utilisait les points de passage surveillés, ce qui impliquait de se soumettre à des fouilles régulières, et, à moins qu'il n'ait réussi à se procurer des documents irréprochables, sa carrière de contrebandier serait courte. Restait l'argent mais, là encore, les grosses quantités de dollars devaient venir de quelque part et Jimmy avait accaparé le marché dans ce secteur. De toute façon, le transport réel de billets ne constituait qu'une partie mineure de son trafic car il existait des moyens plus commodes qu'un coffre de voiture ou une cabine de camion pour transférer des fonds d'un endroit à un autre. Jimmy s'intéressait donc de près à Joel Tobias et avait décidé de prendre directement contact avec lui un jour qu'il buvait seul au Three Dollar Dewey's. Il était 4 heures de l'après-midi, on était encore loin du coup de feu de la soirée. Jimmy et Earle s'étaient postés de chaque côté de Tobias et avaient proposé de lui offrir un verre.

— Non, c'est bon, avait répondu Tobias avant de reprendre la lecture de son magazine.

— J'essaie juste de me montrer amical, avait expliqué Jimmy.

Tobias avait jeté un coup d'œil à Earle.

— Ah ouais ? C'est vrai que ton pote a l'air particulièrement amical.

Earle avait en fait l'air aussi amical qu'un rat pestiféré mais Tobias ne semblait ni troublé ni effrayé. C'était un costaud, pas aussi massif qu'Earle mais plus affûté. Jimmy avait appris, en posant des questions à droite à gauche, que Tobias était un ancien militaire. Il avait fait l'Irak, il avait la main gauche amochée – le petit doigt et l'annulaire en moins – mais il était en forme, probablement parce qu'il avait gardé les habitudes prises à l'armée. Il avait aussi gardé ses vieux copains, ce qui préoccupait quelque peu Jimmy. Quelle que soit sa combine, il ne trafiquait pas seul. Des militaires, anciens ou pas, ça voulait dire des armes et Jimmy Jewel n'aimait pas les armes.

— Earle est un tendre, avait répondu Jimmy. C'est moi qui devrais t'inquiéter.

— Écoute, je bois une bière tranquille en lisant. Emmène ton Igor faire peur aux gamins. J'ai rien à discuter avec toi.

— Tu sais qui je suis ?

Tobias avait bu une gorgée de sa bière sans le regarder.

— Ouais, je sais.

— Alors, tu sais aussi pourquoi je suis là.

— Je n'ai pas besoin de boulot. Je me débrouille.

— Tu fais même mieux que te débrouiller, à ce qu'il paraît. Tu roules en camion classe, tu paies tes traites et il te reste de quoi boire une bière après une dure journée de labeur. Si tu veux mon avis, tu assures grave.

— Je bosse.

— Moi, je dirais qu'il te faut trente heures par jour pour te faire ce que tu gagnes dans une période aussi difficile. Chauffeur routier indépendant, en concurrence avec les gros... Tu dois jamais dormir.

Tobias avait fini sa bière, refermé le magazine, ramassé sa monnaie sur le comptoir en laissant un dollar de pourboire.

— Tu ferais mieux de laisser tomber, avait-il lâché.

— Tu ferais mieux de montrer un peu de respect, avait rétorqué Jimmy.

Tobias l'avait regardé avec une expression vaguement amusée.

— C'était un plaisir de bavarder avec toi, avait-il dit en se levant.

Earle avait tendu le bras pour le forcer à se rasseoir mais Tobias était trop rapide pour lui. S'écartant, il lui avait expédié son pied sur le côté du genou gauche. La jambe d'Earle s'était dérobée sous lui, Tobias l'avait empoigné par les cheveux au moment où il s'affaissait et lui avait cogné la tête contre le bar. Earle était tombé par terre, sonné.

— T'as pas besoin de faire ça, avait dit Tobias. Tu t'occupes de tes affaires et je m'occuperai des miennes.

Jimmy avait hoché la tête, non en signe de conciliation, simplement pour indiquer qu'il venait d'avoir confirmation d'un soupçon.

— Roule prudemment.

Tobias était sorti à reculons. Earle, qui se tenait le genou mais s'était ressaisi, semblait prêt à pousser les choses plus loin quand son patron lui avait posé une main sur l'épaule pour le calmer.

— Laisse-le partir, avait murmuré Jimmy en regardant Tobias s'éloigner. Ça ne fait que commencer.

Au Sailmaker, Earle s'appliquait à faire semblant de ne pas écouter notre conversation.

— Tobias l'a blessé dans son orgueil professionnel, conclut Jimmy.

— Tu m'en vois bouleversé, répondis-je.

Je regardai le colosse nettoyer le bar, même s'il n'y avait pas de clients et qu'il aurait fallu tremper le Sailmaker dans un bain d'acide pour le récurer. À cet égard, il avait beaucoup en commun avec le Blue Moon.

— Il n'a pas fait un seul jour de prison pour ce qui est arrivé à Sally Cleaver, rappelai-je. Peut-être que deux ou trois ans de taule l'auraient rendu un peu moins sensible.

— Il était jeune, argua Jimmy. Il réagirait autrement aujourd'hui.

— Ça ne la fera pas revenir.

— Non. Tu es un juge sévère, Charlie. Les gens ont le droit de changer, de tirer les leçons de leurs erreurs.

Il avait raison et j'étais mal placé pour jeter la pierre aux autres, même si je rechignais à le reconnaître.

— Pourquoi tu ne l'as pas fait raser ? demandai-je.

— Le Moon ? Par sentimentalité, peut-être. C'était mon premier bar. Une porcherie mais c'est tous des porcheries. Je sais ce que je suis et je connais ma clientèle.

— Et ?

— Le Moon nous rafraîchit la mémoire. À moi, à Earle. Si je le fais raser, on commencera à oublier.

— Tu sais quelque chose sur Jandreau, le gars de la police de l'État qui s'y est fait tuer ?

— Non, et j'ai déjà répondu à toutes les questions que les flics avaient à me poser. Hé, la dernière fois que j'ai regardé, tu portais pas d'insigne.

— Et Tobias ?

— Apparemment, il a décidé de se faire tout petit après notre conversation. Pendant un mois, il n'a fait aucune livraison hors de l'État. Il a recommencé dernièrement.

— Des marchandises à destination du Canada ?

— Rien que du classique : aliments pour bétail, papier, pièces de machine. Je pourrais t'avoir la liste mais ça ne t'aiderait pas. C'est tout à fait régulier. Ou je me suis mis trop tard à poser des questions, ou ces types sont plus intelligents qu'ils en ont l'air.

— Ces types ? Il a des associés ?

— Des copains de l'armée. Ils ont fait des trajets avec lui. Un gars doué comme toi ne devrait pas avoir de mal à les trouver.

Jimmy rouvrit son journal et reprit sa lecture. Notre entretien était terminé.

— Ça m'a fait plaisir de bavarder avec toi, Charlie. Je suis sûr qu'Earle n'a pas besoin de te raccompagner.

Je me levai et enfilai mon blouson.

— Tobias transporte quoi, Jimmy ?

Ses lèvres se plissèrent et le côté gauche de sa bouche se releva pour imiter le droit, formant un sourire de crocodile.

— On s'occupe de la question, dit-il. Je t'expliquerai peut-être comment ça marche.

7

Avais-je confiance en Jimmy Jewel ? Je n'en étais pas sûr. Mon grand-père me l'avait décrit autrefois comme un homme capable de mentir par omission mais préférant ne pas mentir du tout. Naturellement, Jimmy faisait une exception pour les douanes américaines et les forces de l'ordre en général mais, même avec elles, il était enclin à éviter l'affrontement dans la mesure du possible, parant ainsi à la nécessité de débiter des mensonges.

Il était clair maintenant que Joel Tobias se trouvait dans le collimateur de Jimmy, ce qui ressemblait un peu à être traqué par un drone militaire : l'engin vole presque constamment au-dessus de vous mais vous ne savez jamais quand la vengeance s'abattra sur votre tête.

Après avoir vérifié que le camion de Tobias était toujours aux entrepôts, et son Silverado toujours garé devant chez lui, je m'arrêtai pour manger du gumbo au Bayou Kitchen de Deering. Jimmy m'avait informé que Tobias se faisait aider par d'anciens soldats, ce qui soulevait une nouvelle série de problèmes. Le Maine est un État d'anciens combattants : plus de cent cinquante mille AC y vivent, sans compter ceux qui ont été rappelés pour combattre en Irak et en Afghanistan.

La plupart d'entre eux fuyaient les villes pour s'enterrer dans des zones rurales comme le comté. D'après mon expérience, ils n'aimaient pas trop parler de leurs activités, légales ou non, à des inconnus.

J'appelai Jackie Garner de ma table et lui annonçai que j'avais du travail pour lui. Quoique dans la quarantaine avancée, Jackie vivait encore avec sa maman, qui manifestait une bienveillante tolérance envers la passion de son fils pour les explosifs artisanaux et autres bombinettes bricolées, même s'il avait pour stricte instruction de n'en introduire aucun dans la maison. Ces derniers temps, une certaine tension s'était insinuée dans cette relation douillettement œdipienne après que Jackie avait commencé à sortir avec une nommée Lisa, qui semblait fort éprise de son nouveau galant et le pressait de s'installer chez elle. Restait à déterminer ce qu'elle savait exactement de son penchant pour les explosifs. La mère de Jackie considérait la nouvelle venue comme une concurrente indésirable pour l'affection de son fils et avait récemment commencé à jouer le rôle de la frêle maman vieillissante – « Qui-s'occupera-de-moi-quand-tu-seras-parti ? » – dans lequel elle ne se coulait pas facilement puisqu'il existait des grands requins blancs moins bien adaptés à la vie solitaire que Mme Garner.

Ainsi donc, Jackie, tiraillé entre ces deux pôles affectifs, tel un condamné aux bras attachés à une paire de chevaux de trait menacés d'un coup de fouet, semblait ravi de mon appel et plus que disposé à prendre part à un morne travail de surveillance qui l'éloignerait des femmes de sa vie. Je lui recommandai de ne pas lâcher Tobias mais, si celui-ci rencontrait quelqu'un, de filer l'autre. Pendant ce temps, je comptais joindre Ronald Straydeer, Daim-Egaré, un Indien pentagouet qui s'occupait d'anciens combattants et pourrait peut-être m'apprendre quelque chose sur Tobias.

Pour le moment, j'avais d'autres obligations. Dave Evans m'avait demandé de le remplacer pour la livraison hebdomadaire de bière au Bear et d'assurer ensuite la direction du bar. Ce serait une longue journée mais Dave était dans le pétrin et, remettant ma conversation avec Straydeer au lendemain, j'arrivai au Bear un peu avant le camion Nappi. Et comme il y avait affluence, l'après-midi fit rapidement place au soir puis à la nuit sans que le faible éclairage du bar change vraiment, jusqu'à ce qu'il soit enfin minuit et que j'entende l'appel de mon lit.

Ils m'attendaient sur le parking. Ils étaient trois, en blouson sombre et cagoule noire. J'entrevis l'un d'eux au moment où j'ouvrais la portière de ma voiture mais ils furent aussitôt sur moi. Je détendis mon bras gauche, décochai un coup de coude oblique au visage du plus proche et enchaînai avec ma clé de contact, que je sentis percer la cagoule et déchirer la peau en dessous. J'entendis un juron et je reçus sur la nuque un coup violent qui m'expédia au sol les bras en croix. Le canon d'une arme me pressa la tempe et une voix masculine lâcha :

— Ça suffit.

Une voiture s'arrêta. Des mains se glissèrent sous mes aisselles, me relevèrent. On m'enfonça un sac sur la tête avant de me pousser à l'arrière de la voiture et de me forcer à m'allonger sur le plancher. Une botte me coinça la nuque. Mes agresseurs me tirèrent les bras derrière le dos et, quelques secondes plus tard, des entraves en plastique s'enfoncèrent dans la peau de mes poignets. Un objet métallique me tapota à

l'endroit où j'avais reçu le premier coup et des étincelles fusèrent derrière mes yeux.
— Pas un mot, pas un geste.
Comme je n'avais pas le choix, je fis ce qu'on m'ordonnait.

Nous roulions sur l'I-95 en direction du sud. Je le savais à cause de la distance que nous avions parcourue dans Forest et du tournant que nous avions pris pour rejoindre l'autoroute. Au bout d'un quart d'heure, la voiture bifurqua à gauche et j'entendis du gravier crisser sous les pneus quand elle s'arrêta. On me tira dehors. Mes bras relevés derrière le dos frôlaient la dislocation et on me forçait à baisser la tête. Personne ne parlait. Une porte s'ouvrit. À travers le sac, je sentis une odeur de vieille fumée et d'urine. Un coup de pied aux fesses me poussa à l'intérieur et me projeta par terre. Ça fit rire quelqu'un. J'atterris sur un carrelage grossier et dans une puanteur d'excréments humains qui me donna la nausée. Lorsque mes ravisseurs prirent position autour de moi, leurs pas résonnèrent curieusement. Nous étions à l'intérieur d'un bâtiment mais le bruit me parut bizarre et j'eus un sentiment d'espace au-dessus de ma tête. En fait, j'avais maintenant une bonne idée de l'endroit où je me trouvais. Même après toutes ces années, il gardait l'odeur de l'incendie. J'étais au Blue Moon et je compris qu'on avait établi un rapport entre Jimmy Jewel et moi. Ceux qui m'avaient amené au Moon étaient au courant de notre rencontre et avaient conclu, à tort, que je travaillais pour lui. À travers moi, ils lui envoyaient un message et, avant même qu'ils me le fassent comprendre, je regrettai qu'ils ne se soient pas adressés directement à lui.

Quelqu'un s'agenouilla près de moi et releva le sac jusqu'à mon nez.

— Nous n'avons pas l'intention de vous faire du mal.

C'était la même voix masculine que la première fois. Mesurée, plutôt jeune, et sans animosité.

— Vous auriez peut-être dû y penser avant de m'estourbir sur le parking, ripostai-je.

— Vous étiez trop rapide avec votre clé, il m'a paru judicieux de vous calmer un peu. Bon, assez plaisanté. Répondez à mes questions et vous retrouverez votre bolide avant d'avoir vraiment mal à la tête. Vous savez de quoi il s'agit.

— Vraiment ?

— Oui. Pourquoi filez-vous Joel Tobias ?

— Qui est Joel Tobias ?

— Nous savons tout sur vous. Vous êtes une flèche, vous vous baladez avec un pistolet et vous trucidez les méchants. Comprenez-moi bien : j'ai de l'admiration pour vous et ce que vous avez fait. Vous êtes du bon côté et cela compte. Voilà pourquoi vous respirez encore au lieu de vous enfoncer dans les marais avec un nouveau trou dans la tête pour laisser entrer l'eau. Je vous pose la question une dernière fois : pourquoi suivez-vous Joel Tobias ? Qui vous a embauché ? Est-ce Jimmy Jewel qui paie ? Parlez maintenant ou vous ne prononcerez plus jamais un mot.

J'avais les bras et le crâne douloureux, un truc pointu me rentrait dans la paume. J'aurais pu simplement leur dire que Bennett Patchett m'avait engagé parce qu'il croyait que Tobias maltraitait sa petite amie. Je ne le fis pas. Je ne cherchais pas seulement à protéger Bennett, mon côté opiniâtre jouait aussi. Mais quelquefois il est presque impossible de distinguer opiniâtreté et principes.

— Je vous le répète, je ne connais pas de Joel Tobias.

— Allez, on le fout à poil et on lui pète le rond, intervint un autre de mes agresseurs.

— Vous avez entendu ? reprit le premier. Mes amis ne s'intéressent pas autant que moi aux agréments de la conversation. Je pourrais sortir fumer une cigarette et les laisser s'amuser avec vous.

Une lame toucha mes fesses, m'effleura le bas-ventre. Même à travers le tissu de mon pantalon, je sentis son tranchant.

— C'est ce que vous voulez ? Vous serez un autre homme, après. En fait, vous serez une femelle.

— Vous faites erreur sur la personne, déclarai-je, affichant plus de bravoure que je n'en avais.

— Vous êtes un imbécile, monsieur Parker. Vous nous direz la vérité dans la minute qui suit, je vous le garantis.

Il laissa le sac retomber sur mon nez et ma bouche. Des mains me saisirent les jambes et j'entendis crisser le ruban adhésif avant qu'on m'en entoure les mollets. Quelqu'un tordit le sac pour le plaquer contre ma pomme d'Adam. Puis on me souleva et on me fit traverser la pièce. J'avais le visage tourné vers le plafond, les jambes plus haut que la tête.

— Vous n'allez pas aimer ça, prédit la voix. Je préférerais faire autrement mais vous m'y contraignez.

Je pouvais à peine respirer à travers le tissu du sac et j'étais déjà en hyperventilation. J'essayai de réduire mon souffle en comptant lentement jusqu'à dix dans ma tête. J'en étais à trois quand je sentis une odeur d'eau croupie et qu'ils me plongèrent dedans la tête la première.

Je résistai au besoin d'inspirer, tentai de bloquer ma respiration mais un doigt appuya sur mon plexus solaire. L'eau envahit mon nez et ma bouche. Je suffoquai, je commençai à me noyer. Je n'avais pas seulement l'impression de me noyer : ma tête se remplissait d'eau. Quand j'inspirais, le tissu se plaquait contre mon visage et j'avalais de l'eau. Quand je voulais tousser pour la recracher, j'en avalais plus encore. Je finis par ne plus savoir si j'inspirais ou si j'expirais, où étaient le bas et le haut. J'étais sur le point de m'évanouir quand ils me ressortirent et m'allongèrent par terre. Ils levèrent le sac pour découvrir la partie inférieure de mon visage, me tournèrent sur le flanc pour me permettre de cracher eau et glaires.

— Il en reste assez pour prolonger le bain, monsieur Parker, dit mon interrogateur.

Car c'était cela qu'il était, mon interrogateur et mon tortionnaire.

— Qui vous a engagé ? Pourquoi avez-vous rencontré Jimmy Jewel ?

— Je ne travaille pas pour Jewel, hoquetai-je.

— Alors pourquoi êtes-vous allé dans son bar aujourd'hui ?

— Simple hasard. Écoutez, je…

Ils rabattirent le sac, me soulevèrent et me replongèrent la tête dans l'eau, une fois, deux fois, trois fois, sans plus me poser de questions, et je crus que j'allais mourir. La quatrième fois, je leur aurais raconté n'importe quoi pour qu'ils arrêtent. Je crus entendre quelqu'un dire : « Vous allez le tuer », mais sans la moindre inquiétude. Ce n'était qu'une constatation.

Ils m'allongèrent de nouveau par terre et j'avais encore l'impression de me noyer. Le sac collait à mon nez et à ma bouche, m'empêchait de respirer. Je gigotai comme un poisson échoué pour tenter d'écarter le tissu de mon visage, sans me soucier de m'écorcher au carrelage. Enfin, ils relevèrent le sac. Je dus me forcer à inspirer car mon système respiratoire s'était apparemment bloqué de peur d'aspirer de l'eau et non de l'air. Étendu sur le ventre, je sentis des mains me presser le dos pour évacuer le liquide. Il me brûla la gorge et les narines quand il ressortit, comme si c'était de l'acide.

— Nom de Dieu, fit la voix qui avait annoncé ma fin prochaine, il a avalé la moitié du tonneau ou quoi ?

Le premier reprit la parole :

— Pour la dernière fois, monsieur Parker, qui vous a chargé de filer Joel Tobias ?

— Arrêtez, bredouillai-je, détestant mon ton suppliant. Arrêtez…

— Dites-nous simplement la vérité. C'est votre dernière chance : la prochaine fois, nous vous laisserons vous noyer.

— Bennett Patchett.

J'avais honte de ma faiblesse mais je ne voulais pas qu'ils me remettent la tête dans l'eau, je ne voulais pas mourir comme ça. Je toussai de nouveau, crachai cette fois moins d'eau.

— Le père de Damien, intervint une troisième voix que je n'avais pas encore entendue, plus grave, une voix de Noir. Il parle du père de Damien.

— Pourquoi ? demanda le premier. Pourquoi a-t-il fait appel à vous ?

— La copine de Tobias travaille dans son restaurant, il se faisait du souci pour elle.

— Merde, marmonna le Noir. Tout ça parce que Joel sait pas tenir sa bonne femme.

— Silence ! Cette fille s'est plainte à Patchett ?

— Non, c'est lui qui avait des soupçons.

— Il y a autre chose, n'est-ce pas ? Parlez. Vous avez commencé, c'est presque fini, maintenant.

Il ne me restait plus aucune dignité.

— Il veut savoir pourquoi son fils est mort.
— Damien s'est suicidé. Savoir pourquoi ne le fera pas revenir.
— C'est dur à accepter pour Bennett. Il a perdu son garçon, son fils unique. Il souffre.

Un moment, le silence se fit et j'entrevis une première lueur d'espoir d'en sortir vivant, sans que Bennett pâtisse de ma lâcheté. Mon interrogateur se pencha vers moi, son souffle chaud effleurant ma joue, et je sentis la terrible intimité qui fait partie du pacte entre torturé et tortionnaire.

— Pourquoi avez-vous suivi Tobias jusqu'à son camion ?

Je jurai intérieurement. Si Tobias avait repéré ça aussi, je manquais plus de pratique que je ne le pensais.

— Patchett ne l'aime pas, il voulait de quoi convaincre la fille de le quitter. Je me suis dit qu'il voyait peut-être une autre femme, c'est pour ça que je l'ai suivi.

— Et Jimmy Jewel ?
— Tobias conduit un camion, Jewel connaît bien le secteur des transports.
— Jewel connaît bien la contrebande.
— D'après lui, il a essayé de recruter Tobias mais ça n'a pas marché. C'est tout ce que je sais.

Après réflexion, l'homme reprit :

— Cela semble plausible. Pas reluisant mais plausible. Je serais tenté de vous accorder le bénéfice du doute mais je sais que vous êtes un type intelligent. Et curieux. Je suis à peu près sûr que les relations sexuelles de Tobias ne sont pas le seul aspect de sa vie auquel vous vous êtes intéressé.

Par-dessous le bas du sac, je pouvais voir ses bottes, noires, étincelantes. Elles s'écartèrent de moi et le trio s'éloigna pour tenir à voix basse un conciliabule qu'il me fut impossible de saisir. Je me concentrai plutôt sur ma respiration. Je tremblais, j'avais la gorge à vif. Finalement, j'entendis des pas s'approcher et les bottes noires réapparurent dans mon champ de vision.

— Écoutez-moi bien, monsieur Parker. Vous n'avez pas à vous inquiéter pour cette fille, elle ne court aucun danger. Cette histoire n'aura aucune conséquence pour vous ou pour M. Patchett tant que vous resterez à l'écart. Je vous en donne ma parole. Personne n'a fait de mal à personne, vous comprenez ? Personne. Quels que soient vos soupçons, vous vous trompez.

— Votre parole de soldat ? hasardai-je.

Je le sentis réagir et me préparai à recevoir un coup mais rien ne vint.

— Je savais bien que vous étiez malin, dit-il. Mais ne vous faites pas des idées. Vous êtes remonté, ou vous le serez quand on vous laissera partir, et vous serez tenté de vous venger. À votre place, je me tiendrais tranquille. Si vous vous en prenez à nous pour cette affaire, nous vous liquiderons. Elle ne vous regarde pas. Absolument pas. Je regrette ce que nous avons dû faire ce soir, je le regrette sincèrement. Nous ne sommes pas des brutes et, si vous aviez coopéré dès le départ, cela n'aurait pas été nécessaire. Voyez ça comme une leçon durement apprise.

Il rabattit le sac et ajouta, s'adressant aux autres :

— Terminé. Ramenez-le à sa voiture, gentiment.

Ils coupèrent le ruban adhésif ligotant mes jambes, m'aidèrent à me lever et me conduisirent à leur voiture. Je me sentais sans force, déboussolé et je dus m'arrêter à mi-chemin pour vomir. Ils me tenaient fermement par les coudes mais, au moins, je n'avais pas à marcher penché en avant, les bras levés derrière le dos. Cette fois, ils me mirent dans le coffre, pas à l'arrière. Quand la voiture arriva au parking du Bear, ils m'étendirent par terre, sur le ventre, libérèrent mes poignets. Mes clés de voiture tintèrent quand elles tombèrent près de moi. Celui qui avait parlé de la « bonne femme » de Tobias m'ordonna de garder la tête baissée et de compter jusqu'à dix. J'attendis que leur voiture ait démarré pour me lever lentement et gagner en titubant l'entrée du parking. Je vis les feux arrière d'une voiture s'éloigner. Rouge, pensai-je. Peut-être une Ford. Trop loin pour que je puisse lire son immatriculation.

Toutes les lumières du Bear étaient éteintes et il ne restait que ma voiture sur le parking. Je n'appelai pas les flics. Je n'appelai personne. Je rentrai chez moi en luttant sur tout le chemin contre une envie de vomir. Ma chemise et mon jean étaient sales, déchirés. Je les jetai à la poubelle en arrivant. J'avais envie de prendre une douche, de laver ma peau de la saleté du Blue Moon mais je décidai finalement de me contenter du lavabo. Je n'étais pas prêt pour sentir de nouveau de l'eau ruisseler sur mes joues.

Cette nuit-là, je me réveillai deux fois lorsque les draps touchèrent mon visage et je les bourrai de coups de poing. Je résolus ensuite de dormir dessus, non dessous, et je restai éveillé en retournant des noms dans ma tête comme on bat des cartes : Damien Patchett, Jimmy Jewel, Joel Tobias. Je repassai dans mon esprit les voix que j'avais entendues, l'humiliation que j'avais ressentie quand ils m'avaient menacé de viol, pour être sûr de les reconnaître lorsque je les entendrais de nouveau. Je laissai la colère me parcourir comme une décharge électrique.

Vous auriez dû me tuer. Vous auriez dû me laisser me noyer dans l'eau du tonneau. Parce que maintenant je vais vous traquer et je ne le ferai pas seul. Les hommes qui m'accompagneront en vaudront douze comme vous, entraînement militaire ou pas. Quelles que soient vos activités, votre réseau, je foutrai tout en l'air et je vous laisserai crever dans les ruines.

Pour ce que vous m'avez fait, je vous tuerai tous.

8

Le corps de Jeremiah Webber fut découvert par sa chère fille. Il ne l'avait pas retrouvée comme prévu pour déjeuner avec elle, rendez-vous motivé autant par le désir de le taper de quelques dollars et d'un bon repas que par l'affection naturelle d'une enfant pour son père. Suzanne Webber aimait son père mais c'était un homme bizarre et sa mère avait laissé entendre qu'il ne fallait pas regarder de trop près ses opérations financières. Ses lacunes comme mari n'étaient qu'une facette d'une personnalité truffée de défauts et, de l'avis de sa première ex-femme, il était incapable de se conduire correctement en aucune circonstance, exception faite pour assurer le bien-être de sa fille. À cet égard au moins elle pouvait être certaine qu'il agirait conformément à ce qui passait pour son bon côté. Car, comme on l'a dit, elle l'aimait bien. En revanche, sa seconde ex, qui n'avait plus un atome d'affection pour lui, le considérait comme un serpent venimeux.

Lorsque Suzanne trouva le corps de son père gisant sur le sol de la cuisine, elle pensa d'abord à un cambriolage, à une agression. Puis elle vit le pistolet près de sa main et, compte tenu de la situation financière précaire de son père, se demanda s'il s'était suicidé. Bien qu'en état de choc, elle garda assez de sang-froid pour appeler la police avec son portable et ne toucher à rien dans la pièce. Elle parla ensuite à sa mère en attendant l'arrivée des policiers. Dehors, pas dans la maison. L'odeur qui y flottait l'angoissait. C'était celle de la mort de son père et de quelque chose d'autre qu'elle ne parvenait pas à identifier. Plus tard, elle la décrirait comme l'odeur d'allumettes craquées pour couvrir les conséquences d'une ruée trop tardive aux toilettes. Elle fuma une cigarette, pleura et écouta sa mère rejeter, à travers ses larmes, la possibilité que Jeremiah Webber se soit tué.

— Il était égoïste mais pas à ce point, disait-elle.

Il devint rapidement évident pour les inspecteurs chargés de l'enquête que Jeremiah Webber n'avait effectivement pas mis fin à ses jours, à moins qu'il n'ait été un perfectionniste qui, après avoir salopé le premier coup de feu, avait trouvé la force et la volonté de se tirer une deuxième balle dans la tête pour finir le travail. Étant donné l'angle de pénétration du projectile, il aurait aussi fallu qu'il soit un contorsionniste, voire un surhomme, compte tenu de la gravité de la blessure provoquée par la première balle. Il semblait donc que Jeremiah Webber ait été assassiné.

Et cependant, cependant...

On avait retrouvé des traces de poudre sur sa main. Certes, le ou les tueurs auraient pu approcher l'arme de sa tête et lui presser les doigts pour le forcer à appuyer sur la détente, mais on ne voyait ça que dans les films et c'était plus facile à dire qu'à faire. Aucun professionnel n'aurait pris le risque de mettre un revolver dans les mains d'un homme qui ne voulait pas mourir. Au mieux, il y avait une chance pour qu'avant d'être contraint à se loger une balle dans la tête il tire dans le plafond ou dans la tête de quelqu'un d'autre. De plus, on n'avait relevé aucune trace de lutte, aucune marque sur le corps indiquant que Webber aurait subi des violences à un moment ou à un autre.

Et si, suggéra l'un des enquêteurs, Webber s'était raté et que quelqu'un d'autre l'avait achevé par pitié ? Mais qui faut-il être pour regarder quelqu'un se suicider sans intervenir ? Webber était-il malade, ou tellement accablé par des difficultés, financières ou autres, qu'il ne voyait aucune autre solution que de mettre fin à ses jours ? Avait-il trouvé une personne assez loyale pour rester auprès de lui quand il avait tiré ce qui devait être un coup mortel et, l'ayant vu échouer, lui administrer le *coup de grâce*[1] ? Cela semblait peu probable. Il valait mieux supposer qu'on l'avait forcé à se suicider, que la main d'un autre avait placé le doigt de Webber sur la détente et exercé la pression requise pour lui tirer une première balle dans le cerveau et que cette même main l'avait achevé au lieu de le laisser mourir dans d'atroces souffrances sur le sol de sa cuisine.

Et cependant, cependant...

Qui s'applique à maquiller un meurtre en suicide pour tout gâcher ensuite en tirant un deuxième coup de feu ?

Un amateur, voilà la réponse. Un amateur ou quelqu'un qui se moque des apparences. Se posait ensuite la question des verres de vin, trois au total : un brisé par terre, deux sur la table de la cuisine. Tous deux avaient été utilisés et portaient des empreintes digitales. Non, ce n'était pas tout à fait exact. Les deux portaient les empreintes de Webber et l'un gardait des traces floues de ce qui était presque des empreintes, à ceci près qu'après examen elles s'étaient révélées sans

---

1. En français dans le texte. (*N.d.T.*)

verticilles, ni boucles, ni arcs. Cela laissait supposer qu'une autre personne au moins dans la pièce avait porté des gants – ou une pellicule quelconque au bout des doigts, peut-être pour mettre Webber en confiance dans un premier temps – car quel tueur choisirait de laisser sur un verre des preuves de sa présence sur le lieu d'un crime ? On envoya le verre au labo dans l'espoir d'y trouver des traces d'ADN. Plus tard, les techniciens découvriraient un reste de salive contenant – l'analyse le montrerait – des composés chimiques particuliers : un médicament. Agissant sur une intuition, un technicien intelligent séparerait le médicament et ses métabolites de la salive en utilisant un sol-gel au métal immobilisé dans un tube capillaire et découvrirait qu'il s'agissait de 5-fluorouracile, ou 5-FU, communément utilisé pour traiter les tumeurs cancéreuses.

L'autre personne se trouvant dans la cuisine de Jeremiah Webber le soir de sa mort était donc un homme soigné par chimiothérapie, ce qui menait à une explication possible du problème des empreintes. Certains médicaments utilisés dans le traitement des cancers, notamment la capécitabine, provoquaient une inflammation de la paume de la main et de la plante du pied causant une desquamation de la peau et, avec le temps, la perte des empreintes digitales. Malheureusement, ces résultats ne furent établis que plusieurs semaines après la découverte du corps et d'autres événements étaient alors parvenus à leur terme.

Le lendemain de la découverte du cadavre, la police orienta donc ses recherches sur les ex-épouses de Webber, sa fille et ses relations d'affaires. Elles la conduisirent à plusieurs impasses mais, le plus étrange, ce fut la correspondance de Webber, retrouvée dans ses dossiers, avec une institution décrite comme la « Fondation Gutelieb », ou simplement « la fondation ». Parce que cette fondation n'existait apparemment pas. Les avocats prétendant la représenter n'étaient que des escrocs aux semelles trouées qui affirmèrent n'avoir jamais rencontré en personne un membre de la fondation. Toutes les factures étaient réglées par mandat postal, toutes les communications passaient par Yahoo. La femme qui prenait les messages pour la fondation travaillait au fond d'une galerie marchande de Natick, assise dans une cabine et entourée de cinq autres femmes assurant toutes être secrétaires ou assistantes de sociétés ou d'hommes d'affaires qui avaient leurs bureaux dans leur voiture, leur chambre à coucher, ou sur la table d'une cafétéria. Le service de secrétariat SecServe (un nom que les inspecteurs enquêtant sur la mort de Webber trouvaient propice à malentendus, surtout quand on le prononçait à voix haute) déclara à la police que toutes les factures concernant la fondation étaient, là encore, payées par mandat. SecServe ne s'était jamais opposé à ce mode de règlement, qui était parfaitement légal. D'autres clients payaient avec des sacs de pièces de 25 cents, et vu la situation économique, le patron de SecServe, un nommé Obrad, était déjà content qu'on le paie tout court.

— C'est quoi, comme nom, Obrad ? lui demanda un des policiers.

— C'est serbe, répondit-il. Ça veut dire « rendre heureux ».

Il l'avait même fait imprimer sur ses cartes commerciales : OBRAD RENT HEUREUX. Les flics avaient été tentés de corriger sa faute et de souligner qu'une telle affirmation, conjuguée aux possibles malentendus inhérents au nom de la société, risquait de lui attirer des ennuis, mais ils n'en firent rien finalement. Obrad était serviable et plein de bonne volonté, ils ne voulaient pas le vexer.

— Et vous n'avez jamais parlé à quelqu'un qui aurait été lié à cette fondation ?

Obrad secoua la tête.

— Tout fait par Internet, maintenant. Le client remplit formulaire, envoie argent et je rendre heureux.

Il leur montra même une copie du contrat transmis par le Net. Ils remontèrent jusqu'à un cybercafé de Providence, Rhode Island, et la piste s'arrêta là. Les mandats provenaient d'une série de bureaux de poste disséminés dans toute la Nouvelle-Angleterre. L'expéditeur n'utilisait jamais deux fois le même et l'opération ne laissait aucune trace puisque la poste des États-Unis n'accepte pas de cartes de crédit pour le règlement des mandats. Les policiers entreprirent d'obtenir des mandats d'une autre nature pour pouvoir visionner les bandes vidéo des caméras de surveillance des bureaux de poste en question.

L'existence de la fondation troublait les enquêteurs mais ils ne réussirent jamais à aller plus loin que des cybercafés et des bureaux de poste. En fait, la fondation se réduisait à Herod, et ce n'était qu'un des noms qu'il empruntait pour mener ses affaires. Après la mort de Webber, la fondation cessa d'exister. Herod avait l'intention de la réactiver plus tard sous une autre forme. Webber avait été puni et la petite communauté dans laquelle les deux hommes avaient brièvement évolué saurait pourquoi. Herod ne craignait pas qu'un de ses membres prévienne la police. Ils avaient tous quelque chose à cacher, sans exception.

Deux jours après la mort de Webber, des rubans jaunes délimitaient encore la scène de crime mais il n'y avait plus de présence policière sur les lieux. On avait branché le système d'alarme et les voitures de ronde locales passaient régulièrement pour décourager les curieux.

Le système d'alarme de la maison se déclencha à 0 h 50 et la police arriva au moment précis où l'horloge indiquait 1 h 10. La porte de devant était fermée et les fenêtres ne semblaient pas avoir été forcées. À l'arrière du bâtiment, les agents de patrouille trouvèrent un corbeau au cou brisé. Il s'était apparemment jeté contre une fenêtre de la cuisine, déclenchant l'alarme, même si aucun des deux flics ne se rappelait avoir vu un corbeau voler en pleine nuit.

La sirène retentit de nouveau à 1 h 30 et une troisième fois à 1 h 50. Le système de contrôle de la société de surveillance indiquait que, chaque fois, la cause du déclenchement provenait de la fenêtre de la cuisine sous laquelle on avait trouvé le corbeau mort. Les techniciens soupçonnaient un fonctionnement défectueux et viendraient vérifier le lendemain matin. À la demande de la police, le système d'alarme fut débranché.

À 2 h 10, la fenêtre de la cuisine fut ouverte de l'extérieur au moyen d'une mince pièce de métal coudée en son milieu, la moitié supérieure étant perpendiculaire à la moitié inférieure. Il suffisait de la faire tourner pour lever le loquet de la fenêtre. Un homme l'enjamba, se reçut en douceur sur le sol de la cuisine. Il renifla l'air puis alluma une cigarette. S'il avait fait moins sombre et s'il s'était trouvé quelqu'un dans la maison, l'intrus lui serait apparu comme une silhouette vêtue d'une veste et d'un pantalon noirs pas tout à fait assortis. Sa chemise, autrefois blanche, peut-être, était à présent d'un gris d'os et son col élimé. Il avait de longs cheveux plaqués en arrière à partir d'un V prononcé. Ses dents étaient jaunes, comme ses ongles, tachés les uns et les autres par des dizaines d'années de tabagisme. Il y avait de la grâce dans ses mouvements mais c'était la grâce prédatrice d'une mante ou d'une araignée.

Il tira une lampe électrique d'une poche de sa veste, ferma les rideaux des fenêtres de la cuisine, tourna l'extrémité de sa lampe et promena son faisceau sur la table, les chaises, le sang séché sur le sol. Il ne bougeait pas mais suivait simplement la lumière des yeux, enregistrant tout ce qu'elle révélait et ne touchant à rien. Quand il eut fini d'inspecter la cuisine, il passa dans les autres pièces, se contentant toujours de regarder. Enfin, il retourna à la cuisine, alluma une autre cigarette au mégot de la première qu'il fit disparaître dans l'évier. Puis il recula vers la porte donnant sur le couloir, s'adossa à l'encadrement et tenta d'identifier la source de son malaise.

La mort de Webber n'avait pas vraiment été une surprise. L'homme surveillait les activités de Webber et de ses semblables. Leur manque occasionnel de scrupules ne l'étonnait jamais. Tous les collectionneurs se ressemblent : leur passion prend parfois le pas sur le côté vertueux de leur personnalité. Or Webber n'était pas un vrai collectionneur. Certes, il avait gardé certaines pièces pour lui au fil des années mais il gagnait son argent comme intermédiaire, comme homme de paille. On attendait de ce genre de médiateurs une certaine honnêteté. Il leur arrivait parfois de jouer un acheteur contre un autre mais ils trichaient rarement. Il aurait été peu judicieux de le faire car un gain à court terme provenant d'une seule transaction malhonnête pouvait ruiner une réputation. Dans le cas de Webber, les conséquences avaient été fatales, comme en témoignaient les traces de sang et de matière grise. Narines palpitantes, le visiteur tira une longue bouffée de sa cigarette. L'odeur qui avait tant troublé la fille de Webber, et que, à sa grande honte, elle associait au relâchement des sphincters de son père après la mort, avait presque disparu mais l'odorat de l'intrus était extrêmement sensible et à peine émoussé par son amour de la cigarette. Cette odeur le préoccupait ; elle était étrangère, elle n'avait rien à faire là.

Derrière lui, le couloir était obscur mais non désert. Des ombres s'agitaient dans le noir, des corps grisâtres à la peau ridée comme un fruit desséché, des formes sans substance.

Des hommes creux.

Et bien qu'il les sentît se rassembler, il ne se retourna pas. Ils étaient ses créatures, malgré la haine qu'ils lui vouaient.

L'homme qui se tenait dans la cuisine se faisait appeler le Collectionneur. Il prenait parfois le nom de Kushiel, le démon qui passait pour être le geôlier de l'enfer, mais ce n'était peut-être qu'une sinistre plaisanterie de sa part. Il n'était pas collectionneur à la façon de ceux pour lesquels Webber recherchait les pièces. Non, le Collectionneur se considérait plutôt comme celui qui encaissait les dettes et rétablissait un équilibre. Certains l'auraient peut-être même qualifié de tueur puisque, en définitive, tuer, c'était ce qu'il faisait, mais c'eût été mal comprendre la tâche à laquelle il s'attelait. Par leurs péchés, ses victimes avaient perdu le droit de vivre. Plus exactement, elles avaient perdu leur âme et, sans âme, un corps n'était plus qu'un vase vide qu'il fallait briser et jeter. Sur chacun de ceux qu'il exécutait, il prélevait un souvenir, souvent un objet ayant une valeur sentimentale particulière pour la victime. C'était un moyen de ne pas les oublier, même si sa collection lui procurait aussi un plaisir considérable.

Et comme elle avait grandi avec les années !

Parfois, ces êtres sans âme s'attardaient sur terre et le Collectionneur leur donnait un objectif, même si cet objectif n'était que d'augmenter leur nombre. Maintenant qu'ils rôdaient derrière lui, il détectait un changement dans leur humeur, à supposer que ces coquilles d'hommes perdus et sans espoir aient pu garder un semblant de sentiment humain autre que la rage. Ils étaient effrayés mais leur peur était tempérée par une pointe de...

Était-ce de l'attente ?

Ils étaient comme une bande de petites brutes de cour de récréation, effrayés par un inconnu plus fort qu'eux mais guettant l'arrivée du gros chien, du chef de meute, celui qui remettrait l'usurpateur à sa place.

Le Collectionneur se sentait rarement irrésolu. Il connaissait trop bien les usages de son monde alvéolé, il chassait dans ses ombres. C'était lui qu'on devait redouter, lui le prédateur, le juge impitoyable.

Mais voilà que, dans cette cuisine luxueusement équipée d'une banlieue chic, le Collectionneur devenait nerveux. Il huma de nouveau l'air, perçut la faible odeur persistante. Il alla à la fenêtre, tendit le bras vers les rideaux, arrêta son geste comme s'il craignait ce qu'il pourrait découvrir de l'autre côté. Finalement, il les écarta en reculant, le bras droit à demi levé pour se protéger.

Il ne vit que son reflet.

Mais il y avait eu autre chose, et ce n'était pas l'homme qui avait porté à Webber le coup fatal car le Collectionneur savait tout de lui : Herod, toujours en chasse, jamais bredouille ; Herod, qui se cachait derrière des pseudonymes et des sociétés-écrans, qui avait tant d'intelligence et de talent pour se dissimuler que même le Collectionneur avait échoué à le capturer. Son heure viendrait. Après tout, le Collectionneur accomplissait l'œuvre de Dieu. Il était le bras armé de Dieu et qui pouvait échapper à la Divinité ?

Non, ce n'était pas Herod, c'était quelqu'un d'autre, le Collectionneur le sentait dans ses narines et sur sa langue, il distinguait presque la trace infime de sa présence telle une haleine condensée sur la vitre. Il avait été là, il avait regardé Webber mourir... Non ! Les yeux du Collectionneur s'écarquillèrent tandis qu'il établissait des relations, que ses hypothèses se coagulaient en convictions.

Il n'avait pas regardé Webber mourir, il avait regardé *Herod*.

Le Collectionneur comprit alors pourquoi il avait été attiré dans ce lieu, pourquoi Herod assemblait sa propre collection de pièces mystérieuses, même si celui-ci ne saisissait pas tout à fait l'objectif final recherché à travers ses efforts.

Il avait été là, il était enfin venu : l'Homme Qui Rit, le Vieux Tentateur.

Celui Qui Attend Derrière la Vitre.

9

Je me réveillai à peine reposé, une vive douleur dans la gorge, le nez et les poumons. Ma main droite ne cessait de trembler et je renversai de l'eau bouillante sur ma chemise quand je voulus me faire du café. Finalement, j'aurais mieux fait de m'abstenir : il avait un goût d'eau sale. Assis dans un fauteuil, je contemplai les marais. Ma fureur de la veille s'était envolée, remplacée par une lassitude qui n'était pas assez profonde pour bloquer ma peur. Je ne voulais pas penser à Bennett Patchett ni à son fils mort, ni à Joel Tobias ni à des remorques remplies de ténèbres déferlantes. J'avais déjà éprouvé un choc à retardement mais jamais aussi fort. S'ajoutait à la souffrance et à la peur la honte d'avoir balancé Bennett Patchett. Nous aimons tous croire que, pour protéger quelqu'un d'autre et sauver quelque chose de nous-mêmes, nous sommes capables de tenir sous la torture, mais c'est faux. Tout le monde finit par craquer et, pour que ces types arrêtent de me plonger la tête dans l'eau, je leur avais dit tout ce qu'ils voulaient savoir. J'aurais avoué des crimes que je n'avais pas commis et promis d'en perpétrer d'autres qui répugnaient à ma nature. J'aurais peut-être même trahi mon propre enfant et cette pensée me faisait me recroqueviller sur moi-même. Ils m'avaient émasculé dans les ruines du Blue Moon.

Au bout d'un moment, je téléphonai à Bennett Patchett. Avant que je puisse placer un mot, il m'annonça que Karen Emory n'était pas venue travailler et qu'il n'avait pas réussi à la joindre en appelant chez elle. Il m'expliqua qu'il se faisait du souci mais je l'interrompis pour lui raconter ce qui s'était passé la veille et confesser ce que j'avais fait. Il ne parut pas troublé, ni même surpris.

— C'étaient des soldats ? demanda-t-il.

— D'anciens soldats, je crois, et ils étaient au courant, pour Damien. C'est pour cette raison que je ne crois pas qu'ils s'en prendront à vous, pas si vous vous contentez de pleurer votre fils en silence.

— C'est ce que vous feriez, monsieur Parker ? C'est ce que vous voulez que je fasse ? Vous voulez laisser tout tomber ?

— Je ne sais pas, monsieur Patchett. Pour le moment, j'ai besoin de réfléchir.

— Pour quoi faire ? rétorqua-t-il.

Il semblait cependant résigné, comme si aucune des réponses que je pourrais lui faire ne suffirait.

— Pour retrouver ma colère, dis-je, donnant peut-être la seule réponse satisfaisante.

— Quand vous l'aurez retrouvée, vous saurez où me trouver, m'assena-t-il avant de raccrocher.

Je ne sais pas combien de temps je restai dans ce fauteuil mais je finis par me forcer à me lever. Il fallait que je me remue, sinon je coulerais aussi sûrement que si mes agresseurs du Blue Moon m'avaient laissé tomber la tête la première au fond du tonneau d'eau croupie.

Je décrochai le téléphone et appelai New York. Il était temps de faire venir de vrais renforts. Après quoi je me douchai et m'obligeai à maintenir mon visage sous le jet d'eau.

Jackie Garner me joignit une heure plus tard.

— On dirait que Tobias est sur le point de partir. Il a un sac de voyage, il est près de son camion, il le vérifie une dernière fois.

C'était logique. Ils pensaient sans doute m'avoir suffisamment effrayé pour mettre leurs plans à exécution et ils avaient presque réussi.

— Colle-lui au train aussi longtemps que possible, dis-je. Il va au Canada. Tu as un passeport ?

— Chez moi. J'appelle ma mère, elle me l'apportera. Même si Tobias part maintenant, je le filerai jusqu'à ce qu'elle me rattrape. Elle roule comme une dingue, m'man.

Je voulais bien le croire.

— Ça va ? dit Jackie. T'as pas l'air en forme.

Je lui résumai l'essentiel des événements de la veille et lui recommandai de se tenir à distance de Tobias.

— Quand tu auras une idée de la route qu'il prend, passe devant et attends-le de l'autre côté de la frontière. En cas de problème, laisse-le partir. Ces types ne rigolent pas.

— Tu jettes pas l'éponge, alors ?

— Non. En fait, j'attends de la visite.

— De New York ? demanda Jackie, sans parvenir à dissimuler une note d'espoir dans sa voix.

— De New York, confirmai-je.

— Attends que je dise ça aux Fulci, s'extasia-t-il comme un gosse à Noël. Ça va les scier !

Je frappai trois fois, attendant une minute ou deux entre chaque tentative, jusqu'à ce que Karen Emory vienne ouvrir. Elle était en peignoir et pantoufles, les cheveux emmêlés, et semblait ne pas avoir beaucoup dormi. Je savais comment elle se sentait. Elle avait pleuré, aussi.

— Oui ? Qu'est-ce que…

Elle s'interrompit, plissa les yeux.

— Vous êtes l'homme qui est venu au restaurant.

— C'est exact. Je m'appelle Charlie Parker, je suis détective privé.

— Dégagez.

Elle referma la porte en la claquant et je n'avais pas glissé mon pied dans l'ouverture pour l'en empêcher. C'est un bon moyen de se faire fracturer les orteils. Cela constitue aussi une violation de domicile et j'avais une réputation assez mauvaise comme ça chez les flics. Je m'efforçais de garder le nez propre.

Je me remis à cogner à la porte, insistai jusqu'à ce que Karen revienne ouvrir.

— J'appelle la police si vous ne me fichez pas la paix, je vous préviens.

— Votre petit ami n'apprécierait pas, madame Emory.

C'était un coup bas mais, comme la plupart des coups bas, il fut efficace. Elle se mordit la lèvre.

— S'il vous plaît, laissez-moi tranquille.

— Je veux seulement vous parler un moment. Croyez-moi, je risque plus que vous en le faisant. Je ne vous causerai pas d'ennuis. Quelques minutes de votre temps, c'est tout ce que je demande.

Elle regarda par-dessus mon épaule pour s'assurer qu'il n'y avait personne dans la rue, s'écarta pour me laisser entrer. La porte donnait directement sur le séjour, avec une cuisine au fond, un escalier à droite et ce qui devait être la porte donnant accès au sous-sol. Karen ferma la porte d'entrée derrière moi et, les bras croisés, attendit que je commence.

— Nous pourrions peut-être nous asseoir, suggérai-je.

Elle parut sur le point de refuser, se laissa fléchir et me conduisit dans la cuisine, une pièce claire et gaie, décorée en tons jaune et blanc. Cela sentait la peinture fraîche. Je m'installai à la table.

— Vous avez une jolie maison, déclarai-je.

Karen hocha la tête.

— C'est celle de Joel. Il a tout fait lui-même.

Au lieu de s'asseoir, elle s'appuya contre l'évier, pour garder entre nous le plus de distance possible.

— Vous dites que vous êtes détective privé ? J'aurais dû vous demander une pièce d'identité avant de vous laisser entrer.

— C'est généralement une bonne idée, approuvai-je.

J'ouvris mon portefeuille pour lui montrer ma licence. Elle l'examina brièvement sans la toucher.

— J'ai connu un peu votre mère, dis-je. On fréquentait le même lycée.

— Ah. Elle habite Wesley, maintenant.

— C'est sympa, répliquai-je, faute de trouver mieux.

— Pas vraiment. Son nouveau mari est un con.

Elle plongea la main dans la poche de son peignoir, en tira un briquet et un paquet de cigarettes. Elle en alluma une et, sans m'en avoir offert, remit le paquet et le briquet dans sa poche. Je ne fumais pas mais elle aurait au moins pu m'en proposer une.

— Joel dit que Bennett Patchett vous a engagé, reprit-elle.

Je ne pouvais pas vraiment le nier et cela confirmait que les gars du Blue Moon avaient parlé à Tobias après la séance de la veille.

— C'est vrai.

Elle roula des yeux, l'air exaspéré.

— L'intention était bonne, arguai-je. Il se faisait du souci pour vous.

— Joel trouve que je ne devrais plus travailler là-bas. Il veut que je cherche un autre boulot. On s'est disputés à cause de ça.

Elle me lança un regard noir impliquant que c'était de ma faute.

— Vous, qu'est-ce que vous en pensez ?

— J'aime Joel et j'aime cette maison. Si on doit en venir là, du boulot, j'en trouverai, mais je préférerais continuer à travailler pour M. Patchett.

Ses yeux s'embuèrent. Une larme tomba de son œil droit qu'elle frotta d'un geste furtif.

Cette affaire était vraiment pénible. C'est comme ça, quelquefois. Je ne savais même pas au juste ce que je faisais là, à part m'assurer que Joel Tobias n'avait pas réservé à Karen Emory le même sort que Cliffie Andreas autrefois à Sally Cleaver.

— Est-ce que Joel vous a frappée, ou maltraitée d'une manière ou d'une autre, madame Emory ?

Il y eut un long silence.

— Non, pas de la façon que vous pensez, M. Patchett et vous. On a eu une grosse dispute, y a de ça un moment, et ça a dégénéré, c'est tout.

Je l'observai attentivement et songeai que ce ne devait pas être la première fois qu'elle se faisait cogner par un de ses mecs. Sa façon d'en parler suggérait qu'elle considérait la baffe occasionnelle comme un des risques de la vie de couple, l'inconvénient d'être avec un type d'homme particulier. Si cela arrivait assez souvent, la femme commençait à croire que c'était de sa faute, qu'il y avait quelque chose en elle, un défaut de caractère qui faisait réagir les hommes d'une certaine façon. Si Karen Emory ne le pensait pas déjà, elle n'en était pas loin.

— C'était la première fois qu'il vous frappait ?

Elle acquiesça d'un signe de tête.

— Ça... comment on dit ? Ça ne lui ressemblait pas. Joel est un gars bien.

Elle trébucha un peu sur les trois derniers mots, comme si elle avait du mal à s'en convaincre.

— Il a des problèmes, en ce moment, expliqua-t-elle.

— Vraiment ? Quel genre de problèmes ?

Karen haussa les épaules, détourna les yeux.

— C'est dur d'être à son compte.

— Il vous parle de son travail ?

Elle ne répondit pas.

— C'était la raison de votre dispute ?

Toujours pas de réponse.

— Vous avez peur de lui ?

Elle s'humecta les lèvres.

— Non.

Cette fois, elle mentait.

— Et de ses amis, ses copains de l'armée ?

Elle écrasa sa cigarette à demi fumée dans un cendrier.

— Il faut que vous partiez, maintenant. Dites à M. Patchett que je vais bien. Je donnerai mon préavis cette semaine.

— Karen, vous n'êtes pas seule dans cette histoire. Si vous avez besoin d'aide, je peux vous mettre en contact avec des gens compétents. Ils sont discrets, ils vous conseilleront sur ce que vous pouvez faire pour vous protéger. Vous n'aurez même pas à prononcer le nom de Joel si vous ne voulez pas.

Au moment même où je parlais, je me rendais compte que mes mots n'avaient aucun effet. Karen Emory s'était arrimée à l'étoile de Joel Tobias. Si elle le quittait, elle devrait retourner dans les dortoirs de Bennett Patchett ; avec le temps viendrait un autre homme, qui serait peut-être pire que Tobias, et elle le suivrait uniquement pour s'échapper. J'attendis un moment mais il était clair que je n'obtiendrais d'elle rien de plus. Elle montra la porte de la cuisine, me précéda dans le couloir. Lorsqu'elle ouvrit la porte d'entrée, je passai devant elle et m'arrêtai sur le seuil.

— Qu'est-ce que ferait Joel s'il savait que vous êtes venu ici ? demanda-t-elle.

Elle avait pris un ton malicieux de gamine mais ce n'était qu'une façade. Ses yeux brillaient de larmes sur le point de couler.

— Je ne sais pas mais je pense que ses amis me tueraient, répondis-je. Qu'est-ce qu'ils fabriquent, Karen ? Pourquoi craignent-ils autant que quelqu'un ne le découvre ?

Elle avala péniblement sa salive et son visage se chiffonna.

— Parce qu'ils sont en train de mourir. Ils sont tous en train de mourir, murmura-t-elle, et elle me referma la porte au nez.

Le Sailmaker était toujours désert quand je lorgnai à travers la porte vitrée et Jimmy Jewel toujours assis au comptoir sur le même tabouret mais il y avait maintenant des papiers étalés devant lui et il vérifiait des comptes sur une calculette.

La lumière changeait constamment dans la salle. Des lames de soleil perçaient l'obscurité puis se faisaient de nouveau avaler par les nuages en mouvement, tels des bancs de poissons argentés disparaissant dans la nuit de l'océan. Le bar aurait dû être ouvert mais Jimmy avait empêché Earle de déverrouiller la porte. Le Sailmaker avait hérité cette pratique du Blue Moon : il pouvait aussi bien ouvrir à midi qu'à 5 heures de l'après-midi ou pas du tout. Les habitués savaient qu'il valait mieux ne pas frapper à la porte. Il y aurait une place pour eux quand Jimmy et Earle seraient prêts, et, une fois qu'ils seraient installés à l'intérieur, personne ne viendrait les ennuyer, à moins qu'ils ne tombent de leur siège et fassent des saletés par terre.

Comme je n'étais pas un habitué, je frappai. Jimmy leva la tête, me regarda fixement en se demandant peut-être s'il pouvait se permettre de m'envoyer jouer avec les lignes blanches de l'I-95 puis fit signe à Earle de me laisser entrer. Le colosse s'exécuta et se remit à remplir les glacières, ce qui ne devait pas être une tâche trop ardue puisque l'établissement n'offrait rien d'exotique en matière de bière. Au Sailmaker, on pouvait encore commander une Miller High Life et on éclusait de la PBR, autre breuvage d'avant-guerre, sans un petit coup d'ironie pour faire passer.

Je m'assis au comptoir et Earle partit chercher du café frais pour son patron. Si j'avais englouti chaque jour autant de café que Jimmy, j'aurais été incapable d'écrire mon nom sans trembler. Sur lui, ça n'avait apparemment aucun effet. Il devait avoir de vastes réserves de calme dans lesquelles puiser.

— Tu sais quoi ? me dit-il. J'ai l'impression que tu es parti seulement depuis quelques minutes. Ou le temps passe plus vite qu'il devrait, ou il me faut plus longtemps pour que tu commences à me manquer.

— Tobias est en route, annonçai-je. « *On the road again* », comme dit la chanson.

Jimmy gardait les yeux sur ses papiers, faisait des additions et notait des chiffres dans la marge.

— Pourquoi c'est tellement pénible avec toi ? feignit-il de se demander. Tu travailles pour l'administration, maintenant ?

— Non, je préfère économiser pour avoir une retraite. A propos de « pénible », je me suis fait des amis hier soir.

— Vraiment ? Tu dois être content. J'ai dans l'idée que t'en as sérieusement besoin.

— Ceux-là m'ont enfoncé la tête dans l'eau jusqu'à ce que je leur crache ce qu'ils voulaient savoir. Des amis comme ça, je peux m'en passer.

Le stylo de Jimmy s'immobilisa.

— Et qu'est-ce qu'ils voulaient savoir ?

— Ils voulaient savoir pourquoi je pose des questions sur Joel Tobias.

— Tu leur as dit quoi ?

— La vérité.

— T'as pas éprouvé le besoin de mentir ?

— J'étais trop occupé à rester en vie pour inventer quoi que ce soit.

— Alors on t'a prévenu, sans ménagement, de te tenir tranquille, et tu continues quand même à poser des questions.

— Ben, justement, ils n'ont pas été très polis.

— Polis. Tu te prends pour une duchesse ?

— Il faut aussi prendre en compte l'endroit où ils m'ont emmené pour m'interroger.

— À savoir ?

— Le Blue Moon, ou ce qu'il en reste.

Jewel repoussa sa calculatrice.

— Je savais que tu portais la poisse. Je l'ai su dès que t'as mis le pied ici pour la première fois.

— Tu les as peut-être aidés en allant chatouiller Tobias au Dewey's mais, ouais, ils ont fait le rapport entre toi et moi. Me conduire au Moon était une façon de nous prévenir tous les deux, sauf que tu n'as pas eu droit à la partie musclée du message.

Earle était de retour et nous observait. Il ne semblait pas ravi qu'on en revienne au Blue Moon mais, avec lui, c'était toujours difficile à dire. Son visage ressemblait à un mauvais tatouage. Pendant ce temps, Jimmy s'était perdu dans ses pensées. Quand il reprit la parole, il avait l'air vieux et fatigué.

— Je devrais peut-être laisser tomber, soupira-t-il.

Je ne savais pas s'il parlait du bar, de la contrebande, ou de la vie elle-même. Je me dis qu'il cesserait un jour toute activité dans les trois domaines, finalement, mais je ne lui offris pas cette remarque en guise de consolation et le laissai poursuivre.

— Tu sais, j'ai investi de l'argent dans ce quai. Je croyais que ça me rapporterait des dividendes quand on commencerait à réaménager le port, mais j'ai maintenant l'impression que le seul fric que je toucherai, c'est celui de l'assurance quand il s'enfoncera dans Casco Bay, et comme il m'entraînera sûrement avec lui, je serai plus là pour en profiter.

Il tapota affectueusement le comptoir comme on caresse un vieux chien aimé malgré sa méchanceté.

— Je me suis toujours vu en gentleman contrebandier, continua-t-il. C'était un jeu de passer de la marchandise de l'autre côté de la frontière en essayant de piquer un dollar ou deux à l'Oncle Sam. Il y avait quelquefois de la casse mais je faisais de mon mieux pour que ça n'arrive pas trop souvent. J'ai commencé la drogue à reculons, si tu vois ce que je veux dire, et j'ai trouvé des moyens d'apaiser ma conscience. Pour être franc, j'évite d'y penser et, du coup, ça ne me tracasse pas trop. Même chose pour les immigrés clandestins, que ce soient des Chinois qui veulent bosser dans les cuisines d'un restaurant de Boston ou des putes d'Europe de l'Est. Je sers simplement d'intermédiaire.

Il se tourna vers moi pour évaluer ma réaction.

— Tu dois penser que je suis un hypocrite, ou que je me raconte des histoires.

— Tu sais parfaitement ce que tu es, répondis-je. Je ne suis pas là pour te donner l'absolution. Je veux juste des infos.

— Autrement dit, parlons sérieusement.

— Oui.

Earle sortit de sa torpeur pour remplir la tasse de Jimmy, sentant instinctivement que son patron avait besoin d'huile dans les rouages. Il posa une autre tasse devant moi et je tins ma main au-dessus pour indiquer que je n'en voulais pas. Un moment, j'imaginai qu'il pourrait être tenté de me verser du café brûlant sur les doigts pour me faire savoir qu'il se foutait totalement de ce que je voulais ou non. Finalement, il se contenta de me tourner le dos et de gagner l'autre extrémité du bar où il prit un bouquin sous le comptoir et commença à lire, ou à faire semblant. C'était un livre de poche Penguin, un des vieux classiques à couverture noire, mais je ne pouvais pas voir le titre. J'étais surpris. Earle ne paraissait pas du genre acharné à enrichir sa culture.

Jimmy suivit la direction de mon regard et commenta :

— On se fait tous vieux. À une époque, Earle n'aurait jamais touché à un bouquin, sauf si c'était l'annuaire et qu'il voulait dérouiller quelqu'un sans laisser de traces. Les années nous mûrissent, je suppose, en bien et en mal. À une époque, Earle ne se serait pas non plus fait avoir aussi facilement par Tobias, mais ce type s'est débarrassé de lui sans sourciller. S'il avait voulu, il aurait pu lui faire salement mal, à Earle. Je l'ai senti.

— Mais il ne l'a pas fait.

— Non. Il voulait seulement qu'on le laisse tranquille, mais ce n'est pas ce qu'il veut qui compte. Moi, je veux savoir ce qu'il fait. C'est important pour mes affaires et c'est essentiel aussi pour que l'équilibre actuel soit maintenu. Les Mexicains, les Colombiens, les Dominicains, les Russes, les flics, moi et à peu près tous ceux qui ont intérêt à ce que les marchandises passent la frontière, on évolue tous dans cet équilibre fragile. Si quelqu'un ne comprend pas les règles et déconne avec, le système s'effondrera et ça causera une palanquée d'ennuis à tout le monde. Je n'arrive pas à saisir ce que Tobias trafique, ça me rend nerveux. Alors…

— Alors ?

— Alors, j'aurais pu filer un tuyau aux douanes mais il ne faut jamais poser une question dont on connaît pas déjà la réponse quand il s'agit de la flicaille. Si ça m'arrange de leur donner Tobias, je le ferai, mais seulement une fois que je saurai ce qu'il transporte de l'autre côté de la frontière. J'ai fait appel à des gars qui me devaient un service. Chaque fois que Tobias trouve un boulot, je reçois une photocopie de la paperasse. Ces derniers temps, il a bossé en Nouvelle-Angleterre, sans sortir des limites de l'État, et tout semblait régulier. Cette semaine, il va chercher de la nourriture pour animaux au Canada, ce qui veut dire qu'il passera la frontière.

— Et tu le fais surveiller.

Jimmy sourit.

— Disons que j'ai persuadé quelques-uns de mes amis de s'intéresser à Joel Tobias.

Ce fut tout ce que je réussis à obtenir de Jewel, excepté les noms de l'entreprise de Québec qui fournissait la nourriture et de celle du Maine qui l'avait commandée, mais j'étais convaincu que ces informations constituaient l'essentiel de ce qu'il savait sur Joel Tobias. Jimmy pataugeait dans le noir, comme moi.

Quand je retournai à ma voiture, je sentis de nouveau dans mes narines et sur mes vêtements l'odeur d'eau croupie. Je me rendis compte qu'elle provenait de la Mustang, qui avait absorbé une partie de la puanteur du Blue Moon. En même temps, c'était peut-être un effet de mon imagination, un élément de plus de ma réaction à ce qui s'était passé.

Je quittai la ville et poussai jusqu'au Moon. J'atterrissais toujours là-bas. Je découvris un tonneau métallique au centre de la salle, sous ce qu'il restait du toit calciné. Des insectes bourdonnaient au-dessus de l'eau sombre qu'il contenait. Je faillis avoir un mouvement de recul et ma respiration s'accéléra lorsque mon organisme réagit aux souvenirs associés à l'odeur de cet endroit. Je tirai de ma poche ma petite lampe électrique et fouillai les ruines, mais les hommes qui m'avaient amené au Moon n'avaient laissé aucune trace de leur passage.

Une fois ressorti, j'appelai Bennett Patchett et lui demandai de me dresser la liste de ceux qui avaient servi en Irak avec son fils et étaient rentrés au pays, en particulier ceux qui avaient assisté à son enterrement. Il me répondit qu'il s'en occupait tout de suite.

— La colère t'a repris, j'ai l'impression ? ajouta-t-il.

— J'en ai des réserves inexploitées, dis-je avant de raccrocher.

Réaction psychologique ou pas, la Mustang puait toujours. Je la conduisis à un garage de South Portland, Phil's One-Stop, qui faisait généralement du bon boulot en lavant les voitures à la main et non au jet d'eau, parce que le jet d'eau se glisse à travers les fissures des caoutchoucs d'étanchéité et rend l'intérieur tellement humide que les vitres s'embuent. Ses employés nettoyèrent l'intérieur et l'extérieur de la Mustang pendant que je buvais un soda et s'attaquèrent même à la saleté derrière les ailes.

C'est comme ça qu'ils dénichèrent l'appareil.

Phil Ducasse était l'image même du patron d'un garage assurant à la fois lavage et réparations. Je ne crois pas qu'il possédait un seul vêtement qui n'ait pas une tache d'huile quelque part. À midi, il arborait une barbe de cinq heures et ses mains semblaient sales même quand elles étaient propres. Il avait quelques kilos de trop dus aux hamburgers et on lisait dans ses yeux l'impatience lasse du type qui en savait toujours plus que n'importe qui sur les problèmes d'un moteur, qui pourrait tout réparer plus vite que tout le monde si seulement il avait le temps de tout réparer, ce qui n'était pas le cas. Il braquait présentement une baladeuse sur un objet d'environ trente centimètres de long entouré de ruban adhésif noir et fixé à l'intérieur de l'aile par deux aimants.

— Ernesto a cru que c'était une bombe, dit Phil, se référant au petit Mexicain qui travaillait sur la voiture quand on avait trouvé l'appareil.

Ernesto se tenait maintenant à distance avec la plupart des autres employés, mais personne n'avait encore appelé les flics.

— Et toi, tu penses quoi ? demandai-je à Phil.
Il haussa les épaules.
— Ça se pourrait.
— Alors pourquoi on reste là, le nez collé dessus ?
— Parce que c'en est probablement pas une.
— Je trouve « probablement » rassurant.
— Pourquoi, tu crois que c'est une bombe, toi ?
J'examinai plus attentivement l'objet.
— À sa forme on dirait plutôt un gadget électronique. Je ne vois rien qui ressemble à des explosifs.
— Tu veux mon avis ? Tu t'es fait pister, c'est un mouchard.

C'était plausible. Un de mes agresseurs avait pu dissimuler l'appareil sous l'aile de ma voiture pendant que les autres m'interrogeaient au Blue Moon.

— Plutôt grand, pour un mouchard. On ne peut pas dire qu'il soit très discret.
— Assez pour qu'on ne le trouve pas si on ne sait pas où chercher. Si tu veux être sûr, je peux donner un coup de fil.
— À qui ?
— Un petit gars que je connais. Un génie.
— Il est discret, lui ?
— T'as un portefeuille ?
— Oui.
— Alors, il est discret.

Vingt minutes plus tard, un jeune au visage agrémenté de dreadlocks blondes et d'une barbe maigre, vêtu d'un tee-shirt des Rustic Overtones, débarqua sur une Street Tracker Yamaha.

— 77, précisa Phil, rayonnant de fierté comme un père à une remise de diplôme. Une XS650, complètement retapée. J'ai fait le gros du boulot. Le môme m'a aidé un peu mais elle m'a coûté un bras, cette meule.

Le môme en question s'appelait Mike. D'une politesse scrupuleuse, il s'obstinait à m'appeler « monsieur », ce qui me donnait l'impression d'appartenir à une association pour personnes du troisième âge.

— Waouh, mortel, s'exclama-t-il en découvrant le nouveau gadget équipant ma voiture.

Il le détacha avec précaution et le posa sur un établi proche. De ses doigts, il palpa les contours de l'appareil à travers le ruban adhésif puis se servit d'une lame pour pratiquer de petites incisions dans le plastique noir afin de pouvoir examiner ce qu'il y avait dessous. Cela fait, il eut un hochement de tête approbateur.

— Alors ? m'enquis-je.

— C'est bien un microémetteur. Assez perfectionné, même s'il n'en a pas l'air avec tout ce ruban adhésif autour. Je pense que c'est du matériel militaire. On dirait que le gouvernement ne vous aime pas beaucoup.

Il m'adressa un regard plein d'espoir mais je ne réagis pas.

— Celui qui l'a planqué a probablement dû improviser, poursuivit-il. S'il avait eu plus de temps, il se serait procuré un appareil plus petit, plus facile à cacher, et l'aurait branché sur votre batterie pour qu'il n'ait pas besoin de piles. Il lui aurait fallu, disons, un quart d'heure, vingt minutes de tranquillité.

De la pointe d'un tournevis, il indiqua un renflement au centre de l'appareil.

— C'est un récepteur GPS, exactement comme ceux qu'on utilise pour les systèmes de guidage par satellite. Il indique la position de la voiture qu'on peut suivre sur un PC. Au bout, il y a huit piles de douze volts qui fournissent le jus. Il faut les changer régulièrement, alors, si c'est pour une surveillance à long terme, ils devront le remplacer par un modèle plus petit branché sur la batterie dès que l'occasion se présentera, mais en attendant ça marche. Les aimants n'influent pas sur la position rapportée et on peut facilement récupérer l'appareil une fois qu'il a fait son boulot.

— Celui qui l'a posé saura qu'on l'a détaché ?

— Je ne crois pas. Délibérément, je ne me suis pas trop éloigné de la voiture et je ne crois pas que le système de localisation soit sensible à ce point.

Je m'adossai à l'établi et lâchai un juron. J'aurais dû faire plus attention. J'avais gardé un œil sur le rétroviseur en allant voir Karen Emory et Jimmy Jewel, j'avais fait un large détour, je m'étais engagé dans des culs-de-sac avant de faire demi-tour, pour plus de sûreté, et je n'avais décelé aucun signe qu'on me suivait. Je comprenais maintenant pourquoi. Ceux qui m'avaient interrogé au Blue Moon savaient à présent que j'avais rencontré Karen et Jimmy, ce qui signifiait que je ne tenais aucun compte de leur avertissement.

— Vous voulez que je le remette où vous l'avez trouvé ? me demanda Mike.

— T'es sérieux, là ? lui lança Phil. Pourquoi pas le lui attacher carrément sur la poitrine pour qu'on puisse le pister aussi dans sa maison ?

— Euh, je ne crois pas que vous devriez faire ça, monsieur, me conseilla Mike.

Il semblait imperméable aux sarcasmes, ce qui me le rendit encore plus sympathique.

Je promenai les yeux sur le parking du garage. Un camion s'arrêta et donna un coup de phares pour réclamer du personnel. Je pensai à Joel Tobias, je me demandai où il était maintenant et ce qu'il transportait de l'autre côté de la frontière. Le camion avait une plaque d'immatriculation du New Jersey. Jersey... Phil suivit la direction de mon regard.

— Hé, je connais pas le chauffeur. Moi, ça me dérange pas, me dit-il.

Au lieu d'envoyer le microémetteur dans le New Jersey, je demandai à Mike de le remettre finalement où il l'avait pris. Il paraissait content que j'aie enfin réussi à suivre le cheminement de sa pensée : connaître la présence de l'appareil constituait une arme que je pourrais utiliser contre celui qui l'avait installé si l'occasion se présentait.

Je payai généreusement Mike pour son intervention et il me donna son numéro de portable au cas où j'aurais un jour encore besoin de ses lumières.

— Il est bien, ce petit, dis-je à Phil en le regardant partir.

— C'est le fils de ma sœur.

— Je ne l'ai pas entendu t'appeler « oncle Phil ».

— Il est discret, je te l'ai dit.

Je donnai aussi un pourboire à Ernesto. Il me remercia mais estimait de toute évidence que le choc qu'il avait reçu méritait davantage. Comme il n'avait pas été réduit en miettes, je ne tins pas compte de son expression chagrine.

— C'est qui les mecs qui ont collé ça sur ta voiture, t'as une idée ? me demanda Phil.

— Oui.

— Tu penses qu'ils vont te tomber dessus ?

— Ça se pourrait.

— T'as des renforts, au cas où ?

— Ils sont en route.

— Moi, si je retrouvais du matériel militaire de surveillance sur ma caisse, je ferais venir des renforts équipés de flingues. C'est ce genre de renforts que t'attends ?

— Non, répondis-je. C'est le genre de renforts équipés d'une *cargaison* de flingues.

10

Ils interceptèrent Tobias alors qu'il se trouvait à quelques kilomètres seulement au sud de Moosehorn, sur la 27. Une voiture le suivait depuis qu'il avait franchi la frontière mais il n'y avait pas pris garde. Il avait fait si souvent ce trajet qu'il avait relâché son attention : son principal souci, c'était le poste de douane des États-Unis à Coburn Gore et, après l'avoir passé sans problème, il avait mis sa vigilance en veilleuse. En plus, il était énervé : il ne rapportait qu'une partie de ce qu'il avait escompté et il en avait marre d'être le seul à se taper les kilomètres. Avec les pertes subies, leur groupe s'était réduit à un petit noyau. Ce qui impliquait plus de travail et plus de risques pour tout le monde, mais la récompense finale serait en proportion.

Il y avait eu un problème à l'entrepôt, ce jour-là. Des policiers canadiens fouillaient toute la zone dans le cadre d'une opération antidrogue qui durerait deux ou trois jours et il n'aurait pas été prudent de charger la marchandise à un jet de pierre des flics. Contraint de choisir entre rester à traîner dans le coin ou revenir quand ce serait plus calme, Tobias avait opté pour la deuxième solution. Plus tard, il se reprocherait de ne pas avoir fait plus attention sur le chemin du retour, mais on lui avait assuré qu'on s'était occupé de Parker, et le microémetteur avait confirmé que le privé était encore à Portland alors que Tobias roulait dans son camion depuis une heure.

Parker le préoccupait mais pas autant que Jimmy Jewel. Il avait parlé de Jewel aux autres immédiatement après la première tentative maladroite d'intimidation au Dewey's, de la curiosité du gangster pour les aspects économiques de ses activités et ils lui avaient conseillé de voir comment tournaient les choses. Il était seulement parvenu à les convaincre de tout arrêter pendant quelque temps mais, à mesure que les jours passaient sans incident, leur impatience avait crû et il avait recommencé à passer la frontière. De leur côté, ils surveillaient Jewel et le mammouth qui protégeait ses arrières : apparemment, Jimmy avait décidé que Tobias ne méritait pas qu'on se fasse du souci pour lui. Joel, lui, n'en était pas persuadé, mais les autres avaient fait de leur mieux pour le convaincre. Aussi, comme Jimmy semblait s'occuper de ses affaires et que personne ne venait fureter dans les leurs, Joel avait commencé à se détendre un peu.

Il était fatigué, aussi : il faisait de plus en plus de trajets car la demande pour la marchandise qu'ils vendaient devenait plus forte. Les autres avaient prédit que c'était ce qui se passerait dès que la rumeur se répandrait sur la qualité et la rareté de ce qu'ils offraient. Jusqu'à ces derniers temps, ils ne transportaient rien qui n'ait été vendu à l'avance, mais à présent Joel rapportait de la marchandise en prévision de la grande vente finale : la « liquidation », comme ils avaient pris l'habitude de dire. Ils avaient toujours su que ces ventes initiales « au goutte à goutte » risquaient d'attirer l'attention, mais elles étaient nécessaires pour rassembler des fonds et prouver la valeur de ce qui serait ensuite disponible. Maintenant, les gros bénéfices étaient en vue, mais Joel était le plus exposé, et quand Jewel et le privé avaient commencé à fouiner, il avait été sérieusement ébranlé. Les achats réglés d'avance avaient augmenté mais pas autant que Joel l'aurait souhaité vu que c'était lui qui prenait tous les risques. Il avait eu des mots avec les autres, et comme cela s'ajoutait à leur attitude initiale désinvolte envers le problème Jewel, Joel leur en voulait. Il savait qu'un affrontement devenait inévitable. Il aurait peut-être dû la fermer mais, au fond de lui, il était sûr d'avoir raison, c'était d'ailleurs pour ça qu'il avait râlé. Il en fallait beaucoup pour le mettre en rogne. La colère couvait longtemps en lui mais, quand il explosait, il valait mieux ne pas se trouver à proximité.

Il faisait des cauchemars de plus en plus souvent et cette perturbation de son cycle de sommeil le rendait plus irritable avec Karen, ce qu'il se reprochait. C'était une fille à part, il avait de la chance d'être avec elle, mais quelquefois elle ne savait pas quand il fallait s'arrêter de poser des questions et se taire. Depuis que Damien Patchett et les autres étaient morts, elle avait changé, peut-être parce qu'elle craignait qu'il ne subisse le même sort, mais Joel n'avait pas l'intention de se suicider. La disparition de Damien l'avait cependant frappé plus durement que celles qui l'avaient précédée. Cela faisait trois morts, maintenant, trois de son ancien peloton, tous de leur propre main, mais Damien avait été le meilleur. Il l'avait toujours été.

Damien et les autres avaient commencé à lui apparaître en rêve, ensanglantés et meurtris. Ils lui parlaient mais pas en anglais, il ne comprenait pas ce qu'ils disaient. C'était comme s'ils avaient appris une nouvelle langue de l'autre côté du tombeau. Mais alors même qu'il rêvait, il se demandait si c'étaient vraiment ses anciens frères d'armes qu'il voyait. Ils l'effrayaient, ils n'avaient plus leurs yeux d'avant : ils étaient noirs, couverts d'un liquide huileux. Ils avaient le corps tordu, le dos voûté, les bras trop longs, des doigts maigres et crochus...

Bon Dieu, pas étonnant qu'il soit tendu.

Au moins, les expéditions de l'autre côté de la frontière prendraient bientôt fin. Tobias avait soigné ses rapports avec les fonctionnaires des douanes et les abrutis de la Sécurité intérieure. L'encadrement de sa plaque d'immatriculation l'identifiait comme un ancien combattant, de même que les autocollants et les décalcomanies de la cabine. Il portait une casquette de base-ball de l'armée et prenait la peine d'écouter les histoires des anciens combattants affectés maintenant à la frontière. Il leur glissait un paquet de cigarettes à l'occasion, jouait au besoin de ses blessures et, en échange, ils lui facilitaient le passage. Les autres ne se doutaient absolument pas qu'il avait travaillé dur sur son image et que le succès de leur entreprise dépendait entièrement de lui.

Avec toutes ces choses en tête, il n'avait pas fait attention autant qu'il aurait dû à la voiture qui roulait derrière lui. Lorsqu'elle le doubla, il fut satisfait de la voir passer, mais c'était la réaction naturelle d'un routier vis-à-vis d'un véhicule s'approchant trop près. On sait que le chauffeur va finalement essayer de doubler, on ne peut qu'espérer qu'il le fera de manière raisonnable. Oh, il y a des routiers qui aiment jouer avec les automobilistes impatients, et d'autres qui considèrent simplement qu'ils sont les gros méchants fils de pute de la route et que, si vous les emmerdez, tant pis pour vos fesses, littéralement parfois. Joel n'avait jamais été comme ça, même avant de commencer à passer la frontière, quand attirer l'attention des flics en conduisant imprudemment aurait pu l'expédier en prison pour longtemps. Même si la route était étroite et que les branches des arbres éraflaient sa cabine, il se rabattit légèrement pour laisser passer la voiture. Ce n'était pas un endroit intelligemment choisi pour doubler puisqu'ils approchaient d'un virage : si quelqu'un d'autre roulant rapidement déboulait dans l'autre sens, tout le monde aurait besoin d'un maximum d'espace goudronné pour ne pas finir comme des hérissons écrasés. Mais la voie était libre et il regarda les feux arrière de la voiture disparaître, laissant la route obscure et déserte.

Huit cents mètres plus loin, il vit des lumières clignoter et une silhouette agiter une paire de bâtons lumineux. Il freina brutalement quand les phares de son camion prirent dans leur faisceau la Plymouth rouge qui l'avait doublé un peu plus tôt. Elle était en travers de la route, partagée par la ligne blanche. Il y avait à côté une autre voiture, la source des lumières rouge et bleue clignotantes. Il ne distingua cependant aucune inscription sur la carrosserie, ce qui était curieux.

Une silhouette en uniforme à la tête légèrement difforme s'approcha. Tobias baissa sa vitre.

— Qu'est-ce qui se passe ? demanda-t-il quand une torche électrique l'éblouit, le forçant à se protéger les yeux de la main.

Aussitôt l'homme braqua un pistolet sur lui et deux autres types, munis d'armes semi-automatiques, surgirent des arbres. Leurs visages disparaissaient derrière des masques macabres et l'homme au pistolet cacha aussi le sien derrière un masque mais pas avant que Tobias ait eu le temps de l'apercevoir et de penser : Mexicain. Hypothèse qui se trouva confirmée quand l'homme lui lança :

— Laisse tes mains où on peut les voir, *garrçon*. On veut blesser personne. Cool ?

Joel acquiesça. Le fait qu'ils portent des masques signifiait qu'ils n'avaient pas l'intention de le descendre. Des tueurs sur une route déserte n'ont pas à craindre d'être identifiés plus tard par leur victime.

— Mes amis vont monter avec toi dans la cabine et t'expliquer où tu dois aller. Tu fais ce qu'ils disent, tout sera vite fini et tu pourras rentrer retrouver ta *novia, si* ?

Joel hocha de nouveau la tête. Ainsi, ils savaient qu'il avait une copine, ce qui signifiait qu'eux-mêmes ou un complice s'étaient rencardés sur lui à Portland. Il rangea cette information dans un coin de son esprit.

Les portières du camion n'étaient pas verrouillées. Tobias garda les mains sur le volant tandis que les deux hommes montaient dans la cabine. L'un se glissa dans l'espace situé derrière la banquette, l'autre resta près de Joel, le corps légèrement de côté pour pouvoir s'adosser à la portière, le pistolet-mitrailleur nonchalamment posé en travers des cuisses. La décontraction est le mot d'ordre de la soirée, pensa Joel, mais cela changea quand la radio de l'homme en uniforme se mit à crachoter.

— *Andale !* s'écria-t-il en agitant la main vers les deux voitures puis vers Joel.

Il braqua son pistolet sur lui à travers le pare-brise pour être sûr qu'il comprenne le message.

— *Apúrate !*

La Plymouth fit un mètre en marche arrière avant de prendre la direction du sud. Le chauffeur de l'autre véhicule éteignit sa rampe lumineuse tandis que le type en uniforme courait le rejoindre. Il se rangea sur le côté pour laisser passer le camion et prit son sillage, de sorte que Joel se retrouva pris en sandwich entre les deux voitures.

— Je vais où ? demanda-t-il.

— Regarde juste la route, *garrçon*.

Il fit ce qu'on lui ordonnait et garda le silence. Il aurait pu leur demander s'ils savaient avec qui ils jouaient aux cons, les menacer de représailles s'ils ne descendaient pas tout de suite de son bahut, mais il s'abstint. Tout ce qu'il voulait, c'était survivre, s'en tirer en un seul morceau et, pour peu qu'il ait de la chance, avec un camion intact. Une fois de retour à Portland sain et sauf, il donnerait des coups de fil mais il étudiait déjà les diverses possibilités. Si c'était un simple braquage, ces types s'étaient trompés de camion ou avaient été mal renseignés, et ils ne rafleraient rien de plus que 2 000 dollars de nourriture pour animaux. Autre possibilité : ce n'était pas un simple braquage, auquel cas ces gars étaient très bien renseignés, ce qui ne pouvait que signifier des ennuis, voire des souffrances, pour Joel.

Devant lui, la Plymouth mit son clignotant à droite.

— Suis-le, dit l'homme derrière le siège.

Joel ralentit pour tourner. La route était étroite et montait doucement.

— Tu veux que je passe dans un trou d'aiguille tant qu'on y est ? marmonna-t-il.

Le canon froid du pistolet-mitrailleur lui effleura la joue.

— Je sais conduire un camion, répondit l'homme, si proche de son oreille que Joel sentait son haleine chaude sur sa peau. Si tu veux pas le faire, je le ferai, mais alors on n'aura plus besoin de toi, *mi hijo*.

Joel présuma que le type bluffait mais il n'avait pas envie de vérifier. Il tourna et suivit de nouveau les feux arrière de la Plymouth.

— Tu vois ce que tu peux faire avec un peu d'encouragement ? l'asticota l'homme.

La Plymouth mit ses feux de détresse en s'arrêtant dans une clairière, devant une maison en ruine dont la cheminée de pierre demeurait debout près du toit écroulé. Deux autres types attendaient à côté d'un SUV noir. Comme les autres, ils portaient des masques mais des costumes au lieu de blousons de cuir. Bon marché mais des costumes quand même. Joel freina.

— Descends, lui ordonna le gars au pistolet-mitrailleur.

Joel obéit. La voiture marron les avait rejoints et Joel était maintenant éclairé par les phares de trois véhicules. L'un des gars en costume s'avança. Râblé mais sans graisse, il mesurait une tête de moins que Joel. Il tendit la main et, après un instant d'hésitation, Joel la serra.

— Tu peux m'appeler Raul, dit-il avec une infime pointe d'accent. On essaie de faire ça gentiment et rapidement. T'as quoi dans ton bahut ?

— De la nourriture pour animaux.

— Ouvre, fais-moi voir.

Avec deux pistolets-mitrailleurs braqués sur lui, Joel déverrouilla les portes arrière. Les lampes électriques éclairèrent de grands sacs en papier empilés sur six palettes en bois. Raul pointa deux doigts vers la remorque, deux hommes grimpèrent à l'intérieur, éventrèrent méthodiquement les sacs avec des couteaux, répandant leur contenu.

— Ils nettoieront tout après, j'espère, grommela Tobias.

— Ne te tracasse pas pour ça, dit Raul. S'ils ne trouvent pas ce qu'ils cherchent, t'auras d'autres soucis à te faire, je te le garantis.

— Qu'est-ce qu'ils cherchent ? Des protéines pour leur régime. C'est de la nourriture pour animaux. Tu t'es trompé de camion, mon pote.

Raul ne répondit pas. Il alluma une cigarette, en offrit une à Joel qui la refusa. Ensemble, ils regardèrent les deux hommes crever les sacs et les fouiller jusqu'à ce qu'ils aient de la nourriture pour animaux au-dessus des chevilles.

— C'est un beau camion, dit Raul. Ce serait dommage de l'abîmer.

— Je te le répète : tu t'es trompé de bahut.

Raul haussa les épaules. Tobias perçut un mouvement derrière lui. On lui saisit fermement les bras, on le força à s'agenouiller. Raul s'accroupit pour que son visage soit à la hauteur de celui de Joel, il l'empoigna par les cheveux et pressa le bout de sa cigarette sur la joue droite de Joel, juste sous la pommette. Il n'y eut ni menace ni avertissement, rien qu'une intense douleur, une odeur de chair brûlée et un grésillement aussitôt couvert par le cri de Joel. Raul écarta la cigarette, dont l'extrémité rougeoyait encore faiblement. Il souffla dessus jusqu'à ce qu'elle redevienne rouge vif.

— Écoute-moi, dit Raul. On pourrait démonter ton camion, pièce par pièce, et y mettre le feu devant toi. On pourrait te tuer et t'enterrer dans les bois. On pourrait même se passer de te tuer avant de t'enterrer. On a le choix mais je préfère éviter tout ça parce que je n'ai pas encore un problème personnel avec toi. Bon, je sais que tu fais de la contrebande. Je veux savoir ce que tu passes et tu vas me montrer les « trappes », sinon je continue à te cramer jusqu'à ce que tu parles. Alors, fais-le maintenant.

Après la troisième brûlure, Tobias parla.

Ils le laissèrent dans la clairière. Avant de partir, Raul lui donna une pommade pour ses plaies. La brûlure au visage était vilaine, celles de ses mains encore pires. Raul avait appuyé le bout de la cigarette entre le pouce et l'index de chaque main. Comme Tobias gardait le silence, il avait menacé de passer à l'œil droit et Joel l'avait cru. Il leur avait révélé l'emplacement de la trappe, mais même en suivant ses instructions, ils ne l'avaient pas trouvée. C'était du travail de professionnel que seules les fouilles les plus minutieuses permettaient de détecter. Il dut leur montrer qu'il fallait d'abord enlever la banquette pour avoir accès à la planque, occupant toute la largeur de la cabine. Il l'ouvrit ensuite en exerçant une pression délicate sur les deux coins inférieurs.

La cachette pouvait être divisée en plusieurs compartiments plus petits selon la nature de la marchandise. En l'occurrence une boîte en plastique contenant une douzaine d'objets cylindriques ayant à peu près la longueur d'un bâton de craie, enveloppés de couches protectrices de tissu et de plastique. Les hommes de la cabine en tendirent un à Raul après l'avoir extrait de son emballage. Il était gravé, recouvert d'or à chaque extrémité et incrusté de pierres précieuses. Raul le tint au creux de la main, le soupesa puis demanda :

— Qu'est-ce que c'est ?
— Je sais pas, répondit Joel. Je suis juste le transporteur, je pose pas de questions.
— Ça a l'air ancien et précieux, estima le Mexicain.

Il tendit la main, un des autres y plaça une torche électrique dont Raul se servit pour examiner les pierres de plus près.

— Des émeraudes, des rubis... et un diamant là au bout.

Le sceau qu'il avait dans la main datait de 2100 avant J.-C. L'administration de l'époque s'en servait pour certifier des transactions commerciales ou juridiques en l'apposant au bas de textes gravés sur des tablettes d'argile. Joel en avait maintenant assez vu pour savoir ce que c'était mais il garda le silence.

Raul remballa soigneusement l'objet et le remit à l'un de ses hommes.

— Emportez-les tous. Et maniez-les doucement.

Il alluma une autre cigarette, sourit en voyant le visage de Tobias se crisper.

— Donc, toi, tu roules et tu ne sais rien de la marchandise qu'on te paie pour transporter. Je ne te crois pas mais peu importe. Je vais me renseigner sur ces petits cylindres et, s'ils sont aussi précieux qu'ils en ont l'air, j'en garderai peut-être quelques-uns. Tu diras à tes employeurs – si c'est le mot qui convient – qu'ils peuvent considérer ça comme une amende pour avoir mis sur pied une opération pareille sans en référer aux autorités compétentes, et je ne parle pas des douanes américaines. S'ils veulent continuer leur trafic, qu'ils viennent m'en parler, on trouvera un accord.

— Pourquoi ils vous en parleraient à vous ? riposta Joel. Pourquoi pas aux Dominicains ou à Jimmy Jewel ?

Il vit une lueur s'allumer dans le regard du Mexicain et sut qu'il avait touché un nerf.

— Parce que nous, on a les cylindres, répondit Raul.

Il s'éloigna, laissant Joel soigner ses plaies, mais non sans avoir auparavant réduit en miettes le portable de Tobias à coups de talon et vidé presque entièrement les réservoirs du camion afin qu'il ne puisse pas rouler plus loin que le motel situé à la sortie d'Eustis. Sa brûlure au visage attira quelques regards quand il pénétra dans le hall mais personne ne fit de commentaires. Il trouva la machine à glaçons, en enveloppa une grosse poignée dans une serviette prise dans sa chambre et s'en servit pour soulager la douleur de sa joue et de ses mains avant de téléphoner de sa chambre.

— J'ai eu un problème, annonça-t-il dès qu'on décrocha.

Il fit un compte rendu détaillé des événements sans presque rien omettre.

— Il faut récupérer les sceaux, entendit-il en réponse. Tu dis que ce Raul veut en garder pour nous mettre à l'amende ?

— C'est ce qu'il raconte.

— Bon Dieu. Tu crois qu'il va s'en servir pour estampiller ses sachets de coke ?

— Je crois qu'il va essayer de les vendre.

— On a réussi jusqu'ici parce qu'on a été prudents. Ces sceaux ne peuvent pas se retrouver sur le marché.

Joel fit de son mieux pour cacher son irritation. Parce qu'il conduisait un camion, on le prenait pour un crétin ? Il avait pris part à tous les stades de l'opération, dès le début. Sans lui, elle aurait capoté depuis longtemps.

— Je le sais parfaitement, répliqua-t-il.

— Ne fais pas le malin. Ce n'est pas moi qui ai perdu la marchandise.

— Peut-être, mais j'ai pas touché assez pour compenser la perte d'un œil.

— Tu as reçu plus d'avances que tout le monde. Si ça ne te convient pas, tu peux t'en aller.

Joel baissa les yeux vers sa main estropiée.

— C'est pas ce que je voulais dire. Il faut régler ce problème.

— Ton Raul ne mettra pas longtemps à découvrir la valeur de ce qu'il a piqué. Ensuite, même un enfant comprendrait ce qui se passe. Je vais me renseigner pour savoir qui il est.

— Jewel le sait.

— Tu crois ?

— J'en suis sûr. Si tu veux mon avis, le tuyau venait de lui.

— Alors, c'est par lui qu'on commencera. Ils ont tout pris, tu dis ?

— Ouais. Tout.

— Rentre chez toi. Repose-toi et soigne tes brûlures. Appelle-moi demain matin dès que tu te réveilleras. Ce n'est pas le seul problème à régler.

Joel ne demanda pas d'éclaircissement sur la dernière remarque. Il était épuisé, il avait mal. Il raccrocha et alla à la station-service d'en face acheter un pack de six bières qu'il but dans sa chambre, pressant parfois l'une des cannettes froides sur sa joue brûlée en regardant par la fenêtre les feux des voitures qui passaient et la masse sombre de Flagstaff Lake. Après deux bières, il eut la nausée. Cela faisait si longtemps qu'il n'avait pas éprouvé un choc violent qu'il avait presque oublié cette sensation, mais ce qu'il avait subi dans la clairière réveilla des souvenirs. Il gratta distraitement son mollet gauche, sentit le tissu cicatriciel et le trou dans le muscle. Il appela Karen, elle n'était pas chez elle. Il laissa un message sur le répondeur pour lui dire qu'il était crevé et qu'il avait pris une chambre de motel. Il lui dit aussi qu'il l'aimait et s'excusa pour leur dispute du matin. Tout ça, c'était la faute du privé et de ce vieil indiscret de Patchett. Joel avait suffisamment entendu les rumeurs qui couraient sur Parker pour ne pas le sous-estimer, et il n'était pas sûr que le menacer était le meilleur moyen de s'occuper de lui, mais il avait été à la fois furieux et soulagé quand les autres lui avaient appris que Parker avait été engagé pour enquêter sur ses rapports avec Karen, non sur l'opération.

Il avait besoin de dormir. Il avala des calmants et s'assit au bord de son lit, allongea les jambes. De la poche de son blouson, il tira deux ravissantes boucles d'oreilles en or. Il avait menti en prétendant que les Mexicains avaient tout pris. Il estimait qu'on lui devait quelque chose pour ses brûlures, et parce que ce qu'il avait déjà passé valait une fortune dont il n'avait jusqu'ici touché que des miettes. Il voulait aussi faire un cadeau à Karen pour se faire pardonner leur dispute.

Il tint les boucles à la lumière et, malgré sa souffrance, s'émerveilla de leur beauté.

II

« Je rêve de cavaliers sur des collines fumantes, d'ombres à cheval, de cuirasses en roseau, de cravaches, de lune métisse. D'une autre guerre. Une guerre ancienne mais dans ce même pays... »

Richard CURREY,
Crossing Over : The Vietnam Stories

La guerre pue. Elle sent l'égout à ciel ouvert et les excréments, les ordures, la nourriture en train de pourrir et l'eau stagnante. Elle sent les carcasses de chiens et les cadavres humains. Les sans-abri, les agonisants et les morts.

On les avait amenés par avion de la base aérienne de McCord à celle de Rhein-Main puis au Koweït. Ils avaient emporté leur barda et leur arme, le chargeur enlevé et gardé dans une poche. Au Koweït, ils remplirent des sacs de sable qu'ils empilèrent au fond de leurs véhicules pour absorber les éclats d'obus. Deux jours plus tard seulement, on leur annonça qu'ils allaient au casse-pipe. Les officiers applaudirent : ils voulaient gagner leur insigne de combattant. Le froid était mordant quand ils traversèrent le désert la nuit. Jusque-là, il n'avait connu que le désert du Maine et ce n'était qu'une étendue sablonneuse. Il ne s'attendait pas qu'il fasse si froid mais il savait aussi peu de choses sur le désert que sur l'Irak. Avant d'y être envoyé, il ne l'aurait même pas trouvé sur une carte.

Comment pouvait-on y vivre ? Rien ne poussait ; les gosses allaient pieds nus et habitaient des cabanes en terre. Bien qu'on leur eût recommandé de ne se fier à personne, il donnait des bonbons et de l'eau aux enfants chaque fois qu'il le pouvait. La plupart de ses camarades en firent autant, au début, avant que l'insurrection éclate, que les rivières commencent à charrier des cadavres, que les hadji *utilisent des gamins comme guetteurs, comme boucliers humains ou comme combattants. Après quoi il cessa de traiter les enfants comme des enfants. Il avait peur la plupart du temps mais il avait pénétré dans un endroit où la notion de peur n'avait plus aucun sens concret parce que la peur était toujours présente, sous forme de murmure ou de cri.*

Et puis il y avait la poussière. Elle entrait partout. Il s'efforçait de garder son M4 propre et bien huilé mais il s'enrayait parfois. Certains prétendaient que le produit nettoyant fourni par l'armée ne valait rien et les gars demandaient à leurs familles de leur envoyer des lubrifiants du commerce dans leurs colis. Plus tard, il lut quelque part que la poussière irakienne était différente de celle qu'on avait utilisée aux États-Unis pour tester les armes. Elle était plus fine, elle contenait plus de sels et de carbonates corrosifs. Elle réagissait aussi aux lubrifiants pour armes en donnant des particules plus grosses qui bloquaient les chambres. C'était comme si la terre elle-même conspirait contre l'envahisseur.

Ce pays était très ancien, les autres ne le comprenaient pas. Lui non plus ne l'avait pas compris au début. C'est seulement après, quand il en remonta l'histoire, qu'il se rendit compte que c'était le berceau de la civilisation : les ancêtres de ceux qui l'épiaient craintivement de leurs maisons en terre avaient inventé l'écriture, la philosophie, la religion. Son armée de chars et d'avions suivait les traces des Assyriens, des Babyloniens, des Mongols, d'Alexandre et de Jules César. C'était autrefois le plus puissant empire du monde. Il avait du mal à saisir son ancienneté, même quand il lisait l'histoire de Gilgamesh, de la Mésopotamie, des rois d'Agadé et des Sumériens.

Il était alors tombé sur les noms d'Enlil et de son épouse Ninlil, Enlil qui avait pris trois formes pour féconder trois fois sa femme, et de ces trois accouplements étaient nés Nergal, Ninurta et un troisième dont le nom s'était perdu, rendu illisible par la détérioration des vieilles pierres sur lesquelles cette histoire avait été écrite. Trois unions, trois êtres : trois créatures des régions infernales.

Des démons.

Et c'est là qu'il avait commencé à comprendre.

11

Jackie Garner se répandit en excuses quand il appela le lendemain matin. Il avait réussi à filer Joel Tobias jusqu'à Blainville, Québec, et avait assisté au chargement de la nourriture pour animaux. Il n'avait rien remarqué d'anormal et avait suivi Tobias jusqu'à la frontière. Là, quelque chose dans l'allure de Jackie, ou dans son odeur, peut-être, avait éveillé les soupçons des douaniers. Ceux-ci avaient soumis son sac à un test chimique et y avaient trouvé des traces d'explosifs. Comme il était le roi des munitions, il eût été miraculeux qu'on n'en décèle pas, mais on avait fouillé sa voiture et il avait dû répondre à un tas de questions embarrassantes sur son dada avant qu'on le laisse repartir, bien après que Tobias avait disparu.

— Ne t'en fais pas pour ça, le rassurai-je. On trouvera un autre moyen.

— Tu veux que j'aille l'attendre devant chez lui ?

— Ouais, pourquoi pas.

À défaut d'autre chose, cela donnerait à Jackie l'impression qu'il n'avait pas d'ennuis.

— Des nouvelles de New York ? s'enquit-il.

— Ils arrivent ce soir.

— Tu leur diras pas que j'ai merdé ?

— Tu n'as pas merdé, Jackie. Tu n'as pas eu de chance, c'est tout.

— Je devrais faire plus gaffe, reconnut-il. Mais les explosifs, c'est vraiment mon truc.

Peu après, Bennett Patchett m'envoya par e-mail les noms de plusieurs anciens soldats qui avaient assisté à l'enterrement de son fils. Pour les deux premiers, Vernon et Pritchard, il avait ajouté une note disant qu'il n'était pas sûr de l'orthographe. Au téléphone, il précisa qu'il n'avait pas les noms de tous ceux qui étaient venus parce qu'ils n'avaient pas tous signé le livre de condoléances et qu'on ne lui avait pas présenté tout le monde, mais il estimait qu'une demi-douzaine d'anciens soldats au moins étaient présents. Il se souvenait d'une nommée Carrie Saunders qui avait quelque chose à voir avec l'aide psychologique aux anciens combattants mais, à sa connaissance, elle n'avait eu aucun contact officiel avec Damien avant sa mort. Il y avait aussi Bobby Jandreau, condamné au fauteuil roulant à cause des blessures qu'il avait subies en Irak. Il figurait sur la liste de ceux à qui je voulais parler après l'arrivée des renforts new-yorkais.

— L'un de ceux qui sont venus était noir ?

— Vernon est un homme de couleur, répondit-il. C'est important ?

— Simple curiosité.

Je me promis de téléphoner à Carrie Saunders et de me renseigner sur Bobby Jandreau, mais je me rendis d'abord à Scarborough Downs, où Ronald Straydeer vivait dans une cabane à portée de voix de l'hippodrome. Il avait servi dans une unité cynophile pendant la guerre du Viêtnam et demeurait hanté autant par la perte de son chien – qu'il avait dû abandonner comme « excédent aux besoins » pendant la chute de Saigon – que par la mort de ses camarades. Sa maison servait maintenant de point d'accueil aux anciens combattants de passage qui cherchaient un endroit où dormir, où boire une bière et tirer une taffe sans être dérangés par des questions idiotes. Je ne savais pas au juste comment Ronald gagnait sa vie, mais ce n'était sûrement pas sans rapport avec la réserve d'herbe qu'il semblait toujours avoir sous la main.

Ronald avait récemment commencé à militer pour les droits des anciens combattants. Il avait fait lui-même l'expérience des problèmes qu'ils affrontaient quand il était rentré du Viêtnam, et, après le 11 Septembre, il avait cru en avoir terminé avec ce genre d'horreurs. Au lieu de quoi on avait déversé sur les AC un nouveau sac de saloperies, pire encore que ce que leurs prédécesseurs avaient essuyé. À l'époque, on avait reproché aux anciens du Viêtnam une guerre impopulaire, critique attisée par des images de jeunes mourant sur des campus universitaires ou d'une fillette couverte de napalm en flammes courant sur un pont viêtnamien. La colère avait maintenant fait place à une totale ignorance des conséquences de la guerre, à la fois physiques et mentales, pour les anciens soldats, et au peu d'empressement de ceux qui les avaient joyeusement envoyés au combat à soigner les blessés et les éclopés, que leurs blessures soient visibles ou non, après leur retour au pays. J'avais vu Ronald deux ou trois fois sur la chaîne de télévision locale et des journaux du Maine l'invitaient souvent à faire un commentaire quand le sujet des anciens combattants invalides était posé sous une forme ou une autre. Il avait créé une organisation appelée La Voix des anciens combattants du Maine et, pour la première fois depuis que je le connaissais, il semblait avoir un véritable objectif, une nouvelle bataille à livrer au lieu de revivre les anciennes.

Je vis un rideau remuer quand j'arrivai chez Ronald. Je savais qu'il avait installé un détecteur de mouvement au bout de l'allée privée conduisant à sa cabane et tout ce qui était plus gros qu'un petit mammifère brisait le rayon de l'appareil. Ronald avait l'intelligence de ne pas garder chez lui une quantité trop importante d'herbe pour qu'en cas de descente de police il soit inculpé de détention de drogue à usage personnel mais non destinée au trafic. En même temps, ses activités étaient un secret de Polichinelle pour certaines branches des forces de l'ordre locales qui fermaient les yeux parce qu'il ne vendait pas aux gosses, qu'il ne recourait pas à la violence et qu'il aidait les flics en cas de besoin. De toute façon, Ronald n'était pas à la tête d'un empire de la drogue. Sinon, il n'aurait pas vécu dans une petite cabane à la sortie de Scarborough Downs.

Il aurait vécu dans une grande cabane à la sortie de Scarborough Downs.

Ronald s'avança sur le seuil lorsque je descendis de voiture. C'était un costaud aux cheveux noirs coupés court avec des reflets argentés. Il portait un jean ajusté et une ample chemise à carreaux flottant au-dessus de sa ceinture. Un petit sac en cuir pendait à son cou.

— Qu'est-ce que c'est ? demandai-je. Médecine puissante ?

— Non, c'est là que je mets ma monnaie.

Sa main hâlée où saillaient les muscles et les veines saisit la mienne et l'avala tel un vieux poisson-chat gobant un vairon.

— Tu es le seul Américain de souche que je connaisse et tu ne donnes dans aucun de ces trucs d'Américains de souche.

— Tu es déçu ?

— Un peu. J'ai l'impression que tu ne fais aucun effort.

— Je n'ai même pas envie qu'on m'appelle Américain de souche. Indien, ça me suffit.

— Tu vois ? Je parie que si j'étais arrivé habillé en cow-boy, tu n'aurais même pas sourcillé.

— Non. Je t'aurais peut-être descendu mais je n'aurais pas sourcillé.

Ronald me fit asseoir à la table de son jardin et tira deux sodas d'une glacière. Dans la cuisine, un gros radiocassette diffusait en sourdine un mélange de blues amérindien, de folk et autres éléments de l'héritage culturel américain : Sliding Clyde Roulette, Keith Secola, Butch Mudbone.

— Visite amicale ? s'enquit-il.

— Amicale et professionnelle. Tu te rappelles Damien Patchett, un jeune du coin qui a fait l'Irak, dans l'infanterie ?

Il hocha la tête.

— Je suis allé à son enterrement.

J'aurais dû m'en douter. Chaque fois qu'il le pouvait, Ronald assistait aux funérailles des anciens combattants de la région parce que selon lui, en en honorant un, il les honorait tous. Cela faisait partie de ses devoirs envers ceux qui étaient tombés.

— Tu le connaissais ?

— Non, jamais vu.

— Il paraît qu'il se serait tué.

— Qui t'a dit ça ?

— Son père.

Il toucha la croix d'argent pendue à une lanière de cuir entourant son poignet, petit geste pour compatir au chagrin de Bennett Patchett.

— C'est toujours pareil, soupira-t-il. On espère que les galonnards et les politiciens finiront par comprendre, mais non. La guerre change les hommes et les femmes et, pour certains, le changement est si profond qu'ils ne se reconnaissent plus et qu'ils haïssent ce qu'ils sont devenus. Si tu veux mon avis, on fait mieux le compte des suicides qu'avant mais c'est tout. Il y a plus d'anciens du Viêtnam qui se sont tués ici depuis la fin de cette guerre qu'il en est tombé là-bas, et plus d'anciens de l'Irak se suicideront cette année qu'il en tombera là-bas, si on se fie aux chiffres. La même formule s'applique aux deux guerres : maltraités là-bas, maltraités de retour ici.

— Qu'est-ce qu'on racontait sur Damien ?

— Qu'il se renfermait sur lui-même, qu'il avait du mal à dormir. Beaucoup de gars ont du mal à dormir quand ils reviennent. Ils ont du mal à faire des tas de choses mais, si tu n'arrives pas à dormir, tu n'as plus les idées claires, tu deviens lunatique, déprimé. Tu te mets à boire plus que tu devrais, ou tu prends quelque chose pour te calmer et il t'en faut un peu plus à chaque fois. Il carburait à la trazodone mais il avait arrêté.

— Pourquoi ?

— Il faudrait que tu demandes à quelqu'un qui le connaissait mieux que moi. Y a des mecs qui n'aiment pas prendre des somnifères : ils trouvent que ça leur donne une sorte de gueule de bois au réveil et que ça bousille leur sommeil paradoxal. Le père de Damien t'a embauché pour enquêter sur sa mort ?

— En un sens.

— Je pensais qu'il n'y avait aucun doute sur son suicide.

— Il n'y en a pas. C'est ce qui l'a conduit à mettre fin à ses jours que son père veut comprendre.

— Tu t'occupes de syndrome de stress posttraumatique, maintenant ?

— Plus ou moins.

— Je vois que tu n'arrives toujours pas à faire des réponses directes.

— Disons que je tourne autour du pot. Que je forme le cercle, si tu préfères.

— Ouais, comme avant l'attaque des Indiens. Tu aurais dû te déguiser en cow-boy, finalement.

Il but une gorgée de soda et détourna la tête. Ce n'était pas de la bouderie, plutôt le digne équivalent chez les Américains de souche.

— OK, capitulai-je, je me rends. Je te file un nom : Joel Tobias.

Ronald savait garder une expression impassible et la mention de Tobias ne provoqua chez lui qu'un infime battement de paupières, suffisant cependant pour indiquer qu'il ne l'aimait pas beaucoup.

— Il était à l'enterrement lui aussi, dit-il. Pas mal de gars qui avaient fait l'armée avec lui sont venus dire adieu à Damien, certains de très loin. Il y a eu un incident au cimetière mais ils se sont arrangés pour que la famille ne voie rien.

— Un incident ?

— Un type d'un petit journal, le *Sentinel-Eagle*, traînait dans le coin. Il prenait des photos dans le cadre d'un reportage qu'il espérait vendre au *New York Times* : tu sais, les funérailles du guerrier, le chagrin, la délivrance. Quelqu'un de la famille – Bennett, sûrement – avait dit que ça ne posait pas de problème. Apparemment si, pour certains. Plusieurs des anciens copains de Damien lui ont dit un mot et il est parti. Tobias en faisait partie. On me l'a présenté plus tard dans un bar. À ce moment-là, il ne restait plus que les traînards.

— Il apparaît sur ton écran radar, Tobias ?

— Pourquoi il apparaîtrait ?

— Il y a peut-être des gens qui le soupçonnent de faire de la contrebande.

— En tout cas, pas de l'herbe, je le saurais. Tu as parlé à Jimmy Jewel ?

— Il ne sait pas non plus.

— Si Jimmy ne sait pas, j'ai encore moins de chances d'être au courant. Tu claques un dollar, il entend la monnaie tinter sur le comptoir.

— Mais tu sais des choses sur Tobias ?

Ronald changea de position sur sa chaise.

— Des rumeurs, c'est tout.

— Quelles rumeurs ?

— Il aurait une combine. C'est le genre de type à ça.

— Il faisait partie de ceux qui ne voulaient pas qu'on les prenne en photo, tu disais.

— Ils étaient quatre ou cinq, si je me souviens bien. L'un d'eux a quand même eu son nom dans les journaux une semaine plus tard environ.

— Pour quoi ?

— Un nommé Brett Harlan, de Caratunk.

Ce nom me disait quelque chose. Harlan…

— Meurtre suivi de suicide, dis-je. Il a tué sa femme et il s'est suicidé.

— Avec une baïonnette de M9. Des morts pas ragoûtantes. Officier technicien Brett Harlan, compagnie de Stryker C, 2e brigade, 3e d'infanterie. Sa femme était en permission, elle appartenait au 172e bataillon de renseignement militaire.

— Damien Patchett avait servi également dans la 2e brigade.

— Bernie Kramer aussi.

— Qui est-ce ?

— Caporal Bernie Kramer. Il s'est pendu dans une chambre d'hôtel de Québec il y a trois mois.

Je repensais à ce que Karen Emory m'avait dit :
« *Ils meurent tous.* »

— On a une série, au sens statistique, déclarai-je. Une série de suicides.

— Il semblerait.

— Tu vois une raison ?

— Une raison générale, oui, pas spécifique. Il y a une femme du centre de Togus, une ancienne de l'armée, que tu devrais voir. Elle s'appelle Carrie Saunders et je crois qu'elle avait rencontré Harlan et Kramer. Elle fait de la recherche, elle s'est adressée à moi pour obtenir des noms d'anciens militaires, de mon époque et de plus tard, qui accepteraient d'avoir un entretien avec elle. Je lui ai donné ce que je pouvais.

— D'après Bennett, elle a assisté à l'enterrement de Damien.

— À l'église, peut-être. Moi, je ne l'ai pas vue.

— Elle fait de la recherche sur quoi ?

Ronald finit son soda, écrasa la boîte et la jeta dans une poubelle de recyclage.

— Syndrome de stress posttraumatique, répondit-il. Sa spécialité, c'est le suicide.

Le soleil monta dans le ciel. C'était maintenant une belle journée d'été, avec un ciel bleu sans nuages et juste un soupçon de brise, mais Ronald et moi n'étions plus dehors. Il m'avait emmené dans le petit bureau d'où il dirigeait la Voix des anciens combattants du Maine. Les murs étaient couverts de coupures de journaux, de tableaux statistiques de décès et de photographies. L'une d'elles, juste au-dessus de l'ordinateur de Ronald, montrait une femme aidant son fils blessé à se lever de son lit. Comme la photo avait été prise par-derrière, on ne voyait que le visage de la mère. Il me fallut un moment pour remarquer ce qui clochait dans cette photo : il manquait au jeune homme la moitié de la tête et ce qui en restait était un réseau de cicatrices et de crevasses rappelant la surface de la lune. L'expression de la mère reflétait un mélange de sentiments trop complexe pour être interprété.

— Une grenade, expliqua Ronald. Il a perdu 40 % de son cerveau. Il lui faudra des soins constants pendant le reste de sa vie. La mère n'a pas l'air jeune, hein ?

Il avait fait cette remarque comme s'il la voyait pour la première fois, alors qu'il la regardait probablement tous les jours.

— Non, confirmai-je.

Et je me demandai ce qu'il vaudrait mieux : qu'il meure avant elle, pour qu'il cesse enfin de souffrir et que la douleur de sa mère prenne une autre forme, moins déchirante, peut-être ; ou qu'il continue à vivre après elle, pour qu'elle l'ait eu longtemps auprès d'elle et qu'elle ait pu s'occuper de lui comme elle le faisait quand il était bébé, lorsque l'éventualité d'une telle vie n'aurait pu lui apparaître que dans un cauchemar. La première hypothèse me semblait la meilleure car, s'il vivait trop longtemps, elle ne serait plus là et il deviendrait une ombre dans le coin d'une pièce, un nom sans passé, oublié des autres et sans souvenirs à lui.

Ce fut dans ce cadre que Ronald me parla de suicides et de sans-abri, de toxicomanie et de cauchemars qui vous réveillent en sursaut, d'hommes sans bras ni jambes qui devaient se battre pour obtenir de l'armée une invalidité à 100 %, du retard dans l'examen des demandes de prise en charge – quatre cent mille et le nombre continuait à augmenter – et de ceux dont les cicatrices n'étaient pas visibles, dont les blessures étaient psychologiques, pas physiques, et dont le sacrifice n'était donc pas encore reconnu par leur gouvernement puisqu'on leur refusait la médaille Purple Heart. Et tandis qu'il parlait, sa colère montait. Il n'éleva pas la voix, il ne serra même pas le poing, mais je sentais la rage émaner de lui comme la chaleur d'un radiateur.

— C'est le coût caché, conclut-il. Un gilet pare-balles protège le torse et un casque vaut mieux que rien. L'intervention des services médicaux est plus rapide et meilleure. Mais si une bombe artisanale explose à côté de toi ou sous ton Hummer, tu risques de perdre un bras ou une jambe, de recevoir dans la nuque un éclat qui te laissera paralysé pour le restant de tes jours. Tu peux survivre à de terribles blessures, mais tu peux aussi regretter de ne pas être mort. Tu regardes le *New York Times*, tu regardes *USA Today*, tu vois que le nombre de tués en Irak et en Afghanistan monte toujours dans le petit encadré réservé aux mauvaises nouvelles, mais pas aussi vite qu'avant, pas pour l'Irak en tout cas, et tu te dis que les choses s'arrangent peut-être. Oui, elles s'arrangent si tu ne comptes que les morts, mais il faut multiplier le nombre par dix pour les blessés et ça n'indique pas combien le sont gravement. Un soldat sur quatre revenant d'Irak ou d'Afghanistan a besoin de soins médicaux ou psychiatriques. Quelquefois, on ne leur accorde pas ces soins comme on le devrait et, si ces anciens combattants ont la chance d'obtenir une partie de ce dont ils ont besoin, le gouvernement essaie de les arnaquer à chaque étape. Tu n'imagines pas comme c'est difficile d'obtenir une invalidité à 100 %, et ceux-là mêmes qui les ont envoyés se battre ont tenté de fermer Walter Reed pour économiser trois sous. *Walter Reed*. Ils livrent deux guerres et ils veulent fermer le plus important hôpital militaire parce qu'ils trouvent qu'il coûte trop cher. Ça n'a rien à voir avec être pour ou contre ces guerres. Ça n'a rien à voir avec être de gauche ou de droite, ou tout ce que tu voudras. Il s'agit de traiter comme il faut ceux qui se battent et ils ne le font pas. Ils ne l'ont jamais fait. Jamais, jamais...

Sa voix mourut. Quand il recommença à parler, son ton était différent :

— Lorsque le gouvernement ne remplit pas ses obligations, que l'armée ne prend pas soin de ses propres blessés, il revient à d'autres d'essayer de faire quelque chose. Joel Tobias est un homme en colère qui a peut-être rallié à sa cause d'autres qui pensent comme lui.

— Sa *cause* ?

— Ce qu'il fait, quoi que ça puisse être, partait de bonnes intentions. Il a rencontré des gars qui se heurtaient aux pires difficultés. On en a tous rencontré. Il a promis de les aider.

— Tu veux dire que l'argent de ce qu'il passe en contrebande était destiné aux soldats invalides ?

— En grande partie. Au début.

— Qu'est-ce qui a changé ?

— C'est une grosse somme, à ce qu'il paraît. Plus il y a de fric, plus la tentation est grande.

Ronald se leva. Notre conversation touchait à sa fin.

— Il faut que tu parles à quelqu'un d'autre, me conseilla-t-il.

— Donne-moi un nom.

— Une bagarre a éclaté au Sully's après l'enterrement de Patchett...

Le Sully's était un bouge notoire de Portland.

— J'étais dans un coin avec deux anciens combattants, Tobias buvait au comptoir avec quelques autres.

L'un d'eux était en fauteuil roulant, les jambes de pantalon à moitié vides rabattues et épinglées sur les cuisses. Il avait pas mal picolé quand il s'en est pris à Tobias. Il l'a accusé d'avoir manqué à sa parole. Il a parlé de Damien et de l'autre type, Kramer. Il a prononcé aussi un troisième nom que je n'ai pas saisi. Ça commence par un R : Rockham, quelque chose comme ça. Le gars en fauteuil roulant a traité Tobias de menteur, il l'a accusé de voler les morts.

— Comment Tobias a réagi ?

Le visage de Ronald se plissa de dégoût.

— Il l'a poussé vers la porte dans son fauteuil. Le gars ne pouvait rien faire sauf mettre le frein. Il a failli tomber par terre mais Tobias l'a retenu. Comme il s'agrippait au frein et qu'il les frappait quand ils essayaient de lui faire lâcher prise, ils l'ont soulevé, lui et le fauteuil, et ils l'ont foutu dehors. Ils l'ont privé de toute dignité. Ils lui ont rappelé son impuissance. Quand ils sont revenus dans la salle, ils ne riaient pas et un ou deux avaient l'air écœurés mais ça ne changeait rien à ce qu'ils avaient fait à ce garçon. C'était ignoble.

— Il s'appelait Bobby Jandreau ?

— Oui. Apparemment, il avait fait l'armée avec Damien, il lui devait la vie. Je suis sorti voir comment il allait mais il n'a pas voulu de mon aide. Il se sentait déjà assez humilié comme ça. Bon, tu en sais plus qu'en arrivant, non ?

— Si. Je te remercie.

Il hocha la tête.

— Je voulais en partie qu'ils réussissent, avoua-t-il. Tobias, et celui qui est derrière : je voulais qu'ils y arrivent, quel que soit leur trafic.

— Et maintenant ?

— Ça a mal tourné. Sois prudent, Charlie. Ça ne leur plaira pas que tu fourres ton nez dans leurs affaires.

— Ils ont déjà essayé de me décourager en me plongeant la tête dans un tonneau plein d'eau.

— Ah ouais ? Et ça a donné quoi ?

— Pas grand-chose. Celui qui parlait avait une voix douce, avec peut-être une pointe d'accent du Sud. Si tu as des idées sur qui ça pourrait être, je suis preneur.

Je tentai de joindre Carrie Saunders plus tard dans la journée au bureau de Togus de l'Association des anciens combattants mais mon appel fut directement aiguillé sur sa messagerie. Je téléphonai ensuite au *Sentinel-Eagle*, un petit hebdomadaire d'Orono, et, par son rédacteur en chef, j'obtins le numéro d'un photographe nommé George Eberly. Il n'était pas membre de la rédaction, il faisait des piges à l'occasion pour le magazine. Eberly décrocha à la seconde sonnerie et, quand je lui annonçai ce que je voulais, il parut tout disposé à parler.

— C'était d'accord avec Bennett Patchett, dit-il. Il avait discuté de mon projet avec le reste de la famille. Je lui avais expliqué que ce serait un reportage qui honorerait la mémoire de son fils mais qui établirait aussi un lien avec d'autres familles ayant perdu un fils ou une fille, un père ou une mère à la guerre, et il l'avait compris. J'avais promis d'être discret, j'ai tenu parole. Je suis resté à l'arrière-plan. La plupart des gens ne m'ont même pas remarqué et d'un seul coup je me suis retrouvé face à une bande d'abrutis.

— C'était quoi, leur problème ?

— Ils ont dit que la cérémonie était privée. Quand j'ai fait valoir que j'avais la permission de la famille, l'un d'eux a essayé de me prendre mon appareil tandis que les autres faisaient la haie. J'ai reculé. Un autre, un grand costaud à qui il manquait des doigts, m'a agrippé le bras et m'a ordonné d'effacer les photos qui n'étaient pas de la famille. Sinon, il cassait mon appareil et, plus tard, lui et ses copains me retrouveraient pour me casser autre chose que je ne pourrais pas remplacer.

— Vous avez effacé les photos ?

— Bien sûr que non. J'ai un Nikon dernier modèle, un appareil compliqué si on ne s'y connaît pas. J'ai appuyé sur un ou deux boutons, j'ai bloqué l'écran, j'ai dit que j'avais fait ce qu'il me demandait. Il m'a lâché et c'était fini.

— Je pourrais les voir, ces photos ?

— Naturellement.

Je lui donnai mon adresse e-mail et il promit de me les envoyer dès qu'il serait devant son ordinateur.

— Vous savez, ajouta-t-il, il y a un lien entre Damien Patchett et un caporal nommé Bernie Kramer, qui s'est suicidé au Canada.

— Je sais. Ils ont servi dans la même unité.

— La famille de Kramer est d'Orono. Après sa mort, nous avons publié un texte qu'il avait écrit. Sa sœur nous l'avait demandé. Elle vit encore en ville. Pour tout dire, c'est ce qui m'a donné l'idée de ce reportage photo. Le texte avait fait du bruit à Orono et le rédac-chef avait eu des problèmes avec l'armée.

— Kramer avait écrit sur quoi ?

— Le SPT. Stress posttraumatique. Je vous l'enverrai avec les photos.

Je reçus le tout deux heures plus tard alors que je me faisais cuire un steak pour le dîner. J'ôtai la poêle de la plaque et laissai refroidir.

Le texte de Bernie Kramer était court mais fort. Il parlait de sa lutte contre ce qu'il croyait être le SPT : sa paranoïa, son incapacité à faire confiance, ses accès de frayeur paralysante, et tout particulièrement sa colère devant le refus de l'armée de reconnaître le SPT comme une blessure au combat et non comme une maladie. Ce texte avait clairement la forme d'une lettre au magazine, une lettre jamais envoyée, mais le rédacteur en chef avait tout de suite senti son potentiel et l'avait publié dans la page des tribunes libres. Le plus poignant était le récit de son passage au Centre de transit des combattants de Fort Bragg. Kramer écrivait que Fort Bragg servait de dépotoir pour soldats souffrant de problèmes liés à la toxicomanie, et que les changements constants de personnel faisaient que les cérémonies de remise de médailles, de fin de convalescence ou de départ à la retraite n'avaient jamais lieu. « Le temps qu'on rentre à la maison, on était déjà oubliés », concluait-il.

Il n'était pas difficile de comprendre pourquoi l'armée était mécontente qu'un de ses anciens soldats fasse ce genre de déclaration, même s'il y avait pire dans les blogs des AC et ailleurs. Un petit hebdomadaire régional constituait cependant une proie facile pour un attaché de presse de l'armée soucieux de faire ses preuves devant ses supérieurs.

J'imprimai l'article, l'ajoutai à ceux que j'avais déjà rassemblés sur la mort de Brett Harlan et de Margaret, sa femme. J'avais également pris des notes sur le SPT et les suicides de soldats. Je regardai ensuite les photos qu'Eberly avait prises à l'enterrement de Damien. Il avait obligeamment entouré les visages des types qui l'avaient bousculé, notamment Joel Tobias. J'examinai soigneusement les autres. Un seul étant noir, je supposai qu'il s'agissait de Vernon. Je vérifiai s'il y avait encore du papier dans l'imprimante, tirai deux copies de chacune des meilleures photos. Je voulais connaître le nom du reste de ces hommes et Ronald Straydeer pourrait peut-être m'aider. J'avais son adresse e-mail, je lui expédiai plusieurs des photos. Eberly m'avait aussi donné le nom et le numéro de téléphone de la sœur de Bernie Kramer, Lauren Fannan. Je l'appelai, nous eûmes une conversation assez longue. Elle m'apprit que Bernie était rentré « malade » d'Irak et que son état s'était aggravé dans les mois qui avaient suivi. Elle était convaincue qu'on avait fait pression sur lui pour l'empêcher de parler de ses problèmes mais elle ne savait pas si ces pressions venaient de l'armée ou de ses copains.

— Pourquoi dites-vous ça ? demandai-je.

— À cause d'un de ses amis, Joel Tobias. Il était le sergent de Bernie en Irak. C'est lui qui a envoyé mon frère à Québec. Bernie parlait couramment français, il travaillait pour Tobias là-bas, quelque chose dans le transport routier. Bernie prenait un médicament pour l'aider à dormir et Tobias lui a dit d'arrêter, parce que ça nuisait à la qualité de son travail.

Si Joel Tobias avait enjoint à Bernie Kramer d'arrêter de prendre un somnifère parce que ça le perturbait dans les tâches qui lui étaient assignées, était-il aussi celui qui avait incité Damien Patchett à se passer de sa trazodone ?

— Bernie voyait un psy ?

— J'ai eu l'impression qu'il voyait quelqu'un à cause de la façon dont il s'est mis à parler de son état mais il n'a jamais dit qui. Après sa mort, j'ai téléphoné à Tobias pour le prévenir qu'il ne serait pas le bienvenu à l'enterrement et il n'est pas venu. Je ne l'ai pas vu depuis. Quand j'ai trouvé la lettre de Bernie sur son stress posttraumatique dans ses papiers personnels, j'ai décidé qu'il fallait la rendre publique parce que les gens doivent savoir comment ces hommes et ces femmes ont été traités par leur gouvernement. Bernie était un garçon charmant et doux. Il ne méritait pas de finir sa vie comme ça.

— Vous parliez de ses papiers personnels, madame Fannan. Vous les avez encore ?

— J'en ai gardé certains, répondit-elle. J'ai brûlé le reste.

Il y avait quelque chose, là.

— Pourquoi ?

Elle se mit à pleurer et j'eus parfois du mal à comprendre ce qu'elle me confia ensuite.

— Il avait écrit des pages et des pages de... de folie, tout simplement : il entendait des voix, il avait des visions. J'ai pensé que cela faisait partie de sa maladie, mais c'était troublant, et tout à fait délirant. Si ces textes avaient aussi été rendus publics, ils auraient nui à la lettre. Il parlait de démons, il se disait hanté. Tout cela n'avait aucun sens. Aucun.

Je la remerciai et la libérai. Un message était apparu sur mon ordinateur. Ronald Straydeer tenait parole : il avait imprimé l'une des photos, l'avait scannée et me l'avait renvoyée, avec une brève note :

Après ton départ, je me suis souvenu de quelque chose qui m'avait paru bizarre à l'enterrement. Un AC de la première guerre d'Irak se trouvait avec Tobias et les autres au Sully's. Il s'appelle Harold Proctor. Autant que je sache, il s'est toujours foutu de tout et de tout le monde et, s'il fréquente Tobias, ça ne peut être que parce qu'il est mêlé à la combine. Il tient un motel délabré à la sortie de Langdon, au nord-ouest de Rangeley. Pas la peine de te dire que c'est tout près de la frontière canadienne.

Proctor ne figurait sur aucune des photos. Je savais qu'il existait un système grâce auquel les anciens combattants des guerres précédentes accueillaient les soldats de retour au pays, mais je ne voyais absolument pas comment découvrir si Proctor en faisait partie, s'il avait été de ceux qui s'étaient occupés de Damien Patchett à son retour. Mais si le jugement de Ronald sur ce type était juste – et je n'avais aucune raison d'en douter –, Proctor ne semblait pas du tout le genre d'homme à faire dans le charitable.

Ronald m'avait donné deux autres noms : Mallak et Bacci. À côté de Mallak, il avait écrit : « Unionville, mais élevé à Atlanta. » Il avait aussi confirmé que le Noir était bien Vernon et précisé que le barbu qui se tenait près de lui s'appelait Pritchard. Il avait tracé un X sur le visage d'un grand type à lunettes et inscrit dessous : « Harlan, décédé. » Enfin, à peine visible au fond et à gauche, il y avait un homme musclé en fauteuil roulant : Bobby Jandreau. Je me remémorai les mots que Kyle Quinn avait prononcés quand je regardais la photo de Foster Jandreau dans le journal.

Sale affaire.

Je pris mon stylo et ajoutai le nom de Foster Jandreau à la liste des morts.

12

Tobias roula jusqu'au motel d'Harold Proctor tôt le lendemain matin. Le destin, pensa-t-il : il se rendait précisément là-bas quand les Mexicains l'avaient intercepté et ça ne le dérangeait pas d'avoir reçu l'ordre d'y aller, même sans marchandise à déposer. La raison de sa visite était plus inattendue, même si, à la réflexion, il avait envisagé cette éventualité.

— Proctor nous laisse tomber, avait dit la voix ce matin au téléphone. Il veut arrêter. Prends ce qui reste là-bas et paie-le. Il n'y a plus que des bricoles, de toute façon.

— Tu crois qu'il ne parlera pas ? avait demandé Tobias.

— Il sait qu'il n'a pas intérêt.

Tobias n'en était pas persuadé et il avait l'intention de dire deux mots à Proctor quand il le verrait pour qu'il comprenne bien ses obligations.

Il avait mal à la joue et aux mains. L'ibuprofène qu'il avait pris avait un peu calmé la douleur mais pas assez pour l'aider à bien dormir. Le manque de sommeil, ce n'était pas nouveau pour lui, cependant. En Irak, il avait réussi à dormir malgré le vacarme des mortiers tant il était épuisé, mais, depuis son retour, il avait du mal à faire une nuit complète et, quand cela lui arrivait, il rêvait. C'étaient de mauvais rêves et, ces derniers temps, ils avaient empiré. Il pensait pouvoir relier le début de ses problèmes récents avec l'une de ses visites chez Proctor, un mois plus tôt environ. Depuis, il n'allait pas bien.

Tobias n'aimait pas trop l'alcool et cependant il se serait bien envoyé ce jour-là un verre bien tassé. Proctor lui en offrirait un s'il le demandait mais il n'avait pas l'intention de profiter assez longtemps pour ça de l'hospitalité du vieux. La dernière chose qu'il voulait, c'était se faire arrêter par les flics l'haleine chargée de gnôle au volant d'un camion, qui plus est un camion contenant plus de richesse potentielle au centimètre carré que n'importe quel autre bahut ayant traversé l'État.

Comme pour souligner la justesse de sa décision d'attendre d'être arrivé à Portland pour étancher sa soif, une voiture de la police de la frontière le croisa sur la route. Tobias agita nonchalamment la main et le policier lui rendit son salut. Il suivit le véhicule dans son rétroviseur jusqu'à ce qu'il disparaisse et respira mieux. Ce serait bien sa veine de tomber sur les flics après ce qui lui était arrivé la veille. Proctor n'était que le nappage de merde sur cette tarte aux étrons.

Tobias ne pouvait pas piffer Proctor. Le vieux était alcoolo et s'imaginait que, parce qu'ils avaient tous deux fait l'armée, ils étaient des frères unis par un lien profond, mais Tobias ne voyait pas le monde de cette façon. Ils n'avaient pas servi dans la même guerre : plus d'une décennie séparait les deux conflits. Proctor et lui suivaient en outre des chemins différents : le vieux se tuait en buvant tandis que Tobias cherchait un moyen de se faire du fric et d'améliorer sa vie. Il se dit qu'il pourrait demander Karen en mariage et l'emmener dans le Sud, loin de ce foutu froid du Maine. L'été était plus agréable ici, moins humide qu'en Floride ou en Louisiane, excepté certains jours du mois d'août, mais cela ne suffisait pas, loin de là, à compenser les rigueurs de l'hiver.

Il pensa de nouveau à ce verre. Il se contenterait de deux ou trois bières une fois rentré à Portland. Il détestait se laisser aller, il détestait aussi voir les autres se laisser aller. Il repensa à Bobby Jandreau au Sully's, Bobby ouvrant sa grande gueule et attirant l'attention, même dans un rade comme le Sully's où la plupart des clients étaient trop occupés à se torcher pour remarquer ce qui se passait autour d'eux. Joel avait pitié de Bobby. Il ne savait pas s'il aurait été capable de continuer à vivre s'il avait été blessé aussi gravement que lui. Ses propres blessures lui suffisaient : il boitait à chaque pas et éprouvait encore des douleurs fantômes là où ses doigts manquants auraient dû se trouver. Mais l'état de Bobby ne l'autorisait pas à gueuler et à dire ce qu'il avait dit. Ils lui avaient promis une part du gâteau et Joel était disposé à tenir parole, même après sa conduite dans le bar, mais maintenant Bobby n'en voulait plus. Il ne voulait plus entendre parler d'eux et c'était ça qui inquiétait Joel. Cela contrariait aussi les autres. Ils avaient essayé de raisonner Bobby sans y parvenir. Joel présumait qu'il avait été blessé dans son orgueil par ce qu'ils lui avaient fait au Sully's mais ils n'avaient pas eu le choix.

Ne faire de mal à personne : c'était la base de leur accord. Malheureusement, ce n'était pas toujours possible dans le monde réel et ce principe s'était peu à peu changé en « Ne faire de mal à aucun des nôtres ». Parker, le détective, avait cherché ce qui lui était arrivé, et Foster Jandreau aussi. Tobias ne l'aurait pas flingué lui-même mais il avait admis la nécessité de le faire.

Tobias guettait déjà l'enseigne du Proctor's Motel pour avoir le temps de se préparer à tourner. Il était tendu. Un semi-remorque s'engageant dans l'allée d'un motel désaffecté ne pouvait qu'éveiller des soupçons si près de la frontière. Joel préférait les fois où il transportait de petits objets, où l'échange pouvait se faire à une station-service ou dans un *diner*. Les grosses pièces exigeant qu'il passe au motel le rendaient toujours nerveux mais il ne restait plus qu'un ou deux chargements de ce type et il avait maintenant trouvé un endroit où les planquer près de Portland. Après la mort de Kramer, ils avaient décidé que la plupart des pièces volumineuses ne valaient pas les risques encourus parce qu'elles présentaient toutes sortes de difficultés logistiques. Il faudrait trouver un moyen de les fourguer, même si cela impliquait une réduction des profits. Ils s'étaient donné du mal pour les transporter jusqu'au Canada, ils n'allaient quand même pas les balancer dans une carrière ou les enterrer quelque part. D'ailleurs, ils avaient déjà des acheteurs pour plusieurs statues et c'était Tobias qui était chargé de leur faire passer la frontière. Il avait conduit le premier chargement – avec des papiers certifiant qu'il s'agissait de simples ornements de jardin – directement à un entrepôt de Pennsylvanie, sans problème. Le deuxième, ils avaient dû le garder deux semaines chez Proctor et il avait fallu quatre hommes et cinq heures d'efforts pour charger. Pendant tout ce temps, Tobias s'était attendu à voir surgir la police ou les douanes, et il se souvenait encore de son soulagement quand il avait enfin repris la route pour rentrer et retrouver Karen. Après cette dernière visite chez Proctor, ce serait fini. Tant mieux si le vieux voulait décrocher. Il ne lui manquerait pas, ni la puanteur de sa cabane ni la vue de son motel pouilleux qui s'enfonçait lentement dans le sol.

On ne peut pas faire confiance à un type qui boit. C'est un signe de faiblesse. Tobias aurait parié à dix contre un que Proctor était revenu de la première guerre d'Irak mûr pour un traitement contre le SPT, ou ce qui en tenait lieu à l'époque. Au lieu de quoi il s'était retiré dans un motel en ruine à la lisière des bois et avait tenté d'affronter seul ses démons, aidé uniquement par la bouteille et de la bouffe sous plastique avec le temps de réchauffage au micro-ondes indiqué sur le côté.

Tobias n'avait jamais pensé qu'il souffrait lui-même de stress posttraumatique. Oh, il avait du mal à se détendre et le bruit d'un pétard ou d'un pot d'échappement le faisait encore tressaillir. Il y avait des jours où il n'avait pas envie de se lever, des soirs où il n'avait pas envie de se coucher et de fermer les yeux, de crainte de ce qui suivrait peut-être, et cela avant même les nouveaux cauchemars. Mais le stress posttraumatique ? Non, pas lui. Enfin, pas gravement, pas comme ceux qui, pour tenir toute la journée, devaient tellement se charger que ça leur ressortait par tous les pores, pas comme ceux qui pleuraient sans raison ou qui cognaient sur leur femme parce qu'elle avait laissé brûler le bacon ou renversé leur bière.

Non, pas comme eux.

Pas encore mais ça a commencé. Tu as cogné, non ?

Il regarda autour de lui dans la cabine, certain que quelqu'un avait parlé, d'une voix étrangement familière. Il avait sans le vouloir donné un léger coup de volant et, avant de rectifier sa trajectoire, il avait connu un instant de panique, terrifié à l'idée de quitter la route et de dévaler la pente, de faire un tonneau, de se retrouver coincé dans son camion tout près du vieux motel.

Pas encore.

Où avait-il déjà entendu cette voix ? Tout à coup, il se souvint : un entrepôt aux murs crevassés, au toit percé, conséquences du bombardement qui avait précédé et de la médiocre qualité de la construction ; un homme, guère plus qu'un tas de lambeaux ensanglantés, dont la vie quittait déjà les yeux. Tobias se tenait au-dessus de lui, et le canon de son M4, le fusil qui l'avait mis dans cet état, était fermement braqué sur sa tête, comme si cette poupée de chiffon sanglante constituait encore une menace.

« Prends, prends tout. C'est à toi. »

Les doigts tachés de sang indiquaient les caisses en bois et en carton, les statues emballées qui emplissaient l'endroit. Tobias était stupéfait que l'homme pût encore parler. Il avait dû recevoir quatre ou cinq balles dans le corps. Il agitait maintenant la main dans le faisceau de la lampe électrique, comme s'il lui appartenait de donner ou de garder toutes ces choses.

« Merci », avait répondu Tobias sur un ton sarcastique dont il avait aussitôt eu honte.

Il s'était déconsidéré devant ce soldat mourant. Il le haïssait, il haïssait tous ceux de son espèce. C'étaient des terroristes, des *hadji* : sunnites ou chiites, étrangers ou irakiens, ils étaient tous les mêmes, en définitive. Peu importait le nom qu'ils se donnaient : al-Qaida ou autres appellations de circonstance qu'ils forgeaient à partir de leur fatras de phrases toutes faites, comme ces mots magnétiques qu'on colle sur son frigo pour composer de mauvais poèmes : Les Martyrs victorieux de la brigade du Djihad, le Front meurtrier de la résistance de l'Imam, toutes interchangeables, toutes pareilles. *Hadji*. Terroristes.

La mort créait cependant dans de tels moments une sorte d'intimité entre celui qui la donnait et celui qui la recevait, et Tobias avait enfreint la règle en répondant comme un adolescent boudeur, non comme un homme.

Le *hadj* avait souri, révélant un peu de blanc encore visible à travers le sang qui envahissait sa bouche et tachait ses dents.

« Ne me remercie pas, avait-il bredouillé. Pas encore... »

Pas encore. C'était la voix qu'il avait entendue, la voix d'un homme que les vierges promises attendaient dans l'au-delà, la voix d'un homme qui s'était battu pour protéger ce qu'il y avait dans l'entrepôt.

Pas assez fort, cependant. C'était la remarque que Damien lui avait faite : ils se sont battus mais pas assez fort.

Pourquoi ?

Le motel apparut. Tobias aperçut à gauche la rangée de chambres condamnées et frissonna. Cet endroit lui faisait toujours froid dans le dos. Pas étonnant que Proctor soit devenu comme ça, terré dans ce trou avec uniquement des troncs d'arbres derrière lui, et son héritage, cette ruine, devant. En regardant ces chambres, on ne pouvait s'empêcher d'imaginer des hôtes invisibles et indésirables s'agitant derrière les murs, des êtres aimant l'humidité et le moisi, des êtres eux-mêmes en train de se décomposer, des formes maléfiques enlacées sur un matelas jonché de feuilles, le lierre enroulé autour des montants du lit, les vieux corps décatis remuant au même rythme, sèchement, sans passion, les cornes de leurs têtes se...

Tobias cligna vivement des yeux. Ces images si fortes, si vivantes, lui rappelaient certains de ses rêves, à cette différence près qu'elles n'étaient alors que des ombres, des choses cachées. Elles avaient maintenant une forme.

Bon Dieu, elles avaient des *cornes*.

C'est le choc, estima-t-il, une réaction différée à tout ce qu'il avait enduré la veille. Il arrêta son camion en vue de la cabane de Proctor et attendit qu'il en sorte, mais le vieux ne se montra pas. Son pick-up était garé un peu plus loin à droite. Dans des circonstances ordinaires, Tobias aurait klaxonné pour tirer du lit ce vieux saligaud mais il valait mieux ne pas faire de boucan dans le bois : Proctor avait un voisin qui serait peut-être tenté de venir voir la source de tout ce bruit.

Tobias coupa le contact et descendit de la cabine. Il sentait de l'humidité sous le pansement d'une de ses mains brûlées, probablement parce que la plaie suintait. Son seul réconfort après les souffrances et l'humiliation subies, c'était de savoir que les représailles ne tarderaient pas. Les Mex avaient mal choisi leur cible.

Il s'approcha de la cabane et appela, mais Proctor ne se manifestait toujours pas. Il frappa à la porte.

— Hé, Harold, réveille-toi ! cria-t-il. C'est Joel.

Ensuite seulement il ouvrit, lentement, prudemment. Proctor avait l'habitude de dormir avec un fusil à portée de la main et, tiré brusquement d'un sommeil d'ivrogne, il risquait de lâcher deux ou trois balles sur un intrus suspect.

La cabane était vide. Malgré l'obscurité créée par les doubles rideaux dépareillés, Tobias s'en rendit compte. Il alluma, découvrit le lit défait, le téléviseur fracassé, le téléphone en morceaux, le linge sale débordant d'un panier dans un coin, et sentit l'odeur de négligé d'un homme qui se laissait aller. Tournant la tête à droite vers le séjour-cuisine, Tobias poussa un juron.

Les caisses restantes, qui auraient dû rester cachées dans les chambres 11, 12, 14 et 15, étaient empilées quasiment jusqu'au plafond, visibles pour quiconque passait la tête dans la cabane de Proctor. Le vieux cinglé les y avait portées seul sans attendre que Tobias vienne les prendre et l'en décharger. Il n'avait même pas pris la peine de les refermer, pour la plupart. Le visage de pierre d'une femme fixait Tobias de l'une des caisses, une autre contenait des sceaux dont les gemmes étincelèrent à son approche.

Pis encore, sur la table de la cuisine, un coffret en or de soixante centimètres de long et de large, de trente de profondeur, était offert à tous les regards. Son couvercle, orné uniquement de cercles concentriques entourant une minuscule pointe, portait sur l'un de ses bords une inscription en arabe. Les côtés étaient décorés de corps entremêlés, formes tordues et boursouflées aux têtes cornues.

Exactement comme celles que j'ai imaginées dans les chambres du motel, pensa Tobias. Il avait aidé à porter le coffret le premier soir et se rappelait comment ils avaient ouvert la caisse en plomb qui le contenait. L'or avait lui faiblement sous leurs lampes électriques. Plus tard, Bernie Kramer, issu d'une famille de joailliers, lui expliquerait qu'on avait récemment nettoyé le coffret. Des traces de peinture étaient encore visibles, comme si on avait modifié son apparence pour dissimuler sa véritable valeur. Tobias l'avait alors à peine regardé car il y avait beaucoup d'autres objets à examiner et l'adrénaline courait encore dans son corps après l'excitation du combat. Il n'avait même pas vu les côtés et il était impossible qu'il ait gardé le souvenir des créatures qui y étaient gravées.

Avec prudence, il s'approcha du coffret. Trois de ses côtés étaient munis de fermoirs jumeaux en forme d'araignée, auxquels s'ajoutait, devant, un unique fermoir plus gros : sept au total. Kramer avait essayé de l'ouvrir mais n'avait pas compris comment fonctionnaient les mécanismes. Ils avaient envisagé de briser le coffret pour voir ce qu'il contenait mais avaient finalement opté pour une solution plus intelligente. En versant un pot-de-vin, ils avaient fait passer l'objet aux rayons X et découvert que ce n'était pas un simple coffret mais une série de boîtes encastrées l'une dans l'autre. Chacune des boîtes intérieures n'avait que trois côtés, le quatrième étant l'un des côtés de la boîte plus grande qui la contenait. Chaque boîte avait sept fermoirs, de même forme mais de plus en plus petits, dont seule la disposition changeait légèrement. Sept boîtes, avec chacune sept fermoirs, quarante-neuf au total. C'était une sorte de casse-tête chinois et le radiologue avait déclaré qu'il ne contenait apparemment que des fragments d'os entourés de fils, chaque fil étant relié aux fermoirs. Sur l'écran, cela ressemblait à une bombe mais Kramer avait suggéré que ce devait être un reliquaire. Il avait aussi traduit l'inscription arabe du couvercle, *Ashrab min Damhum* : « Je boirai leur sang ». Ils avaient décidé qu'il fallait garder le coffret intact, sans forcer les fermoirs.

Maintenant qu'ils étaient si près du but, Proctor avait failli tout bousiller. En ce qui concernait Tobias, le vieux pouvait rester dans son motel et boire à en crever. Proctor avait déclaré qu'il se fichait de toucher sa part, qu'il voulait simplement qu'ils emportent les caisses et cela convenait parfaitement à Tobias.

Il lui fallut plus d'une heure pour tout charger dans le camion. Deux des statues se révélèrent particulièrement lourdes. Même en utilisant le diable, elles lui demandèrent beaucoup d'efforts.

Il garda le coffret en or pour la fin. Au moment où il le soulevait de la table, il eut l'impression que quelque chose bougeait à l'intérieur. Il l'inclina avec précaution, guetta un bruit mais n'entendit rien. Il savait que les fragments d'os étaient fichés dans des creux du métal et maintenus par les fils. De toute façon, il n'avait pas eu l'impression d'un morceau d'os qui bougeait mais d'une modification sensible de la répartition du poids de droite à gauche, comme si un animal rampait à l'intérieur.

Puis cette impression passa et le coffret redevint comme avant. Il le porta au camion, le posa à côté de deux sculptures murales. L'intérieur de la remorque était jonché de nourriture pour animaux et de sacs déchirés. Il avait fait son possible pour nettoyer et avait utilisé les sacs récupérables pour finir d'emballer les pièces. Il faudrait qu'il invente une histoire pour le client de South Portland et qu'il lui verse des indemnités. Après avoir fermé à clé les portes de la remorque, il monta dans la cabine, fit marche arrière en direction des arbres pour retourner sur la route. Il se retrouva face au motel et se demanda si Proctor s'y trouvait encore. Son pick-up était toujours là, ce qui signifiait qu'il n'était pas parti. Il lui était arrivé quelque chose. Il avait peut-être fait une chute.

Tobias pensa de nouveau aux trésors que le vieux avait laissés bien visibles dans sa cabane, aux efforts qu'il avait lui-même dû fournir pour charger seul les caisses, malgré la douleur de ses mains, à Karen qui l'attendait chez lui, Karen à la peau douce et sans défaut, aux seins fermes, aux lèvres rouges et veloutées. Son désir de la voir, de la prendre devint si fort qu'il en fut presque étourdi.

Tant pis pour Proctor, pensa-t-il. Qu'il pourrisse dans un coin.

En roulant vers le sud, il n'éprouva aucun sentiment de culpabilité de ne pas avoir fouillé les chambres, d'avoir peut-être laissé un homme mourir dans un motel abandonné, un ancien combattant qui avait servi son pays comme lui-même l'avait fait. L'idée ne lui vint pas qu'un tel acte n'était pas dans sa nature parce que ses pensées et ses désirs étaient ailleurs et que sa nature changeait déjà. En fait, elle avait changé depuis le moment où il avait posé les yeux sur le coffret, son acceptation du meurtre de Jandreau, de la torture du détective, n'en était qu'un aspect et le rythme de ce changement s'accélérait à présent. Une seule fois, quand il passa devant Augusta, il ressentit de la gêne. Il y avait un bruit dans sa tête, comme des vagues qui se brisaient, comme la mer rappelée à la côte. Cela le perturba au début mais, à mesure que les kilomètres filaient sous lui, il trouva cela apaisant. Il n'avait plus envie de ce verre bien tassé. Il avait seulement envie de Karen. Il la prendrait puis il dormirait.

La route se déroulait devant lui et la mer chantait doucement dans sa tête. Se brisait, sifflait.

Murmurait.

13

L'entrepôt de Rojas était situé à la sortie nord de Lewiston. C'était une ancienne boulangerie qui avait appartenu à la même famille pendant un demi-siècle et dont le nom, Bunder, était encore visible en lettres blanches écaillées sur la façade du bâtiment. Le slogan de l'entreprise – « Bunder, une Merveille de Pain[1] ! » – était diffusé par la station de radio locale sur un air qui n'était pas à des années-lumière du générique du feuilleton télévisé *Champion the Wonder Horse*. Franz Bunder, figure paternelle de l'entreprise à tous égards, avait eu l'idée d'utiliser cet air et ni lui ni les messieurs de l'agence publicitaire ne s'étaient beaucoup préoccupés de droits d'auteur. Comme cette publicité n'était entendue que dans l'est du Maine et qu'aucun fan des aventures d'un cheval noir et blanc ne s'était jamais plaint, la Boulangerie Bunder avait gardé ce slogan jusqu'à ce qu'elle cuise son dernier pain, contrainte à fermer par les grosses firmes concurrentes au début des années 1980, bien avant que les gens commencent à comprendre la valeur pour la communauté de petites entreprises familiales.

1. Jeu de mots sur *Bunder* et *Wonder*, « merveille ». (*N.d.T.*)

Antonio Rojas, connu dans son entourage sous le pseudonyme de Raul, n'aurait jamais pu être accusé de la même erreur car ses affaires reposaient entièrement sur la famille, restreinte et étendue, et il avait parfaitement conscience de ses liens avec la communauté puisque c'était elle qui lui achetait herbe, cocaïne, héroïne et plus récemment cristal, ce dont il lui était infiniment reconnaissant. La méthamphétamine était la drogue la plus consommée dans le Maine, sous forme de poudre ou de cristaux, et Rojas n'avait pas tardé à comprendre les profits potentiels, d'autant que son caractère addictif garantissait un marché en expansion constante. Il fut également aidé par la popularité de la version mexicaine du produit et put faire appel à ses relations au sud de la frontière au lieu de dépendre de petits labos locaux qui, s'ils pouvaient se fournir en matière première, notamment éphédrine et pseudoéphédrine, étaient rarement capables d'assurer l'approvisionnement constant à long terme requis par un réseau comme celui de Rojas. Il la faisait donc venir du Mexique par la route et alimentait non seulement le Maine mais aussi les Etats voisins de la Nouvelle-Angleterre. En cas de nécessité, il pouvait se tourner vers les petits laboratoires pour faire l'appoint. Il les tolérait tant qu'ils ne le menaçaient pas et veillait à ce qu'ils soient taxés en conséquence.

Rojas prenait également garde à ne s'aliéner aucun de ses concurrents. Les cartels dominicains contrôlaient le trafic d'héroïne dans tout l'État et, comme ils opéraient de manière très professionnelle, il s'efforçait de se fournir en gros auprès d'eux chaque fois que possible au lieu de les court-circuiter totalement et de provoquer des représailles. Les Dominicains faisaient aussi dans le cristal mais Rojas avait organisé une réunion des années plus tôt et, au prix d'efforts communs, ils étaient finalement parvenus à un accord sur les zones d'influence respectives que tous jusqu'ici avaient respecté. Le marché de la cocaïne était relativement ouvert et Rojas dealait surtout du crack, que les toxicos préféraient parce qu'il était d'un usage plus simple. Par ailleurs, les produits pharmaceutiques illégaux provenant du Canada constituaient une source d'argent facile et il y avait un marché tout fait pour le Viagra, le Percocet, la Vicodine et le « kicker » ou OxyContin. En résumé : le marché de la coke et des médicaments était ouvert à tous, les Dominicains gardaient celui de l'héroïne, Rojas celui du cristal et de la marijuana et tout le monde était content.

Enfin, presque tout le monde. Les bandes de motards, c'était une autre affaire. Rojas préférait les laisser tranquilles. S'ils voulaient vendre du cristal ou autre chose, que Dieu les bénisse, et *vaya con Dios, amigos*. Dans le Maine, les motards détenaient une part importante du marché de l'herbe et Rojas prenait soin de vendre la sienne – essentiellement la variété de Colombie-Britannique – en dehors de l'État. Arnaquer les motards, c'était dangereux, cela demandait du temps et c'était en fin de compte contre-productif. Pour Rojas, les motards étaient des dingues et seuls les dingues discutent avec des dingues.

Ils représentaient néanmoins un facteur connu qu'on pouvait introduire dans l'équation générale pour maintenir l'équilibre. Maintenir l'équilibre était essentiel et, sur ce point, Jimmy Jewel – dont Rojas avait longtemps utilisé la filière transport, et qui était actionnaire minoritaire dans plusieurs des entreprises commerciales de Rojas – et lui étaient sur la même longueur d'onde. Le manque d'équilibre risquait de provoquer un bain de sang et d'attirer l'attention des flics. Rojas était lié par alliance à un cartel de moindre envergure mais ambitieux, la Familia, qui faisait la guerre non seulement à ses concurrents mais aussi au gouvernement mexicain du président Felipe Calderón. Cela signifiait la fin de ce qu'on avait appelé la « pax Mafiosa », *gentleman's agreement* entre le gouvernement et les cartels pour s'abstenir de s'agresser tant que la circulation du produit n'était pas affectée.

Rojas n'était pas devenu trafiquant de drogue pour déclencher une insurrection. Il dealait pour devenir riche et ses liens par mariage avec la Familia, son statut de citoyen américain naturalisé dû à son père mécanicien à présent décédé faisaient de lui la personne convenant le mieux à son rôle actuel. Le problème principal de la Familia, selon Rojas, c'était son chef spirituel, Nazario Moreno González, surnommé, non sans raison, El Más Loco, « Le Plus Fou ». Si Rojas acceptait volontiers certaines des règles d'El Más Loco – notamment l'interdiction de vendre de la drogue sur son territoire – qui n'avaient aucun effet sur son propre trafic, il estimait que les chefs spirituels n'avaient pas leur place à la tête des cartels. El Más Loco demandait à ses dealers et à ses tueurs de ne pas boire d'alcool et il avait même créé une série de centres de désintoxication dans lesquels la Familia recrutait ceux qui parvenaient à se conformer à ses règles. On avait imposé à Rojas deux de ces convertis mais il avait réussi à les mettre sur la touche en les envoyant en Colombie-Britannique servir d'agents de liaison avec les Canadiens cultivant les têtes de beuh. Les « Canucks » n'avaient qu'à s'occuper d'eux et, s'il arrivait un malheureux accident en chemin aux jeunes tueurs, Rojas lisserait les plumes des personnes contrariées en vidant quelques chopes car Rojas aimait sa pinte de bière.

El Más Loco semblait disposé à tolérer, voire à encourager, ce qui était aux yeux de Rojas un regrettable penchant pour la théâtralité : en 2006, un membre de la Familia avait fait irruption dans une boîte d'Uruapan et lancé six têtes coupées sur la piste de danse. Rojas n'approuvait pas le théâtral. De nombreuses années passées aux États-Unis lui avaient appris que moins on attirait l'attention, plus il était facile de faire du business. En outre, il considérait ses cousins du Sud comme des barbares qui avaient oublié de se conduire en individus normaux et avec discrétion, s'ils l'avaient jamais su. Il évitait de se rendre au Mexique si ce n'était pas absolument nécessaire et préférait confier ce genre d'affaires à l'un de ses sous-fifres auxquels il faisait confiance. Il trouvait maintenant que *los narcos*, avec leurs grands chapeaux et leurs bottes en cuir d'autruche, avaient l'air ridicules, voire comiques, et que leur goût pour la décapitation et la torture appartenait à un autre temps. En outre, ses contacts dans le transport le pressaient de faciliter l'introduction au Canada d'armes achetées sans problème dans les magasins du Texas ou de l'Arizona. Rojas était convaincu qu'il ne tarderait pas à devenir une cible pour les rivaux de la Familia ou pour la DEA. Aucune de ces éventualités ne le séduisait.

La récession économique mondiale aggravait ses problèmes. Il avait amassé une somme considérable en liquide, en partie des revenus auxquels il avait droit en vertu de son rôle dans les trafics de la Familia, en partie des bénéfices d'une autre provenance. Dès le début de sa carrière, il avait placé des fonds dans des « banques » de Montserrat, mondialement connues pour leurs opérations presque toujours frauduleuses et leur capacité à blanchir l'argent. Ses « banquiers » avaient opéré depuis un bar de Plymouth jusqu'à ce que le FBI fasse pression sur le gouvernement de Montserrat et les contraigne à transférer leur « siège » à Antigua. Là, les affaires reprirent leur cours normal sous les gouvernements Bird, père et fils, jusqu'à ce que les États-Unis fassent de nouveau pression. Malheureusement, Rojas avait découvert trop tard un des inconvénients d'investir par l'intermédiaire de banques frauduleuses : elles ont tendance à frauder et ce sont généralement leurs clients qui en souffrent. Le principal banquier de « Raul » dépérissait dans une prison à haute sécurité et les investissements du trafiquant, soigneusement placés offshore pendant deux décennies, avaient perdu 75 % environ de ce qu'ils auraient dû valoir. Or il voulait décrocher avant de finir mort ou en prison, ce qui pour lui aurait été la même chose puisque son espérance de vie se mesurerait en heures une fois qu'il serait derrière les barreaux. Si ses rivaux ne l'éliminaient pas, ses amis le feraient pour l'empêcher de parler.

Pour décrocher, il devait d'abord faire un gros coup et Jimmy Jewel venait apparemment de lui en fournir l'occasion. Il avait déjà parlé deux fois au vieux contrebandier ce jour-là, d'abord pour l'informer de ce qu'on avait trouvé dans le camion, ensuite après lui avoir envoyé des photos des pièces en question. Ni Rojas ni Jewel ne se fiaient aux e-mails car ils savaient de quoi le FBI était capable en matière de surveillance. Ils avaient résolu le problème en ouvrant un compte e-mail dont ils étaient les seuls à connaître le mot de passe. Ils tapaient des e-mails mais ne les expédiaient jamais. Ils les gardaient à l'état de brouillons pour permettre à l'un ou à l'autre de les lire sans attirer l'attention des fouineurs fédéraux. Après avoir examiné les photos, Jewel avait conseillé la prudence jusqu'à ce qu'ils aient évalué les pièces avec précision. Je vais me renseigner, avait-il promis à Rojas. Garde-les simplement en lieu sûr.

Jimmy avait tenu parole. Il avait des contacts partout et les pièces furent rapidement identifiées comme des sceaux cylindriques anciens de Mésopotamie. Rojas, qui ne s'intéressait généralement pas à ces détails, avait été fasciné quand Jewel lui avait annoncé que les sceaux qu'il détenait remontaient à 2500 avant J.-C., au temps de la première dynastie sumérienne. On les utilisait pour authentifier des documents, prouver leur appartenance, et c'étaient aussi des amulettes qui portaient chance et gardaient leur possesseur en bonne santé, ce qui plaisait à Rojas. Jewel précisa que leurs extrémités étaient en or et incrustées d'émeraudes, de rubis et de diamants, mais Rojas n'avait pas eu besoin de lui pour savoir à quoi ressemblaient de l'or et des pierres précieuses.

Au cours de leur seconde conversation, qui venait de prendre fin, Jewel avait rapporté à Rojas que son informateur prévoyait que ces pièces susciteraient un immense intérêt chez les riches collectionneurs et qu'on pouvait s'attendre à des enchères acharnées. L'expert croyait aussi connaître la source des pièces : des sceaux semblables figuraient parmi les trésors du musée de l'Irak de Bagdad pillé peu après l'invasion, ce qui laissait supposer comment ils s'étaient retrouvés en la possession d'un ancien militaire devenu chauffeur routier. Le problème pour Jewel et Rojas consistait à écouler ceux que Rojas voulait vendre au titre de « taxe » sur le trafic de Tobias avant que les autorités découvrent qu'il les détenait et viennent frapper à sa porte.

Mais si « Raul » aimait bien Jimmy Jewel, il ne lui faisait pas entièrement confiance. C'était lui, Rojas, qui avait pris tous les risques en braquant le camion. Il voulait être correctement rétribué pour son labeur et souhaitait en outre une estimation indépendante de la valeur des sceaux. Il avait déjà détaché l'or et les gemmes de deux sceaux et les avait fait évaluer : même en tenant compte des intermédiaires et de l'impossibilité de vendre sur le marché légal, il avait gagné 200 000 dollars en dépouillant le routier. Rojas n'avait éprouvé qu'une pointe de regret quand Jimmy avait déclaré que les sceaux valaient beaucoup plus intacts et qu'en les détruisant il avait perdu quatre ou cinq fois cette somme, au bas mot. La destruction de telles pièces ne préoccupait pas trop Rojas parce qu'il savait comment faire du fric avec de l'or et des pierres précieuses, tandis que le marché des sceaux anciens était sensiblement plus restreint et spécialisé. Il se demandait maintenant combien d'autres sceaux et objets précieux le nommé Tobias et ses associés avaient en leur possession. Il n'aimait pas beaucoup l'idée qu'ils aient acheminé ces pièces à travers ce qu'il considérait comme son territoire sans que personne ait des soupçons, du moins jusqu'à ce que Jewel soit impliqué.

Rojas avait transformé en loft le premier étage de l'entrepôt Bunder. Il avait gardé les murs de brique apparente et l'avait meublé dans un style résolument masculin : cuir, bois sombre et tapis tissés main. Un immense téléviseur à écran plasma occupait un coin mais Rojas regardait rarement la télé. Il ne recevait pas non plus de femmes dans son loft et préférait utiliser une chambre d'une des maisons voisines, qui appartenaient toutes à des membres de sa famille. Même les réunions avaient lieu ailleurs que dans son appartement. C'était son coin et il appréciait la solitude qu'il lui offrait.

Le rez-de-chaussée était équipé de lits superposés, de canapés, de fauteuils et d'une télé qui semblait ne diffuser que des feuilletons mexicains et des matchs de foot. Il y avait aussi une kitchenette et au moins quatre hommes armés de garde à toute heure. Comme le loft avait été insonorisé, Rojas sentait à peine leur présence. De toute façon, ses hommes s'efforçaient de parler à voix basse et baissaient le volume du téléviseur pour ne pas déranger leur chef.

Assis maintenant à une table, une lampe d'architecte orientée pour projeter sa lumière par-dessus son épaule, Rojas examinait l'inscription gravée sur l'un des sceaux restants tandis que les rubis et les émeraudes incrustés projetaient des reflets rouges et verts sur sa peau. Il n'avait pas l'intention de rendre les sceaux intacts à Tobias ou à quiconque impliqué dans le trafic, il ne l'avait jamais eue et il savait déjà comment écouler une partie des pierres précieuses. Pour la première fois, cependant, il envisagea d'en conserver quelques-uns et de ne pas les détériorer. Tout dans son loft avait été acheté neuf ; c'était beau mais anonyme. Il n'y avait rien que n'aurait pu acquérir n'importe qui d'autre disposant d'argent et d'un minimum de goût. Les sceaux, c'était différent. Il tourna la tête vers la cheminée au manteau de pierre et imagina les sceaux posés sur le granit. Il pourrait faire fabriquer un support. Non, mieux encore, il en sculpterait un lui-même, il avait toujours été habile de ses mains.

Le dessus de cheminée accueillait déjà un sanctuaire à la mémoire de Jesús Malverde, le Robin des Bois mexicain, saint patron des dealers. La statuette de Malverde, moustaches et ample chemise blanche, présentait une certaine ressemblance avec le chanteur Pedro Infante, idole des années 1940, même si Malverde avait été abattu par la police en 1909, trente ans avant la naissance d'Infante. Rojas pensait que Jesús Malverde approuverait l'idée d'être encadré par ces sceaux et favoriserait en retour les activités de Rojas.

Dans la tête de « Raul », le conditionnel devint futur et il décida de garder les sceaux.

14

La pièce était presque parfaitement circulaire, comme si elle était située dans une tour ancienne, et tapissée de livres du sol au plafond. D'un rayon de sept mètres environ, elle était meublée d'un imposant vieux bureau de banquier éclairé par une lampe à abat-jour vert. À côté se trouvait une source d'éclairage plus moderne en acier inoxydable, articulée, et dont on pouvait réduire le faisceau à un simple point. Elle était entourée d'une loupe et de divers instruments : compas, lames, pointes et pinceaux. Des ouvrages de référence s'entassaient sur le bureau, les pages marquées par des rubans de couleur. Des photographies et des dessins débordaient des dossiers. Le plancher même était un labyrinthe de livres et de paperasse formant des piles qui semblaient sur le point de s'écrouler et tenaient cependant debout, dédale de savoir ésotérique dans lequel un seul homme était capable de trouver son chemin.

Aux étagères de livres, qui fléchissaient légèrement en leur milieu sous le poids des ouvrages, on avait imposé d'autres utilisations. Devant les volumes, certains reliés cuir, d'autres récents, on avait disposé des statuettes, anciennes et grêlées, des tessons de poterie, pour la plupart étrusques, et, curieusement, aucun objet intact. Outils de l'âge du fer, bijoux de l'âge du bronze et, disséminés parmi les autres vestiges tels d'étranges insectes, des dizaines de scarabées égyptiens.

On n'aurait pu trouver un seul atome de poussière sur quoi que ce soit dans la pièce et il n'y avait pas de fenêtres pour contempler le vieux village du Massachusetts situé en contrebas. La seule lumière provenait des lampes et les murs absorbaient tout bruit extérieur. Malgré quelques appareils modernes, notamment un ordinateur portable discrètement placé sur une petite table, il émanait de ce lieu une sorte d'intemporalité, le sentiment qu'en ouvrant l'unique porte en chêne reliant le bureau à l'extérieur on se retrouverait face aux ténèbres et aux étoiles, dessus, dessous, comme si la pièce était suspendue dans l'espace.

Au bureau de belle taille était assis Herod, un fragment de tablette d'argile posé devant lui. Un oculaire de joaillier vissé à l'orbite, il examinait un signe cunéiforme gravé dans la tablette. C'étaient les Sumériens qui avaient inventé et utilisé les premiers l'écriture cunéiforme, bientôt adoptée par leurs voisins akkadiens, peuple de langue sémitique vivant au nord de Sumer. Avec l'ascension de la dynastie akkadienne vers 2300 avant J.-C., le sumérien déclina et finit par devenir une langue morte d'utilisation uniquement littéraire, tandis que l'akkadien continua à se répandre pendant deux mille ans, se transformant en babylonien et en assyrien. Le sumérien est une langue agglutinante, ce qui signifie que le locuteur accole des éléments de base inchangeables pour former des mots et des phrases. L'akkadien est en revanche flexionnel : une racine peut être modifiée pour obtenir des mots aux sens différents, quoique liés, en lui ajoutant des suffixes et des préfixes. De sorte que des logogrammes sumériens utilisés en akkadien n'auront pas exactement la même signification, un même signe pouvant, selon le contexte, représenter des mots différents, caractéristique linguistique connue sous le nom de polyvalence. Pour éviter la confusion, l'akkadien utilise certains signes pour leur valeur phonétique au lieu de leur valeur sémantique afin de reproduire les inflexions correctes. L'akkadien a aussi hérité du sumérien l'homophonie, capacité qu'ont des signes différents à représenter le même son. Si l'on ajoute à cela une écriture comptant entre sept cents et huit cents signes, on comprend que l'akkadien est une langue incroyablement complexe à traduire. À l'évidence, la tablette faisait référence à un dieu du monde souterrain mais quel dieu ?

Herod adorait ce genre de défi. C'était un homme qui sortait de l'ordinaire. En grande partie autodidacte, il se passionnait depuis l'enfance pour l'Antiquité, avec une préférence pour les civilisations mortes et les langues presque oubliées. Pendant de nombreuses années, il avait étudié ces matières sans objectif précis, en amateur éclairé, jusqu'à ce que la mort le change.

Sa mort.

L'ordinateur émit un léger bip à la droite d'Herod. Il n'aimait pas l'avoir sur son bureau, il lui semblait inconvenant de mêler ancien et moderne, même si le PC rendait certaines de ses tâches infiniment plus faciles qu'elles ne l'auraient été autrefois. Herod se plaisait encore à travailler avec du papier et un stylo, des livres et des manuscrits. Les connaissances dont il avait besoin se trouvaient dans un des nombreux volumes de la pièce ou dans son esprit, dont la bibliothèque était la représentation physique.

En des circonstances ordinaires, il n'aurait pas abandonné une tâche aussi délicate pour répondre à un courriel mais sa messagerie était programmée pour le prévenir de la réception de mails provenant d'un nombre limité de contacts de toute confiance. Celui qui venait d'arriver émanait précisément d'une de ces sources et avait été dirigé sur la messagerie prioritaire. Herod ôta l'oculaire de son œil et tapota doucement le fragment du bout du doigt comme pour dire, tel un joueur d'échecs contraint de quitter la partie à un moment crucial : « Nous n'en avons pas terminé. Tu finiras par me livrer tes secrets. » Il se leva et se fraya un chemin entre les tours de paperasse et de bouquins pour parvenir à l'ordinateur.

Le message commençait par une série d'images à haute résolution représentant un sceau cylindrique aux extrémités incrustées de pierres précieuses. On l'avait posé sur un morceau de feutre noir et tourné légèrement entre chaque photo pour exposer successivement tous ses côtés. Certains détails – les gemmes, l'image parfaitement gravée d'un roi sur un trône – avaient été pris en gros plan.

Herod sentit son cœur battre plus vite. Il se rapprocha de l'écran, regarda les images en plissant les yeux, les imprima et les porta à son bureau où il les examina de nouveau avec une loupe. Puis il téléphona. La femme répondit aussitôt, comme il savait qu'elle le ferait, d'une voix grêle et fêlée convenant tout à fait à la vieille sorcière qu'elle était. Elle travaillait dans les antiquités depuis longtemps et n'avait jamais mis Herod sur une fausse piste. En outre, leurs natures étaient semblables, bien que la malveillance de cette femme ne fût qu'un faible écho de celle d'Herod.

— Où avez-vous trouvé cet objet ? dit-il.
— Je ne l'ai pas trouvé. On me l'a apporté et on m'a demandé de l'évaluer.
— Qui vous l'a apporté ?

— Un Mexicain. Il se fait appeler Raul mais son vrai nom est Antonio Rojas. Il fricote avec un certain Jimmy Jewel – le bien nommé[1] – qui opère à Portland, Maine. Rojas m'a confié qu'il y a d'autres sceaux, dont plusieurs ont malheureusement été détruits.

— Détruits ?

— Pour récupérer l'or et les pierres. Il m'a montré les fragments, j'en aurais pleuré.

En des circonstances ordinaires, Herod aurait lui aussi déploré la destruction d'une pièce aussi belle mais ces sceaux n'étaient pas uniques et ce qu'il cherchait était incomparablement plus précieux.

— Vous pensez que c'est peut-être lié à l'objet de mes recherches ?

— Selon le catalogue, il se trouvait dans le Coffre 5. D'autres sceaux de moindre valeur du Coffre 5 ont été retrouvés dans l'entrepôt, près des cadavres, avec le fermoir de la caisse en plomb.

— Comment ce Raul s'est-il procuré les sceaux ?

— Il ne m'a pas donné d'explication mais ce n'est pas un collectionneur. C'est un criminel, un trafiquant de drogue. Il m'est arrivé de l'aider à vendre certains objets, voilà pourquoi il s'est adressé à moi. S'il détient vraiment d'autres sceaux, il a dû les voler, ou les extorquer en paiement d'une dette. Quoi qu'il en soit, il n'a aucune idée de leur vraie valeur.

— Que lui avez-vous répondu ?

— Que je me renseignerais et que je le rappellerais. Il m'a laissé deux jours. Sinon, il démonte les sceaux restants pour vendre les pierres.

Quoique sa préoccupation première fût ailleurs, Herod eut un grognement désapprobateur et se surprit à détester déjà l'homme qui avait proféré cette

---

1. *Jewel*, « bijou, pierre précieuse ». (*N.d.T.*)

menace. Tant mieux : cela rendrait plus facile encore ce qu'il devrait accomplir ensuite.

— Vous avez bien réagi, dit-il. Vous serez amplement récompensée.

— Merci. Souhaitez-vous que j'en apprenne davantage sur ce Raul ?

— Naturellement, mais soyez discrète.

Herod raccrocha. Sa fatigue s'était dissipée devant l'importance de la nouvelle. Il semblait maintenant proche de ce qu'il recherchait depuis si longtemps : un mythe ayant pris forme concrète.

Éprouvant un besoin pressant de vieil homme, il quitta la bibliothèque et brisa sa bulle de solitude pour traverser la salle de séjour et entrer dans sa chambre. Il utilisait toujours la petite salle de bains attenante, pas la salle de bains principale, parce qu'elle était plus facile à nettoyer. Debout près de la cuvette, les yeux clos, il savoura le soulagement bienvenu. Un petit plaisir qu'il ne fallait pas sous-estimer. Son corps le trahissait tellement par ailleurs que le menu triomphe d'un organe fonctionnant correctement le remplissait de joie.

Lorsque le bruit des dernières gouttes cessa, Herod rouvrit les yeux et se regarda dans le mur couvert de miroirs de la salle de bains. Sa plaie à la bouche le tourmentait. Les chirurgiens voulaient tenter une nouvelle ablation des tissus nécrosés et il ne pourrait que donner son consentement. Ils avaient pourtant échoué une première fois, tout comme la chimiothérapie n'avait pas empêché sa tumeur de métastaser. Ses cancers le dévoraient vivant. Un homme médiocre aurait déjà succombé ou choisi d'en finir, mais Herod avait un objectif. On lui avait promis une récompense : la fin de ses souffrances et des souffrances plus grandes encore infligées à d'autres. Cette promesse lui avait été faite le jour de sa mort ; dès son retour à la vie, il avait entrepris ses vastes recherches et sa collection avait commencé à croître.

Avec un soupir, il se reboutonna. Pas de fermeture à glissière pour lui. Il avait des goûts anciens. L'un des boutons posant problème, il baissa la tête pour l'engager dans la boutonnière.

Lorsqu'il regarda de nouveau dans le miroir, il n'avait plus d'yeux.

Herod était mort le 14 septembre 2003. Son cœur s'était arrêté pendant qu'on lui enlevait un rein malade, première d'une suite d'opérations vaines pour empêcher la progression de ses cancers. Plus tard, les chirurgiens parleraient d'un événement inexplicable. Le cœur d'Herod n'aurait pas dû cesser de battre. Ils avaient tout fait pour le sauver, pour le ramener à la vie, et ils avaient réussi. Un aumônier lui avait rendu visite au service de réanimation et demandé s'il voulait parler, ou prier. Herod avait secoué la tête.

— Il paraît que votre cœur s'est arrêté sur la table d'opération, avait dit le prêtre, un cinquantenaire rougeaud et replet au regard aimable et pétillant. Vous êtes mort et vous êtes revenu. Peu d'hommes peuvent s'en vanter.

Il avait souri mais Herod ne lui avait pas rendu son sourire.

— Essayez-vous de savoir ce qu'il y a après la tombe, l'abbé ? avait-il répliqué.

Malgré la faiblesse de l'homme alité, l'aumônier avait détecté de l'hostilité dans sa voix.

— C'était comme une eau sombre se refermant au-dessus de ma tête, comme un oreiller m'étouffant, avait poursuivi Herod. Je l'ai senti venir et j'ai su. Il n'y a rien après cette vie. Rien. Vous êtes content, maintenant ?

Le prêtre s'était levé.

— Je vous laisse vous reposer, avait-il murmuré.

Le venin du malade ne l'avait pas troublé. Il avait entendu pire et sa foi était forte. Curieusement, il avait senti que cet homme, Herod – d'où venait ce nom, si c'était bien le sien, ou bien l'avait-il choisi pour faire une sinistre plaisanterie ? –, lui avait menti. C'était étrange et assorti d'une prise de conscience : si c'était un mensonge, il ne voulait pas connaître la vérité. Pas la vérité de cet homme.

Herod avait regardé le prêtre partir puis avait fermé les yeux et s'était préparé à revivre le moment de sa mort.

Une lumière rougeoyait contre ses paupières. Il ouvrit les yeux.

Il était allongé sur la table d'opération, le flanc ouvert, mais il ne souffrait pas. Il toucha la plaie, ramena devant ses yeux des doigts ensanglantés. Il regarda autour de lui : la salle d'opération était déserte. Non, pas simplement déserte, elle était abandonnée, et depuis longtemps. De l'endroit où il était étendu, il distinguait de la rouille sur les instruments, de la poussière sur le carrelage et les plateaux de métal. Il entendit un bruissement sur sa droite et, tournant la tête, il vit un cafard se réfugier sous une armoire en trottinant. Herod gisait dans une flaque de lumière provenant d'une lampe puissante allumée au-dessus de la table d'opération mais un éclairage plus doux ondoyait sur les murs de la salle, sans qu'il pût en déceler la source.

Il se redressa, posa ses pieds sur le sol. Il flottait dans l'air une odeur de décomposition. Sentant de la poussière entre ses orteils, il baissa les yeux. Il n'y avait pas d'autres traces de pas. Il remarqua que les éviers, à sa droite, étaient maculés de taches brunes de sang séché. Il tourna le robinet. L'eau ne coula pas mais il entendit des grondements dans la tuyauterie. Ils se répercutèrent dans la salle et le mirent mal à l'aise. Il referma le robinet et les bruits cessèrent.

Ce fut seulement quand les grondements des tuyaux brisèrent le silence qu'il remarqua à quel point l'endroit était silencieux. Il franchit les portes de la salle d'opération, s'arrêta un instant pour examiner l'espace de préparation : personne. Là aussi les éviers étaient tachés mais le sang avait également éclaboussé le sol et les murs, une gerbe énorme ayant probablement jailli des éviers mêmes, comme si les tuyaux avaient recraché tout le liquide qu'on leur avait fait avaler pendant des années. Les miroirs au-dessus des éviers étaient presque entièrement recouverts de sang séché mais Herod aperçut son reflet dans un coin poussiéreux épargné par les taches. Il était pâle, il avait des marques jaunâtres autour de la bouche mais, mis à part le trou dans son flanc, il semblait aller bien. Il ne comprenait toujours pas cette absence de souffrance.

Il aurait dû souffrir. Je *veux* souffrir, pensa-t-il. La douleur confirmera que je suis vivant et non...

Mort ? C'est cela la mort ?

Il se remit à marcher. Au-delà de la salle d'opération, le couloir était vide à l'exception de deux fauteuils roulants et le poste des infirmières était désert. Dans chaque chambre devant laquelle il passa, il vit un lit défait, des draps sales rejetés sur le côté ou traînant par terre, arrachés du matelas où...

Où les malades avaient résisté, s'accrochant aux draps dans un dernier effort pour empêcher ce qui allait arriver, pensa-t-il. On aurait dit un hôpital évacué en temps de guerre et jamais réoccupé, ou peut-être était-on encore en train d'emmener les patients quand les forces ennemies avaient surgi et le massacre avait commencé. Mais en ce cas, où étaient les corps ? Herod se souvint d'images d'actualités de la Seconde Guerre mondiale, de villages décimés par les nazis, jonchés de cadavres semblables à des corbeaux écrasés sur une grand-route par une chaude journée d'été, de formes pâles entassées dans des fosses tels des personnages échappés des cauchemars de Bosch.

Les corps ? Où étaient les corps ?

Après avoir tourné un coin, il découvrit un ascenseur aux portes ouvertes sur une cage béante. Il se pencha prudemment pour regarder en se tenant au mur. Pendant un moment, il ne vit que du noir mais, alors qu'il s'apprêtait à se redresser, il fut certain que, tout en bas, quelque chose bougeait. Un infime grattement monta vers lui et une traînée grise apparut dans l'obscurité, tel un coup de pinceau sur une toile noire. Herod voulut parler, appeler à l'aide, mais aucun son ne sortit de ses lèvres. Il était muet de stupeur et, cependant, dans les profondeurs de la cage d'ascenseur, la créature avait arrêté son mouvement et il sentit son regard sur lui comme une démangeaison.

Doucement, sans bruit, il recula, tandis que derrière lui les lumières du couloir s'éteignaient, plongeant dans l'ombre le chemin qu'il avait parcouru. Quelle importance ? se dit-il. Qu'y avait-il là-bas où il pût retourner ? Il devait continuer à chercher. Au moment même où il prenait cette décision, les lumières derrière lui continuaient à mourir, le contraignant à avancer s'il ne voulait pas se retrouver prisonnier des ténèbres. Il se remit à marcher talonné par l'obscurité qui le pressait d'aller plus vite. Il crut entendre un mouvement derrière lui mais ne regarda pas par-dessus son épaule de peur que les taches grises prennent la forme plus concrète de dents et de griffes.

Les couloirs de l'hôpital vieillissaient à mesure qu'il progressait. Le vert administratif des murs pâlit et s'écailla jusqu'à ce qu'il ne reste plus que le plâtre nu. Le carrelage devint plancher, le verre disparut des portes. Les instruments entrevus dans les salles de soins semblaient plus rudimentaires. Les tables d'opération étaient réduites à des blocs de bois balafrés, flanqués de seaux d'eau puante pour recueillir le sang qui en coulait. Tout parlait de souffrance à la fois ancienne et éternelle, témoignage de la fragilité du corps et des limites de son endurance.

Il arriva enfin à des doubles portes en bois grossier, ouvertes pour le laisser passer. Au-delà, une lumière, faible et vacillante. Derrière lui, les ténèbres se rapprochaient, avec tout ce qu'elles contenaient.

Herod franchit les portes.

La pièce, ou ce qu'il en voyait, ne contenait aucun meuble. Ses murs et son plafond lui étaient invisibles, perdus dans l'ombre, mais Herod s'imaginait dans un lieu incroyablement haut et vaste. Il se sentait toutefois oppressé, enfermé. Il avait envie de faire demi-tour, de quitter cet endroit mais il n'avait nulle part où aller. Les portes s'étaient refermées derrière lui et il ne pouvait plus les voir. Il n'y avait que la lumière, une lampe-tempête posée sur le sol dans laquelle une flamme brillait faiblement.

La lumière… et ce qu'elle éclairait.

D'abord, il pensa à une masse informe, une accumulation de détritus poussés avec un balai, entassés et oubliés. En se rapprochant, il vit qu'elle était couverte de toiles d'araignée aux fils si lourdement chargés de poussière qu'elles dissimulaient presque totalement ce qui se trouvait dessous. Elle était beaucoup plus grande qu'un homme mais en avait la forme. Herod discerna les muscles des jambes, la courbure de la colonne vertébrale. Le visage demeurait caché, pressé contre la poitrine, les bras couvrant la tête dans un effort pour se protéger d'une violence imminente.

Puis, comme si elle prenait lentement conscience de la présence d'Herod, la forme remua, tel un insecte dans son cocon, les bras s'abaissèrent, la tête commença à tourner. Les sens d'Herod furent soudain submergés de mots et d'images...

des livres, des statues, des dessins

(un coffret)

... et à cet instant son objectif devint clair.

Soudain, son corps s'arqua : on violentait la plaie de son flanc. Il eut une terrible convulsion et il vit

de la lumière

il entendit

des voix.

Devant lui, le voile de toiles d'araignée se brisa, un doigt maigre émergea, prolongé par un ongle coupant, encrassé. Nouveau choc, plus long, plus douloureux, cette fois. Ses yeux étaient ouverts et un objet en plastique forçait sa bouche. Au-dessus de lui apparurent des visages masqués dont seuls les yeux étaient visibles. Des mains pressaient son cœur tandis qu'une voix s'adressait à lui, douce et insistante, lui parlait de graves secrets, de tâches à accomplir. Avant sa résurrection, elle prononça son nom et lui dit qu'elle le retrouverait et qu'il saurait quand elle viendrait.

Lorsqu'il s'écarta du miroir de la salle de bains, son reflet demeura, masque sans yeux, sans traits, suspendu derrière la glace, jusqu'à ce qu'il trouve sa place au-dessus du haut d'un vieux costume à carreaux d'aboyeur de fête foraine, un nœud papillon rouge serrant le col d'une chemise jaune ornée de ballons.

Herod regarda et sut et ne fut pas effrayé.

— Oh, Capitaine, murmura-t-il. Oh, Capitaine, mon Capitaine...

15

La ville changeait mais le changement est dans la nature des villes. C'était peut-être parce que je vieillissais et que j'avais vu trop de choses disparaître que je vivais mal la fermeture de restaurants et de magasins que j'avais connus. La transformation d'un Portland luttant pour ne pas tomber au fond de Casco Bay en une ville prospère, artistique et sûre avait commencé pour de bon au début des années 1970, en grande partie grâce à des subventions fédérales à visée électoraliste que désapprouve à peu près tout le monde, excepté ceux qui en profitent. Congress Street obtint des trottoirs en brique, le Vieux Port prit un coup de jeune et l'aéroport municipal devint l'International Jetport, ce qui avait au moins le mérite de faire futuriste, même si, au cours de la majeure partie de la dernière décennie, il était impossible d'avoir un vol direct de Portland pour le Canada, sans parler de n'importe quel autre endroit n'appartenant pas à la masse terrestre contiguë, ce qui rendait l'adjectif « international » quelque peu superflu.

Le Vieux Port avait perdu une partie de son lustre ces dernières années. Exchange Street, l'une des plus charmantes rues de la ville, opérait sa mue. La librairie Books Etc. n'existait plus, Emerson Books allait fermer parce que ses propriétaires prenaient leur retraite et il ne resterait bientôt plus que Longfellow Books dans le Vieux Port. Le restaurant Walter's où j'avais mangé avec Susan, ma femme décédée, ainsi qu'avec Rachel, la mère de mon deuxième enfant, avait fermé ses portes pour s'installer dans Union Street.

Congress Street continuait toutefois à porter haut le drapeau de la bizarrerie et de l'excentricité, comme un fragment d'Austin, Texas, transporté dans le Nord-Est. Il y avait maintenant une pizzeria correcte, Otto, qui servait tard dans la nuit, et aux galeries, bouquineries, magasins de vieux disques et boutiques de fossiles s'était ajoutée une grande surface consacrée à la BD et une nouvelle librairie, Green Hand, qui s'enorgueillissait du musée de cryptozoologie qu'elle abritait dans son arrière-boutique, ce qui suffisait à réjouir le cœur de tous ceux qui avaient un penchant pour l'étrange.

Enfin, presque tous.

— C'est quoi la cryptozoologie, putain ? grogna Louis.

Assis à une terrasse de Monument Square, nous buvions du vin en regardant passer le monde. Ce jour-là, Louis était en Dolce & Gabbana : costume noir à trois boutons, chemise blanche, pas de cravate. Bien qu'il n'eût pas parlé fort, une femme âgée qui dégustait une soupe devant le restaurant situé à notre gauche lui lança un regard désapprobateur. J'admirais le courage de la dame. La plupart des gens regardaient Louis avec peur ou envie. Il était grand, noir, et mortellement dangereux.

— Toutes mes excuses, dit-il en s'inclinant dans sa direction. Je n'avais pas l'intention d'être inconvenant.

Il se tourna de nouveau vers moi et reprit :

— C'est quoi, ton truc, bordel ?

— La cryptozoologie, répondis-je. La science des créatures qui existent peut-être, comme l'abominable homme des neiges ou le monstre du loch Ness.

— Le monstre du loch Ness est mort, déclara Angel.

Ce jour-là, Angel portait un jean en loques, d'innommables baskets rouge et argent, et un tee-shirt d'un vert virulent faisant la promo d'un bar qui avait fermé pendant la présidence de Kennedy. À la différence de son partenaire au boulot et dans la vie, Angel provoquait des réactions allant de la perplexité à la crainte compatissante qu'il ne soit daltonien. Il était lui aussi mortellement dangereux, quoique peut-être pas autant que Louis. Mais c'était le cas de presque tout le monde ainsi que de la plupart des espèces de serpents venimeux.

— Je l'ai lu quelque part, poursuivit Angel. L'expert qui le cherchait depuis des années, il a décidé qu'il était mort.

— Ouais, ça fait deux cent cinquante millions d'années, dit Louis. Bien sûr qu'il est mort. Qu'est-ce que tu veux qu'il soit d'autre ?

Angel secoua la tête comme s'il avait affaire à un enfant incapable de saisir une idée simple.

— Non, il est mort *récemment*. Avant, il était encore en vie.

Louis le regarda longuement et lâcha :

— Tu sais, on devrait fixer une limite aux conversations auxquelles tu peux participer.

— Comme dans une *churrascaria*[1], suggérai-je. On te montrerait un carton vert quand tu peux parler, un rouge quand tu dois digérer en silence ce que tu viens d'entendre.

1. Au Brésil, restaurant de viande où un carton posé sur la table du client, côté rouge ou côté vert, indique aux garçons s'il faut ou non resservir. (*N.d.T.*)

— Je vous déteste, nous assena-t-il.
— Mais non.
— Si. Vous n'avez aucun respect pour moi.
— C'est vrai, admis-je. En même temps, on n'a aucune raison de te respecter.

Angel rumina ma réponse avant de concéder que mon argument se tenait. Il aborda ensuite le sujet de ma vie sexuelle qui, bien qu'éternellement passionnante pour lui, semblait-il, ne nous retint pas longtemps.

— Et la fliquesse, celle qui commençait à fréquenter le Bear ? Cagney ?
— Macy, rectifiai-je.
— Ouais, elle.

Sharon Macy était une jolie brune qui m'avait certes manifesté des signes d'intérêt, mais j'étais encore en train d'apprendre à accepter que Rachel et Sam, notre fille, vivent maintenant dans le Vermont et que ma liaison avec Rachel soit bel et bien finie.

— C'est trop tôt, arguai-je.
— Y a pas de « C'est trop tôt », affirma Louis. Y a juste « C'est trop tard » et « C'est mort ».

Trois jeunes en jean baggy, tee-shirt trop grand et baskets neuves-sortant-de-la-boîte déambulaient dans Congress comme des algues à la surface d'un étang et se dirigeaient vers les bars de Fore Street. C'était comme s'ils portaient inscrits sur leur tee-shirt – enfin, là où il n'y avait pas déjà une marque ou un nom de rappeur – les mots « Visiteurs en virée ». L'un d'eux – Dieu nous protège – arborait même un tee-shirt rétro du Black Power, avec poing fermé, alors qu'ils étaient tous trois tellement blancs qu'en comparaison Pee Wee Herman[1] ressemblait à Malcolm X.

---

1. Personnage d'un film de Tim Burton joué par un comédien blanc. (*N.d.T.*)

Près de nous, deux types mangeaient des hamburgers et s'occupaient de leurs affaires. L'un d'eux portait au col de sa veste un discret triangle arc-en-ciel et, dessous, un badge « Moi je vote Non », référence au projet de loi contre la possibilité du mariage gay dans l'État du Maine.

— Hé, tu vas l'épouser, salope ? dit l'un des jeunes, ce qui fit rire ses copains.

Les deux hommes s'efforcèrent de se concentrer sur leur repas.

— Tarlouses, ajouta le même jeune, clairement lancé.

Il était petit mais musclé. Il se pencha pour prendre une frite dans l'assiette du type au badge qui réagit en poussant un « Hé ! » mécontent.

— Je vais pas la bouffer, dit son persécuteur. On sait pas ce que tu pourrais me refiler.

— Oh, tu l'as cassé, là, Rod ! s'exclama l'un de ses potes et ils se claquèrent dans la main.

Rod jeta la frite par terre puis porta son attention sur Angel et Louis qui les observaient, impassibles.

— Qu'est-ce que vous avez à me mater ? Vous êtes pédés, vous aussi ?

— Non, répondit Angel. Je suis un hétéro déguisé.

— Et moi, en vrai, je suis blanc, déclara Louis.

— Il est vraiment blanc, confirmai-je. Il met des heures à se maquiller avant de pouvoir sortir de chez lui.

Rod parut perdu. Son visage prit l'expression appropriée sans trop d'efforts, ce qui signifiait que ce n'était probablement pas la première fois.

— Je suis comme toi, reprit Louis, parce que t'es pas vraiment noir non plus. Je vais te dire un truc auquel tu devrais réfléchir : les rappeurs dont vous portez les noms sur vos fringues, ils vous tolèrent uniquement parce que vous mettez de l'argent dans leurs poches. Ce sont des durs, ils s'adressent aux Noirs et ils parlent des Noirs. Dans un monde idéal, ils n'auraient pas besoin de vous et vous seriez bien obligés de recommencer à écouter Bread ou Coldplay, ou une autre merde larmoyante que les jeunes Blancs fredonnent ces temps-ci. Mais, pour le moment, ces types prennent tranquillement votre argent et, si vous vous risquez un jour dans une des cités dont ils viennent, vous vous ferez marcher dessus et on vous prendra ce qui vous reste de thune, et peut-être aussi vos baskets. Si tu veux, je te fais un plan, tu pourras aller leur exprimer ta solidarité. Sinon, tu dégages et tu emmènes Curly et Larry[1] avec toi. Allez, bouge-toi les fesses maintenant, si c'est comme ça qu'on se baguenaude dans ta bande.

— Bread ? m'étonnai-je. Tu n'es pas vraiment à jour côté culture pop, j'ai l'impression.

— Toutes pareilles, ces daubes, décréta Louis. Ras le bonbon des gamins.

— Des gamins du XIXe siècle, soulignai-je.

— Je pourrais te botter le cul, tu sais, lâcha Rod, désireux de contribuer à la conversation.

Il en était peut-être convaincu mais les deux gars qui se tenaient derrière lui avaient plus d'intelligence, même si ça ne méritait pas de figurer sur leur carte de visite. Ils s'efforçaient déjà d'entraîner Rod.

— Oui, tu pourrais, acquiesça Louis. Tu te sens mieux, maintenant ?

— À propos, j'ai menti, avoua Angel. Je ne suis pas vraiment hétéro, mais lui, il est vraiment pas noir.

Je le regardai d'un air surpris.

---

1. Nom de deux des Trois Stooges, personnages stupides du cinéma des années 1930. (*N.d.T.*)

— Hé, vous ne m'aviez pas dit que vous étiez gays. Si je l'avais su, je ne vous aurais jamais laissés adopter ces gosses.

— Trop tard, répliqua Angel. Maintenant, les filles portent des chaussures confortables et les garçons chantent des tubes de comédie musicale.

— Vous êtes malins, vous les gays. Vous dirigeriez le monde si vous ne passiez pas votre temps à l'enjoliver.

Rod semblait sur le point de dire quelque chose quand Louis remua. Il ne se leva pas de sa chaise et il n'y eut rien de menaçant dans son attitude mais cela eut le même effet qu'un serpent à sonnette qui déroule ses anneaux et se prépare à frapper, ou une araignée aux aguets qui, dans un coin de sa toile, regarde une mouche s'y prendre. Malgré la brume de l'alcool et de la bêtise, Rod entrevit la possibilité de sérieuses représailles : pas dans cette rue animée où passaient des voitures de flics mais plus tard, dans un bar, peut-être, aux toilettes, ou sur un parking, et il en serait marqué pour le reste de sa vie.

Sans un mot, les trois jeunes s'éclipsèrent et ne regardèrent pas derrière eux.

— Bien joué, dis-je à Louis. Tu fais quoi, si on te bisse ? Les gros yeux à un petit chien ?

— Ou je vole le jouet d'un chaton. Et je le mets sur l'étagère du haut du salon.

— Voilà ce que j'appelle rompre une lance, le complimentai-je. Pour quoi au juste, je ne vois pas trop.

— La qualité de la vie, répondit Louis.

— Sûrement.

Les deux clients de la table voisine abandonnèrent leurs hamburgers, laissèrent sur la table un billet de vingt et un de dix et déguerpirent sans dire un mot.

— Tu fais même peur aux autres homos, dis-je. Tu as probablement convaincu ce type de voter oui à la proposition 1 juste au cas où tu déciderais de t'installer dans cette ville.

— À propos, tu nous rappelles ce qu'on est venus faire ici ? demanda Angel.

Ils étaient arrivés à peine une heure plus tôt et leurs bagages se trouvaient encore dans le coffre de leur voiture. Louis et Angel ne prenaient l'avion que lorsque c'était absolument nécessaire puisque les compagnies aériennes avaient tendance à désapprouver les instruments de leur profession. Je leur résumai l'affaire, de ma première rencontre avec Bennett Patchett à la découverte du mouchard sur ma voiture, en terminant par ma conversation avec Ronald Straydeer et l'envoi des photos prises à l'enterrement de Damien Patchett.

— Alors ils savent que t'as pas laissé tomber, conclut Angel.

— Oui, si le pisteur GPS marchait. Ils savent aussi que j'ai rendu visite à Karen Emory, ce qui n'est peut-être pas très bon pour elle.

— Tu l'as prévenue ?

— J'ai laissé un message sur son portable. Une autre visite aurait peut-être compliqué le problème.

— Tu penses qu'ils vont te retomber dessus ? demanda Louis.

— Qu'est-ce que tu ferais, toi ?

— Moi, je t'aurais zigouillé la première fois. S'ils te prennent pour le genre de gars qui se débine après une séance de service des eaux amateur, ils se gourent totalement sur ton compte.

— Straydeer pense qu'au départ ils avaient l'intention d'aider des soldats infirmes. Ils ne tuent peut-être qu'en dernier ressort. Celui qui m'a interrogé prétendait qu'ils ne feraient de mal à personne.

— Mais il a fait une exception pour toi. C'est curieux, ça se passe tout le temps comme ça, avec toi.

— Ce qui nous ramène à la raison pour laquelle vous êtes ici.

— Et pour laquelle on boit un verre sur une terrasse, aux yeux de tout le monde, par une belle soirée d'été. Tu veux leur faire savoir que t'es pas seul.

— J'ai besoin d'un délai de deux, trois jours. Si vous voir les conduit à se tenir tranquilles, ça me rendra la vie plus facile.

— Et s'ils ne se tiennent pas tranquilles ?

— Alors, tu t'occuperas d'eux.

Louis leva son verre et porta un toast :

— À ceux qui ne savent pas se tenir tranquilles.

Après avoir réglé les verres, je les emmenai au Grill Room d'Exchange manger un steak car la perspective de s'occuper de quelqu'un donnait toujours faim à Louis.

16

Jimmy Jewel était assis à sa place habituelle tandis qu'Earle s'occupait de la fermeture. Il était près de minuit et les affaires avaient été calmes toute la soirée : quelques ivrognes qui cherchaient un remontant après les excès de la veille mais n'avaient ni l'énergie ni les fonds pour s'embarquer dans une autre beuverie, et deux touristes, des Massholes[1] qui s'étaient trompés de chemin et avaient décidé de boire une ou deux bières en se félicitant de l'authenticité sordide de l'endroit. Malheureusement, Earle n'appréciait pas les remarques désobligeantes sur son lieu de travail, encore moins de la part de BCBG qui, au bon vieux temps, auraient embrassé le couvercle d'une poubelle dans une ruelle pour expier leurs mauvaises manières. La tentative des Massholes de consommer une seconde bière se heurta à un regard hostile et à la suggestion d'aller voir ailleurs, de préférence de l'autre côté de la frontière de l'État, voire de la frontière de nombreux États.

— Tu sais t'y prendre avec les gens, dit Jimmy à Earle. Tu devrais travailler pour l'ONU, dans les

1. Contraction de *Massachusetts assholes*, « connards du Massachusetts ». (*N.d.T.*)

points chauds.

— Si vous aviez voulu qu'ils restent, fallait le dire, répondit Earle, l'air ingénu.

Il y avait des moments où Jimmy ne savait absolument pas si son barman était sincère ou non. L'eau qui dort, etc. Quelquefois, Earle faisait une remarque ou une observation et Jimmy arrêtait net ce qu'il était en train de faire pour analyser ce qu'il venait d'entendre, ce qui le contraignait à revoir son opinion sur Earle alors qu'il croyait l'avoir cerné. Ces derniers temps, c'étaient ses lectures qui le sidéraient. Earle cherchait apparemment à rattraper son retard en matière de classiques, et pas seulement avec Tom Sawyer et Huckleberry Finn. Plus tôt dans la soirée, il avait lu un recueil de Tolstoï, *Maître et serviteur et autres nouvelles*. Quand Jimmy l'avait interrogé sur ce bouquin, Earle lui avait raconté l'intrigue de la nouvelle titre, l'histoire d'un homme riche qui, de son corps, protège son serf du froid dans une tempête de neige, ce qui fait que le serf survit et que l'homme riche meurt. Mais, du coup, le richard va au paradis et c'est bien.

— Y a un message là-dedans ? avait demandé Jimmy.

— Pour qui ?

« Pour qui ? » Il se prenait pour John Houseman[1], maintenant.

— Je sais pas. Pour les types riches qui ont mauvaise conscience.

— Je suis pas riche, avait fait observer Earle.

— T'es comme l'autre, alors ?

— Oui, je crois. Moi, je l'ai pas pris comme ça. Y a pas à être l'un ou l'autre, c'est juste une histoire.

---

1. Acteur qui incarne un vieux professeur strict dans le film *The Paper Chase*. (*N.d.T.*)

— Si on se retrouvait pris dans le blizzard et qu'un de nous deux devait claquer, tu penses que je te servirais de couverture pour te tenir chaud ? Tu penses que je me dévouerais pour toi ?

Earle avait considéré la question avant de répondre :
— Ouais, je pense que vous le feriez pour moi. Ce serait pas la première fois, d'ailleurs.

Et Jimmy avait compris qu'il faisait allusion à Sally Cleaver, parce qu'il sentait que ça travaillait Earle depuis la première visite du privé. Jimmy connaissait Earle assez bien pour savoir quand ce fantôme murmurait à son oreille.

— Tu débloques, mon vieux.
— Peut-être. En tout cas, moi, je vous laisserais pas vous dévouer pour moi, monsieur Jewel. Je vous maintiendrais en vie, même si je devais vous étouffer pour ça.

Jimmy avait décelé une contradiction dans les termes et s'était en outre senti légèrement perturbé par l'image de son corps frêle perdu dans les replis de la masse charnue de son barman. Il avait estimé inutile de prolonger la conversation. Comme d'autres clients ne viendraient probablement pas les déranger et qu'il avait d'autres préoccupations plus urgentes, Jimmy avait dit à Earle de fermer.

Maintenant le sol était balayé, les verres lavés et la maigre recette de la soirée en sécurité dans le coffre du bureau de Jewel. Le journal, à moitié lu, demeurait près de la main gauche de Jimmy. C'est rare, pensa Earle. Normalement, à cette heure-là, Jimmy l'aurait lu d'un bout à l'autre et aurait même fait les mots croisés, mais, ce jour-là, il semblait distrait et il fixait le stylo posé devant lui sur le comptoir comme s'il espérait qu'il allait se mettre à écrire tout seul et lui fournir les réponses qu'il cherchait.

Jimmy ne se trompait pas sur Earle. Malgré sa carrure et l'impression qu'il donnait que son arbre généalogique comportait encore quelques membres qui s'y accrochaient en émettant des *ouk-ouk*, Earle n'était pas une brute épaisse. La routine du bar ordonnait sa vie d'une façon qui lui permettait de fonctionner avec un minimum de complexités indésirables et lui laissait aussi le temps de penser. Son rôle consistait à soulever, porter, menacer, surveiller, et il s'acquittait volontiers de ces tâches sans se plaindre. Il était relativement bien payé pour ce qu'il faisait, mais il était loyal envers Jimmy. Jimmy était toujours là pour lui et, en retour, il était toujours là pour Jimmy.

Mais, comme son patron l'avait deviné, Earle broyait du noir ces temps derniers. Il n'aimait pas qu'on lui rappelle Sally Cleaver. Il était désolé de ce qui était arrivé à cette fille, il pensait qu'il aurait dû intervenir pour l'empêcher, mais ce n'était pas la première dispute de couple qui éclatait au Blue Moon et Earle était assez intelligent pour savoir que, dans ce genre de situation, le mieux était de ne pas s'en mêler, de faire vider les lieux aux parties en conflit et de les laisser régler leur problème dans l'intimité de leur foyer. C'était seulement lorsque Cliffie Andreas était revenu dans le bar, les poings et le visage ensanglantés, qu'Earle avait commencé à comprendre que sa conduite équivalait à un « abandon de responsabilité », selon les termes d'un des inspecteurs, indiquant par là que, dans un monde juste, Earle aurait passé quelque temps derrière les barreaux avec Cliffie. Au plus profond de lui – là où même Jimmy ne pouvait accéder – Earle savait que le flic avait raison et chaque année, pour l'anniversaire de la mort de Sally Cleaver, il déposait un bouquet sur le parking jonché d'ordures et envahi d'herbes du Blue Moon, et demandait pardon à l'ombre de la morte.

Pourtant, Jimmy n'avait jamais rendu Earle responsable, même en partie, de ce qui était arrivé, même si cela avait entraîné la fermeture du Blue Moon. Il lui avait assuré la meilleure défense juridique possible quand il avait été question de son inculpation pour complicité. Ils n'avaient discuté des sentiments d'Earle sur cette affaire que le jour où Jewel avait annoncé à son barman qu'il ne rouvrirait pas le bar. Earle avait supposé qu'il devait chercher un emploi ailleurs, que Jewel se débarrassait de lui, comme tout le monde l'avait prédit parce que, dans toute la ville, le nom d'Earle ne valait pas la salive qu'il fallait pour le prononcer. Earle avait commencé à s'excuser de nouveau d'avoir laissé Sally Cleaver mourir mais sa voix s'était brisée. Il s'était efforcé de faire des phrases cohérentes mais elles refusaient de franchir ses lèvres. Jimmy l'avait fait asseoir et l'avait écouté raconter qu'il était sorti du bar, qu'il avait vu le visage ravagé de Sally, qu'il s'était agenouillé à côté d'elle et qu'elle avait murmuré ses derniers mots :

« Je suis désolée… »

Ne sachant que faire, Earle avait posé une de ses grosses pattes sur le front de la jeune femme et avait doucement enlevé de ses yeux une mèche tachée de sang. Depuis, la nuit, quand le visage de Sally lui apparaissait, il tendait machinalement le bras pour enlever ses cheveux. Toutes les nuits, avait dit Earle. Je la vois toutes les nuits avant de m'endormir. Et Jimmy avait répondu que c'était malheureux, et que tout ce qu'il pouvait faire pour réparer, c'était s'efforcer que ça n'arrive pas à une autre femme, pendant son service ou en dehors, s'il pouvait intervenir pour l'empêcher. Le lendemain, Earle avait commencé à travailler au Sailmaker, bien qu'il y eût déjà à peine assez de clients pour occuper le vieux Vern Sutcliffe, le barman en titre. À la mort de Vern un an plus tard, Earle était devenu le seul barman du Sailmaker et l'était resté depuis.

À présent, après avoir réfléchi des heures à la façon d'aborder le sujet, Earle pensait avoir trouvé la solution. Il rangea les dernières bouteilles de bière dans la glacière, s'approcha d'un pas hésitant de l'endroit où Jimmy était assis, posa ses poings sur le comptoir et s'enquit :

— Quelque chose qui va pas, monsieur Jewel ?
— Qu'est-ce que tu as dit ?
— J'ai dit : « Quelque chose qui va pas, monsieur Jewel ? »

Jimmy sourit. Depuis qu'il le connaissait, Earle ne lui avait probablement pas posé plus de deux ou trois questions à caractère vaguement personnel. Et voilà qu'il arborait une mine inquiète, quelques minutes seulement après s'être déclaré prêt à sacrifier sa vie pour son employeur. Si les choses allaient encore un peu plus loin, ils réserveraient l'église pour le mariage et s'installeraient à Ogunquit, ou Hallowell, ou quelque autre endroit où trop de fanions arc-en-ciel pendaient aux fenêtres.

— Merci de te tracasser pour moi, Earle, mais tout va bien. Je réfléchis seulement au moyen de régler une certaine affaire. Quand j'aurai trouvé, je ferai peut-être appel à ton aide.

Earle parut soulagé. Jamais il n'avait été aussi près d'exprimer son affection à M. Jewel et il n'était pas sûr qu'il puisse supporter plus d'intimité. D'un pas lourd, il alla ajouter la cannette qu'il venait d'écraser à la poubelle recyclage, laissant son patron seul dans le bar. Jimmy tira de dessous son journal une série de photos et examina de nouveau les sceaux. À elles seules, les pierres incrustées valaient déjà une fortune mais il n'avait aucune idée de ce qu'un collectionneur serait disposé à payer pour l'objet lui-même.

Jimmy savait maintenant que Tobias et ses potes ne passaient pas de la drogue mais des antiquités. Il se demandait quelles autres pièces similaires ils avaient peut-être en leur possession. Toute la journée, il avait évalué les diverses possibilités, tenté d'imaginer un moyen de tirer profit de ce qu'il avait appris et, en même temps, d'en apprendre davantage. Son seul regret, c'était l'implication de Rojas. « Raul » avait laissé échapper qu'il essayait déjà de vendre une partie des pierres, et il avait promis à Jimmy une part de 20 % parce que l'affaire venait de lui. Comme si Jimmy Jewel était un plouc dont on pouvait se débarrasser en lui refilant des cacahuètes. Rojas n'avait pas une vue d'ensemble de la situation. Lui non plus, mais, contrairement à Jimmy, Rojas n'était pas disposé à attendre de la saisir dans sa totalité.

D'un doigt, le patron du Sailmaker fit tourner sa soucoupe et la surface du café froid contenu dans la tasse se rida. Il n'avait pas vraiment besoin d'argent mais une bonne rentrée ne lui ferait pas de mal. À cause du ralentissement économique et de l'arrêt du développement du front de mer, il avait des fonds bloqués dans des immeubles qui se dépréciaient chaque jour. Le marché rebondirait – il le faisait toujours – mais Jimmy n'était plus tout jeune. Il ne voulait pas qu'il rebondisse seulement pour lui garantir une pierre tombale plus grande.

Il frissonna. Un vent d'une fraîcheur hors de saison soufflait de la mer et Jimmy était extrêmement sensible au froid. Même au cœur de l'été, il portait une veste. Il était comme ça depuis son enfance. Il n'y avait pas assez de chair sur ses os pour lui tenir chaud.

— Hé, Earle, appela-t-il, ferme cette fichue porte !

Pas de réponse. Jimmy jura, traversa le bureau et passa devant la remise pour s'approcher de la porte ouverte sur le petit parking du bar. Il sortit, ne vit pas trace de son barman. Soudain inquiet, il appela de nouveau.

Son pied glissa quand il s'avança sur le parking. Baissant les yeux, il vit une tache sombre qui s'élargissait. Le sang provenait du pick-up d'Earle, garé à gauche. Jimmy s'accroupit pour regarder en dessous et se retrouva face aux yeux morts du barman. Le colosse gisait sur le ventre de l'autre côté du véhicule, entre la portière passager et les poubelles alignées le long du mur, la bouche ouverte, les traits figés en une dernière grimace de souffrance.

Jimmy se releva et sentit l'arme lui presser doucement la nuque, tel un premier contact hésitant de la mort.

— Rentre, lui ordonna une voix.

Jimmy ne put cacher sa surprise en l'entendant, mais il obéit. Il tourna la tête vers le pick-up, entrevit dans la vitre le reflet d'un visage masqué. Aussitôt les coups de poing plurent pour le punir de sa témérité. Suivirent des coups de pied pour le faire avancer dans le couloir et le pousser dans la remise. L'avalanche cessa quand Jimmy rampa vers les étagères de bouteilles, cherchant un appui pour se relever. Il avait un goût de sang dans la bouche et ne voyait quasiment plus de l'œil gauche. Il voulut parler mais les mots sortirent sous forme de murmures rauques. Il était clair toutefois qu'il suppliait : qu'on le laisse récupérer, qu'on ne le frappe plus.

Qu'on le laisse vivre encore un peu.

L'un des coups de pied lui avait brisé une côte qu'il sentit bouger quand il se redressa. Il s'affala contre les étagères, la respiration sifflante, leva la main droite dans un geste d'apaisement.

— Tu viens de tuer un homme pour 150 dollars et des bricoles, dit-il. Tu m'entends ?

— Non, je l'ai tué pour bien plus que ça.

Jimmy comprit alors qu'il ne s'agissait pas de l'argent du coffre mais de Rojas et du sceau. Et il sut qu'il allait mourir quand il vit le trou noir du silencieux béer comme le vide dans lequel il sombrerait bientôt.

Il révéla tout ce qu'il savait après la première balle mais son interrogateur en tira quand même deux autres pour s'assurer que Jimmy ne gardait rien pour lui.

— Ça suffit, gémit-il, ses blessures saignant sur le sol. Ça suffit.

C'était à la fois une supplique et une capitulation : il implorait de ne plus souffrir, il acceptait que tout soit fini.

Son interrogateur hocha la tête.

— Mon Dieu, murmura Jimmy Jewel, je regrette du fond du cœur…

La dernière balle l'atteignit. Il ne l'entendit pas mais sentit seulement sa délivrance.

On ne découvrit son corps et celui d'Earle que des jours plus tard. Cette nuit-là, les pluies d'été lavèrent le sang du barman, le firent s'écouler sur la surface en pente du parking, entre les piliers de bois de la vieille jetée, et se perdre dans la mer. Quelqu'un laissa le pick-up d'Earle au centre commercial du Maine, où le service de sécurité trouva sa présence bizarre au bout de deux jours. Finalement, la police intervint elle aussi parce que Jimmy Jewel avait disparu des écrans radars. Personne au Sailmaker ne décrochait le téléphone, personne n'ouvrait au livreur de bière et les soûlards qui venaient pratiquer leur culte dans ce cloître furent profondément frustrés.

On trouva Jimmy dans la remise, une balle dans chaque pied, une troisième dans un genou. À ce stade, il avait sûrement révélé tout ce qu'il savait et la quatrième balle lui avait traversé le cœur. Earle était couché aux pieds brisés de Jimmy, tel un chien fidèle envoyé tenir compagnie à son maître dans l'au-delà. Ce fut plus tard seulement que quelqu'un remarqua la coïncidence des dates : Earle et Jimmy étaient morts le 2 juin, dix ans exactement après que Sally Cleaver eut poussé son dernier soupir derrière le Blue Moon.

Il se trouva des vieux pour hausser les épaules et dire qu'ils n'étaient pas surpris.

17

En se réveillant, Karen Emory s'aperçut que Joel n'était plus dans le lit. Elle tendit un moment l'oreille, n'entendit rien. Sur la table de chevet, le réveil affichait 04 : 03.

Elle avait rêvé et, maintenant qu'elle guettait un signe de la présence de Joel dans la maison, elle éprouvait une sorte de satisfaction de ne plus dormir. C'était idiot, bien sûr. Dans moins de trois heures, elle devrait se lever et s'habiller pour aller au *diner*. Elle avait décidé de continuer à travailler chez M. Patchett pour le moment. Elle l'avait annoncé à Joel quand il était revenu de son voyage, avec sur le visage un pansement qu'il n'avait pas voulu expliquer. Il ne s'était pas opposé à la décision de Karen, ce qui l'avait surprise. Peut-être ses arguments avaient-ils fini par le convaincre : il n'était pas facile de trouver du travail ; si elle restait à la maison à ne rien faire, elle deviendrait folle ; elle ne donnerait plus aucune raison à M. Patchett de se mêler de ses affaires ni de celles de Joel.

Elle avait besoin de dormir. Elle aurait des douleurs dans les jambes et dans les pieds après quelques heures de service ; d'ailleurs, elle avait toujours mal aux pieds. Même avec les meilleures chaussures du monde – qu'elle n'aurait pas pu se payer, de toute façon –, elle aurait les talons et la plante des pieds douloureux après être restée debout huit heures d'affilée. M. Patchett était un meilleur patron que la plupart des autres, le meilleur en fait qu'elle ait jamais eu, ce qui constituait une des raisons pour lesquelles elle souhaitait rester au Downs Diner. Elle avait travaillé assez souvent chez des ordures pour reconnaître une âme charitable quand elle en rencontrait une et elle lui était reconnaissante des heures qu'il lui donnait. Le *diner* aurait facilement pu tourner avec une serveuse de moins et Karen, une des dernières embauchées, aurait été une des premières à qui on aurait montré la porte, mais Patchett continuait à l'employer régulièrement. Il s'occupait d'elle comme il s'occupait de tous ceux qui travaillaient pour lui et, dans une période où les entreprises dégraissaient leur personnel, il fallait reconnaître les mérites d'un homme prêt à renoncer à un peu de profit pour laisser des gens vivre.

La gentillesse de M. Patchett lui posait néanmoins un problème, surtout depuis que le détective privé s'était mis à « fouiner », comme disait Joel. Elle devrait faire désormais attention à ce qu'elle confierait à son patron, comme elle avait tenté de le faire avec le détective qui était venu la voir, même si elle lui en avait dit finalement plus qu'elle n'aurait dû.

C'était Joel qui avait le premier repéré Parker. Il avait une sorte de sixième sens pour ce genre de chose. Il était très sensible pour un homme. Il savait, rien qu'en la regardant, si elle était triste ou si quelque chose la préoccupait, et elle n'avait jamais connu d'homme comme lui. Peut-être qu'elle n'avait pas été heureuse dans ses choix avant Joel et que la plupart des hommes étaient aussi sensibles que lui à ce qu'éprouvaient les femmes, mais elle ne le pensait pas.

Joel sortait de l'ordinaire à cet égard comme à d'autres.

Karen s'était pourtant abstenue de lui parler de la visite du détective. Elle n'aurait su dire pourquoi exactement, pas au début, sauf à cause d'un vague sentiment que Joel n'était pas franc avec elle sur certains aspects de sa vie, et aussi de ses propres craintes pour lui, qui l'avaient d'ailleurs amenée à trop parler à Parker. Elle avait vu combien Joel avait été affecté par la mort de ses amis : il avait peur, bien qu'il ne voulût pas le montrer. Et puis la veille, il était rentré avec un pansement sur le visage et des blessures aux mains dont il avait refusé de parler. Il avait descendu des caisses du camion au sous-sol en grimaçant à cause de ses plaies.

Et quand il était finalement venu se coucher...

Cela s'était mal passé.

Karen soupira, s'étira. Le réveil indiquait deux minutes de plus et il n'y avait toujours aucun bruit dans la maison : ni le grondement de la chasse d'eau ni le claquement de la porte du réfrigérateur. Elle se demandait ce que faisait Joel mais elle n'osait pas aller le chercher, pas après ce qui était arrivé hier. Elle se demandait s'il lui avait caché cet aspect de lui depuis le début, si elle s'était trompée sur son compte. Ou plutôt si elle avait été trompée. Induite en erreur. Prise pour une imbécile. Manipulée et abusée par un homme qu'elle connaissait à peine.

Avant de le rencontrer, elle était impatiente de ne plus loger dans un des immeubles de Patchett. Oh, elle était heureuse de profiter de cette chambre et de la compagnie des autres femmes, mais cette solution était en principe provisoire, même si l'une des serveuses, Eileen, habitait là depuis quinze ans. Cela n'arriverait pas à Karen, elle se refusait à vivre comme une vieille fille selon les règles désuètes de M. Patchett interdisant toute présence masculine dans les chambres. Elle avait d'abord cru que Damien lui offrirait une chance de quitter l'immeuble mais il ne s'intéressait pas à elle. Elle avait pensé qu'il était peut-être homo mais Eileen l'avait assurée du contraire. Il avait eu une aventure avec la serveuse précédente entre deux affectations de son unité. Un moment, on avait pu croire que cela durerait, mais cette fille n'avait pas voulu devenir femme de soldat ou, pis, veuve de soldat, et leur liaison avait tourné court. Karen pensait que M. Patchett aurait bien aimé que Damien et elle se mettent ensemble et il avait tout fait pour les rapprocher : il l'invitait à dîner avec eux, il l'envoyait aux halles ou chez les fournisseurs avec son fils. Mais Karen avait déjà commencé à sortir avec Joel, qu'elle avait connu par Damien. Lorsqu'elle avait finalement permis à Joel de venir la chercher à son travail pour la première fois, elle avait lu de la déception sur le visage de M. Patchett. Il n'avait fait aucun commentaire mais il n'avait plus jamais été aussi amical avec elle. Quand Damien s'était suicidé, l'idée était venue à Karen que M. Patchett pensait peut-être qu'elle était d'une certaine façon responsable de sa mort, que si Damien avait eu quelqu'un à aimer et qui l'aimait, il n'aurait pas mis fin à ses jours. C'était peut-être pour cette raison qu'il avait engagé le détective : M. Patchett était furieux qu'elle soit avec Joel, mais il s'en prenait à Joel, pas à elle.

Joel gagnait pas mal d'argent avec son camion, plus en tout cas que ce qu'un routier indépendant pouvait gagner d'après elle. Son travail consistait essentiellement à faire la navette entre le Maine et le Canada. Quand elle avait essayé d'en savoir plus, il lui avait répondu qu'il transportait tout ce qui se présentait, sur un ton qui lui avait fait clairement comprendre qu'il ne souhaitait pas aborder ce sujet et elle n'avait pas insisté. Pourtant, elle se demandait…

Mais elle aimait Joel. Elle l'avait décidé moins de deux semaines après l'avoir rencontré. Elle l'avait su, tout simplement. Il était fort, il était gentil, il était plus âgé qu'elle et connaissait mieux la vie, ce qui donnait à Karen un sentiment de sécurité. Il était déjà bien installé à Portland et, quand il lui avait proposé de venir vivre avec lui, il avait à peine fini sa phrase qu'elle avait accepté. En plus, c'était une maison, pas un appartement où ils se seraient cognés contre les murs et tapé mutuellement sur les nerfs. Il y avait de l'espace : deux chambres en haut plus un débarras, un vaste séjour et une agréable cuisine, un sous-sol où il rangeait ses outils. Joel était propre aussi, plus propre que la plupart des hommes qu'elle avait connus avant. Oh, la salle de bains avait besoin d'une heure de ménage, la cuisine également, mais elles n'étaient pas sales, seulement en désordre. Karen avait été heureuse de s'en charger. Elle était fière de leur maison. C'était en ces termes qu'elle pensait : « leur » maison. Pas uniquement celle de Joel, plus maintenant. Lentement, elle l'avait marquée de sa personnalité et il l'avait laissée faire. Il y avait à présent des vases et des fleurs, plus de livres qu'avant. Elle avait même choisi des tableaux pour les murs. Lorsqu'elle lui avait demandé s'ils lui plaisaient, il avait répondu « Oui, beaucoup » et il avait fait l'effort de les regarder longuement, comme s'il avait cherché à les évaluer dans une salle de ventes. Elle avait cependant compris que c'était uniquement pour lui faire plaisir. La décoration ne l'intéressait pas beaucoup et Karen doutait qu'il aurait remarqué les toiles si elle ne les lui avait pas montrées mais elle avait été sensible aux efforts qu'il avait faits.

Était-ce un type bien ? Elle ne le savait pas. Elle l'avait pensé au début, mais il avait tellement changé ces dernières semaines. En même temps, tous les hommes changeaient, supposait-elle, une fois qu'ils avaient obtenu ce qu'ils désiraient. Ils cessaient d'être aussi tendres, aussi prévenants qu'avant. C'était comme s'ils présentaient une façade pour séduire les femmes et s'en défaisaient lentement après être parvenus à leurs fins. Certains s'en débarrassaient plus vite que d'autres et Dieu sait qu'elle avait vu des hommes passer de l'agneau au loup en un clin d'œil ou juste après le dernier verre pour la route, mais le changement de Joel avait été progressif, ce qui le rendait plus troublant, d'une certaine façon. D'abord, il avait été simplement préoccupé. Il lui parlait moins et il lui répondait parfois sèchement quand elle s'obstinait à tenter d'avoir une conversation avec lui. Elle avait pensé que c'était peut-être à cause de ses blessures. Certains jours, ses mains lui faisaient mal. Il avait perdu deux doigts en Irak et il n'entendait plus très bien de l'oreille gauche. Il avait eu de la chance. Les autres gars pris dans l'explosion de la bombe artisanale n'avaient pas survécu. Joel parlait rarement de ce qui lui était arrivé mais elle en savait suffisamment. Ses copains de l'armée, ceux qui venaient chez eux avant mais plus maintenant, ne lui parlaient pas beaucoup non plus. Il y en avait un, Paul Bacci, qui la dégoûtait quand il laissait son regard se promener sur elle, s'attarder sur ses seins, son bas-ventre. Lorsqu'ils venaient, Joel fermait la porte du living-room et Karen entendait à travers le mur le bourdonnement de leurs voix basses, comme un bruit d'insectes pris dans une cavité.

— Joel ?

Il n'y eut pas de réponse. Elle voulait aller le chercher mais elle avait peur, peur parce qu'il l'avait de nouveau frappée. C'était arrivé quand elle l'avait une fois de plus interrogé sur ses blessures, après qu'elle eut ouvert la porte de la salle de bains où il appliquait de la pommade sur les brûlures de ses mains et sur celle, terrible, de son visage. Il avait répondu à sa question par une autre :

« Pourquoi tu m'as pas dit que t'avais eu de la visite ? »

Il avait fallu un moment à Karen pour comprendre qu'il faisait allusion à Parker, le détective. Parce que enfin comment pouvait-il être au courant ? Elle cherchait encore une réponse quand le bras de Joel s'était détendu et que son poing droit l'avait heurtée. Pas violemment et il avait paru presque aussi stupéfait qu'elle de ce qu'il avait fait mais c'était quand même un coup et, atteinte à la joue gauche, elle avait basculé en arrière contre le mur. C'était différent de la première fois : la première fois, c'était un accident, elle en était sûre. Cette fois, il y avait de la force et de la méchanceté dans le coup. Joel s'était aussitôt excusé mais Karen sortait déjà de la salle de bains en courant et il ne l'avait suivie que deux minutes plus tard. Il avait tenté de lui parler, elle n'avait pas voulu l'écouter. Elle ne *pouvait* pas, elle pleurait trop. Finalement, il l'avait simplement tenue dans ses bras et elle l'avait senti s'endormir contre elle. Puis elle s'était endormie elle aussi parce que c'était un moyen de ne plus penser à ce qu'il avait fait. Il l'avait réveillée dans la nuit pour s'excuser de nouveau, ses lèvres avaient effleuré celles de Karen, ses mains avaient cherché son corps et ils s'étaient réconciliés.

Enfin, non, pas vraiment. Elle l'avait fait pour lui, pas pour elle. Elle n'avait pas voulu qu'il se sente mal, elle n'avait pas voulu... *qu'il lui fasse mal.*

Oui, c'était ça. C'était ce qu'il y avait d'horrible dans cette histoire.

À présent, étendue dans le noir, elle se rendait compte que son opinion sur Joel avait autant changé que lui. Elle avait voulu qu'il soit quelqu'un de bien, ou tout au moins meilleur que certains des hommes avec qui elle était sortie avant lui, mais, au fond d'elle-même, elle pensait maintenant que ce n'était pas quelqu'un de bien, pas vraiment puisqu'il était capable de la frapper comme ça, puisqu'il avait changé de manière aussi spectaculaire. Ils ne faisaient plus l'amour avec douceur. En fait, il lui avait fait mal quand il l'avait réveillée et, lorsqu'elle lui avait demandé d'être plus tendre avec elle, il avait simplement terminé et s'était tourné de l'autre côté dans le lit, la laissant fixer son dos nu.

« Je te parle », avait-elle insisté, tirant sur son épaule pour le forcer à la regarder.

Elle l'avait senti se raidir et, quand il s'était retourné, l'expression de son visage, même dans l'obscurité, l'avait tellement effrayée qu'elle avait laissé sa main retomber et qu'elle s'était écartée de lui le plus qu'elle avait pu dans leur lit. Un moment, elle avait cru qu'il allait encore la frapper mais il ne l'avait pas fait.

« Fiche-moi la paix », avait-il répliqué.

Il y avait dans ses yeux quelque chose qui était presque de la peur et Karen avait eu l'impression qu'il s'adressait à la fois à elle et à quelqu'un d'autre, à une entité invisible dont lui seul sentait la présence. Puis elle s'était assoupie et elle avait fait ce rêve. Elle ne pouvait pas vraiment le qualifier de cauchemar mais il l'avait angoissée : elle était prise dans un espace confiné, comme un cercueil, mais à la fois plus grand et plus petit, ce qui n'avait aucun sens. Elle peinait à respirer, elle avait de la poussière dans la bouche et les narines.

Pis encore, elle n'était pas seule. Il y avait avec elle une créature qui murmurait. Karen ne comprenait pas ce qu'elle disait, elle n'était même pas sûre que les mots lui soient destinés mais la créature n'arrêtait pas de parler.

Karen entendit quelque chose en bas, un bruit étrange qui n'appartenait pas à l'obscurité de leur maison. C'était un gloussement, presque aussitôt réprimé. Il avait quelque chose d'enfantin et néanmoins de déplaisant. C'était une manifestation spontanée de joie causée par un mot ou un geste plus choquant que drôle. C'était rire d'une chose dont on n'aurait pas dû rire.

Avec précaution, Karen repoussa les couvertures et posa les pieds par terre. Le plancher ne grinça pas. Joel avait fait lui-même l'essentiel des travaux de la maison et il était fier de sa solidité. À pas de loup, Karen traversa le tapis et ouvrit la porte. Elle entendit des murmures mais c'était la voix de Joel, pas celle des autres dans son rêve. *Les* autres. Elle ne s'était pas rendu compte jusque-là qu'il y avait non pas une seule mais de nombreuses voix. Elles parlaient toutes la même langue mais elles utilisaient des vocables différents.

Parvenue en haut de l'escalier, elle s'agenouilla et regarda entre les barreaux. Assis en tailleur près de la porte de la cave, les mains dans son giron, Joel se tirait sur les doigts. Il avait l'air d'un petit garçon et elle sourit presque en le voyant.

Presque.

Il poursuivait une conversation avec quelqu'un qui se trouvait de l'autre côté de la porte. Il la fermait toujours à clé et, au début, cela n'avait pas trop inquiété

Karen. Elle était descendue avec lui au sous-sol pour l'aider à y porter de la peinture pendant la première semaine de son installation et elle n'y avait vu que le bric-à-brac habituel de caisses, de vieilleries et d'appareils hors d'usage. Depuis, elle y était rarement retournée et toujours avec lui. Il ne lui avait pas interdit d'y aller, il était trop intelligent pour cela, et elle n'avait aucune raison de le faire. De plus, elle n'avait jamais aimé les endroits sombres et c'était probablement la raison pour laquelle son rêve la perturbait autant.

Retenant sa respiration, elle s'efforça de saisir ce qu'il disait. Il murmurait et elle n'entendait personne lui répondre. Il parlait un moment, se taisait, écoutait puis reprenait. Parfois, il hochait lentement la tête comme s'il suivait le fil d'une argumentation que lui seul pouvait saisir.

Il gloussa de nouveau et porta une main à sa bouche pour étouffer le bruit, leva machinalement la tête vers la chambre mais Karen était cachée dans l'obscurité.

— C'est vilain, dit-il. Vous êtes méchants.

Il parut écouter de nouveau et reprit :

— J'ai essayé, j'y arrive pas. Je peux pas faire ça.

Il se tut et son visage devint grave. Karen l'entendit déglutir malgré la distance et crut sentir la peur qu'il éprouvait.

— Non, dit-il d'un ton résolu en secouant la tête. Non, je ne le ferai pas. Je vous en prie. Vous ne pouvez pas me demander ça.

Il plaqua ses mains sur ses oreilles pour ne plus rien entendre et se leva.

— Laissez-moi tranquille, poursuivit-il, élevant le ton. Arrêtez. Arrêtez de murmurer.

Karen retourna furtivement dans la chambre et tira les couvertures sur elle quelques secondes avant qu'il ouvre la porte et entre. Il le fit si bruyamment qu'elle ne put que réagir mais elle fit de son mieux pour paraître surprise et à moitié endormie.

— Chéri, ça va ? demanda-t-elle en levant la tête de l'oreiller.

Il ne répondit pas.

— Joel ? Qu'est-ce qu'il se passe ?

Il s'approcha et elle vit qu'il avait peur. Il s'assit au bord du lit, lui caressa les cheveux.

— Je te demande pardon de t'avoir frappée, dit-il. Mais je ne te ferai jamais de mal. Pas vraiment.

Karen sentit son ventre se contracter si violemment qu'elle crut qu'elle allait devoir se précipiter dans la salle de bains pour ne pas se souiller. C'était à cause de ces deux derniers mots : *pas vraiment*. Comme si on avait le droit de faire mal à une femme de temps en temps, uniquement quand elle le méritait, quand cette sale petite curieuse posait des questions qu'elle n'aurait pas dû poser ou fouinait partout. Uniquement dans ce cas. Et la punition serait proportionnée au crime, et ensuite elle se coucherait pour lui et ils feraient la paix et tout irait bien parce qu'il l'aimait et que c'est ce que font les gens qui s'aiment.

— Quand je t'ai frappée, tout à l'heure, ce n'était pas moi, déclara-t-il. J'étais comme un pantin dont quelqu'un tirait les ficelles. Je ne voulais pas te faire mal. Je t'aime.

— Je sais, répondit Karen, sans parvenir tout à fait à chasser le tremblement de sa voix. Qu'est-ce qui ne va pas, mon cœur ?

Il se pencha vers elle et elle sentit des larmes quand il pressa sa joue contre la sienne. Elle l'entoura de ses bras.

— J'ai fait un mauvais rêve, geignit-il.

Elle entendit l'enfant en lui mais, lorsqu'elle baissa les yeux, elle le surprit à l'observer d'un regard froid, soupçonneux, et même amusé, comme s'ils jouaient un jeu tous les deux et qu'il était le seul à en connaître les règles. Puis il ferma les yeux et enfouit son visage entre ses seins. Elle le serra fort contre elle tout en ayant envie de le repousser et de s'enfuir de cette maison pour ne jamais y revenir.

Le stress détraque l'esprit : c'est ce qu'ils ne comprenaient pas, les gens restés au pays, ceux qui n'étaient pas allés là-bas. Même l'armée ne le comprenait pas, ou trop tard. Prenez une petite perm, voyez votre famille. Faites l'amour à votre copine. Occupez-vous. Trouvez un boulot, une routine, fondez-vous dans la normalité.

Il en aurait été incapable même si ses jambes ne s'étaient pas arrêtées à mi-cuisses, parce que le stress est un poison, une toxine qui s'insinue dans votre système, sauf qu'elle n'affecte qu'un organe vital : le cerveau. Il se rappelait un accident qu'il avait eu sur la Route 1 quand il avait treize ans, peu avant la mort de son père. Ça n'avait pas été un choc violent : un camion avait brûlé un feu rouge et embouti la partie droite de leur voiture. Il était à l'arrière, côté conducteur. Un vrai coup de chance : le concessionnaire automobile installé de ce côté de la route alignait toujours des voitures anciennes dehors quand il faisait beau. En les regardant, il s'imaginait au volant des plus belles. Normalement, il aurait été assis côté passager pour pouvoir parler à son père et qui sait ce qui lui serait arrivé. Finalement, ils avaient été tous les deux rudement secoués et lui légèrement blessé par des éclats de verre. Plus tard, quand la remorqueuse était partie et que les flics de Scarborough les avaient déposés à la maison, il avait blêmi et s'était mis à trembler avant de vomir son petit déjeuner.

C'est l'effet du stress. Il vous rend malade, physiquement et mentalement. Et si vous vous retrouvez constamment dans des situations stressantes, entrecoupées de périodes d'ennui passées à traîner, à jouer, à bouffer, à pioncer ou à envoyer la carte mensuelle obligatoire pour faire savoir à vos proches que vous n'êtes pas encore mort, si aucune fin n'est en vue parce qu'on prolonge indéfiniment votre affectation, alors vos neurones sont tellement pollués qu'ils n'arrivent plus à récupérer, et votre cerveau commence à modifier ses circuits, à changer ses modes opératoires. Les cellules nerveuses de l'hippocampe, siège de l'apprentissage et de la mémoire à long terme, se mettent à dépérir. La capacité de réaction du thalamus, qui gouverne le comportement social et la mémoire émotionnelle, s'altère. Le cortex médian préfrontal, qui participe à la formation des sentiments de peur et de remords, et qui nous permet de distinguer ce qui est réel et ce qui ne l'est pas, est touché. On trouve une détérioration similaire des circuits cérébraux chez les schizophrènes, les sociopathes, les toxicomanes et les détenus purgeant de longues peines. Vous devenez une épave, un rebut et ce n'est pas votre faute parce que vous n'avez rien fait de mal. Vous avez simplement accompli votre devoir.

Pendant la guerre de Sécession, on parlait de « cœur irritable ». Pour les soldats de la Grande Guerre, de « syndrome commotionnel », et pour ceux de la Seconde Guerre mondiale, d'« épuisement nerveux » ou de « névrose » dus aux combats. Puis c'était devenu le « syndrome post-Viêtnam » et c'était main-

tenant le SPT. Il se demandait quelquefois si les Romains et les Grecs avaient un mot pour ça. Il avait lu L'Iliade *après son retour, en partie pour tenter de comprendre la guerre à travers la littérature, et pensait avoir vu dans le chagrin d'Achille après la mort de son ami Patrocle, dans la rage qui avait suivi, quelque chose de son propre chagrin envers les camarades qu'il avait perdus, en premier lieu Damien.*

Vous devenez comme ça. Vous ne maîtrisez plus vos émotions. Vous ne vous maîtrisez plus. Vous êtes déprimé, paranoïde, coupé de ceux qui vous aiment. Vous vous croyez encore à la guerre, vous vous battez la nuit avec vos draps. Vous vous brouillez avec vos proches et ils vous quittent.

Et alors vous commencez à croire que peut-être, peut-être seulement, vous êtes hanté, que des démons vous parlent depuis une boîte, et que si vous êtes incapable de les satisfaire et de faire ce qu'ils veulent, ils se retournent contre vous et vous punissent.

Et peut-être, peut-être seulement, que ce moment d'anéantissement vient comme un soulagement.

18

Herod arriva à Portland par le train à 11 h 30, porteur d'un sac de voyage en cuir noir, ancien mais encore en parfait état, ce qui attestait la qualité de sa fabrication. Il ne répugnait pas à prendre l'avion et jugeait rarement nécessaire d'emporter quoi que ce soit qui pût rendre gênante, voire tout à fait fâcheuse, une fouille des bagages à l'aéroport, mais il préférait voyager en train chaque fois que c'était possible. Cela lui rappelait une époque plus civilisée, quand le rythme de la vie était plus lent et que les gens disposaient de plus de temps pour les menues politesses. Par ailleurs, du fait de sa santé délabrée, il trouvait les longs trajets en voiture inconfortables ainsi que potentiellement dangereux car les médicaments qu'il prenait pour calmer sa douleur étaient souvent source de somnolence. En l'occurrence, ce n'était pas le problème puisqu'il avait réduit les doses pour garder la tête claire et malheureusement il souffrait. Dans le train, il pouvait se lever et déambuler d'une voiture à l'autre, ou boire un verre au wagon-bar : tout pour se distraire des tourments du corps. Après être monté dans une voiture tranquille à Penn Station, il avait eu un sourire satisfait lorsque le train était sorti de terre pour émerger dans un soleil brumeux. Le masque chirurgical bleu qui dissimulait sa bouche n'avait attiré qu'un ou deux regards de ceux qui le croisaient.

Il s'aperçut de la présence du Capitaine au moment où les tours de Manhattan disparaissaient. Le Capitaine était assis exactement de l'autre côté de l'allée et Herod ne voyait de lui que son reflet partiel dans la vitre : une tache, une forme floue et mouvante prise par l'objectif d'un appareil photo, alors que tout autour de lui était immobile. Herod trouvait plus facile de l'observer quand il ne le regardait pas directement.

Le Capitaine était habillé en clown. Quoi qu'on puisse dire de lui, il est attaché aux valeurs sûres, pensa Herod. Le Capitaine était vêtu d'une veste à grosses rayures rouges et blanches, coiffé d'un petit chapeau melon d'où s'échappaient les mèches d'une perruque rousse en bataille. Ses cheveux artificiels étaient couverts de toiles d'araignée dans lesquelles Herod crut percevoir les formes d'arachnides en mouvement. Ses avant-bras reposaient sur les accoudoirs du siège et ses mains disparaissaient sous des gants blancs maculés, à l'exception du bout des doigts où des ongles sales et tranchants perforaient le tissu. L'index de sa main droite tapotait en cadence le bras du siège, s'élevait lentement puis retombait, tel un mécanisme qui se tendait et se relâchait indéfiniment. Dans le visage barbouillé de blanc, une grande bouche écarlate prenait un pli soucieux. Des taches vermillon marquaient les joues mais les orbites semblaient vides et noires. Le Capitaine regardait fixement devant lui et seul son index bougeait.

Bien que la voiture fût bondée, le siège du Capitaine, apparemment inoccupé, demeurait libre, de même que la place voisine d'Herod, comme si l'aura du Capitaine s'étendait de l'autre côté de l'allée. La femme assise à la fenêtre près du Capitaine était âgée et paraissait de plus en plus mal à l'aise à mesure que les kilomètres défilaient. Elle gigotait sur son siège. Elle posait son bras sur l'accoudoir commun mais le retirait presque aussitôt et se frottait la peau d'un air angoissé. Parfois elle plissait le nez, grimaçait de dégoût. Elle se mit à se gratter le visage et les cheveux et, lorsque Herod regarda le reflet de cette femme dans la vitre, il découvrit que plusieurs des araignées du Capitaine commençaient à coloniser les mèches grises. Finalement, elle prit son manteau et son sac et passa dans une autre voiture. Après chaque arrêt dans une gare régionale, de nouveaux voyageurs empruntaient l'allée mais, si quelques-uns firent brièvement halte devant les deux places libres, un instinct atavique les incita à aller voir plus loin.

Pendant tout ce temps, le doigt du Capitaine montait et retombait, *tap-tap-tap*...

Herod descendit à la nouvelle gare de Portland. Il se souvenait encore de la vieille Union Station, autrefois terminus de la ligne de Boston. Il l'avait prise pour la dernière fois... quand ? En 1964, pensait-il. Oui, sûrement en 64. Il pouvait presque encore se représenter la grande voiture gris métallisé frappée du B bleu et du M blanc entrelacés. Il se réjouissait qu'il y eût de nouveau un train reliant Boston au Maine, même s'il fallait changer de gare à Boston.

Il se rendit en taxi à l'aéroport pour prendre une voiture de location. Comme son billet de train, sa réservation n'était pas à son vrai nom. Il voyageait sous le pseudonyme d'Uccello. Herod utilisait toujours le nom d'un artiste de la Renaissance pour ses faux papiers. Il disposait de permis de conduire et de passeports aux noms de Dürer, Bruegel et Bellini, mais il avait un faible pour Uccello, l'un des premiers peintres à faire usage de la perspective dans ses tableaux. Herod se plaisait à penser qu'il avait lui aussi le sens de la perspective.

Le Capitaine ne l'accompagnait plus. Le Capitaine était *ailleurs*. Herod se rendit à Portland et trouva le bar appartenant au nommé Jimmy Jewel. Il se gara derrière l'immeuble d'en face et glissa son arme dans la poche de son manteau avant de gagner l'autre côté du quai. Le bar semblait fermé, on ne voyait aucun signe de vie à l'intérieur. Comme Herod regardait à travers la vitre, le Capitaine réapparut sous la forme d'un reflet chatoyant, se tint un moment immobile en faisant la moue de sa bouche écarlate, puis se dirigea vers l'arrière du bar. Herod lui emboîta le pas en suivant sa progression dans les carreaux des fenêtres, telles les images d'un film projeté trop lentement. À la porte de derrière, Herod s'agenouilla et examina le seuil, toucha des doigts les taches de sang et fixa un moment la porte avant de hocher la tête et de faire demi-tour.

Il était revenu à la voiture et s'apprêtait à redémarrer quand il sentit un contact froid sur son avant-bras. Tournant la tête à droite, il vit l'image du Capitaine dans la vitre du passager, sa main droite qui lui immobilisait le bras et dont les ongles le piquaient comme des insectes. Le Capitaine fixait son attention sur le bar. Il y avait maintenant devant l'entrée un homme dont les gestes singeaient ceux d'Herod lorsqu'il avait tenté de regarder à l'intérieur. Un mètre quatre-vingts, les tempes grisonnantes. Herod l'observa avec curiosité et décela une menace dans le nouveau venu : dans sa façon de se tenir, son sang-froid. Mais il y avait aussi en lui quelque chose de « différent » et, avec l'aide du Capitaine, Herod reconnut un homme comme lui, à cheval sur deux mondes. Il se demanda ce qui avait ouvert la faille pour cet homme et lui permettait de voir. La douleur ? Oui, inévitablement, mais pas seulement physique. Herod perçut du chagrin, de la rage et un sentiment de culpabilité, le Capitaine, parcouru d'ondes d'émotion, lui servant de récepteur et d'émetteur.

Comme s'il réagissait à l'intérêt d'Herod, l'inconnu se retourna, le regarda et fronça les sourcils. La pression s'accentua sur le bras d'Herod, qui comprit que le Capitaine souhaitait partir. Il mit le contact et démarra, passa devant deux autres hommes en tournant à droite : un Noir vêtu avec une élégance raffinée, un Blanc plus petit qui semblait s'être habillé à la hâte en puisant dans son panier de linge sale. Il les vit le suivre des yeux dans son rétroviseur puis ils disparurent et le Capitaine aussi.

— Tu as remarqué le type dans la voiture ? demandai-je à Louis.

— Ouais, le mec au masque. J'ai pas eu le temps de bien regarder mais j'ai l'impression qu'il est malade.

— Il était seul ?

— Comment ça, seul ?

— Oui, il y avait quelqu'un d'autre à côté de lui dans la voiture ?

Louis parut intrigué.

— Non, personne. Pourquoi ?

— Pour rien. Ça devait être le reflet du soleil dans sa vitre. Bon, Jimmy Jewel n'a pas l'air d'être là, je reviendrai plus tard. Allons-y.

Herod roula jusqu'à Waldoboro parce que c'était là que vivait son contact, la vieille femme qui tenait la boutique d'antiquités. Il s'arrêta dans un *diner*, commanda un sandwich et un café, téléphona d'une cabine en attendant d'être servi. Comme il n'y avait que quelques autres clients, dont aucun à proximité, il ne craignit pas d'être entendu.

— Où en sommes-nous ? demanda-t-il quand on décrocha.

— Il vit au-dessus d'un entrepôt à Lewiston. Une ancienne boulangerie.

Herod écouta la description détaillée des lieux.

— Il a de la compagnie ?

— Oui.

— Et la marchandise ?

— Il semblerait que des personnes intéressées soient déjà sur les rangs mais les pièces sont toujours en sa possession.

Herod fit la grimace.

— Comment ces personnes ont-elles été mises au courant ?

— C'est un imprudent. Le bruit s'est répandu.

— J'arrive. Prenez contact avec lui, dites-lui que j'aimerais lui parler.

— J'informerai M. Rojas que j'ai un acheteur et qu'il doit cesser de chercher quelqu'un d'autre jusqu'à ce que nous nous rencontrions. Comme vous le savez, il n'ignore pas la valeur des objets. Le prix pourrait être élevé.

— Je crois pouvoir le convaincre d'être raisonnable, d'autant que je ne m'intéresse pas à ce qu'il vend, uniquement à la provenance.

— Ce n'est pas un homme raisonnable.

— Vraiment ? Comme c'est dommage.

— Il ne manque pas non plus d'intelligence.

— Intelligent *et* déraisonnable. On pourrait penser que ces deux traits s'excluent.

— J'ai une photo de lui si cela peut aider. Je l'ai tirée à partir de la caméra de surveillance de ma boutique.

Herod décrivit sa voiture, indiqua l'endroit où elle était garée. Il précisa qu'elle ne serait pas fermée à clé et demanda à la vieille femme de laisser les documents qu'elle possédait sous le siège passager. Il valait mieux qu'ils ne se rencontrent pas, estimait-il. Elle s'efforça de dissimuler sa déception.

Il raccrocha. Sa commande était arrivée. Il mangea lentement, dans un coin à l'écart des autres clients. Il savait que son aspect physique gâchait le repas des autres, mais surtout il trouvait désagréable de manger sous des regards curieux. C'était déjà suffisamment difficile comme ça : il avait peu d'appétit mais il devait s'alimenter pour garder des forces. C'était plus important que jamais. En mastiquant, il songea à l'homme devant la vitrine du bar et à la réaction du Capitaine à sa présence.

Un miroir était accroché au mur en face de son box. Il reflétait la route où une petite fille en robe bleue déchirée, le dos tourné au *diner*, tenait un ballon de baudruche rouge et regardait passer les voitures et les camions. Un gros semi-remorque Mack fonçait vers elle mais elle ne bougea pas et le chauffeur, perché dans sa cabine, ne parut pas la voir. Herod détourna la tête du miroir au moment où le camion allait heurter la fillette. Herod faillit pousser un cri. Après le passage du camion, la petite fille avait disparu et il ne restait aucun indice qu'elle eût jamais été là.

Lentement, Herod se tourna de nouveau vers le miroir : l'enfant se tenait au même endroit mais faisait maintenant face au *diner* et à Herod. Elle lui sourit, les trous sombres de ses yeux déjouant la lumière. Peu à peu, son image s'estompa et, dans le monde reflété, le ballon s'envola vers les nuages gris-noir veinés de violet et de rouge semblables à des plaies dans le firmament. Puis le ciel s'éclaircit et le miroir ne fut plus que le reflet de ce monde terne, non une fenêtre sur l'autre.

Lorsque Herod eut réussi à grignoter une partie de son sandwich, il but lentement son café. Il avait le temps. Il ne ferait pas nuit avant un moment et il travaillait mieux dans l'obscurité. Il rendrait ensuite visite à M. Rojas. Herod n'avait pas l'intention d'attendre le lendemain pour entamer des négociations. En fait, il n'avait pas du tout l'intention de négocier.

19

Loin de Portland, dans un appartement de la rue de Seine à Paris, au-dessus des salles d'un magasin d'antiquités renommé, Rochman & Fils, deux hommes étaient sur le point de conclure un marché. Emmanuel Rochman, dernier descendant d'une longue lignée vivant très confortablement de la vente de pièces exceptionnelles, attendait que l'homme d'affaires iranien assis en face de lui cesse de tergiverser et annonce la décision qu'il avait déjà prise, ils le savaient tous deux. Cette réunion face à face en présence des objets anciens n'était après tout que la dernière étape d'une fastidieuse négociation entamée des semaines plus tôt, et le client ne se verrait sans doute plus jamais offrir des pièces aussi belles et aussi rares que celles qu'il avait devant lui : deux ivoires délicats provenant des tombeaux de reines assyriennes de Nimroud et deux sceaux cylindriques exquis en lapis-lazuli vieux de cinq mille cinq cents ans, les pièces les plus anciennes que Rochman ait jamais eu à vendre.

L'Iranien soupira et remua sur son siège. Rochman aimait faire affaire avec des Iraniens. Ils avaient été particulièrement intéressés par les pièces volées au musée de l'Irak apparues jusqu'à ce jour sur le marché, même si, comme les Jordaniens, ils avaient finalement dû restituer les fruits du pillage sur lesquels ils avaient mis la main. S'il manquait encore des milliers d'objets, les plus précieux avaient été en grande partie récupérés. Les occasions d'acquérir les trésors irakiens devenaient de moins en moins fréquentes et les sommes que les collectionneurs étaient prêts à verser avaient crû en conséquence. Rochman n'avait jamais rencontré cet acheteur particulier mais il lui avait été vivement recommandé par deux anciens clients qui avaient dépensé beaucoup d'argent pour la marchandise de M. Rochman sans se soucier outre mesure des questions de provenance et de documents.

— Il y en aura d'autres ? voulut savoir l'Iranien.

Il se faisait appeler Abbas, le Lion, ce qui était clairement un pseudonyme. Toutefois, son dépôt de 2 millions de dollars avait été accepté sans problème par la banque et ceux qui se portaient garants pour lui assuraient que cela ne représentait qu'une journée de revenus pour M. Abbas. Cette chasse au lion commençait quand même à agacer Rochman. Allez, pensait-il, je sais que tu vas les acheter. Dis oui et ce sera fini.

— Pas de cette qualité, répondit l'antiquaire.

Il réfléchit et révisa sa position : qui pouvait dire ce qu'un peu de patience permettrait peut-être de gagner en plus ?

— Des ivoires aussi beaux, ou même moitié moins, ont peu de chances de refaire un jour surface. Si vous déclinez mon offre, ils disparaîtront. Les sceaux...

Il inclina sa main droite d'un côté puis de l'autre, geste universel exprimant des chances partagées, en insistant sur le côté négatif.

— Si vous êtes satisfait de ceux-là, nous pourrions vous en proposer d'une même qualité.

— Et la provenance ?

— La maison Rochman se porte garante de tout ce qu'elle vend, affirma l'antiquaire. Naturellement, si des problèmes légaux se présentaient, l'acheteur serait le premier informé, mais je suis persuadé que nous n'aurons pas ce genre de difficultés en l'occurrence.

C'était la formule utilisée pour les rares occasions où Rochman franchissait vraiment les limites de la légalité. Oh, il y avait souvent des zones grises quand il s'agissait de trésors anciens, mais pas cette fois. Abbas et lui connaissaient parfaitement l'origine des ivoires et des sceaux. Il n'était pas nécessaire de la préciser et aucun reçu n'accompagnerait la vente.

L'Iranien manifesta son accord d'un hochement de tête.

— Bien. Nous pouvons conclure.

Il tira de sa poche un stylo en or, en pressa l'extrémité pour faire sortir la pointe.

— Pas besoin de stylo, monsieur Abbas... commençait à dire Rochman.

La porte s'ouvrit brusquement, des policiers armés firent irruption dans l'appartement et le Lion corrigea avec un sourire :

— Al-Daini, monsieur Rochman. Mes collègues et moi avons quelques questions à vous poser.

20

Angel et Louis dormirent chez moi cette nuit-là et je soupçonnai qu'ils montèrent la garde à tour de rôle, conscients qu'on pouvait nous tomber dessus à tout moment. Le lendemain matin, je consacrai une heure à revoir avec eux, l'ordinateur aidant, tout ce que je savais sur Joel Tobias. Son passage dans l'armée m'avait facilité la tâche puisqu'il impliquait l'existence de documents officiels concernant une bonne partie de sa vie. Tout semblait normal. Il s'était engagé en 1990, juste après le lycée de Bangor, et avait suivi une formation de chauffeur de camion. Il avait été réformé en 2007 après que l'explosion d'une bombe artisanale, alors qu'il transportait des fournitures médicales dans la Zone verte de Bagdad, lui avait coûté une partie du mollet gauche et deux doigts de la main gauche. De retour dans le Maine, quelques mois plus tard, il avait demandé un permis poids lourds valable dans l'État après avoir passé les examens requis : acuité visuelle, code et conduite. Il avait également obtenu l'autorisation de transporter des produits dangereux après avoir donné ses empreintes digitales et s'être soumis au contrôle de ses antécédents par le Service de sécurité des transports. Jusque-là, il n'avait commis aucune infraction.

J'avais trouvé une notice nécrologique pour sa mère dans le *Bangor Daily News* du 19 juillet 1998, et une autre pour son père – qui avait fait le Viêtnam – en avril 2007. Elle précisait que son fils Joel servait aussi dans l'armée et qu'il se remettait après avoir été blessé sous les drapeaux. Le journal avait même publié une photo de Joel Tobias devant la tombe de son père. En grand uniforme, il s'appuyait sur des béquilles. Pas de frère ni de sœur présents, Tobias était fils unique.

Je ressentis un pincement déplaisant, le sentiment de culpabilité de celui qui ne s'est pas sacrifié pour son pays face à quelqu'un qui l'a fait. Apparemment, Tobias s'était conduit honorablement et en avait pâti. Je n'avais même pas envisagé l'armée au sortir du lycée mais je respectais ceux qui avaient fait ce choix. Je me demandai ce qui avait poussé Tobias à s'engager : était-ce l'histoire de sa famille, la conviction qu'il devait suivre les traces de son père ? Mais son père n'avait pas été militaire de carrière, la notice précisait clairement qu'il avait été appelé. Beaucoup de gars étaient revenus du Viêtnam avec un seul désir : éviter à leurs gosses ce qu'ils avaient souffert. Comme Tobias s'était engagé, je présumais que c'était pour se rebeller contre son père ou pour chercher son approbation.

J'ouvris ensuite le fichier de Bobby Jandreau, qui avait fréquenté le même lycée que Tobias à Bangor mais avec plus d'une décennie d'écart. Pendant sa dernière affectation en Irak, Jandreau avait été grièvement blessé au combat à Gazaliya. La première balle l'avait touché en haut de la cuisse et, alors qu'il gisait dans la poussière, les miliciens chiites qui avaient attaqué son convoi avaient continué à lui tirer dans les jambes pour contraindre ses camarades à venir à son secours et infliger d'autres pertes à son unité. Jandreau avait finalement été sauvé mais ses jambes étaient inopérables. L'amputation était la seule solution.

Je savais tout cela parce que son nom figurait dans un article sur les anciens combattants du Maine invalides qui essayaient de se réadapter à la vie civile. Le journal désignait Damien Patchett comme celui qui avait sauvé Jandreau mais, si on avait demandé une interview au fils de Bennett, il avait refusé. Dans l'article, Jandreau reconnaissait qu'il avait de grosses difficultés. Il parlait d'une addiction aux médicaments qu'il tentait de surmonter avec l'aide de son amie. Le journaliste avait écrit : « Jandreau regarde fixement par la fenêtre de sa maison de Bangor, les mains crispées sur les bras de son fauteuil roulant. "Je n'aurais jamais cru que je finirais comme ça, dit-il. Comme la plupart des gars, je savais que ça pouvait m'arriver mais je pensais toujours que ça tomberait sur quelqu'un d'autre. J'ai beau essayer de voir le côté positif de l'histoire, je n'en trouve pas, il n'y en a pas. C'est vraiment la merde." Sa petite amie, Mel Nelson, lui caresse les cheveux tendrement. Elle a des larmes dans les yeux mais ceux de Jandreau sont secs. C'est comme s'il était encore sous le choc, ou qu'il n'avait plus de larmes à verser. »

— Pas de bol, dit Angel.

Louis, qui lisait aussi l'écran, garda le silence.

Je n'avais pas trouvé d'adresse à Bangor pour Bobby Jandreau mais l'article mentionnait que Mel Nelson travaillait comme chef de bureau dans la société de bois de charpente de son père à Veazie. Elle y était quand je téléphonai et nous eûmes une longue conversation. Quelquefois, les gens attendent simplement le bon appel pour lâcher la bonde. Il s'avéra qu'elle n'était plus la copine de Bobby et qu'elle n'en était pas heureuse. Elle l'aimait mais il l'avait délibérément éloignée de lui et elle ne comprenait pas pourquoi. Lorsque je raccrochai, j'avais l'adresse et le numéro de téléphone de Bobby Jandreau, ainsi qu'un sentiment d'admiration pour Mel Nelson.

Carrie Saunders me rappela pendant que nous prenions le petit déjeuner. Il serait faux de dire qu'elle était enthousiasmée par la perspective de me rencontrer mais j'avais appris à ne pas prendre personnellement ce genre de réaction. Je lui annonçai que je travaillais pour Bennett Patchett, le père de Damien, et, avant de raccrocher, elle me donna simplement rendez-vous à midi à son bureau de Togus, au Centre médical des anciens combattants à Augusta. Louis et Angel me suivirent sur tout le trajet. J'étais curieux de voir ce qui pourrait se passer pendant que nous roulions vers le nord mais ils ne remarquèrent aucun signe que nous étions filés.

21

Le bureau de Carrie Saunders se trouvait près du Service de santé mentale. Son nom – simplement « Dr Saunders » – était gravé sur une plaque de plastique près de sa porte et, lorsque je frappai, ce fut une femme d'environ trente-cinq ans, avec des cheveux blonds coupés court et une carrure de boxeur poids léger, qui vint ouvrir. Elle portait un pantalon noir et un tee-shirt sombre sous lequel les muscles de ses bras et de ses épaules se dessinaient nettement. Elle mesurait autour d'un mètre soixante-dix et avait un teint jaunâtre. La pièce était exiguë et on avait fait usage de tout l'espace disponible : trois classeurs à ma droite et, à ma gauche, des étagères supportant des manuels de médecine et des caisses en carton de documents. Aux murs étaient accrochés ses diplômes de l'université militaire de sciences médicales de Bethesda, Maryland, et de Walter Reed. Un impressionnant diplôme indiquait une spécialisation en psychiatrie. Le sol était recouvert d'une moquette résistante, le bureau était fonctionnel, bien rangé. Un gobelet en plastique était posé près du téléphone et d'un reste de petit pain.

— Je mange quand je peux, dit-elle en faisant disparaître les reliefs de son déjeuner. Si vous avez faim, on peut aller chercher quelque chose à la cantine.

Je répondis que ça n'était pas nécessaire. Elle m'indiqua la chaise en plastique placée de l'autre côté de son bureau et attendit que je me sois assis pour faire de même.

— En quoi puis-je vous être utile, monsieur Parker ?

— Je crois savoir que vous faites des recherches sur le syndrome de stress posttraumatique.

— C'est exact.

— Avec une attention particulière pour le suicide.

— Pour la prévention du suicide, rectifia-t-elle. Je peux vous demander qui vous a parlé de moi ?

Probablement à cause de mon aversion naturelle pour l'autorité, en particulier celle que représentait l'armée, je jugeai bon de tenir Ronald Straydeer en dehors du coup pour le moment.

— Je préfère ne pas vous répondre. Cela pose problème ?

— Non, simple curiosité. Ce n'est pas souvent qu'un détective privé souhaite me voir.

— J'ai remarqué que vous ne m'avez pas demandé de quoi il s'agissait, au téléphone.

— Je me suis renseignée sur vous. Vous avez une sacrée réputation. Je pouvais difficilement rejeter la possibilité de vous rencontrer.

— Réputation surfaite. Vous ne devriez pas croire tout ce que vous avez lu dans les journaux.

Elle sourit.

— Je ne tiens pas mes informations des journaux. J'aime mieux avoir affaire aux gens.

— Alors, nous avons ce point en commun.

— C'est peut-être le seul. Dites-moi, monsieur Parker, vous avez fait une psychothérapie ?

— Non.

— Aide aux personnes affligées ?

— Non. Vous cherchez des clients ?

— Comme vous l'avez remarqué, je m'intéresse au stress posttraumatique.

— Et vous voyez en moi un éventuel patient ?

— Vous n'êtes pas de cet avis ? Je sais ce qui est arrivé à votre femme et à votre enfant. C'était atroce, presque au-delà du supportable. Je dis « presque » parce que j'ai servi mon pays en Irak et ce que j'ai vu là-bas, ce que j'ai enduré m'a changée. Tous les jours je m'occupe des conséquences de la violence. Disons que j'ai un cadre dans lequel situer ce que vous avez traversé, et que vous traversez peut-être encore.

— Il y a un rapport ?

— Oui si vous êtes ici pour parler de stress posttraumatique. Ce que vous apprendrez aujourd'hui dépendra de ce que vous aurez compris du concept. Et vous comprendrez mieux si vous le liez à votre expérience personnelle, même indirectement. Nous sommes d'accord, jusqu'ici ?

Son sourire n'avait pas disparu. Il parvenait à rester au bord de la condescendance, mais d'extrême justesse.

— Tout à fait.

— Bien. Mes recherches dans ce centre s'inscrivent dans les efforts actuels de l'armée pour traiter les effets psychologiques des combats, à la fois chez ceux qui ont été réformés pour invalidité et chez ceux qui ont quitté l'armée pour d'autres raisons qu'une blessure. C'est un des aspects. L'autre concerne la prévention des traumatismes. En ce moment, nous mettons sur pied des programmes de résilience destinés à améliorer la performance au combat et à réduire les problèmes mentaux, notamment SPT, colère, dépression et suicide. Ces symptômes deviennent de plus en plus fréquents lorsque les soldats accumulent les missions.

« Tous ceux qui subissent un traumatisme ne souffrent pas de SPT, de même que chaque individu, dans la vie civile, réagit différemment à, disons, une agression, un viol, une catastrophe naturelle ou la mort d'un proche. Il y aura stress mais pas automatiquement syndrome de SPT. Les particularités psychologiques, génétiques et physiques, ainsi que les facteurs sociaux jouent tous un rôle. Un individu inséré dans une bonne structure de soutien – famille, amis, profession – sera moins sujet au syndrome de SPT qu'un solitaire, disons. Par ailleurs, plus le syndrome tarde à apparaître, plus il est gravement ressenti. Un stress post-traumatique immédiat commence généralement à diminuer au bout de trois ou quatre mois. Un syndrome retardé peut durer plus longtemps, jusqu'à une décennie, voire davantage, et il est donc plus difficile à soigner.

Saunders marqua une pause et reprit :

— OK, le cours est terminé pour le moment. Des questions ?

— Non. Pas encore.

— Bien. Maintenant, vous devez participer.

— Et si je ne le fais pas ?

— Alors vous pouvez partir. C'est un marché, monsieur Parker. Vous souhaitez mon aide, je suis prête à vous l'accorder mais seulement en échange de quelque chose. En l'occurrence, vous devez accepter de signaler quand un des symptômes que je vais vous décrire vous semblera familier. Vous n'aurez à le faire qu'en termes généraux. Cette conversation n'est pas enregistrée. Si, dans un avenir plus ou moins proche, vous souhaitez me faire accéder à une connaissance plus profonde de ce que vous avez subi, je vous en serai reconnaissante. Vous trouverez peut-être l'expérience bénéfique, ou thérapeutique. Quoi qu'il en soit, nous en revenons à ce que je vous ai dit au départ : vous êtes venu vous renseigner sur le syndrome de stress posttraumatique, saisissez l'occasion.

Je ne pouvais qu'être admiratif. Si je partais maintenant, je n'aurais rien appris, si ce n'est à ne pas sous-estimer les femmes taillées en boxeur, et ça, je l'avais compris bien avant de rencontrer Carrie Saunders.

— Allez-y, dis-je en tâchant de chasser toute résignation de ma voix.

Je ne crois pas que j'y parvins.

— Il y a trois catégories principales de syndrome de stress posttraumatique. Dans la première, le patient a des flash-back, il revit l'événement qui a peut-être provoqué le syndrome ou, à un niveau moins grave et plus fréquent, il est envahi par des pensées importunes qui peuvent ressembler à des flash-back mais n'en sont pas. Il s'agit de rêves, de mauvais souvenirs, d'associations de l'événement à des situations sans rapport : vous seriez surpris par le nombre de soldats qui détestent les feux d'artifice et j'ai vu des hommes traumatisés se jeter à plat ventre en entendant une porte claquer. Mais, à un autre niveau, le patient peut avoir l'impression de revivre ce qui s'est passé, et cela lui semble assez réel pour perturber sa vie quotidienne. L'un de mes confrères appelle ça des « images fantômes ». Je n'aime pas trop cette expression mais j'ai parlé à des patients qui ont saisi le concept.

Le silence se fit dans le bureau. Un oiseau passa devant la fenêtre et son ombre, projetée par le soleil, traversa la pièce : une chose invisible, séparée de nous par du verre et de la brique, par la matérialité du réel, nous faisait sentir sa présence.

— J'ai eu des flash-back, des pensées importunes ou envahissantes, comme vous dites, lâchai-je finalement.

— C'était grave ?

— Oui.

— Fréquent ?

— Oui.

— Qu'est-ce qui les provoquait ?

— La vue du sang. D'une enfant dans la rue – une petite fille – seule ou avec sa mère. Des choses simples. Une chaise. Une lame. Une publicité pour cuisines. Certaines formes. Je ne sais pas pourquoi. Avec le temps, les images qui me causaient des problèmes sont devenues moins nombreuses.

— Et maintenant ?

— Elles sont rares. Je fais encore des mauvais rêves mais moins souvent.

— Pourquoi, d'après vous ?

J'essayais – je m'en rendais compte – de ne pas mettre trop de temps à répondre, de ne pas donner à Saunders l'impression qu'elle avait peut-être mis le doigt sur une piste intéressante à explorer. La possibilité que je me sois cru hanté par ma femme et ma fille, ou par une sombre version d'elles remplacée depuis par des formes moins menaçantes mais tout aussi inconnaissables, aurait probablement constitué une piste intéressante même si j'avais été en thérapie de groupe avec Hitler, Napoléon et Jim Jones. En la circonstance, je fus heureux que ma réponse à sa dernière question soit quasiment instantanée.

— Je ne sais pas. Le temps ?

— Il ne guérit pas toutes les blessures. C'est un mythe.

— Alors, on s'habitue peut-être simplement à la douleur.

Saunders acquiesça de la tête.

— Elle peut même vous manquer quand elle a disparu.

— Vraiment ?

— Oui, si elle vous donnait un objectif.

Si c'était une autre réponse qu'elle cherchait, elle n'en aurait pas. Elle dut s'en rendre compte car elle passa à autre chose :

— Il y a ensuite les symptômes d'évitement : torpeur, détachement, isolement social.

— On ne sort plus de la maison ?

— Pas forcément au pied de la lettre. On peut simplement éviter les endroits ou les gens associés à l'événement : la famille, les amis, les anciens collègues. Le patient a des difficultés à s'intéresser à quoi que ce soit. Il pense que c'est inutile, qu'il n'a pas d'avenir.

— J'ai connu le détachement, avouai-je. Je ne me sentais pas intégré à la vie quotidienne. Pour moi, ça n'existait pas. Il n'y avait que le chaos, prêt à tout submerger.

— Et les collègues ?

— Je les évitais et ils m'évitaient.

— Les amis ?

Je pensai à Angel et Louis qui m'attendaient dehors dans leur voiture.

— Certains d'entre eux refusaient que je les évite.

— Vous leur en vouliez pour ça ?

— Non.

— Pourquoi ?

— Parce qu'ils étaient comme moi. Ils poursuivaient le même objectif.

— À savoir ?

— Trouver le meurtrier de ma femme et de ma fille. Le trouver et le tailler en pièces.

Les réponses venaient plus rapidement maintenant. J'étais étonné, et même furieux contre moi-même, de laisser cette étrangère se couler sous ma peau, mais cela me procurait aussi un certain plaisir, une sorte de soulagement. J'étais peut-être narcissique ou je n'avais peut-être simplement pas été aussi cliniquement perspicace avec moi-même depuis très longtemps, si je l'avais jamais été.

— Vous pensiez avoir un avenir ?
— Un avenir immédiat.
— Qui consistait à tuer cet homme.
— Oui.

Elle était maintenant légèrement penchée en avant, une lumière blanche dans les yeux. Je me demandai d'où cette lumière provenait avant de comprendre que c'était mon visage reflété dans les profondeurs de ses pupilles.

— Symptômes d'excitation, énuméra-t-elle. Difficultés à se concentrer…
— Non.
— Réactions excessives à des stimuli qui font sursauter.
— Comme des coups de feu ?
— Par exemple.
— Non, mes réactions aux coups de feu n'avaient rien d'excessif.
— Colère. Irritabilité.
— Oui.
— Difficultés à dormir.
— Oui
— Extrême vigilance.
— Justifiée. Beaucoup de gens voulaient ma mort, apparemment.
— Symptômes physiques : fièvre, maux de tête, étourdissements.

— Non, ou pas très souvent.
Elle se redressa : nous avions presque fini.
— Sentiment de culpabilité du survivant.
— Oui, dis-je.
Oui, tout le temps.

Carrie Saunders sortit de la pièce et revint avec deux tasses de café, tira de sa poche des sachets de sucre et de succédané de crème, les posa sur son bureau.

— Vous n'avez pas besoin que je vous explique tout ça, n'est-ce pas ? reprit-elle en mettant dans sa tasse assez de sucre pour faire tenir la cuillère droite.

— Non, mais vous n'êtes pas la première à essayer.

Je bus une gorgée de café. Il était fort, amer. Je compris pourquoi elle ajoutait autant de sucre.

— Comment vous allez, maintenant ? me demanda-t-elle.

— Ça va.

— Sans traitement ?

— J'ai trouvé un exutoire à ma colère. Permanent et thérapeutique.

— Vous traquez des gens. Et quelquefois, vous les liquidez.

Au lieu de répondre, je lui demandai :

— Où avez-vous servi ?

— À Bagdad. J'étais major, affectée à l'origine à l'unité Ironhorse du camp Boum, à Ba'qubah.

— Le camp Boum ?

— À cause des nombreuses explosions. Maintenant, on l'appelle le camp Gabe, du nom d'un soldat du génie, Dan Gabrielson, tué à Ba'qubah en 2003. C'était rudimentaire à mon arrivée : pas de sanitaires, pas de clim, rien. Quand je suis partie, il y avait des

UHC, de l'eau courante pour les douches et les latrines, une nouvelle clôture électrifiée et on avait commencé à former la Garde nationale irakienne.

— Des UHC ?

— Unités d'habitation conteneurisées. Des grosses boîtes, si vous préférez.

— Ça devait être dur d'être soldate, là-bas.

— Ça l'était. C'est une guerre nouvelle. Autrefois, les femmes militaires ne vivaient pas et ne combattaient pas aux côtés des hommes, pas comme maintenant. Cela a créé des problèmes spécifiques. En principe, nous ne pouvons pas appartenir à une unité combattante, nous lui sommes simplement « rattachées ». Finalement, nous combattons quand même et nous mourons quand même, comme les hommes. Peut-être pas en aussi grand nombre mais plus d'une centaine de femmes sont mortes en Irak et en Afghanistan, et des centaines ont été blessées. On continue pourtant à nous traiter de putes et de gouines. Nous sommes toujours harcelées et agressées par nos propres soldats. On nous recommande encore de nous déplacer toujours par deux dans nos propres bases pour éviter un viol. Mais je ne regrette pas d'avoir servi dans l'armée, pas une seconde. Voilà pourquoi je suis ici : il y a de nombreux soldats envers qui nous avons encore une dette.

— Vous dites que vous avez commencé au camp Boum. Et ensuite ?

— J'ai été envoyée au camp Warhorse puis à Abou Ghraïb, dans le cadre de la reconstruction de la prison.

— Ça vous dérange si je vous demande quelles étaient vos fonctions là-bas ?

— À l'origine, je m'occupais des prisonniers. Nous voulions des informations et les détenus nous étaient naturellement hostiles, en particulier après ce qui s'était passé à la prison les premiers temps. Il fallait trouver d'autres moyens de les faire parler.

— Quand vous dites « d'autres moyens »…

— Vous avez vu les photos : humiliation, torture – simulée ou non. Ça n'a pas servi notre cause. Les imbéciles qui en riaient à la radio ne comprenaient pas les conséquences. Ce comportement a donné aux Irakiens une raison de plus de nous haïr et ils ont porté leur haine sur les militaires. Des soldats américains sont morts à cause d'Abou Ghraïb.

— Quelques mauvais éléments qui ont franchi les bornes.

— Il ne s'est rien passé à Abou Ghraïb qui n'ait été approuvé par les échelons supérieurs, en gros et en détail.

— Et vous avez débarqué avec une nouvelle approche.

— Moi et d'autres. Notre principe était simple : pas de torture. Torturez un homme ou une femme assez longtemps, ils vous diront exactement ce que vous avez envie d'entendre. Finalement, ils veulent juste que ça s'arrête.

Elle dut déceler quelque chose dans mon expression car elle scruta mon visage par-dessus son café.

— Vous avez été soumis à la torture ?

Je ne répondis pas.

— Je prends ça pour un « oui », décida-t-elle. Même des pressions modérées – par là j'entends une douleur physique qui ne fait pas craindre la mort – sont traumatisantes. Selon moi, quelqu'un qu'on a torturé n'est plus jamais le même. La torture lui enlève une partie de son être, elle l'excise. Appelez ça comme vous voudrez : tranquillité d'esprit, dignité. Quelquefois, je me demande si cela porte un nom.

Bref, à court terme, la torture a un effet profondément déstabilisateur sur la personnalité.
— Et à long terme ?
— Dans votre cas, il s'est écoulé combien de temps ?
— Depuis la dernière fois ?
— Parce qu'il y en a eu plusieurs ?
— Oui.
— Bon Dieu. Si vous étiez soldat, je veillerais à ce que vous suiviez une thérapie intensive.
— C'est rassurant à entendre. Pour en revenir à vous...
— Après Abou Ghraïb, je suis passée à l'aide psychologique et à la psychothérapie. Il est apparu rapidement que les niveaux de stress subis entraînaient des problèmes et que ces problèmes s'étaient aggravés quand l'armée avait institué les missions répétées, la prolongation non souhaitée de la durée de service, et s'était mise à recruter des guerriers du dimanche. Je suis devenue membre d'une équipe psychiatrique travaillant en dehors de la Zone verte, avec la responsabilité particulière de deux bases d'opérations extérieures : Arrowhead et Warhorse.
— Arrowhead. C'est là que se trouve le 3e d'infanterie, non ?
— Plusieurs brigades, oui.
— Vous avez traité quelqu'un d'une compagnie de Stryker quand vous étiez là-bas ?
Saunders poussa sa tasse sur le côté et son expression changea.
— C'est pour ça que vous êtes venu ? Pour les hommes de la Stryker C ?
— Je n'ai pas parlé de la Stryker C.
— Vous n'avez pas eu à le faire.
Elle attendit que je poursuive.

— D'après ce que je sais, trois soldats de la Stryker C, qui se connaissaient bien, se sont suicidés. L'un d'eux a entraîné sa femme dans la mort. C'est une série statistique qui devrait vous intéresser.

— En effet.

— Avez-vous parlé à l'un de ces hommes avant sa mort ?

— J'ai parlé à chacun d'eux mais seulement de manière informelle pour Damien Patchett. Brett Harlan a été le premier. Il fréquentait le Centre d'aide sociale des AC de Bangor. Il était aussi toxicomane. Ça l'arrangeait bien que le service d'échange de seringues soit juste à côté d'un centre pour anciens combattants.

Je n'arrivais pas à savoir si elle plaisantait.

— Qu'est-ce qu'il vous a dit ?

— C'est confidentiel.

— Il est mort. Ça lui est égal, maintenant.

— Je ne vous révélerai pas pour autant le contenu de nos entretiens mais vous pouvez supposer qu'il souffrait de stress posttraumatique, quoique…

Elle s'interrompit. J'attendis.

— Il souffrait de phénomènes auditifs anormaux, ajouta-t-elle, à contrecœur.

— Autrement dit, il entendait des voix.

— Cela ne correspond pas aux signes diagnostiques du syndrome de SPT. Cela ressemble davantage à la schizophrénie.

— Vous avez poussé vos recherches plus loin ?

— Il a suspendu le traitement. Et puis il est mort.

— Y avait-il un événement spécifique à l'origine de ses problèmes ?

Saunders détourna les yeux.

— Spécifique… non, pour autant que je peux en juger.

— Qu'est-ce que cela signifie ?
— Il avait des cauchemars, des difficultés à dormir mais il ne pouvait pas les relier à un événement particulier. C'est tout ce que je suis disposée à vous dire.
— Y avait-il quoi que ce soit dans sa conduite qui pût laisser prévoir qu'il allait tuer sa femme ?
— Absolument pas. Vous croyez sérieusement que nous ne serions pas intervenus si nous l'avions pensé ? Je vous en prie.
— Est-il possible qu'un même stimulus les ait tous incités à agir comme ils l'ont fait ?
— Je ne suis pas sûre de vous comprendre.
— Est-ce qu'il serait arrivé quelque chose en Irak qui aurait provoqué une sorte de... traumatisme collectif.

Elle eut une moue légèrement amusée.

— Vous forgez des termes psychiatriques, monsieur Parker ?
— J'ai pensé que ça sonnait bien. Je n'ai rien trouvé d'autre pour exprimer ce que je voulais dire.
— Ce n'est pas si mal. J'ai vu Bernie Kramer deux fois peu après son retour. À l'époque, il montrait des symptômes légers similaires à ceux de Brett Harlan mais ni l'un ni l'autre n'ont parlé d'un événement traumatique commun en Irak. Kramer a refusé de continuer le traitement. Damien Patchett, je l'ai rencontré brièvement après la mort de Bernie Kramer dans le cadre de mes recherches et lui non plus n'a mentionné aucun fait correspondant à ce que vous suggérez.
— Son père ne m'avait pas dit qu'il recevait une aide psychologique.
— Parce qu'il n'en recevait pas. Nous avons parlé un moment après l'enterrement de Kramer et nous nous sommes revus une fois ensuite mais il n'a jamais

été en thérapie. Je dirais plutôt que Damien s'était bien adapté, mis à part des problèmes d'insomnie.

— Vous avez prescrit des médicaments à l'un de ces hommes ?

— Cela fait partie de mon job quand c'est nécessaire. Je ne suis pas partisane d'administrer des traitements médicamenteux lourds à des individus perturbés. Ça ne fait que masquer la douleur sans s'attaquer au problème sous-jacent.

— Mais vous avez prescrit des médicaments.

— De la trazodone.

— À Damien Patchett ?

— Non, uniquement à Kramer et Harlan. J'ai conseillé à Damien de consulter son médecin s'il n'arrivait pas à dormir.

— Mais ses problèmes ne se limitaient pas à ça.

— Apparemment pas. La mort de Kramer a peut-être joué le rôle de catalyseur dans l'émergence des difficultés de Damien. Pour être franche, j'ai été surprise quand Damien a mis fin à ses jours. Mais, à l'enterrement, j'avais parlé à plusieurs des anciens camarades de Kramer, Damien compris, et je leur avais proposé de les aider à obtenir une aide psychologique s'ils le souhaitaient.

— Avec vous ?

— Oui.

— Parce que ça vous aurait aidée dans vos recherches.

Pour la première fois, elle se hérissa.

— Non, parce que ça les aurait aidés *eux*. Ce n'est pas seulement un exercice universitaire, monsieur Parker. Il s'agit de sauver des vies.

— On dirait que ça n'a pas très bien marché pour la Stryker C.

Je l'asticotais sans savoir pourquoi. Peut-être pour me décharger de mon ressentiment de m'être ouvert à elle. Quelle que fût la raison, il fallait que j'arrête. Elle m'y aida en se levant pour indiquer que l'entretien était terminé. Je fis de même, la remerciai de sa collaboration et me tournai pour partir.

— Une dernière chose, dis-je alors qu'elle replongeait déjà dans le dossier posé sur son bureau

— Oui, fit-elle sans relever la tête.

— Vous êtes venue à l'enterrement de Damien Patchett ?

— Oui. Enfin, je suis allée à l'église. J'avais l'intention de me rendre au cimetière aussi mais je ne l'ai pas fait.

— Je peux vous demander pourquoi ?

— On m'a fait savoir que je ne serais pas la bienvenue.

— Qui ?

— Cela ne vous regarde pas.

— Joel Tobias ?

La main qui tournait une page du dossier s'immobilisa un instant puis reprit son mouvement.

— Au revoir, monsieur Parker. Si je puis me permettre un conseil professionnel, vous avez encore beaucoup de problèmes à régler. À votre place, j'en parlerais à quelqu'un. Quelqu'un d'autre que moi.

— Ça veut dire que vous ne voulez pas de moi dans vos recherches ?

Cette fois, elle leva les yeux.

— Je crois que j'en sais suffisamment sur vous, répondit-elle. Fermez la porte en sortant, s'il vous plaît.

22

Bobby Jandreau vivait toujours à Bangor, à un peu plus d'une heure au nord d'Augusta, dans une maison située en haut de Palm Street, derrière Stillwater Avenue. Cette fois encore, Angel et Louis me suivirent sur tout le trajet et il n'y eut aucun incident. La maison de Jandreau n'était pas terrible de l'extérieur : un seul étage, une peinture qui s'écaillait comme une peau malade, une pelouse qui faisait ce qu'elle pouvait pour ne pas donner l'impression qu'elle serait bientôt envahie par les mauvaises herbes. Ce qu'on pouvait dire de mieux sur l'extérieur, c'était qu'il ne faisait pas de promesses que l'intérieur ne pourrait pas tenir. Jandreau vint ouvrir dans son fauteuil roulant. Il était vêtu d'un pantalon de survêtement gris au bas épinglé sur les cuisses et d'un tee-shirt assorti, tous deux tachés. Il prenait une bedaine que le tee-shirt n'essayait même pas de dissimuler. Il avait le crâne rasé mais se laissait pousser une barbe broussailleuse. La maison sentait le renfermé. Dans la cuisine, derrière lui, de la vaisselle sale s'entassait dans l'évier et des cartons de pizza jonchaient le sol près de la poubelle.

— C'est pour quoi ? me demanda-t-il.

Je lui tendis ma carte d'identité. Il la prit et la tint dans son giron, la fixa comme il aurait examiné la photo d'un enfant disparu présentée par les flics, comme si, en la regardant assez longtemps, il finirait par se souvenir de l'endroit où il avait vu ce gosse. Quand il eut terminé, il me rendit ma carte et laissa ses mains retomber sur ses cuisses où elles se harcelèrent tels de petits animaux en train de lutter.

— C'est elle qui vous envoie ?
— Qui ça, elle ?
— Mel.
— Non.

J'eus envie de lui demander pourquoi Mel Nelson aurait pu envoyer un privé chez lui parce que rien dans ma conversation avec elle n'avait indiqué qu'ils avaient ce genre de problème, mais ce n'était pas le moment, pas encore. Et j'ajoutai :

— Je suis plutôt là pour parler de votre passage dans l'armée.

J'attendis qu'il me demande pourquoi, il s'en abstint. Il fit simplement rouler son fauteuil en arrière et m'invita à entrer. Je le sentais sur ses gardes, conscient peut-être de sa vulnérabilité et du fait que, jusqu'à sa mort, il serait toujours contraint de lever les yeux pour regarder les autres. Ses bras étaient restés musclés et, en entrant dans la salle de séjour, je vis un râtelier à haltères près de la fenêtre. Jandreau suivit la direction de mon regard et dit :

— C'est pas parce que mes jambes marchent plus que je dois pas m'occuper de ce qui me reste.

Il n'y avait ni agressivité ni ton défensif dans ses mots. Il énonçait simplement un fait.

— Les bras, c'est facile. Le reste... c'est plus dur, expliqua-t-il en se tapotant le ventre.

Comme je ne savais pas quoi dire, je demeurai silencieux.

— Vous voulez un soda ? me proposa-t-il. J'ai rien de plus corsé. J'ai décidé que ça ne me vaut rien d'avoir certaines tentations à portée de main.

— Non, merci. Je peux m'asseoir ?

Il m'indiqua une chaise et je découvris en m'installant que ma première impression sur l'intérieur de la maison était fausse, ou du moins injuste. La pièce était propre, bien qu'un peu poussiéreuse. Il y avait des livres – surtout de la science-fiction mais aussi des ouvrages d'histoire, pour la plupart sur le Viêtnam et la Seconde Guerre mondiale, d'après ce que je pouvais voir, ainsi que sur la mythologie sumérienne et babylonienne – et les journaux du jour, le *Bangor Daily News* et le *Boston Globe*. Mais il y avait aussi une tache récente et imparfaitement nettoyée sur le tapis, une autre sur le mur et le sol entre le séjour et la cuisine. J'eus le sentiment que Jandreau tentait de garder la maison propre mais qu'il y avait des limites à ce qu'un type en fauteuil roulant pouvait faire pour se débarrasser d'une tache sur le tapis.

Il m'observait attentivement, guettant mes réactions à son lieu de vie.

— Ma mère passe deux fois par semaine pour ce que je peux pas faire tout seul. Elle serait là tous les jours si je l'empêchais pas mais elle fait des histoires pour rien. Vous savez comment sont les femmes.

J'acquiesçai d'un signe de tête.

— Qu'est-ce qu'elle devient, Mel ?

— Vous la connaissez ?

Je n'étais pas encore prêt à lui révéler que je lui avais parlé.

— J'ai lu votre interview de l'année dernière, dans le journal. J'ai vu sa photo.

— Elle est partie.

— Je peux vous demander pourquoi ?

— Parce que j'étais con. Parce qu'elle pouvait pas supporter ça.

Il se tapota les jambes, se ravisa :

— Non : parce que *moi*, je ne le supportais pas.

— Pourquoi aurait-elle engagé un détective ?

— Quoi ?

— Vous m'avez demandé si c'était Mel qui m'avait envoyé. Qu'est-ce qui vous faisait croire ça ?

— On s'est embrouillés avant qu'elle parte. Une histoire d'argent, de propriété. J'ai pensé qu'elle vous avait peut-être embauché pour régler le problème.

Mel avait abordé la question pendant notre entretien. La maison était à leurs deux noms mais elle n'avait encore consulté personne sur ce qui lui reviendrait éventuellement. La rupture était toute récente, Mel espérait qu'ils pouvaient encore se réconcilier. Pourtant, quelque chose dans le ton de Jandreau démentait l'explication qu'il venait de fournir et laissait penser qu'il avait des soucis plus importants que des querelles de couple.

— Et vous m'avez cru quand je vous ai répondu que ce n'était pas elle qui m'envoyait ?

— Ouais. Vous avez pas l'air d'un mec capable de taper sur un infirme. Et si vous étiez assez pourri pour ça...

Sa main droite se porta vivement sous l'assise du fauteuil. L'arme était un Beretta, logé dans un étui bricolé. Il le tint braqué vers le plafond une ou deux secondes avant de le remettre dans sa cachette.

— Vous avez des raisons d'être inquiet ? demandai-je, même si la question, adressée à un homme armé, pouvait paraître superflue.

— J'en ai des tas : tomber de la cuvette quand je suis aux chiottes, comment me débrouiller quand l'hiver sera là. *Tout* m'inquiète. Mais pas question d'offrir une cible facile. Là, au moins, je peux faire quelque chose. Maintenant, monsieur Parker, si vous me disiez pourquoi vous vous intéressez à moi.

— Pas à vous, corrigeai-je. À Joel Tobias.

— Et si je vous répondais que je connais pas de Joel Tobias ?

— Je serais contraint de conclure que vous mentez, parce que vous avez servi ensemble en Irak et qu'il était votre sergent à la Stryker C. Vous avez tous deux assisté à l'enterrement de Damien Patchett et, plus tard, vous vous êtes disputé avec Tobias au Sully's. Vous soutenez toujours que vous ne connaissez aucun Joel Tobias ?

Jandreau détourna la tête. Je devinai qu'il évaluait ses choix : me parler ou m'envoyer simplement balader. Je pouvais presque sentir sa colère déferler en vagues qui se brisaient sur moi, sur le mobilier, les murs tachés, et dont l'écume refluait, aspergeant son corps mutilé. Colère, chagrin, perte. Ses doigts dessinaient des formes complexes, s'entrecroisaient puis s'écartaient, échafaudant des constructions que lui seul pouvait comprendre.

— Je connais Joel Tobias, avoua-t-il enfin. Mais on n'est pas copains. On l'a jamais été.

— Pourquoi ?

— Son père était soldat, Joel avait ça dans le sang. Il aimait la discipline, il aimait être le chien dominant. L'armée était une seconde nature pour lui.

— Et pour vous ?

Il me regarda, les yeux plissés.

— Vous avez quel âge ?

— La quarantaine, répondis-je.

— Les militaires n'ont pas essayé de vous recruter ?

— Pas plus qu'un autre. Ils sont venus dans mon lycée mais je n'ai pas mordu. Ce n'était pas pareil à l'époque. Nous n'étions pas en guerre.

— Ben, on y est maintenant, et j'ai mordu. Ils m'ont promis du fric, des bourses d'études. Ils m'ont promis la lune, le soleil et les étoiles.

Il eut un sourire triste.

— Pour le soleil, c'était vrai. Ça, j'en ai eu. Du soleil et de la poussière. Maintenant, je milite dans le mouvement des Anciens Combattants pour la paix. Je suis un anti-recruteur.

Je lui demandai ce que cela signifiait.

— Les recruteurs de l'armée sont formés pour répondre uniquement aux bonnes questions. Si vous posez pas la bonne question, vous obtenez pas la bonne réponse. Et si vous êtes un pauvre gamin de dix-sept ou dix-huit ans qui n'a devant lui que de maigres perspectives, face à un mec en uniforme super-habile, vous avalez tout ce qu'on vous dit et vous lisez pas les petits caractères. Nous, on fait lire ce qui est écrit en petits caractères.

— C'est-à-dire ?

— Que votre bourse universitaire n'est pas garantie, que l'armée ne vous doit rien, que moins de 10 % des recrues décrochent la totalité des primes et des bourses promises. Ne me comprenez pas mal : c'est un honneur de servir son pays et beaucoup de ces jeunes n'auraient aucun avenir sans l'armée. J'étais comme eux. Ma famille était pauvre et je le suis toujours mais je suis fier d'avoir servi. J'aurais préféré ne pas finir en fauteuil à roulettes mais je connaissais les risques. Je pense juste que les recruteurs devraient être plus francs avec les gamins sur ce dans quoi ils s'embarquent. C'est la conscription sans le dire : on prend pour cible les fauchés, ceux qui n'ont pas de boulot, pas de perspectives. Vous croyez que Rumsfeld ne savait pas ça quand il a fait insérer une disposition sur le recrutement dans le programme « Aucun enfant sur la touche » ? Vous pensez qu'il a obligé les écoles publiques à fournir à l'armée les dossiers de tous leurs élèves parce que ça aiderait les gosses à réussir ? Il y a des quotas à remplir. Il faut combler les trous dans les rangs d'une manière ou d'une autre.

— Mais si les recruteurs étaient tout à fait francs, qui s'engagerait ?

— Putain, j'aurais *quand même* signé. J'aurais fait n'importe quoi pour échapper à ma famille et à ce bled. Tout ce qui m'attendait ici, c'était un boulot payé un minimum et quelques bières le vendredi après le travail. Et Mel.

Cela lui donna à réfléchir.

— La paie minimum, je l'ai toujours — 400 dollars par mois – mais au moins j'ai droit aux soins médicaux et j'ai touché presque toute ma prime. Je suis plein de contradictions, hein ? reconnut-il avec une grimace.

— C'est pour cette raison que vous vous êtes disputé avec Joel Tobias ? Parce que vous militez aux Anciens Combattants pour la paix ?

— Non, répondit-il en détournant de nouveau les yeux. Il voulait m'offrir une bière pour me calmer mais j'ai refusé de boire sur son compte.

— À nouveau : pourquoi ?

Il esquiva la question. Comme il l'avait souligné lui-même, Jandreau était plein de contradictions. Il était disposé à parler mais uniquement de ce qui l'intéressait. Il se montrait poli mais il y avait de la férocité sous le vernis. Je comprenais maintenant ce que Ronald Straydeer avait voulu dire en parlant d'un homme en train de couler : si Jandreau ne se servait pas de ce Beretta contre quelqu'un, il y avait une chance pour qu'il le retourne contre lui-même, comme ses copains.

— Pourquoi vous vous intéressez à Tobias, de toute façon ? me demanda-t-il.

— J'ai été engagé pour découvrir pourquoi Damien Patchett s'est tué. J'ai entendu parler de l'altercation à l'enterrement, j'ai voulu savoir s'il y avait un lien.

— Entre une dispute de bar et un suicide ? Vous racontez n'importe quoi.

— Ou alors je suis vraiment un très mauvais privé.

Il y eut une pause puis Jandreau éclata de rire.

— Au moins, vous êtes franc.

Le rire cessa et le sourire qui suivit fut triste.

— Damien n'aurait pas dû se flinguer. Je parle pas de religion ni de morale, ni de vie gâchée. Je veux simplement dire que c'était pas son genre. La souffrance, il l'avait laissée en Irak, en grande partie du moins. Il n'était pas traumatisé.

— J'ai vu une psy du centre de Togus qui dit la même chose.

— Ah ouais ? Qui ça ?

— Carrie Saunders.

— Saunders ? Arrêtez. Elle a une pleine valise de questions mais aucune réponse.

— Vous l'avez rencontrée ?

— Elle m'a interrogé dans le cadre de ses recherches. Elle m'a pas du tout impressionné. Quant à Damien, j'ai servi dans la même unité que lui. Je l'aimais beaucoup, c'était un brave gosse. Je l'ai toujours considéré comme un gosse. Il était intelligent mais naïf. J'ai essayé de le protéger, et finalement, c'est lui qui s'est occupé de moi. Il m'a sauvé la vie.

Sa main se crispa sur l'accoudoir du fauteuil.

— Fumier de Tobias, murmura-t-il et l'insulte parut claquer comme un cri.

— Expliquez-moi.

— J'en veux à Tobias, ça veut pas dire que je suis prêt à le balancer.

— Je sais qu'il dirige un réseau. Il fait de la contrebande et je pense qu'il vous a peut-être promis une partie des bénéfices. Ainsi qu'à des hommes et à des femmes comme vous.

Jandreau fit rouler son fauteuil jusqu'à la fenêtre.

— C'est qui, les mecs, dehors ?

— Des amis.

— Ils ont pas l'air amicaux, vos amis.

— J'ai besoin de protection. S'ils avaient l'air trop aimables, ils ne conviendraient pas au but recherché.

— Ils vous protègent de qui ?

— Peut-être de ceux à cause de qui vous avez cette arme : vos anciens copains, menés par Joel Tobias.

Jandreau ne se tourna pas vers moi mais je voyais son reflet dans la vitre.

— Pourquoi j'aurais peur de Tobias ?

Le choix du mot « peur » était intéressant. Il était en lui-même une sorte d'aveu.

— Parce que vous craignez d'être à leurs yeux le maillon faible.

— Moi ? Je suis blanc-bleu.

Il rit de nouveau et c'était difficilement supportable.

— Je pense que vous vous faisiez du souci pour Damien Patchett. Vous aviez une dette envers lui, vous ne vouliez pas qu'il lui arrive quelque chose. Il était peut-être trop mouillé, ou il refusait de vous écouter. En tout cas, à sa mort, vous avez décidé de réagir. Ou vous n'avez peut-être compris ce qui se passait qu'après ce qui est arrivé à Brett Harlan et à sa femme.

— Je sais pas de quoi vous parlez.

— Je pense que vous vous êtes adressé à votre cousin. Vous avez parlé à Foster Jandreau parce qu'il était flic et que vous pouviez lui faire confiance puisqu'il était de votre famille. Vous lui avez probablement filé quelques tuyaux en espérant qu'il trouverait le reste lui-même. Quand il a commencé à enquêter, ils l'ont supprimé et vous savez maintenant qu'ils vont s'en prendre à vous, ce n'est qu'une question de temps. Ça vous paraît sensé ?

Il fit brusquement tourner son fauteuil et l'arme était de nouveau dans son poing.

— Vous ne savez pas ce que vous dites. Vous ne savez *rien*.

— Il faut arrêter ça, Bobby. Des gens meurent et aucune somme d'argent ne peut le justifier, à moins que votre conscience ne soit à vendre.

— Sortez de chez moi ! hurla-t-il. Foutez le camp !

Dehors, je vis Angel et Louis, alertés par les cris, se mettre à courir. Si je ne désamorçais pas la situation, la porte de Bobby Jandreau tomberait dans l'entrée et il aurait une raison d'utiliser son Beretta, s'il était assez rapide.

Je me précipitai vers la porte et je l'ouvris pour montrer à Angel et Louis que je n'avais rien, mais Jandreau choisit ce moment pour faire rouler son fauteuil d'une main dans le vestibule. Je me retrouvais pris entre trois feux.

— Du calme, tout le monde ! Du calme !

Lentement, je glissai deux doigts dans la poche de ma veste, en tirai une carte que je posai sur une table proche de la porte.

— Vous avez une dette envers Damien Patchett, Bobby, rappelai-je à Jandreau. Il est mort mais la dette demeure. Envers son père, maintenant. Pensez-y.

— Foutez le camp, répliqua-t-il, mais sa colère disparaissait déjà et il ne restait que de la fatigue dans son ton.

Sa voix chevrotait, aveu que c'était lui qui dérivait sur des eaux sombres et inconnues.

— Une dernière chose, ajoutai-je, poussant mon avantage sur un infirme de guerre. Réconciliez-vous avec votre copine. Vous l'avez forcée à partir parce que vous aviez peur de ce qui va arriver et que vous ne vouliez pas qu'ils s'en prennent à elle. Mel vous aime encore et vous avez besoin de quelqu'un comme elle dans votre vie. Vous le savez, elle le sait. Je vous laisse ma carte, au cas où vous auriez encore besoin d'une aide psychologique.

Je m'éloignai, Angel et Louis protégeant mes arrières. J'entendis la porte se refermer, ils me rejoignirent.

— Explique-moi, dit Louis au moment où nous arrivions aux voitures. Un mec te braque, tu lui donnes des conseils sur les relations de couple ?

— Il faut bien que quelqu'un le fasse.

— Ouais mais toi ? La dernière fois que t'as tiré, c'était avant Guillaume Tell.

Je ne répondis pas. En montant dans ma voiture, je vis Bobby Jandreau qui m'observait de sa fenêtre.

— Tu crois qu'il changera d'avis ? me demanda Angel.

— Pour sa copine ou pour Tobias ?

— Les deux.

— Dans les deux cas, il faudra bien. Sinon, il est mort. Sans elle, il est déjà en train d'agoniser. Il refuse simplement de l'admettre. Tobias et les autres ne feront que terminer ce qu'il a commencé.

— Waouh ! s'exclama Angel. Tu crois qu'il existe une carte postale avec un message de ce genre : « Secoue-toi ou crève » ?

Je démarrai, Louis et Angel me suivirent mais pas plus loin que le premier carrefour. Quand je descendis de ma voiture et marchai vers la leur, ils eurent l'air intrigués.

— Vous, vous restez ici, annonçai-je.
— Pourquoi ? demanda Angel.
— Parce qu'ils vont venir se faire Bobby Jandreau.
— T'en es drôlement sûr.

Je retournai à la Mustang, tendis le bras vers le pisteur GPS fixé sous l'aile arrière.

— Ce truc les amènera ici. C'est pour ça qu'il reste ici avec vous et que je prends votre voiture.
— Ta caisse reste ici, ils pensent que Jandreau est en train de te déballer toute l'histoire et ils viennent vous buter tous les deux, résuma-t-il.
— Sauf qu'ils n'y arriveront pas parce que vous les descendrez avant qu'ils tuent Jandreau.
— Et ensuite Jandreau parlera.
— C'est le plan.
— Et toi, tu seras où ? dit Angel.
— À Rangeley.
— Y a quoi à Rangeley ?
— Un motel.
— On rôde dans les buissons pendant que tu glandes dans un motel ?
— Quelque chose comme ça.
— Ouais, normal.

Avant l'échange de voitures, Louis et Angel sortirent le reste de leurs jouets de la cachette du coffre. Il s'avéra qu'ils avaient voyagé léger – enfin, léger pour eux : deux Glock, une paire de couteaux, deux pistolets-mitrailleurs et quelques chargeurs. Louis trouva un endroit dans le bois d'où l'on voyait clairement la maison de Jandreau et ils s'installèrent à l'affût.

— T'as des questions que tu veux qu'on leur pose avant de les tuer ? s'enquit Louis. À supposer qu'on soit obligés de les tuer.

Je pensai au tonneau plein d'eau du Blue Moon, au sac collé contre mon nez et ma bouche.

— Si vous n'y êtes pas obligés, ne le faites pas mais ça m'est égal. Quant aux questions, posez-leur celles que vous voudrez.

— Qu'est-ce qu'on pourrait bien leur demander ? s'interrogea Angel.

Louis réfléchit et lâcha :

— Les yeux ouverts ou fermés ?

Tout était question de mouvement. Les pièces étaient sur l'échiquier et la partie connaîtrait sa conclusion ce soir.

De la fenêtre de sa chambre, Karen Emory regardait Tobias partir. Il lui avait dit au revoir distraitement, avait pressé des lèvres sèches sur sa joue. Elle l'avait serré contre elle alors même qu'elle le sentait s'écarter et, avant de le laisser partir, elle avait effleuré du bout des doigts l'arme logée au creux de ses reins.

Tobias monta dans le Silverado, prit la direction du nord mais n'alla pas plus loin que Falmouth, où les autres l'attendaient avec la camionnette et deux motos. Vernon et Pritchard, les anciens marines, constituaient la principale équipe de snipers. Avec eux se tenaient Mallak et Bacci. Vernon et Pritchard étaient deux énormes types, l'un noir, l'autre blanc, au demeurant frères sous la peau. Tobias ne les aimait pas trop mais c'était à cause autant de l'antipathie mutuelle existant entre fantassins et marines que de l'incapacité de Vernon à ouvrir la bouche sans poser une question, avec agressivité qui plus est.

— Où ils sont, Twizell et Greenham ? demanda Vernon, se référant à la seconde équipe de snipers.

— Ils nous rejoindront plus tard, répondit Tobias. Ils ont quelque chose à faire avant.

— Et t'as pas envie d'en dire plus à la troupe, je suppose ? grommela Vernon.

— Non, déclara Tobias, et il soutint le regard du grand Noir jusqu'à ce que celui-ci détourne les yeux.

Mallak et Bacci, qui avaient servi dans le peloton de Tobias en Irak, échangèrent un coup d'œil mais n'intervinrent pas. Ils savaient qu'il valait mieux ne pas prendre parti quand Vernon et le sergent jouaient à qui pissait le plus loin. Mallak était rentré avec le grade de caporal et n'avait jamais contesté les ordres, bien qu'il fût conscient d'une distance grandissante entre Tobias et lui. Tobias était devenu bizarre ces derniers temps, et d'un pragmatisme confinant à la cruauté. C'était lui qui avait suggéré qu'il fallait se débarrasser totalement de Parker, le privé, et pas seulement l'interroger pour découvrir ce qu'il savait. Mallak avait plaidé en faveur de la discrétion et avait pris ensuite la responsabilité de l'interrogatoire du détective. Il n'était pas là pour tuer des Américains en Amérique ni ailleurs. Le recul au sujet de Parker était une petite victoire, rien de plus : Mallak avait décidé de faire semblant de tout ignorer de la mort de Foster Jandreau et d'autres événements.

Bacci était, lui, une vraie brute qui ne pensait qu'à son fric et il avait de la chance que Tobias ne lui ait pas encore flanqué une beigne à lui couper la lumière et le son pour la façon dont il lorgnait Karen Emory.

Nous formons une grande famille heureuse, pensa Mallak, et plus vite ce sera fini, mieux ce sera.

— Allez, on y va, dit Tobias.

Pendant ce temps, deux hommes roulaient vers le nord dans une voiture marron anonyme, laissaient derrière eux Lewiston, Augusta et Waterville pour s'approcher de Bangor. Celui qui occupait le siège passager avait un ordinateur portable ouvert sur les genoux. De temps à autre, il actualisait la carte de l'écran mais le point clignotant ne bougeait pas.

— Il marche encore, le mouchard ? demanda Twizell.

— On dirait, répondit Greenham.

Il regarda un instant le point clignotant bloqué près de l'intersection de Palm et Stillwater, non loin de la maison de Bobby Jandreau.

— Ça nous fera une cible facile, prédit-il, et Twizell eut un grognement de satisfaction.

Au moment où Greenham et Twizell quittaient Lewiston, Rojas, encore légèrement engourdi par l'anesthésique récemment administré par le dentiste – et souffrant toujours des dents –, travaillait sur la planchette de chêne rouge qui servirait de support aux sceaux ornés de gemmes. Ils reposaient sur un morceau de tissu noir et leur présence, rappel du potentiel de beauté de ce monde, était pour lui une source de réconfort.

Herod roulait également vers le nord et se rapprochait de Rojas, heureux de la présence du Capitaine, heureux que la douleur soit pour le moment supportable. Quelqu'un d'autre se rapprochait de lui car le Collectionneur s'était mis en mouvement lui aussi.

III

Q : Sur quoi tiriez-vous ?
R : Sur l'ennemi.
Q : Sur des gens ?
R : Sur l'ennemi.
Q : Ce n'étaient pas des êtres humains, pour vous ?
R : Si.
Q : C'étaient des hommes ?
R : Je ne sais pas.

Témoignage du lieutenant William Calley devant la cour martiale pendant le procès sur le massacre de My Lai, Viêtnam, 1970

23

La région des lacs de Rangeley, au nord-ouest de Portland, à l'est de la frontière avec le New Hampshire et juste au sud de la frontière canadienne, ne m'était pas très familière. Elle était connue comme le paradis des chasseurs depuis le XIXe siècle. Je n'avais jamais eu beaucoup de raisons de m'y rendre mais j'avais un vague souvenir d'y être passé enfant, avec mes parents assis à l'avant de la Buick LeSabre chérie de mon père, en route pour une autre destination : le Canada, probablement, car je n'imagine pas mon père faisant tout ce chemin pour visiter l'est du New Hampshire. Il avait toujours considéré le New Hampshire comme un État douteux, pour une raison que je n'ai jamais tout à fait comprise, mais c'est très loin maintenant et mes parents ne sont plus là pour me répondre.

J'avais cependant un autre souvenir de Rangeley et c'était celui d'un nommé Phineas Arbogast, qui était un ami de mon grand-père et chassait quelquefois dans les bois entourant Rangeley où sa famille avait – et, semblait-il, avait toujours eu – une cabane, car Phineas Arbogast appartenait à une vieille lignée du Maine. Ses ancêtres remontaient sûrement aux nomades qui étaient passés d'Asie en Amérique du Nord onze mille ans plus tôt par la langue de terre transformée maintenant en îles de la mer de Béring, ou tout au moins à quelque pèlerin obstiné qui était monté vers le nord pour échapper aux rigueurs du puritanisme. Quand j'étais enfant, je ne comprenais presque rien de ce qu'il disait car il avait la voix particulièrement traînante. Il aurait même été capable d'allonger un mot sans voyelles et il aurait eu une voix traînante en polonais.

Mon grand-père avait beaucoup d'affection pour Phineas qui, lorsqu'on parvenait à le coincer et à le comprendre, constituait une mine de connaissances historiques et géographiques. Avec l'âge, une partie de ce savoir commença inéluctablement à fuir de son cerveau et il tenta de le consigner dans un livre avant que le réservoir soit à sec mais il n'avait pas la patience nécessaire pour cette tâche. Il appartenait à une tradition plus ancienne, orale : il racontait ses histoires à voix haute afin que d'autres s'en souviennent et les transmettent à leur tour, mais, finalement, les seuls qui l'écoutaient étaient presque aussi vieux que lui. Les jeunes ne s'intéressaient pas à ses histoires, pas à l'époque, et lorsque des universitaires se mirent en quête de gens comme lui pour les enregistrer, Phineas contait ses récits tard dans la nuit à ses voisins de cimetière.

Je garde le souvenir de Phineas et de mon grand-père assis au coin du feu, le premier parlant, l'autre écoutant. Mon père était mort, ma mère était ailleurs ce soir-là, et il n'y avait que nous trois nous réchauffant aux bûches de l'hiver. Lorsque mon grand-père avait demandé à Phineas pourquoi il n'allait plus tellement dans sa cabane, celui-ci avait marqué une pause avant de répondre. Ce n'était pas la pause habituelle pendant laquelle il reprenait sa respiration et ordonnait ses pensées avant d'emprunter le chemin sinueux d'une anecdote. Non, il y avait en lui de l'hésitation et – était-ce possible ? – une réticence. Curieux, mon grand-père attendit, moi aussi, et finalement Phineas Arbogast nous expliqua pourquoi il n'allait plus à sa cabane dans les bois près de Rangeley.

Un jour il était parti chasser l'écureuil avec Misty, une chienne au lignage aussi compliqué que celui de certaines familles royales, et qui se comportait en conséquence comme une princesse bâtarde. Phineas ne faisait rien des écureuils qu'il abattait : simplement, il n'aimait pas les écureuils. Misty, comme d'habitude, courait devant et au bout d'un moment Phineas cessa de la voir et de l'entendre. Il la siffla mais elle ne revint pas. Or Misty, malgré ses grands airs, était une chienne obéissante. Phineas se mit donc à sa recherche et s'enfonça dans le bois, s'éloignant de plus en plus de sa cabane. Quand il commença à faire sombre, il continua à la chercher car il n'était pas question de la laisser seule dans la forêt. Il l'appela cent fois par son nom : toujours pas de réponse. Il commençait à craindre qu'elle n'ait été victime d'un ours ou d'un lynx quand il crut enfin l'entendre gémir et il marcha dans la direction du bruit, se félicitant d'avoir toujours une bonne ouïe et une vue meilleure encore à soixante-treize ans.

Il parvint à une clairière et Misty était là, à peine visible maintenant que la lune apparaissait dans le ciel. Des ronces s'étaient enroulées autour de ses pattes et de son museau, si bien qu'elle était prisonnière et ne pouvait que gémir faiblement. Phineas dégaina son couteau pour la libérer mais, percevant un mouvement sur sa droite, il braqua sa torche électrique dans cette direction.

Une fillette de six ou sept ans se tenait au bord de la clairière. Brune, le teint très pâle, elle était vêtue d'une robe noire de tissu grossier et avait aux pieds des chaussures noires toutes simples. Elle ne cilla pas dans le puissant faisceau de la lampe, ne leva pas les mains pour se protéger les yeux. La lumière semblait n'avoir aucun effet sur elle, c'était comme si sa peau l'absorbait et son corps paraissait émettre un rayonnement blanc.

— Qu'est-ce que tu fais là, petite ? dit Phineas.
— Je suis perdue. Aidez-moi.

La voix de la fillette était étrange, elle semblait provenir du fond d'une grotte ou d'un tronc d'arbre creux.

Phineas s'approchait d'elle en défaisant déjà son manteau pour le lui poser sur les épaules lorsqu'il vit Misty se débattre de nouveau dans les ronces, la queue coincée maintenant entre ses pattes noires. Ses efforts la faisaient visiblement souffrir mais elle était déterminée à se dégager. N'y parvenant pas, elle se tourna vers l'enfant et gronda. Dans la clarté de la lune, Phineas put voir que sa chienne tremblait et qu'elle avait les poils du cou hérissés. Quand il tourna de nouveau la tête, la fillette avait reculé d'un mètre en direction du bois.

— Aidez-moi, répéta-t-elle. Je suis toute seule, je suis perdue.

Phineas était maintenant sur ses gardes, sans qu'il pût trouver d'autres raisons à sa méfiance que la pâleur de cette petite fille et l'effet de sa présence sur la chienne. Il continua néanmoins à marcher vers elle et elle à reculer, jusqu'à ce qu'il ait finalement la clairière derrière lui et, devant, rien que la forêt, la forêt et la forme imprécise de l'enfant parmi les arbres. Phineas baissa sa lampe mais, au lieu de disparaître dans l'obscurité, la fillette continua à luire faiblement, et si Phineas voyait sa propre haleine former un épais panache devant lui, aucune vapeur blanche ne sortait de la bouche de l'enfant, pas même quand elle s'adressa de nouveau à lui :

— Je vous en supplie, je suis seule et j'ai peur. Venez avec moi.

Quand elle leva la main pour lui faire signe, il remarqua qu'elle avait de la terre sous les ongles, comme si elle avait creusé de ses mains pour sortir d'un endroit sombre grouillant de vers et d'insectes.

— Non, petite, répondit Phineas. Je ne crois pas que j'irai où que ce soit avec toi.

Sans la quitter des yeux, il recula jusqu'à la chienne puis s'accroupit et se mit à taillader les ronces. Il eut l'impression qu'elles lâchaient l'animal à regret et que d'autres, au même moment, s'enroulaient autour de ses bottes, mais plus tard il se dit que c'était probablement son esprit qui lui jouait des tours, comme si, en se rassurant sur ce point, il pouvait oublier l'étrangeté bien plus grande de la présence dans la forêt d'une fillette luminescente invitant un vieillard à la suivre. Il sentit la colère de l'enfant, sa frustration et, oui, sa tristesse, car elle était *vraiment* seule et effrayée. Mais ce qu'elle voulait, ce n'était pas être sauvée, c'était infliger sa solitude et sa frayeur à quelqu'un d'autre et Phineas ne savait pas ce qui serait pire : mourir dans les bois en compagnie de la fillette et voir le monde disparaître autour de lui, ou mourir et se mettre à errer comme elle en cherchant quelqu'un d'autre avec qui partager son malheur.

Misty fut enfin libérée. Elle se mit à courir, s'arrêta pour s'assurer que son maître la suivait car, bien que soulagée d'être libre, elle ne l'abandonnerait pas dans cet endroit, tout comme il ne l'avait pas abandonnée. Lentement, Phineas la suivit, les yeux fixés sur la fillette. Il la regarda jusqu'à ce qu'il ne puisse plus la voir et qu'il se retrouve en terrain familier.

C'est ainsi que Phineas Arbogast cessa d'aller à sa cabane dans les bois dont les ruines sont peut-être encore visibles entre Rangeley et Langdon, recouvertes par les ronces à mesure que la nature reprend ses droits.

La nature et une fillette à la peau pâle et lumineuse, cherchant en vain quelqu'un à entraîner dans ses jeux.

Je possédais encore une vieille édition d'une brochure intitulée *Le Maine vous invite* dont Phineas m'avait fait cadeau. Elle avait été publiée par le syndicat d'initiative de l'État à la fin des années 1930 ou au début des années 1940 puisque la lettre de présentation de la page de garde provenait de la plume de Lewis O. Barrows, gouverneur du Maine de 1937 à 1941. Barrows était un Républicain de la vieille école et certains de ses descendants les plus enragés auraient changé de trottoir pour ne pas le saluer : il avait équilibré le budget, augmenté les crédits de l'État pour l'école et rétabli l'aide aux personnes âgées tout en réduisant le déficit de l'État. Rush Limbaugh, l'animateur radio conservateur, l'aurait traité de socialiste.

Cette plaquette était un touchant hommage à une époque enfuie, quand on pouvait encore louer une cabane tout confort pour 30 dollars par semaine, manger un succulent poulet pour 1 dollar. La plupart des établissements qui y figurent ont disparu depuis longtemps – l'hôtel Lafayette de Portland, les Willows et le Checkley à Prouts Neck – et les auteurs de la brochure ont trouvé quelque chose d'aimable à dire sur presque tous les lieux mentionnés, y compris les petites villes dont les habitants avaient du mal à comprendre pourquoi ils y étaient restés, sans parler de ceux qui choisissaient d'y passer des vacances.

La localité de Langdon, située entre Rangeley et Stratton, avait toute une page pour elle et le nom de Proctor apparaissait dans les publicités avec une fréquence intéressante : il y avait entre autres le camping Proctor, le Bald Moutain Diner géré par E. et A. Proctor, le restaurant gastronomique Lakeview de R. H. Proctor. Manifestement, les Proctor possédaient à l'époque une bonne partie de Langdon et la ville attirait suffisamment les touristes – ou les Proctor l'imaginaient – pour justifier une série de publicités coûteuses, toutes assorties d'une photo de l'établissement vanté.

L'attrait que Langdon avait pu exercer autrefois sur le visiteur n'était plus apparent, si tant est qu'il ait existé ailleurs que dans l'imagination des ambitieux Proctor. Ce n'était qu'une enfilade de maisons décrépies et de commerces à l'agonie, plus proche du New Hampshire que du Canada mais facilement accessible de l'un comme de l'autre. Le Bald Mountain Diner était toujours là mais donnait l'impression de ne pas avoir servi un repas depuis au moins dix ans. Sur la porte du seul magasin du bourg, une note annonçait une fermeture pour cause de décès et une réouverture la semaine suivante. Elle était datée du 10 octobre 2005, ce qui suggérait une période de deuil normalement associée à la mort d'un roi. Il restait en outre un coiffeur, un taxidermiste et un bar appelé La Belle Dam, ce qui aurait pu être une fine plaisanterie sur les barrages[1] de Langdon, mais un examen plus attentif révélait que l'enseigne avait simplement perdu son E. Il n'y avait personne dans les rues même si quelques voitures y étaient garées. Paradoxalement, seule la boutique du taxidermiste montrait des signes de vie. La porte d'entrée était ouverte et un homme en

---

1. *Dam*, « barrage ». (*N.d.T.*)

salopette sortit pour me regarder admirer les splendeurs de Langdon. Je lui donnai la soixantaine mais il pouvait aussi bien être plus âgé et retarder les ravages du temps. Sans doute grâce à tous les produits conservateurs qu'il utilisait dans son travail.

— C'est calme, fis-je observer.

— Plutôt, répondit-il, comme s'il n'en était pas tout à fait convaincu ou, s'il l'était, qu'il aimait ça.

Je regardai de nouveau autour de moi. Il n'y avait apparemment pas matière à discussion mais il savait peut-être des choses que j'ignorais sur ce qui se passait derrière toutes ces portes closes.

— Et il fait plus chaud que dans l'enfer méthodiste, ajouta-t-il.

Il avait raison. Dans la voiture, je ne l'avais pas remarqué mais, dès que j'avais mis le pied dehors, j'avais commencé à transpirer. Le taxidermiste, lui, ne suait pas, il cuisait plutôt dans son jus. Ces petits moustiques que les Canadiens appellent « brûlots » voletaient autour de nous.

— Votre nom ne serait pas Proctor, par hasard ? lui demandai-je.

— Non, Stunden.

— Je peux vous poser quelques questions, monsieur Stunden ?

— M'est avis que vous le faites déjà.

Il eut un sourire en coin mais dépourvu de malveillance. Il cherchait simplement à briser la monotonie de la vie quotidienne à Langdon. S'écartant de l'encadrement de la porte, il me convia d'un signe de tête à le suivre à l'intérieur. Il y faisait sombre. Des bois de cerf, étiquetés et numérotés, étaient posés sur le sol ou accrochés aux vieilles poutres. Une perche récemment naturalisée et montée sur une plaque ouvrait une large gueule au-dessus d'un congélateur, à ma gauche ; à droite des étagères accueillaient des bocaux de produits chimiques, des pots de peinture et des yeux de verre assortis. Du sang avait coulé sur le côté du freezer et en corrodait le métal. Au centre de la pièce trônait un établi sur lequel se trouvaient une peau de cerf et un rasoir électrique. Des lambeaux de chair gisaient par terre tout autour. Apparemment, Stunden connaissait son métier : il avait pris soin de racler la peau jusqu'au derme en ne laissant aucune particule de graisse qui, en s'acidifiant, lui aurait donné une mauvaise odeur ou aurait fait tomber les poils. À proximité, une tête de cerf en mousse attendait qu'on y applique la peau. Tout l'atelier puait le cadavre et je ne pus m'empêcher de plisser le nez.

— Désolé pour l'odeur, s'excusa-t-il. Moi, je ne la sens plus. Je vous parlerais bien dehors mais j'ai cette peau de cerf à finir et je prépare aussi deux canards pour le même client.

Il tendit l'index vers deux récipients pleins d'épis de maïs concassés dans lesquels il avait mis deux carcasses de canard à dégraisser.

— On ne peut pas raser un canard, expliqua-t-il. La peau est trop fragile.

Puisque raser un canard ne m'avait jamais paru être une occupation passionnante, je me contentai de souligner que la chasse n'était pas encore ouverte.

— Ce cerf, il est mort de cause naturelle, m'expliqua-t-il. Il a trébuché, il est tombé sur une balle.

— Et les canards ?

— Ils se sont noyés.

Il se remit à manier son rasoir et à suer de plus belle.

— Ça n'a pas l'air facile, dis-je.

Stunden haussa les épaules.

— Les cerfs, c'est dur. Le gibier d'eau, pas tellement. Je peux naturaliser un canard en deux heures, en laissant libre cours à ma fibre artistique. Il faut faire attention aux couleurs sinon il n'aura pas l'air vrai. Pour ceux-là, je toucherai 500 dollars. En plus, je sais que le client paiera, ce qui n'est pas toujours le cas. Les temps sont durs. Maintenant, je demande une avance, avant je ne le faisais jamais.

Il continuait à raser la peau et l'opération faisait un bruit légèrement désagréable.

— Qu'est-ce qui vous amène à Langdon ?
— Je cherche un nommé Harold Proctor.
— Il a des ennuis ?
— Pourquoi vous me demandez ça ?
— Sans vouloir vous vexer, vous avez plutôt l'air d'un homme qui attire les ennuis.
— Je m'appelle Charlie Parker. Je suis détective privé.
— Ça ne répond pas à ma question. Il a des ennuis, Proctor ?
— Peut-être mais ça ne vient pas de moi.
— Il doit toucher de l'argent ?
— Peut-être mais là encore ça ne vient pas de moi.

Stunden leva les yeux de sa besogne.

— Il vit dans le motel familial, à quinze cents mètres d'ici. C'est aussi dur à trouver qu'un serpent des neiges quand on ne connaît pas le chemin.
— Le motel marche encore ?
— Le seul commerce qui marche encore ici, c'est le mien et je ne sais pas combien de temps je pourrai encore dire ça. Le motel est fermé depuis une dizaine d'années. Avant ça, c'était un camping mais l'avenir était dans les motels, du moins les Proctor l'ont cru. Papa et maman Proctor tenaient le motel mais ils sont morts et il a fermé. Il n'avait jamais rapporté grand-

chose, de toute façon. Mauvais coin pour un motel. Harold est le dernier des Proctor. Dur à croire, hein ? Ils ont possédé la moitié de la ville et touché des loyers de l'autre moitié, mais ce n'étaient pas de bons reproducteurs, les Proctor. Ni des prix de beauté, maintenant que j'y pense, l'un expliquant peut-être l'autre. Les dames Proctor étaient plutôt moches, je crois me souvenir.

— Et les hommes ?

— Les hommes, je ne les regardais pas, alors je ne peux pas vous dire.

Ses yeux pétillèrent dans la pénombre et je devinai que M. Stunden aurait été en son temps un bourreau des cœurs s'il avait eu quelqu'un, hormis les femmes Proctor, sur qui essayer son charme.

— Quand ils ont décliné, la ville est morte avec eux, poursuivit-il. Maintenant on survit avec ce qu'on tire du surplus de Rangeley, c'est-à-dire pas grand-chose.

J'attendis qu'il ait terminé de préparer la peau. Il arrêta le rasoir et se dégraissa les mains avec du liquide vaisselle.

— Je dois vous prévenir que le Harold n'est pas trop sociable. Il n'avait jamais été un boute-en-train mais il est revenu d'Irak – la première guerre, pas celle-ci – très perturbé. Il ne fréquente quasiment plus personne. Je le croise de temps en temps sur la route, je le vois le dimanche à Notre-Dame-des-Lacs à Oquossoc mais c'est tout. Au mieux, j'ai droit à un signe de tête. Comme je viens de vous dire, il n'avait jamais été très amical mais, jusqu'à ces derniers temps, il vous donnait le bonjour, avec un mot ou deux sur le temps. Il venait à La Belle Dame et, quand il était d'humeur, on bavardait.

Stunden prononçait « Belle Daime ».

— Au cas où vous vous poseriez la question, le bar est aussi à moi, précisa-t-il. Pendant la saison de chasse, je me fais quelques dollars. Le reste de l'année, c'est juste pour occuper mes soirées.

— Il vous parlait de l'Irak ?

— Généralement, il préférait boire seul. Il achetait sa gnôle dans le New Hampshire ou au Canada et il la rapportait chez lui mais, une fois par semaine, il sortait du bois pour se détendre un peu. Il détestait le motel. Il disait qu'il y passait son temps à s'emmerder ou à avoir peur. Mais vous savez...

Il s'interrompit, se sécha les mains en me regardant.

— Pourquoi vous ne me diriez pas ce qui vous intéresse chez Harold avant que je continue ?

— Vous le protégez ?

— Langdon est à peine un bourg. Si on ne se soucie pas les uns des autres, qui le fera ?

— Pourtant, Harold vous inquiète assez pour que vous parliez à un inconnu.

— Qu'est-ce qui vous dit que je suis inquiet ?

— Vous m'auriez mis à la porte depuis longtemps si vous ne l'étiez pas. En plus, je le vois dans vos yeux. Je vous le répète, je ne lui veux aucun mal. Je travaille pour le père d'un ancien de l'Irak qui s'est suicidé après son retour. Apparemment, le fils avait changé de comportement dans les semaines précédant sa mort et le père veut savoir pourquoi. Harold connaissait un peu le fils, je crois, parce qu'il a assisté à son enterrement. Je souhaite simplement lui poser quelques questions.

Stunden secoua la tête d'un air affligé.

— C'est un fardeau lourd à porter, pour le père. Vous avez des gosses ?

La question me faisait toujours hésiter. Oui, j'avais une fille. Et j'en avais eu une autre, autrefois.

— Une fille, répondis-je.

— Moi, j'ai deux garçons, quatorze et dix-sept ans.

Il dut remarquer mon étonnement car il expliqua :

— Je me suis marié tard. Trop tard, je pense. J'avais pris mes habitudes et je n'ai jamais pu me faire aux trucs de bonne femme. Mes fils vivent maintenant avec leur mère à Skowhegan. Je ne voudrais pas qu'ils fassent l'armée. Si l'un d'eux avait envie de s'engager, je lui donnerais mon avis mais je n'essaierais pas de l'en empêcher. Mais si j'avais un de mes garçons en Irak ou en Afghanistan, je passerais mon temps à prier pour qu'il ne lui arrive rien. Je crois que ça me coûterait quelques-unes des années qu'il me reste.

Il se pencha de nouveau vers son établi et continua :

— Oui, Harold a changé. Pas seulement à cause de la guerre et de sa blessure. Il est malade. Là-dedans.

Stunden se tapota la tempe au cas où je n'aurais pas saisi la nature de la maladie de Proctor.

— La dernière fois qu'il est venu au bar – ça doit bien faire deux semaines de ça –, il avait l'air tout drôle. Comme s'il dormait mal. Comme s'il avait peur. Ça sautait tellement aux yeux que je n'ai pas pu m'empêcher de lui demander ce qui n'allait pas.

— Qu'est-ce qu'il a dit ?

— Il en tenait déjà une bonne avant d'entrer à La Belle Dame et il m'a dit... qu'il était hanté.

Le taxidermiste laissa le mot flotter un moment dans l'air avant de poursuivre.

— Il m'a dit qu'il entendait des voix, qu'elles l'empêchaient de dormir. Je lui ai conseillé d'aller voir un médecin militaire, parce qu'il souffrait peut-être de ce stress, là. Le machin posttraumatique.

— Qu'est-ce qu'elles disaient, ces voix ?

— Il ne comprenait pas, elles ne parlaient pas en anglais. Là j'ai compris que c'était lié à ce qui lui était arrivé en Irak. On a continué à en parler et il a dit qu'il appellerait quelqu'un.

— Il l'a fait ?

— Je ne sais pas. C'est la dernière fois qu'il est venu au bar. Mais je me faisais du souci pour lui et, la semaine d'après, je suis passé au motel voir comment il allait. Il y avait une voiture garée devant la cabane, j'ai pensé qu'il avait de la visite et j'ai décidé de ne pas le déranger. Au moment où je faisais marche arrière, la porte de la cabane s'est ouverte, quatre hommes sont sortis. Harold et trois autres que je ne connais pas. Ils m'ont juste regardé partir. Mais, plus tard, les trois types sont venus ici, juste à l'endroit où vous vous tenez maintenant. Ils m'ont demandé ce que je faisais chez Harold. Celui qui parlait le plus, un Noir, se montrait vraiment poli, mais je sentais bien que ça ne lui plaisait pas que je sois allé là-haut. Je leur ai dit la vérité : que je suis un ami d'Harold, que je m'inquiétais parce qu'il n'avait pas l'air bien ces derniers temps. Ça a paru les satisfaire. Ils m'ont expliqué qu'ils étaient de vieux copains qu'il avait connus à l'armée et qu'il allait bien.

— Vous aviez une raison de ne pas les croire ?

— Oh, ils avaient fait l'armée, ça se voyait à leur allure. Il y en avait un qui boitait un peu et à qui il manquait des doigts, dit Stunden en levant la main gauche. Une blessure de guerre, sûrement.

Joel Tobias.

— Et le troisième ?

— Il n'a pas dit grand-chose. Un costaud, le crâne rasé. Il ne me plaisait pas trop.

Bacci, pensai-je en me rappelant la photo annotée de Ronald Straydeer. Karen Emory non plus ne l'aimait pas. Je me demandais si c'était lui qui avait suggéré de me violer au Blue Moon.

— Il m'a demandé si je savais empailler aussi les gens et il a fait une plaisanterie sur des trophées à accrocher dans son salon. Des « *hadji* » : c'est le mot qu'il a employé. Des têtes de *hadji* accrochées à son mur. Je crois qu'il voulait dire des terroristes. L'autre, celui à la main amochée, lui a dit de la fermer.

— Et Harold n'est pas revenu au bar depuis ?

— Non. Je l'ai croisé une ou deux fois mais il n'est pas revenu à la Dame.

Stunden n'avait rien à ajouter. Je le remerciai, il me demanda de ne pas parler à Proctor de notre rencontre et je lui en fis la promesse. Au moment où nous nous dirigions vers la porte, il eut une dernière question :

— Ce garçon qui s'est suicidé, vous dites que son père l'avait trouvé changé avant sa mort ?

— C'est exact.

— Changé comment, si je peux me permettre ?

— Il s'était coupé de ses amis. Il devenait parano. Il avait du mal à dormir.

— Comme Harold.

— Oui, comme Harold.

— Une fois que vous lui aurez parlé, je pourrais peut-être retourner voir comment il va et le convaincre de consulter quelqu'un avant de…

Il laissa sa phrase en suspens.

— Je crois que ce serait une bonne chose, monsieur Stunden, approuvai-je en lui serrant la main. Avant de partir, j'essaierai de revenir vous dire comment ça s'est passé.

— Je vous en serais reconnaissant.

Il m'indiqua le chemin du motel, leva une main en guise d'au revoir au moment où je démarrais. Je fis de même et le parfum du liquide vaisselle qu'il avait utilisé pour se nettoyer, et qui était passé de sa main à la mienne, flotta dans la voiture. Il était fort mais pas assez pour masquer totalement une odeur animale de chair et de poils brûlés. Je baissai ma vitre malgré la chaleur et les moustiques mais l'odeur ne se dissipa pas. Elle s'accrochait à ma peau et elle y resta jusqu'au motel de Proctor.

24

Malgré les indications de Stunden, je manquai le tournant du motel à mon premier passage. Il m'avait dit qu'on pouvait encore voir les restes d'une grande pancarte à l'entrée du chemin mais la forêt avait poussé autour et ce ne fut qu'en faisant marche arrière que je l'aperçus à travers le feuillage. On distinguait vaguement des lettres d'un rouge passé sur le bois pourrissant, ainsi que des ramures de cerf, mais la flèche verte qui aurait dû se détacher sur le fond blanc de la pancarte se perdait dans les autres nuances de la palette de l'été.

Les origines de camp de chasse du lieu étaient évidentes lorsqu'on le découvrait au sommet d'une piste sinueuse filant vers l'est à travers bois. Le chemin était défoncé et on n'avait pas taillé les broussailles depuis si longtemps qu'elles éraflaient les flancs de ma voiture mais je remarquai des branches cassées, de la végétation écrasée par endroits, et les traces d'un véhicule lourd nettement dessinées dans la terre, telles les empreintes fossilisées d'un dinosaure.

Je finis par déboucher dans une clairière. À droite, une cabane, porte et fenêtres fermées malgré la chaleur. C'était probablement un vestige du camp de chasse originel. En tout cas, elle paraissait assez vieille pour ça. À l'arrière, on avait ajouté une partie plus moderne, probablement pour la transformer en habitation permanente. Un pick-up Dodge de couleur rouge était garé entre la cabane et l'endroit où je me trouvais.

Un autre sentier menait au motel. C'était une construction standard en forme de L, avec le bureau à l'angle formé par les deux branches et une enseigne au néon verticale, MOTEL, depuis longtemps hors d'usage, pointant vers le ciel. Je me demandai si elle avait un jour été visible de la route car le bâtiment était niché dans une sorte de cuvette. Les cabanes du camp s'étaient peut-être révélées trop difficiles à entretenir et les Proctor avaient pensé que la clientèle leur resterait fidèle même après que, cédant au progrès, ils avaient fait le choix du motel, mais Stunden avait raison : rien de ce qui subsistait ne suggérait que l'idée avait été bonne. Les portes et les fenêtres de chaque unité étaient à présent condamnées par des planches, l'herbe avait poussé entre les fissures des dalles du parking, du lierre recouvrait les murs et le toit plat. Si le bâtiment restait debout assez longtemps, il rejoindrait les rangs des villes fantômes et des habitations abandonnées si nombreuses dans le Maine.

Je klaxonnai et attendis. Personne ne sortit de la cabane ni du bois environnant. Je me rappelai ce que Stunden m'avait dit de Proctor. Un ancien combattant vivant à l'écart avait sûrement une arme et, si Proctor était aussi perturbé que le taxidermiste l'avait laissé entendre, je n'avais pas intérêt à ce qu'il me considère comme une menace. Son pick-up était encore là, Proctor ne pouvait pas être loin. J'appuyai de nouveau sur le klaxon puis descendis de voiture et me dirigeai vers la cabane. Au passage, je jetai un coup d'œil à l'intérieur du pick-up. Sur le siège passager, un paquet de doughnuts ouvert grouillait de fourmis.

Je frappai à la porte de la cabane, appelai et, faute de réponse, regardai par une fenêtre. Le téléviseur gisait en pièces sur le sol près de morceaux éparpillés du téléphone. Le lit était défait, un drap jauni jeté par terre et enroulé sur lui-même faisait penser à de la crème glacée fondue.

Je retournai à la porte en m'attendant à voir un Proctor furieux surgir du bois un pistolet à la main en marmonnant des propos incohérents sur les fantômes. J'essayai la poignée, la porte s'ouvrit. À l'intérieur, des mouches bourdonnaient et d'autres fourmis traversaient en colonnes le linoléum. L'endroit empestait la fumée de cigarette. J'inspectai le réfrigérateur : la brique de lait n'avait pas dépassé la date limite mais c'était le seul indice d'un régime alimentaire sain puisque je ne trouvai autour que le genre de nourriture qui aurait fait le désespoir d'un diététicien : repas tout prêts bon marché, hamburgers micro-ondables, viandes industrielles. Il n'y avait pas trace de fruits ni de légumes et la moitié au moins du frigo était occupée par des bouteilles de cola ordinaire. La poubelle située dans un coin débordait de barquettes de frites, d'emballages de poulet frit et de hamburgers provenant de fast-foods, de cannettes de Red Bull écrasées et de flacons vides de Nyquil. À part les soupes et les haricots en boîte, les étagères de la cuisine offraient essentiellement des friandises et des cookies. Je remarquai aussi deux pots à café ainsi qu'une demi-douzaine de bouteilles de gin et de vodka de mauvaise qualité. La partie chambre contenait d'autres flacons de Nyquil, un assortiment d'antihistaminiques et du Sominex. Proctor tenait le coup avec des stimulants – sucre, boissons énergétiques, caféine, nicotine – et avait recours à des médicaments sans ordonnance pour trouver le sommeil. Il y avait aussi un emballage vide de clozapine, récemment prescrite par un médecin local, ce qui signifiait que Proctor était assez désespéré pour faire appel à une aide professionnelle. La clozapine est un antipsychotique utilisé comme sédatif et dans le traitement de la schizophrénie. Je repensai à ma conversation avec la sœur de Bernie Kramer, aux voix qu'il prétendait avoir entendues avant de mettre fin à ses jours. Je me demandai quelles sortes de voix tourmentaient Harold Proctor.

Sur le lit se trouvaient les clés du pick-up et un holster vide.

Je continuai à fouiller la cabane, ce qui m'amena à découvrir l'enveloppe de liquide sous le matelas. Non cachetée, elle contenait 2 500 dollars en billets de vingt et de cinquante, tous côté recto. Même dans ce coin perdu, c'était absurde de laisser autant d'argent sous son matelas, mais toute cette histoire semblait n'avoir aucun sens. Proctor n'avait clairement pas mis les pieds dans sa cabane ni dans son pick-up depuis quelque temps. S'il avait eu l'intention de partir, il aurait emporté l'argent et le pick-up, et si le pick-up était en panne, il aurait quand même pris l'argent. J'examinai de nouveau l'enveloppe. Elle était propre et non chiffonnée ; elle n'était pas sous le matelas depuis très longtemps.

Je la remis où je l'avais trouvée et marchai jusqu'au motel. Seul le bureau n'était pas condamné. Comme la porte n'était pas fermée à clé, j'entrai jeter un coup d'œil. Proctor s'en servait manifestement comme d'une remise : des boîtes de conserve étaient empilées dans un coin – haricots, chili et ragoûts, principalement – ainsi que de gros paquets de papier hygiénique et de vieilles moustiquaires. Un léger bourdonnement provenait de quelque part. Derrière le comptoir de la réception, une porte fermée devait conduire à un bureau. Je levai l'abattant du comptoir et m'approchai. Le bruit était plus fort maintenant. Du pied, je poussai la porte.

Je découvris devant moi une console en bois sur laquelle seize petites ampoules disposées en rangées de quatre portaient chacune un numéro. Le bourdonnement sortait d'un haut-parleur placé près de la console. Je devinai qu'il s'agissait d'un vieux système d'interphone permettant aux clients de communiquer avec la réception sans utiliser un téléphone. Je n'avais jamais rien vu de pareil mais il se pouvait que les Proctor n'aient pas pris la peine d'installer le téléphone dans toutes les chambres quand le motel avait ouvert, ou qu'ils aient d'abord opté pour un système désuet et l'aient ensuite gardé comme objet de curiosité. La console ne portait pas de nom de fabricant et je me dis que les Proctor l'avaient peut-être bricolée eux-mêmes. De toute évidence, il y avait encore du courant dans le motel.

Le bourdonnement me mettait mal à l'aise. Il s'agissait peut-être seulement d'un mauvais fonctionnement mais pourquoi maintenant ? Et de toute façon, courant ou pas courant, un système aussi vieux n'aurait même pas dû marcher. D'un autre côté, à l'époque, on fabriquait des appareils conçus pour durer et c'était déprimant de constater que nous étions désormais étonnés par le travail bien fait. J'examinai la console, tapotai les ampoules.

Quand je touchai celle de la chambre 15, elle se mit à clignoter.

Je dégainai mon arme et retournai dehors, longeai les portes de droite. Parvenu à la chambre 14, je remarquai qu'on avait ôté les vis de la planche qui en condamnait la porte et qu'elle était simplement appuyée contre l'encadrement. Celle de la 15, par contre, était toujours solidement en place. J'entendis cependant à l'intérieur un écho du bourdonnement de l'interphone.

Je me penchai vers le mur séparant les deux chambres et appelai :

— Monsieur Proctor ? Vous êtes là ?

Je n'obtins pas de réponse. J'écartai rapidement la planche de la chambre 14. Derrière, la porte était fermée. J'abaissai la poignée, elle s'ouvrit. La lumière du jour éclaira le cadre d'un lit nu qu'on avait dressé contre le mur, dégageant ainsi une grande partie de l'espace. On avait aussi poussé deux tables de chevet dans un coin. La pièce ne contenait rien d'autre. Des débris blancs sentant le moisi jonchaient la moquette. J'en ramassai un, le tins à la lumière : c'était un copeau de bois. Près des tables de nuit, je trouvai deux billes de mousse de polystyrène. Passant une main sur la moquette, je sentis des marques laissées par des caisses. Prudemment, j'approchai de la petite salle de bains mais elle était vide. Aucune porte ne reliait les chambres 14 et 15.

Je m'apprêtais à ressortir lorsque je repérai des traces sur le mur. Je dus utiliser ma lampe électrique pour bien les voir. C'étaient des empreintes de main mais on aurait dit qu'elles avaient brûlé la peinture. De la cendre tomba quand je les effleurai du doigt. J'eus la désagréable sensation que le lieu était contaminé. Malgré l'absence de draps et de couvertures, malgré l'humidité, je sentais que la chambre avait été récemment occupée, si récemment que je pouvais presque entendre l'écho affaibli d'une conversation.

Je sortis, examinai la porte condamnée de la chambre 15. La planche aurait dû être maintenue par des vis comme celles des autres chambres devant lesquelles j'étais passé mais aucune tête de vis n'était visible. Sans espérer grand-chose, je glissai mes doigts entre la planche et l'encadrement de la porte, tirai...

La planche vint facilement et je faillis tomber en arrière. Je constatai qu'elle n'avait tenu que par une seule longue vis traversant le chambranle. Mais la tête se trouvait à l'intérieur, pas dehors. Cette fois, quand j'essayai la poignée de la porte, elle ne s'ouvrit pas. Je tentai de la forcer d'un coup de pied mais elle tint bon. Je retournai à ma voiture, pris un pied-de-biche dans le coffre mais ne parvins toujours pas à ouvrir. La porte était solidement vissée de l'intérieur. Je m'attaquai à la planche de la fenêtre et ce fut plus facile car elle avait été clouée, non vissée, sur l'encadrement. Elle tomba, révélant une vitre épaisse et sale, étoilée mais non brisée par deux impacts de balle. Les doubles rideaux étaient fermés.

Il me fallut frapper fort avec le pied-de-biche pour casser la vitre épaisse en restant protégé par le mur au cas où la personne enfermée à l'intérieur serait encore en état de me tirer dessus, mais il ne se passa rien. Dès que je sentis l'odeur qui s'échappait de la chambre, je compris pourquoi. J'ouvris les doubles rideaux, enjambai la fenêtre.

On avait cassé le lit et cloué les morceaux sur l'encadrement de la porte. D'autres longs clous avaient été enfoncés en biais pour traverser à la fois le chambranle et la porte mais plusieurs d'entre eux étaient ressortis, en partie ou totalement, comme si la personne qui les avait enfoncés avait changé d'avis et tenté de les retirer. Ou alors ils étaient si longs qu'ils dépassaient de l'autre côté et quelqu'un, dehors, avait essayé de les repousser à l'intérieur à coups de marteau mais les pointes ne semblaient pas endommagées.

Il y avait plus de meubles dans cette chambre que dans l'autre : un long coffre et un support de téléviseur en plus de deux lits jumeaux et de deux tables de chevet. Tout était poussé contre le mur, comme l'aurait fait un gosse se construisant une forteresse à la maison. Je m'approchai. Un homme était affalé dans le coin derrière les meubles, la tête appuyée sur le bouton de l'interphone serti dans le mur. Un nuage de sang et de fragments d'os s'étalait derrière son crâne et un Browning pendait mollement à sa main droite. Son corps était boursouflé, colonisé par des asticots et des insectes si nombreux qu'ils donnaient une impression de mouvement et de vie. Ils avaient dévoré ses yeux, ne laissant que des orbites vides. Je me couvris la bouche et le nez de la main mais la puanteur était trop forte. Je passai la tête par la fenêtre en hoquetant, m'efforçai de ne pas vomir. Une fois ma nausée réprimée, j'ôtai ma veste et la pressai contre mon visage, inspectai brièvement la pièce. Il y avait une caisse à outils près du cadavre, avec un pistolet à clous. Ni nourriture ni eau. Je passai les doigts sur la plaque métallique intérieure de la porte, sentis d'autres impacts de balles. Je fis courir le faisceau de ma lampe autour de la pièce, repérai d'autres impacts sur les murs. J'en comptai douze au total. Le chargeur du Browning contenait treize balles au départ. L'homme avait gardé la dernière pour lui.

J'allai prendre la bouteille d'eau qui se trouvait dans la Lexus, me rinçai la bouche pour en chasser le goût de pourriture mais je sentais encore son odeur sur mes vêtements. Je puais maintenant le liquide vaisselle, la dépouille de cerf et le cadavre d'homme.

J'appelai le 911 et attendis l'arrivée de la police.

Les noms le hantaient encore. Il y avait Gazaliya, le quartier le plus dangereux de Bagdad, où tout avait commencé à sombrer, Dora et Sadiya où les hadji *tuaient les éboueurs pour que les ordures s'entassent dans les rues et les rendent invivables. Il y avait la mosquée Umm al-Qura, dans la partie ouest de la ville, quartier général de l'insurrection sunnite que, dans un monde idéal, ils auraient simplement balayée de la surface de la terre. Il y avait le champ de courses d'Amiriya où les victimes d'enlèvement étaient amenées et vendues. De là une route conduisait à Garma, tenu par les insurgés. Une fois qu'on vous avait conduit à Garma, vous disparaissiez.*

À Al-Adhamiya, la forteresse sunnite de Bagdad, proche du Tigre, des membres d'escadrons de la mort chiites se déguisaient en policiers et établissaient de faux barrages pour capturer leurs voisins sunnites. Les chiites étaient censés être du côté américain mais personne ne l'était vraiment. Pour autant qu'il avait pu en juger, la seule différence entre sunnites et chiites, c'était leur façon de tuer. Les sunnites décapitaient : un soir, avec deux ou trois autres, il avait regardé une décapitation sur un DVD que leur avait donné leur interprète. Ils avaient tous voulu voir mais lui l'avait regretté dès que ça avait commencé. L'otage se recroquevillait. Ce n'était pas un Américain – ils n'auraient pas voulu regarder l'un des leurs mourir – mais un pauvre chiite qui s'était trompé de rue, ou qui s'était arrêté au barrage alors qu'il aurait dû appuyer à fond sur l'accélérateur et tenter sa chance en slalomant entre les balles. Le plus frappant, c'était l'attitude calme et pratique du bourreau : il avait exécuté la victime avec méthode, comme s'il procédait à l'abattage rituel d'un animal. Une mort épouvantable mais sans sadisme en dehors de l'acte même de tuer. Ensuite, ils avaient tous dit la même chose : ne les laissez jamais me capturer. S'il y a un risque, si cela arrive, tuez-moi avant.

Les chiites, eux, torturaient. Ils avaient un penchant pour la perceuse électrique : les genoux, les coudes, le bas-ventre, les yeux. Oui, c'était ça : les sunnites décapitent, les chiites torturent et ils adorent tous le même dieu, sauf qu'ils se disputent pour savoir qui aurait dû prendre la tête de la religion après la mort du prophète Mahomet, et c'était pour ça qu'ils coupaient maintenant des têtes et perçaient des os. C'était une histoire de qisas, de vengeance. Cela ne l'avait pas étonné quand son interprète lui avait appris que, selon le calendrier islamique, l'Irak n'était encore qu'au XVe siècle, 1424 ou quelque chose comme ça, quand il était arrivé à Bagdad. Ça lui paraissait logique parce que tous ces types se conduisaient encore comme si c'était le Moyen Âge.

Mais ils étaient maintenant engagés dans une guerre moderne, livrée avec des lunettes à vision nocturne et des armes lourdes. Les autres répondaient avec des lance-roquettes et des mortiers, des bombes cachées dans des chiens morts. Quand ils n'avaient pas d'armes à feu, ils utilisaient des couteaux et des pierres. Ils ripostaient au nouveau avec l'ancien : vieilles armes et vieux noms. Nergal, Ninazu et celui dont le nom s'était perdu. Ils avaient tendu le piège et attendu qu'ils viennent.

25

Les premiers à arriver au motel de Proctor furent deux policiers de l'État venus de Skowhegan. Je ne les avais jamais rencontrés mais l'un d'eux me connaissait de nom. Après un bref interrogatoire, ils me laissèrent m'asseoir dans la Lexus en attendant les inspecteurs. Lorsque ceux-ci débarquèrent enfin, le soleil se couchait et ils allumèrent les lampes électriques pour examiner les lieux.

Il s'avéra que j'avais déjà croisé l'un des deux. Il s'appelait Gordon Walsh et, quand il extirpa sa masse de leur voiture, il me fit penser, avec ses grandes lunettes de soleil, à un énorme insecte qui aurait assez évolué pour porter un costume. Ancien joueur de football à l'université, il avait gardé la forme. Il me dépassait d'une douzaine de centimètres et d'une bonne vingtaine de kilos. Une cicatrice traversait son menton qu'un insensé avait eu la témérité de frapper avec une bouteille alors que Walsh n'était encore que simple flic. Je n'osais penser à ce qu'il était advenu de l'agresseur. Les chirurgiens essayaient probablement encore d'extraire la bouteille de l'endroit où Walsh l'avait fourrée.

Il était accompagné d'un inspecteur moins grand et plus jeune, un petit nouveau à en juger par son allure.

Son vernis de sévérité ne masquait pas tout à fait son manque d'assurance et il faisait penser à un poulain tentant de rester au niveau de l'étalon qui l'avait engendré. Walsh me jeta un coup d'œil mais ne dit rien, suivit l'un des agents jusqu'à la chambre où gisait Proctor. Avant d'y pénétrer, il étala un peu de Vicks Vaporub sous son nez mais ne resta quand même pas très longtemps à l'intérieur et prit plusieurs longues inspirations en ressortant. Son collègue et lui allèrent ensuite à la cabane et passèrent un moment à la fouiller. Après quoi, ils examinèrent le pick-up, le tout en m'ignorant délibérément. Walsh avait trouvé les clés et il mit le contact. Le moteur démarra du premier coup. Il l'arrêta, murmura quelque chose à son coéquipier avant qu'ils décident tous les deux de s'occuper de moi.

Walsh suçotait une branche de ses lunettes avec de petits *tss-tss* quand il s'avança dans ma direction.

— Charlie Parker, dit-il. Dès que j'ai entendu votre nom, j'ai su que ma journée allait devenir plus amusante.

— Inspecteur Walsh. En voyant les malfaiteurs trembler, j'ai su que vous approchiez. On dirait que vous vous nourrissez toujours de viande crue.

— *Mens sana in corpore sano*, récita-t-il. Et vice versa. C'est du latin. Les avantages d'une éducation catholique. Je vous présente mon collègue, l'inspecteur Soames.

Soames hocha la tête mais ne dit rien. Il avait la bouche crispée et avançait le menton à la manière de Dudley Do-Right, le policier monté idiot des dessins animés canadiens. Il devait grincer des dents la nuit.

— C'est vous le meurtrier ? me demanda Walsh.

— Non, ce n'est pas moi.

— Mince, j'espérais boucler l'affaire avant minuit si vous passiez aux aveux. On m'aurait probablement décoré pour vous avoir enfin mis au trou.

— Moi qui pensais que vous m'aimiez bien, inspecteur.

— Mais je vous aime bien. Alors, imaginez ce que ceux qui ne vous aiment pas disent de vous. Bon, à défaut de craquer et de tout avouer, vous avez quelque chose d'utile à m'apprendre ?

— Il s'appelle Harold Proctor. Du moins je suppose que c'est, ou c'était, son nom. Je n'ai pas de certitude, je ne l'avais jamais vu avant.

— Qu'est-ce qui vous amène dans ce bled ?

— J'enquête sur le suicide d'un jeune gars de Portland, un ancien soldat.

— Pour qui ?

— Son père.

— Qui s'appelle ?

— Bennett Patchett. Il tient le Downs Diner de Scarborough.

— Qu'est-ce que Proctor vient faire là-dedans ?

— Damien, le fils, le connaissait peut-être. Proctor a assisté à son enterrement. Je suis parti de l'hypothèse qu'il avait peut-être une idée de l'état d'esprit de Damien avant son suicide.

— « Parti de l'hypothèse », hein ? Vous parlez bien, je dois le reconnaître. Il y a des doutes sur le suicide du jeune Patchett ?

— Pas que je sache. Il s'est flingué dans un bois près de Cape Elizabeth.

— Alors comment se fait-il que le père vous paie pour enquêter sur sa mort ?

— Il veut savoir pourquoi son fils s'est tué. C'est si difficile à comprendre ?

Derrière nous apparut l'unité de police scientifique remontant le sentier. Walsh tapota le bras de son coéquipier.

— Elliot, va leur expliquer ce qui se passe et mets-les dans la bonne direction.

Soames s'exécuta mais pas avant qu'un léger plissement de son front ordinairement lisse ne manifeste son mécontentement d'être envoyé au lit pour que les adultes puissent parler tranquillement. Il n'était peut-être pas aussi nouveau qu'il en avait l'air.

— Un bleu ? dis-je.
— Il est bon. Il a de l'ambition. Il veut résoudre des crimes.
— Ça vous rappelle votre jeunesse ?
— Je n'ai jamais été bon et, si j'avais eu de l'ambition, je serais ailleurs, maintenant. Mais j'ai encore envie de résoudre des crimes. Ça me donne une motivation. Sinon, je n'aurais pas l'impression de gagner mon salaire et un homme doit gagner son salaire. Ce qui nous ramène à Patchett, d'une certaine façon.

Par-dessus son épaule, il regarda Soames qui s'adressait à un technicien en train d'enfiler une combinaison blanche.

— Mon collègue aime que les choses soient faites selon la procédure officielle, dit-il. Il tape ses rapports au fur et à mesure. Proprement.

Ramenant son regard sur moi, Walsh poursuivit :

— Moi, je tape comme un singe savant et je préfère écrire mon rapport à la fin, pas au début. J'ai l'impression, *officieusement*, que vous enquêtez sur le suicide d'un ancien combattant et que ça vous amène ici où vous découvrez qu'un autre ancien combattant s'est lui aussi infligé une blessure mortelle mais qu'il a vidé presque tout un chargeur sur quelqu'un qui se trouvait dehors avant de se tirer la dernière balle dans le crâne. Je me trompe ?

« Dehors ». Le mot me donna à réfléchir. Si la menace était extérieure, pourquoi Proctor aurait-il déchargé son arme sur les murs de la chambre ? Il avait fait l'armée, il savait se servir d'un pistolet. Mais comme la pièce était fermée de l'intérieur, la menace ne pouvait pas se trouver avec lui dans la chambre.

Ou si ?

Je gardai mes réflexions pour moi et me contentai d'un :

— Non, c'est exact.
— Quel âge avait Patchett ?
— Vingt-sept ans.
— Et Proctor ?
— La cinquantaine, je pense. Il avait fait la première guerre d'Irak.
— C'était quelqu'un de sociable, d'après vous ?
— Je n'ai pas eu le plaisir de le connaître.
— Mais il vivait ici, et Patchett à Portland ?
— Scarborough.
— Ça fait une trotte, entre ici et là-bas.
— En effet. C'est un interrogatoire, inspecteur ?
— Pour un interrogatoire, il faut des lampes dans les yeux, des policiers en manches de chemise couverts de sueur et un suspect qui réclame un avocat. Nous, on a une simple conversation. Ce que je veux savoir, c'est comment Proctor et Patchett se sont connus.
— C'est si important ?
— C'est important parce que vous êtes là et qu'ils sont tous les deux morts. Allez, Parker, un petit coup de main.

Il ne servait à rien de lui cacher ce que je savais mais je décidai quand même d'en garder une partie pour moi, à tout hasard.

— D'abord, j'ai cru que Proctor faisait peut-être partie des anciens combattants chargés d'accueillir les soldats à leur retour et que c'était comme ça que Patchett et lui avaient fait connaissance, mais je pense maintenant qu'ils étaient peut-être impliqués ensemble dans une affaire.

— Patchett et Proctor... On dirait un cabinet d'avocats. Quel genre d'affaire ?

— Je ne sais pas exactement mais ce motel est proche de la frontière et il a récemment servi d'entrepôt. Il y a des copeaux de bois et des billes de mousse dans la chambre près du corps, ainsi que des marques sur le sol qui auraient pu être laissées par des caisses. Ça vaudrait le coup de faire venir un chien renifleur.

— Vous pensez à un trafic de drogue ?

— C'est possible.

— Vous avez jeté un coup d'œil dans la cabane de Proctor ?

— Juste pour voir s'il y était.

— Vous avez fouillé ?

— Ça n'aurait pas été légal.

— Vous ne répondez pas à ma question mais supposons que vous l'ayez fait. Moi, je l'aurais fait et vous êtes aussi dénué de scrupules que moi. Et comme vous connaissez votre boulot, vous auriez trouvé une enveloppe pleine de fric sous le matelas.

— Vraiment ? Très intéressant.

Walsh s'appuya contre ma voiture, fit aller ses yeux de la cabane au pick-up, puis au motel et revint à moi. Son regard devint sérieux.

— Proctor a de l'argent, de quoi manger dans le frigo, assez de gnôle et de sucreries pour ouvrir une supérette et sa voiture marche parfaitement. Pourtant, il se barricade dans une chambre du motel, il tire sur la porte et la fenêtre avant de fourrer le canon de son arme dans sa bouche et d'appuyer sur la détente.

— Le téléphone, la télé et la radio étaient cassés, fis-je observer.

— J'ai vu. Par lui ou par quelqu'un d'autre ?

— Tout était en ordre dans la cabane. Les livres sur les étagères, les vêtements dans le placard et le matelas sur le lit. Si quelqu'un avait tout retourné, il aurait trouvé l'argent.

— À supposer que ce soit l'argent qui l'intéresse.

— J'ai parlé à un nommé Stunden, à Langdon. Il est taxidermiste mais il tient aussi le bar local.

— C'est formidable, les petits bleds, s'extasia Walsh. S'il pouvait ajouter la corde pompes funèbres à son arc, il serait indispensable.

— Stunden m'a dit que Proctor était perturbé. Il se croyait hanté.

— Hanté ?

— C'est le mot que Proctor a utilisé mais Stunden pense plutôt à un syndrome de stress posttraumatique dû à la guerre d'Irak. Il ne serait pas le premier ancien combattant à avoir des cicatrices mentales aussi bien que physiques.

— Comme le fils de votre client ? Deux suicides, et des types qui se connaissaient. Ça ne vous paraît pas curieux ?

Je ne répondis pas. Je me demandai combien Walsh mettrait de temps pour lier les morts de Proctor et de Damien Patchett avec le suicide de Bernie Kramer à Québec et celui de Brett Harlan, précédé d'un meurtre. Une fois ce rapport établi, son enquête le conduirait probablement à Joel Tobias. Je pris mentalement note de recommander à Bennett Patchett de ne pas mentionner le nom de Tobias dans les conversations qu'il pourrait avoir avec la police, du moins pour le moment.

Quatre soldats, trois d'un même peloton et un quatrième qui leur était indirectement lié, tous apparemment morts de leur propre main, avec en plus une épouse ayant eu la malchance de tomber sur son mari armé d'une baïonnette. J'avais retrouvé les articles consacrés à l'affaire et, en lisant entre les lignes, on comprenait que Brett et Margaret Harlan avaient connu une fin tragique.

J'étais de plus en plus convaincu qu'il s'était passé quelque chose en Irak, un événement qui avait marqué les hommes de la Stryker C et qu'ils avaient ramené avec eux, même si Carrie Saunders rejetait cette hypothèse. Je ne comprenais pas encore le lien avec la contrebande à laquelle Jimmy Jewel soupçonnait Joel Tobias de se livrer sous le couvert de son entreprise de transport. Mais il fallait prendre en compte les marques sur le sol de la chambre 14, le matériau d'emballage retrouvé à côté et, si Stunden ne se trompait pas, la visite que Proctor avait reçue de plusieurs anciens de la Stryker C avant sa mort. Il y avait aussi l'argent sous le matelas qui laissait penser que Proctor avait été récemment rémunéré pour ses services : l'utilisation de son motel comme entrepôt, supposai-je, ce qui posait la question de la nature de la marchandise entreposée. La drogue semblait l'hypothèse la plus vraisemblable mais Jimmy Jewel n'était pas convaincu et il aurait fallu beaucoup de sachets de drogue très lourde pour laisser des marques sur la moquette. De plus, d'après ce que je savais du trafic international, l'Afghanistan était une source de drogue en gros plus probable que l'Irak et l'unité de Tobias n'avait pas servi en Afghanistan.

Soames appela Walsh et celui-ci me laissa avec mes pensées. Je me demandais ce qui se passait à Bangor. Si Bobby Jandreau ne prenait pas bientôt la sage décision de parler, le moment serait enfin venu d'exercer de fortes pressions sur Joel Tobias.

Le soir tombait mais l'air ne se rafraîchissait pas. Les moustiques piquaient et j'entendais dans les sous-bois des créatures sortir pour se nourrir, pour chasser. Le médecin légiste arriva et des lampes à arc illuminèrent le motel, tandis qu'on emmenait le corps d'Harold Proctor en direction des services de médecine légale du Maine à Augusta. Il y serait un temps le seul cadavre mais ne tarderait pas à avoir de la compagnie.

26

Ils vinrent la nuit. La petite brise qui agitait les arbres dissimula leur approche mais Angel et Louis les attendaient, ils savaient qu'ils viendraient. Ils avaient échangé leurs postes de guet toutes les heures pour rester vigilants et c'était Angel qui surveillait la Mustang lorsque les formes apparurent, Angel dont les yeux perçants repérèrent un léger changement dans les ombres projetées par les branches mouvantes. En silence, ils regardèrent les deux hommes approcher, le bras prolongé de manière anormale par l'arme qu'ils tenaient.

De vrais pros : telle fut la première réflexion de Louis. Ils avaient dû laisser leur voiture à proximité mais il ne l'avait pas entendue et Angel ne les avait pas repérés avant qu'ils soient quasiment sur la Mustang. S'il y avait eu quelqu'un dans la voiture, il serait mort avant de se rendre compte de ce qui se passait. Les deux hommes se fondirent presque, de nouveau, dans l'obscurité lorsqu'ils se rendirent compte qu'il n'y avait personne dans la Mustang, et Louis dut plisser les yeux pour suivre leur progression. Ils ne portaient pas de masque, ce qui signifiait qu'ils ne se souciaient pas d'éventuels témoins : ils ne seraient vus que des occupants de la maison, et uniquement pendant le temps que ceux-ci mettraient à mourir.

Ceux-ci : autre problème. La situation s'était compliquée avec l'arrivée de Mel Nelson, l'ex de Jandreau, deux heures plus tôt. Aussi incroyable que cela pût paraître, le conseil en relations amoureuses offert spontanément dans l'après-midi semblait avoir fait impression. Impassible, Louis avait longuement observé le couple qui discutait dans le living avant que Mel s'approche lentement de Bobby, s'agenouille devant lui et l'enlace. Après quoi ils s'étaient retirés dans ce qu'il supposait être la chambre et ils n'étaient pas réapparus depuis.

Autres ombres difformes. Les types armés avaient gagné l'arrière de la maison où ils ne risquaient pas d'être vus par un voisin à sa fenêtre ou promenant son chien avant d'aller se coucher. Un de chaque côté de la porte. Hochement de tête. Bruit de verre cassé. Une des formes demeura en position, arme braquée, pour couvrir celle qui passait le bras dans le trou de la vitre afin d'ouvrir le verrou. Mouvements à l'intérieur de la maison en réaction à l'intrusion. Cri perçant. Claquement d'une porte intérieure.

Louis abattit le premier homme de deux balles dans le dos et d'une troisième, le coup mortel, à la base du crâne. Il n'y eut pas de mise en garde, pas d'invitation à lever les mains bien haut, à se rendre. Ces nobles gestes sont bons pour les gentils des westerns, ceux qui portent des chapeaux blancs et décrochent la fille à la fin. Dans la vraie vie, les bons qui laissent une chance aux tueurs finissent en cadavres, et Louis, qui ne savait pas s'il était vraiment bon ou pas et qui s'en fichait totalement, n'avait aucune intention de mourir pour un idéal romantique. Tandis que l'homme tombait, le pistolet de Louis pivotait déjà vers la droite. Le deuxième intrus s'efforçait de dégager sa main de la vitre brisée dont une pointe avait accroché sa manche, l'empêchant de réagir à la menace proche. Mais deux armes étaient maintenant braquées sur lui et il se figea, reconnaissant l'impossibilité de sa survie. Il y eut une vive douleur, suivie aussitôt d'un bruit, et il s'affala contre la porte, le bras gauche encore tendu au-dessus de sa tête, le verre criblant le tissu de sa veste. Il lui resta juste assez de force pour lever son pistolet mais le canon ne pointait sur rien, et rien, c'est tout ce qu'il y eut ensuite pour lui.

La porte de la chambre demeurait fermée. Angel appela Jandreau pendant que Louis décrochait de la porte l'homme empalé.

— Bobby, vous m'entendez ? Je m'appelle Angel. Mon collègue et moi, on était avec Charlie Parker, tout à l'heure.

— Je vous entends, répondit Jandreau. Je suis armé.

— Oh, super. Vas-y, tire. En attendant, nous, on a deux cadavres sur les bras, et si toi et ta copine vous êtes encore en vie, c'est grâce à nous. Alors préparez-vous, parce qu'on vous emmène.

Il y eut un échange de murmures à l'intérieur. Un moment plus tard, la porte s'ouvrit et Jandreau apparut, assis dans son fauteuil roulant, vêtu uniquement d'un caleçon, tenant son Beretta d'une main incertaine. Il regarda Louis qui traînait le premier des corps à l'intérieur tandis qu'Angel surveillait les environs. Le mort laissa une marque sanglante sur le plancher.

— Il nous faut des sacs-poubelle et du ruban adhésif toilé, déclara Louis. Une serpillière, aussi, à moins que vous ne trouviez que le rouge va bien avec les murs.

Mel Nelson passa la tête par l'entrebâillement de la porte de la chambre. Elle était apparemment nue, mis à part une serviette stratégiquement bien placée.

— M'dame, dit Angel en la saluant de la tête. Vous feriez mieux de vous fringuer. La récré est finie…

Le temps que Jandreau et sa compagne s'habillent, mettent quelques vêtements et affaires de toilette dans un sac de voyage, les deux corps étaient emballés dans des sacs-poubelles noirs fermés par du ruban adhésif. Jandreau les fixait de son fauteuil. Il les avait immédiatement reconnus malgré les changements que la mort avait apportés à leurs traits : Twizell et Greenham, deux anciens marines.

— Ils étaient SCC, dit-il. « Surveillance et contrôle des cibles », spécialité professionnelle militaire 84-51.

Angel le regardait sans comprendre.

— Éclaireurs snipers, traduisit Louis. Ils s'encanaillaient, ce soir.

— Ils formaient l'une des deux équipes de snipers qu'on avait infiltrées dans Al-Adhamiya, poursuivit Jandreau. C'était juste avant…

Voilà, terminé. Bobby Jandreau avait envie de parler, maintenant. Il avait envie de parler parce que ses copains s'étaient finalement retournés contre lui, mais Angel lui dit de garder son histoire pour plus tard. Mel Nelson était venue avec une vieille camionnette qu'elle conduisit derrière la maison et ils jetèrent les cadavres à l'intérieur. Puis ils firent monter Jandreau et Mel dans la Mustang après avoir délogé et neutralisé le traceur GPS. Angel les amena à un motel situé à la sortie de Bucksport, tandis que Louis, suivant les indications de Jandreau, conduisait la camionnette à une carrière de granit désaffectée proche de Frankfort.

Là, avec des cordes et des chaînes provenant du garage de Jandreau, il lesta les corps et les lâcha dans l'eau noire. Il s'apprêtait à jeter aussi le traceur dans la Pentagouet quand il se ravisa. C'était vraiment un appareil ingénieux, meilleur que tout ce qu'il aurait pu fabriquer lui-même. Il le lança à l'arrière de la camionnette de Mel et rejoignit les autres au motel.

Là, faute de mieux à faire, Angel et Louis laissèrent Bobby Jandreau commencer à raconter son histoire.

27

Walsh me garda près de lui jusqu'à ce qu'on ait emmené le corps d'Harold Proctor. Je crois qu'il me punissait de ne pas m'être montré plus bavard mais au moins il me parlait et il n'avait pas invoqué un obscur prétexte juridique pour me faire passer la nuit dans une cellule. Puisqu'il m'aurait fallu près de trois heures pour retourner à Portland, que j'étais épuisé et que j'avais envie de me doucher, je décidai de trouver une chambre dans le coin. La décision ne venait pas entièrement de moi. L'unité de la police scientifique attendrait le lever du jour pour inspecter correctement les lieux et les chiens renifleurs arriveraient peu après. Walsh avait suggéré que, dans un esprit de bonne volonté et de coopération, je pourrais rester dans le voisinage, au cas où une question lui viendrait en tête le lendemain matin ou même pendant la nuit.

— Je garde un calepin à côté de mon lit rien que pour ça, m'expliqua-t-il, sa lourde carcasse appuyée à la voiture.

— Vraiment ? fis-je. Uniquement au cas où une question gênante à me poser germerait dans votre cerveau ?

— Ouais. Vous seriez étonné du nombre de flics qui font la même chose.

— Vous savez, ça ne m'étonne pas.

Il secoua la tête d'un air affligé tel un dresseur de chiens face à un animal récalcitrant refusant de rendre sa balle. Quelques pas plus loin, Soames nous observait d'un air malheureux. Une fois de plus, il mourait d'envie de se joindre à la conversation mais Walsh l'excluait délibérément. Je prédisais des tensions dans leurs rapports. S'ils avaient formé un couple, Walsh aurait dormi cette nuit-là dans la chambre d'amis.

— Certains prétendent que nous, pauvres flicards sous-payés, on garde une dent contre vous après ce qui est arrivé à notre collègue.

Je me rappelai aussitôt Hansen, inspecteur de la police de l'État, planté dans une maison vide de Brooklyn où ma femme et ma fille avaient été assassinées. Il m'avait suivi là-bas par un zèle missionnaire mal inspiré et en avait été puni. Non par moi mais par un autre, un tueur pour qui Hansen n'avait aucune importance et dont j'étais la véritable proie.

— Je ne crois pas qu'il pourra retravailler un jour, continua Walsh, et on n'a jamais su au juste ce qu'il faisait chez vous la nuit où il a été blessé.

— Vous me demandez de vous en parler ?

— Non, parce que je sais que vous ne le ferez pas et, de toute façon, j'ai lu le rapport officiel. Il a plus de trous qu'un caleçon de clodo. Si vous me disiez quelque chose, ce serait un mensonge, ou une vérité partielle, comme tout ce que vous m'avez servi jusqu'ici ce soir.

— Pourtant, nous sommes là à prendre l'air et à nous faire poliment la conversation.

— Oui. Je parie que vous vous demandez pourquoi.

— Allez-y, je vous écoute.

Walsh s'écarta de ma voiture, trouva son paquet de cigarettes, en alluma une.

— Parce que même si vous êtes un abruti et que vous vous croyez meilleur que tout le monde, malgré des preuves écrasantes du contraire, vous livrez quand même le bon combat. On discutera demain si j'ai griffonné une idée brillante dans mon calepin pendant la nuit, ou si les techniciens ont une question à vous poser sur une zone de la scène de crime que vous avez contaminée, mais après ça vous pourrez faire votre boulot. Ce que j'attends de vous en échange, dans un proche avenir, c'est que vous m'appeliez pour déballer ce que vous savez, ou ce que vous aurez appris. Après quoi, s'il n'est pas trop tard pour faire autre chose qu'examiner un cadavre, étant donné votre état, j'aurai une réponse à ce qui s'est passé ici et peut-être même une promotion pour avoir bouclé l'affaire. Ça vous paraît comment ?

— Ça me paraît raisonnable.

— J'espère bien. Maintenant, vous pouvez monter dans votre luxueuse Lexus et dégager. Nous, on a des heures sup à gagner. À propos, je ne vous voyais pas au volant d'une Lexus. Aux dernières nouvelles, vous rouliez en Mustang, comme Steve McQueen.

— Elle est au garage, mentis-je. La Lexus, c'est un prêt.

— D'un garagiste de New York ? Ne me donnez pas une raison d'interroger l'ordinateur sur ses plaques d'immatriculation. Enfin, si vous ne trouvez pas de chambre à Rangeley, vous pourrez toujours dormir dans cette caisse, elle est assez grande. Soyez prudent, sur la route.

Je retournai à Rangeley et pris une chambre au Rangeley Inn. Le bâtiment principal, au hall décoré par des têtes de cerf et un ours empaillé, n'était pas encore ouvert pour la saison et on me logea dans le pavillon situé derrière. Il y avait deux autres voitures garées à proximité, dont une avec une carte de la région sur le siège passager et, sur le tableau de bord, un autocollant pour une chaîne de télévision de Bangor auquel on avait ajouté à la main : « Pas la fourrière, SVP. » Je me douchai, échangeai ma chemise contre un tee-shirt acheté dans une station-service. Je sentais encore sur moi l'odeur du cadavre de Proctor mais je savais qu'elle était plus imaginée que réelle. Ce qui me troublait davantage, c'était le sentiment de malaise que j'avais éprouvé dans la chambre voisine de celle du corps. Comme si j'y avais pénétré à la fin d'une discussion, juste à temps pour saisir l'écho des derniers mots, imprégnés de venin et de cruauté. Je me demandais si c'étaient ces mots-là qu'Harold Proctor avait entendus avant de mourir.

Je me rendis à pied au pub Sarge's pour manger quelque chose. Le choix n'avait pas été difficile puisque c'était apparemment le seul endroit ouvert dans les environs. Le Sarge's avait un long comptoir incurvé derrière lequel quatre téléviseurs diffusaient des matchs différents et un cinquième les nouvelles locales. On avait réduit le son des quatre premiers et un groupe de clients regardait les informations en silence. La mort de Proctor faisait la une, autant pour l'étrangeté de l'affaire qu'à cause de la rareté des sujets ce soir-là. Les suicides ne bénéficiaient généralement pas d'une telle couverture et les chaînes locales avaient tendance à ménager les sentiments des familles, mais certains détails de la mort de Proctor avaient manifestement retenu leur attention : un homme enfermé dans une chambre d'un motel désaffecté met fin à ses jours avec un pistolet. Le reporter ne mentionna pas que le désespéré avait tiré sur quelqu'un se trouvant dehors avant de se donner la mort.

J'entendis des murmures quand j'allai m'asseoir loin du bar et plusieurs têtes se tournèrent dans ma direction. L'une d'elles appartenait à Stunden, le taxidermiste. Je commandai un hamburger et un verre de vin à la serveuse. Le vin arriva rapidement, suivi de près par l'empailleur. J'avais complètement oublié la promesse que je lui avais faite dans son atelier. Le moins que j'aurais pu faire, tant pour les renseignements qu'il m'avait fournis que pour son inquiétude au sujet de Proctor, c'était de passer le voir et de lui expliquer ce qui était arrivé.

Ceux qui étaient restés sur leur siège regardaient tous dans ma direction. Stunden m'adressa un sourire d'excuse, jeta un bref coup d'œil aux autres comme pour dire : vous savez ce que c'est, les petites villes... Je dois reconnaître que les types restés au bar étaient partagés entre la gêne et la curiosité, la seconde l'emportant d'une encolure.

— Désolé de vous déranger, monsieur Parker, mais on a appris que c'est vous qui avez trouvé Harold.

J'indiquai de la main la chaise libre de ma table et il s'assit.

— Pas la peine de vous excuser, monsieur Stunden. J'aurais dû passer chez vous après que la police m'a laissé partir, mais la journée a été longue. J'ai oublié. C'est moi qui m'excuse.

Il avait les yeux rouges, sans doute parce qu'il avait bu mais peut-être aussi parce qu'il avait pleuré.

— Je comprends, murmura-t-il. Ça a été un choc pour tout le monde. Je n'ai pas pu ouvrir le bar, pas après ce qui est arrivé à Harold. C'est pour ça que je suis ici. J'ai pensé que quelqu'un en saurait peut-être plus que moi et puis vous êtes entré...

— Je ne peux pas vous dire grand-chose, répondis-je, et il fut assez intelligent pour saisir la double signification de ma phrase.

— Ce que vous pourrez, ça sera déjà bien. C'est vrai ce qu'on raconte ?

— Qui ça « on » ?

Il haussa les épaules.

— Les gens de la télé. Personne n'a obtenu d'informations officielles des inspecteurs. Ce qu'on a de plus proche ici, c'est la police des frontières. Il paraît qu'Harold s'est suicidé.

— Il semblerait, oui.

Si Stunden avait eu une casquette dans les mains, il l'aurait tordue maladroitement.

— D'après Ben, un des gars de la police des frontières…

Du pouce il désigna un obèse en tee-shirt de camouflage dont la ceinture était si lourdement lestée – clés, couteau, téléphone et torche électrique – que son pantalon lui tombait presque sur les cuisses.

— … il y aurait quelque chose de pas clair dans la mort d'Harold, mais il n'a pas voulu dire quoi.

Encore ces mots : pas clair. Joel Tobias n'était pas clair, la mort d'Harold Proctor n'était pas claire. Rien n'était clair.

Ben et deux autres des types assis au comptoir, attirés par la perspective d'éclaircissements, s'étaient rapprochés de nous. Je pesai mes choix et conclus que je n'avais aucun intérêt à leur cacher quelque chose. Tout finirait par émerger, si ce n'était ce soir quand un des flics de la frontière viendrait boire un verre après son service, demain au plus tard lorsque les sources habituelles d'informations propres à la ville se mettraient en branle. Je savais en outre que si ces hommes ignoraient certains aspects de la mort de Proctor, il y avait des côtés de son existence qui m'étaient inconnus et leur étaient familiers. Stunden m'avait été utile, ces hommes le seraient peut-être aussi.

— Il a tiré toutes les balles de son arme avant de mourir, leur appris-je. Il a gardé la dernière pour lui.

Tous songèrent probablement à la même question au même moment mais ce fut Stunden qui la posa le premier.

— Il tirait sur quoi ?

— Quelque chose, dehors, répondis-je, repoussant de nouveau au fond de mon esprit les impacts de balle dispersés dans toute la pièce.

— Vous pensez qu'on l'avait poursuivi ?

— Difficile d'imaginer qu'un homme poursuivi aurait eu le temps de clouer une porte, arguai-je.

— Harold était fou, affirma Ben. Il ne s'était jamais remis de ce qu'il avait vécu en Irak.

Il y eut un concert de murmures approbateurs. S'il n'avait tenu qu'à eux, on aurait gravé cette épitaphe sur sa pierre tombale : « Au regretté Harold Proctor. Complètement barré. »

— Vous en savez maintenant autant que moi, affirmai-je.

Ils commencèrent à s'éloigner mais Stunden resta. C'était le seul qui semblait sincèrement tourmenté par les circonstances de la mort de Proctor.

— Ça va ? lui demandai-je.

— Non, pas vraiment. Ces derniers temps, je n'étais plus aussi proche d'Harold qu'avant mais j'étais resté son ami. Cela me perturbe de penser qu'il ait été si…

Il ne trouvait pas le mot.

— Effrayé ? suggérai-je.

— Oui, effrayé, et seul. Mourir comme ça, ce n'est pas juste.

La serveuse apporta mon hamburger et je commandai un autre verre de vin alors que j'avais à peine touché au premier. J'indiquai celui de Stunden.

— Bushmills, dit-il. Sans eau. Merci.

J'attendis que la serveuse revienne avec la commande et reparte. Stunden but une longue gorgée tandis que j'attaquais mon hamburger.

— Et je me sens coupable, reprit-il. Ça vous paraît normal ? Je me dis que si j'avais cherché davantage à maintenir le contact avec lui, à le faire sortir de sa coquille, à l'interroger sur ses problèmes, rien de tout cela ne serait arrivé.

J'aurais pu lui expliquer qu'il n'avait rien à voir avec la mort de Proctor, que celui-ci avait simplement pris un chemin différent qui l'avait finalement conduit à une mort dans la solitude et la peur. Je n'en fis rien. Cela aurait rabaissé l'homme honorable, le type bien que j'avais devant moi.

— Je ne sais pas si c'est vrai ou non, dis-je. Harold s'est retrouvé mêlé à une drôle d'histoire. C'est sans doute pour ça qu'il est mort, finalement.

— Drôle ? Qu'est-ce que vous voulez dire ?

— Est-ce que vous auriez remarqué des camions roulant vers le motel ? De gros semi-remorques, venant peut-être du Canada.

— S'ils étaient venus de Portland ou d'Augusta, je les aurais peut-être vus, mais s'ils passaient par Coburn Gore, ils arrivaient chez Harold avant de traverser Langdon.

— Quelqu'un pourrait savoir ?

— Je peux me renseigner.

— Je n'ai pas beaucoup de temps, monsieur Stunden. Écoutez, je ne suis pas de la police, vous n'êtes absolument pas obligé de m'aider, mais vous vous rappelez ce que je vous ai dit cette après-midi ?

Il hocha la tête.

— Le jeune gars qui s'est tué.

— Exactement. Maintenant Harold Proctor est mort et il semble que ce soit un autre suicide.

J'aurais pu ajouter Kramer, Brett Harlan et sa femme pour faire pencher la balance, mais si je le faisais, cela reviendrait fatalement aux oreilles des flics. Il y avait plusieurs raisons pour lesquelles je ne voulais pas de ça. Je venais de récupérer ma licence et, malgré de vagues assurances selon lesquelles il n'y avait aucun risque qu'on me la suspende de nouveau, je n'avais pas besoin de donner à la police de l'État un prétexte pour s'en prendre à moi. Je provoquerais à tout le moins le mécontentement de Walsh et je le trouvais plutôt sympathique, même si je n'aurais pas aimé partager une cellule avec lui au cas improbable où nous serions en prison ensemble.

Mais surtout je sentais en moi cette vieille faim familière. J'avais envie d'explorer, de sonder, de découvrir les liens profonds entre les morts d'Harold Proctor, de Damien Patchett et des autres. Je savais maintenant que je n'étais détective privé que de nom, que les banales affaires d'escroquerie à l'assurance, d'adultère et d'employés malhonnêtes suffisaient peut-être à payer mes factures mais ne m'apportaient rien d'autre. J'avais fini par comprendre que mon entrée dans la police, que ma brève et rien moins qu'éclatante carrière au NYPD ne provenaient pas seulement d'un désir de réparer ce que je percevais comme étant les fautes de mon père. Il avait tué deux jeunes gens avant de se suicider et cet acte, qui avait entaché sa mémoire, m'avait profondément marqué. J'avais été un mauvais flic – pas corrompu, pas violent, pas incompétent, mais mauvais quand même – parce qu'il me manquait la discipline, la patience et peut-être l'absence d'amour-propre requises pour accomplir ce boulot. Obtenir une licence de privé m'avait paru être un compromis acceptable, un moyen de donner un vague sens à ma vie en acquérant les signes extérieurs de la légalité. Je savais que je ne redeviendrais jamais flic mais j'avais toujours en moi l'instinct, la motivation qui distinguaient ceux qui ne faisaient pas seulement ce métier pour ses avantages ou la perspective de prendre sa retraite au bout de vingt ans et d'ouvrir un bar à Boca Raton.

J'aurais pu communiquer à Walsh tout ce que je savais ou soupçonnais et laisser tomber. Après tout, il disposait de moyens plus importants que les miens et je n'avais aucune raison de croire que sa motivation était inférieure à la mienne. Mais je *voulais* continuer. Sans ce boulot, qu'est-ce que j'étais ? Je décidai de tenter ma chance, de marchander quand je devrais marchander et d'engranger ce que je pourrais. À un certain moment, il faut se fier à son instinct et à soi-même. J'avais appris une chose au cours des années écoulées depuis que ma femme et ma fille m'avaient été enlevées et que j'avais traqué le seul responsable : j'étais bon dans ce que je faisais.

Pourquoi ?

Parce que je n'avais rien d'autre.

J'observais maintenant Stunden qui réfléchissait aux deux suicides. Je gardai un moment le silence, laissant simplement la possibilité d'un lien danser devant lui comme une mouche aux couleurs vives, et attendis qu'il morde à l'hameçon.

— Y a un nommé Geagan, Edward Geagan, qui vit derrière chez Harold, commença Stunden. Comme beaucoup de gens par ici, comme Harold avant, il ne voit pas grand monde mais il n'est pas bizarre ni rien. Juste tranquille dans son coin. Si quelqu'un est au courant, c'est lui.

— Je voudrais lui parler avant que les flics le fassent. Il a le téléphone ?

— Edward ? J'ai dit qu'il était tranquille, pas rétrograde. Il fait quelque chose sur Internet. Du marketing, je crois. Je ne sais même pas ce que c'est au juste, le marketing, mais il a plus d'ordinateurs que la NASA. *Et* le téléphone.

— Appelez-le. Dites-lui de venir.

— Je peux lui promettre que vous lui paierez un verre ?

— Vous vous rappelez les vieux westerns où le héros demande au barman de laisser la bouteille ?

Stunden battit des cils.

— Je l'appelle.

Edward Geagan avait tout du type zarbi comme le conçoivent les directeurs de casting. Grand, maigre et pâlichon, trente-cinq ans environ, il avait de longs cheveux d'un blond roux, des lunettes sans monture, un pantalon beige en synthétique, des chaussures marron bon marché et une chemisette jaune. On aurait dit une girafe affublée d'une perruque et habillée dans un magasin discount.

— Je te présente M. Parker, dont je t'ai parlé au téléphone, dit Stunden. Il aimerait te poser quelques questions.

Le taxidermiste s'adressait à lui comme à un enfant et Geagan haussa un sourcil.

— Stunds, pourquoi tu t'obstines à me parler comme si j'étais débile ? se plaignit-il.

Il n'y avait cependant aucune inimitié dans son ton, rien qu'un vague amusement teinté d'une pointe d'agacement.

— Parce que tu devrais être au MIT, pas dans un bois du Franklin County, répliqua l'empailleur. Je me sens obligé de m'occuper de toi.

Geagan lui sourit et, pour la première fois de la soirée, Stunden sourit lui aussi.

— Connard.

— Péquenot.

En définitive, le barman refusa de nous laisser la bouteille mais se déclara prêt à resservir Stunden et Geagan tant qu'ils seraient capables de renouveler leur commande sans bredouiller. Malheureusement pour moi, leur capacité à tenir l'alcool était aussi grande que leur tolérance mutuelle aux vannes de l'autre. Le pub se vida au même rythme que la bouteille et bientôt il n'y eut plus que nous dans la salle. Après quelque temps de bavardage anodin, Geagan m'expliqua comment, lassé de la vie citadine de Boston, il s'était retrouvé dans le Franklin County.

— Le premier hiver a été dur, reconnut-il. Je pensais que la neige à Boston, c'était galère, mais ici, on a l'impression d'être en dessous d'une avalanche.

Il fit la grimace et poursuivit :

— Les femmes, ça me manque aussi. Vous savez, la compagnie féminine. Les petites villes, *man*. Celles qui ne sont pas mariées sont parties. C'est comme se retrouver à la Légion étrangère.

— Ça s'améliore quand les touristes arrivent, nuança Stunden. Pas beaucoup mais un peu.

— Je mourrai de frustration avant.

Ils contemplèrent tous deux le fond de leur verre comme s'ils espéraient voir une sirène émerger de la gnôle et agiter la queue de manière aguichante.

— Au sujet d'Harold Proctor, intervins-je pour faire avancer la conversation.

— J'ai été surpris quand j'ai appris son suicide. Ce n'était pas son genre.

Cette remarque revenait un peu trop souvent. Bennett Patchett l'avait faite à propos de son fils et Carrie Saunders avait dit la même chose de Damien Patchett et de Brett Harlan. S'ils avaient tous raison, cela faisait trop de morts qui n'avaient aucune raison de l'être.

— Pourquoi vous dites ça ? demandai-je.

— Harold avait le cuir épais. Il ne regrettait absolument rien de ce qu'il avait fait en Irak et c'étaient des trucs plutôt durs, d'après ce qu'il racontait. Enfin, moi, je trouvais ça dur mais je n'ai jamais tué personne. Et ça ne m'arrivera jamais, j'espère.

— Vous vous entendiez bien avec lui ?

— J'ai picolé deux, trois fois avec lui pendant l'hiver et il m'a aidé quand mon générateur est tombé en panne. On était bons voisins sans être proches. Ça se passe comme ça, ici. Et puis il a changé. J'en ai parlé à Stunds, il était du même avis. Harold s'est renfermé davantage sur lui-même, lui qui n'était déjà pas très bavard. J'entendais son pick-up démarrer à des heures bizarres, quelquefois après minuit. Et puis il y a eu le camion. Un gros semi-remorque. Rouge, je crois.

Un semi-remorque rouge, comme celui de Joel Tobias.

— Vous auriez noté le numéro, par hasard ?

Geagan le récita sans hésiter. C'était bien celui de Tobias.

— J'ai une bonne mémoire visuelle, dit-il. Ça m'aide dans mon boulot.

— Il est venu souvent ?

— Quatre ou cinq fois : deux le mois dernier, une ce mois-ci et la dernière fois hier.

Je me penchai en avant.

— Le camion est venu hier ?

Geagan parut troublé, comme s'il craignait d'avoir commis une erreur. Je vis ses lèvres remuer tandis qu'il comptait les jours.

— Ouais, hier matin. Il sortait du motel au moment où je rentrais chez moi après un tour en ville, alors je ne sais pas à quelle heure il était arrivé.

Du peu que Walsh m'avait confié j'avais déduit que Proctor était probablement mort depuis deux ou trois jours. C'était difficile à estimer à cause de la chaleur de la pièce et de la rapidité de la putréfaction qui en résultait. Il semblait maintenant que Tobias était passé au motel après la mort de Proctor mais n'avait pas pris la peine de le chercher. Ou alors il savait qu'il était mort et n'avait rien dit, ce qui paraissait peu probable. Quelle que soit la personne sur laquelle Proctor avait tiré, ce n'était pas Joel Tobias.

— Et vous êtes sûr que c'était le même camion ?

— Oui, je vous l'ai dit : je l'avais vu plusieurs fois. Harold et l'autre, le chauffeur... Non, attendez, une fois, ils étaient trois à décharger de la marchandise de la remorque avant que le camion reparte.

— Vous en avez parlé à Harold ?

— Non.

— Pourquoi ?

— Ça ne me tracassait pas plus que ça et je ne crois pas qu'il aurait apprécié que je l'interroge. Il devait se douter que je les avais peut-être vus ou entendus, mais par ici il vaut mieux ne pas se mêler des affaires des autres.

— Vous vous êtes demandé ce qu'il faisait ?

Geagan parut embarrassé.

— J'ai pensé qu'il envisageait de rouvrir le motel. Il en parlait, quelquefois, mais il n'avait pas l'argent pour les travaux.

Son regard évitait le mien.

— Et ? insistai-je.

— Il aimait fumer un peu d'herbe. Moi aussi. Il savait où en trouver et je le payais. C'était pas souvent, juste de quoi m'aider à tenir pendant les longs mois d'hiver.

— Il dealait, Harold ?

— Non, je ne crois pas. Il avait simplement un fournisseur.

— Mais vous pensez qu'il planquait de la drogue dans le motel, c'est ça ?

— Ça se pourrait. Surtout qu'il cherchait de l'argent pour le rénover.

— Vous n'avez jamais été tenté de jeter un coup d'œil ?

— C'est peut-être arrivé une fois, quand il n'était pas là, répondit-il, l'air de nouveau gêné.

— Qu'est-ce que vous avez vu ?

— Les chambres étaient toutes condamnées mais certaines avaient été récemment rouvertes. Il y avait des copeaux de bois par terre et des sillons, comme si on avait transporté quelque chose de lourd avec un diable.

— Vous n'avez jamais vu de votre fenêtre ce qu'ils apportaient dans ces chambres ?

— Le camion était toujours face à moi. Pour décharger, c'était plus facile d'avoir l'arrière tourné vers le motel. J'ai jamais vraiment pu voir ce que c'était.

« Jamais vraiment »…

— Mais vous pensez avoir peut-être aperçu quelque chose, hein ? l'encourageai-je.

— Ça va vous paraître bizarre.

— Vous savez, plus rien ne m'étonne.

— Ben, c'était une statue, je crois. Comme ces trucs grecs des musées, tout blancs. D'abord, j'ai cru que c'était un corps mais il n'avait pas de bras : la *Vénus de Milo* mais en homme.

Je jurai à mi-voix. Joel Tobias ne trafiquait pas dans la drogue mais dans les antiquités. Décidément, il était surprenant, ce type.

— Vous avez parlé à la police ?

— Non, répondit Geagan. Elle ne doit même pas savoir que j'habite là-haut.

— Attendez demain pour le faire, le plus tard possible. Répétez aux flics ce que vous m'avez dit. Une dernière chose : ils estiment qu'Harold s'est tué il y a trois jours, plus ou moins. Vous avez entendu des coups de feu ce jour-là ?

— Non, j'étais à Boston dans ma famille, je ne suis rentré qu'avant-hier. Harold a dû se suicider pendant que j'étais parti. Il s'est bien suicidé ?

— Je crois que oui.

— Alors pourquoi il s'est enfermé dans cette chambre ? Et sur quoi il a tiré avant de mourir ?

— Je ne sais pas.

Je fis signe au barman d'apporter l'addition. J'entendis la porte s'ouvrir derrière moi mais je ne me retournai pas. Stunden et Geagan levèrent la tête et leur expression changea, leurs traits s'éclairèrent après notre sombre conversation.

— On dirait que la chance est en train de tourner pour quelqu'un, dit Geagan en se passant une main dans les cheveux. J'espère que c'est moi.

Je pris mon air le plus détaché pour jeter un coup d'œil par-dessus mon épaule mais la nouvelle arrivante était déjà près de mon bras droit.

— Je vous offre un verre, monsieur Parker ? proposa Carrie Saunders.

28

Geagan et Stunden se levèrent et se disposèrent à partir.

— J'ai vraiment pas de cul, grommela Geagan. Oh, pardon, miss.

— Pas la peine de vous excuser, répondit Saunders. Et je suis ici pour une raison strictement professionnelle.

— Ça veut dire que j'ai encore une chance ? fit Geagan, plein d'espoir.

— Non.

Il poussa un soupir théâtral et Stunden lui tapota le dos.

— Allez, viens, on les laisse. Je crois qu'il doit me rester à la maison une bouteille qui t'aidera à oublier tes soucis.

— Du whisky ?

— Non, de l'alcool éthylique. Bien sûr, il faut le couper avec autre chose…

Ils quittèrent le pub, non sans que Geagan ait jeté un dernier regard langoureux en direction de Saunders. Ce gars avait clairement passé trop de temps dans les bois : s'il ne trouvait pas rapidement de l'action, il deviendrait un danger pour les élans eux-mêmes.

— Votre fan-club ? s'enquit Saunders après que la serveuse lui eut apporté une bière light.

— Une partie.

— Alors, il est plus grand que je ne le croyais.

— Je me plais à penser qu'il est petit mais stable, contrairement à votre clientèle, qui s'amenuise de jour en jour. Vous devriez envisager une autre profession, ou vous mettre en cheville avec un croque-mort.

Elle me jeta un regard noir. Un à zéro pour le privé vindicatif.

— Harold Proctor ne faisait pas partie de mes patients, rectifia-t-elle. C'est un médecin local qui lui prescrivait ses médicaments. J'avais pris contact avec lui pour qu'il participe à mes recherches mais il n'avait pas envie de coopérer et il n'a pas souhaité faire appel à mes services. Je n'apprécie pas du tout votre attitude désinvolte à l'égard de mon métier ni des anciens soldats qui sont morts.

— Descendez de la tribune, docteur Saunders. Vous ne vous êtes pas précipitée pour m'aider la dernière fois qu'on s'est vus, quand j'avais l'impression fausse que nous poursuivions le même objectif.

— Lequel ?

— Découvrir pourquoi un petit groupe d'hommes qui se connaissaient tous se sont suicidés. Au lieu de quoi j'ai eu droit à la ligne du parti et à une analyse de bazar.

— Ce n'était pas ce que vous cherchiez, affirma-t-elle.

— Non ? On enseigne aussi la télépathie à l'école des psys, ou c'est un truc que vous potassez seule quand vous en avez assez d'être arrogante ?

— C'est tout, vous avez fini ? me demanda-t-elle avec un autre regard mauvais.

— Non : pourquoi vous ne commandez pas un *vrai* verre ? Vous me gênez, à la fin.

Cette fois, Saunders craqua. Elle avait un joli sourire mais elle avait perdu l'habitude de s'en servir.

— Du vin rouge, vous voulez dire ? Ce n'est pas une fête paroissiale. Je suis étonnée que le barman ne vous ait pas encore emmené dehors pour vous donner des coups de bâton.

Je me renversai en arrière et levai une main en signe de capitulation. Elle poussa sa bière Michelob Ultra sur le côté et appela la serveuse.

— Donnez-moi la même chose que monsieur.

— On va croire à un rendez-vous amoureux, la prévins-je.

— Il faudrait être aveugle pour ça. Et sourd aussi.

Saunders était vraiment canon mais tout homme envisageant sérieusement d'établir avec elle des rapports intimes aurait besoin d'une armure pour se protéger de ses épines. Le vin arriva, elle en but une gorgée, ne parut pas désapprouver, et but de nouveau.

— Comment vous m'avez trouvé ? demandai-je.

— Les flics m'ont dit que vous étiez à Rangeley. L'inspecteur Walsh m'a même décrit votre voiture. Il m'a conseillé de crever les pneus une fois que je l'aurais repérée pour vous empêcher de filer. Et pour le simple plaisir de le faire, aussi.

— La décision de rester dans le coin m'a plus ou moins été imposée.

— Par les flics ? Ils doivent vraiment vous aimer.

— C'est un sentiment timide mais partagé. Comment vous avez appris, pour Proctor ?

— La police a trouvé ma carte dans sa cabane et il semblerait que son médecin soit en vacances aux Bahamas.

— Vous en avez fait de la route pour un homme que vous connaissiez mal.

— Proctor était un ancien soldat et il s'est suicidé. C'est mon travail. Les inspecteurs ont pensé que je pourrais peut-être éclairer les circonstances de sa mort.

— Et vous avez pu ?

— Uniquement en me fondant sur ma seule visite chez lui avant ce soir. Il vivait seul, il buvait trop, il fumait de l'herbe, à en juger par l'odeur de sa cabane, et il avait peu de soutien psychologique ou même pas du tout.

— Ce qui en faisait un candidat probable au suicide ?

— Ce qui le rendait vulnérable, c'est tout.

— Mais pourquoi maintenant ? Cela faisait au moins quinze ans qu'il avait quitté l'armée. Vous m'avez dit que le stress posttraumatique peut mettre une dizaine d'années à disparaître mais quinze…

— Je n'ai pas d'explication.

— Vous l'aviez connu comment, Proctor ?

— Dans mes entretiens avec d'anciens soldats, je leur demande de me suggérer d'autres AC qui seraient prêts à participer ou qui leur paraissent fragiles et pourraient être contactés en dehors de la procédure officielle. Quelqu'un a suggéré Harold.

— Vous vous rappelez qui c'était ?

— Non. Il faudrait que je consulte mes notes. Peut-être Damien Patchett mais je n'en suis pas sûre.

— Ça ne pourrait pas être Joel Tobias ?

— Joel Tobias n'apprécie pas les psychiatres.

— Vous avez essayé, donc ?

— Il a terminé son traitement physique au centre de Togus mais il y avait aussi un côté psychologique à soigner. On me l'a confié et les progrès ont été très limités.

Saunders me regarda par-dessus le bord de son verre et ajouta :

— Vous ne l'aimez pas, hein ?

— Je l'ai à peine croisé mais je n'aime pas ce que j'ai découvert sur lui jusqu'ici. Tobias conduit un semi-remorque rouge. Il y a toute la place qu'on veut pour cacher quelque chose dans un bahut de cette taille.

Sans même ciller, elle riposta :

— Vous semblez convaincu qu'il y a quelque chose à cacher.

— Le lendemain du jour où j'ai commencé à enquêter sur Tobias, je me suis fait tabasser de manière très professionnelle : pas de fractures, pas de marques visibles.

— Ça n'avait peut-être aucun rapport avec Tobias, fit-elle valoir.

— Écoutez, je me rends bien compte qu'il y a pas mal de gens à qui je ne plais pas mais la plupart ne sont pas très futés et, s'ils avaient commandité ma dérouillée, ils n'auraient pas pu s'empêcher de s'en vanter. Ils ne sont pas du genre généreux donateur anonyme. Ceux qui se sont occupés de moi ont utilisé un tonneau d'eau et un sac. Ils m'ont fait comprendre que je devais arrêter de me mêler des affaires de Tobias et, par extension, des leurs.

— D'après ce que j'ai entendu dire, la plupart des gens qui ont eu de vrais problèmes avec vous ne sont plus en mesure de commanditer une raclée, à moins qu'on ne puisse arranger ça de son cercueil.

— Vous seriez étonnée, murmurai-je en détournant les yeux.

Saunders, plongée dans ses pensées, ne parut pas entendre.

— Si j'ai refusé de vous aider à notre première rencontre, c'est parce que je ne *croyais* pas que vous aviez le même objectif que moi. Mon rôle consiste à aider ces hommes et ces femmes du mieux que je peux. Certains, comme Harold Proctor et Joel Tobias, ne veulent pas de mon aide. Ils en ont peut-être besoin mais ils verraient comme un signe de faiblesse d'avouer leurs peurs à un psy, même à un ancien psy de l'armée qui a servi dans le même désert qu'eux. Les journalistes ont beaucoup écrit sur le taux de suicide chez les militaires, sur ces hommes et ces femmes physiquement et mentalement blessés abandonnés par leur gouvernement, et qui constituent peut-être même une menace pour la sécurité du pays. Ils ont livré une guerre impopulaire et, d'accord, l'Irak n'est pas le Viêtnam, ni pour les pertes subies là-bas ni pour l'animosité envers les soldats rentrés au pays, mais on ne peut pas reprocher à l'armée d'avoir une attitude défensive. Quand vous êtes venu me voir, j'ai pensé que vous n'étiez qu'un crétin de plus essayant de prouver quelque chose.

— Et maintenant ?

— Je pense toujours que vous êtes un crétin – et l'inspecteur Walsh partage clairement cette opinion – mais vos objectifs finaux ne sont peut-être pas si différents. Nous voulons tous deux découvrir pourquoi ces hommes se suicident.

Saunders but une autre gorgée de vin qui rougit ses dents comme celles d'un animal qui vient de se nourrir de viande crue.

— Je prends ce problème au sérieux, poursuivit-elle. C'est pour cette raison que je m'implique autant dans mes recherches. Elles s'insèrent dans une initiative commune avec l'Institut national de santé mentale pour tenter de trouver des réponses et des solutions. Nous étudions le rôle que les combats et les affectations multiples jouent dans le suicide. Nous savons que deux tiers des suicides sont commis pendant ou après une affectation : il s'agit chaque fois de quinze mois dans une zone de guerre, avec à peine le temps de décompresser avant que des hommes et des femmes épuisés soient renvoyés sur le terrain.

« Il est clair que nos soldats ont besoin d'aide mais ils rechignent à en faire la demande car ils craignent que ce soit inscrit dans leur dossier et que ça les suive partout. Mais l'armée doit aussi changer d'attitude envers ses troupes : en matière de santé mentale, le dépistage est médiocre et les gradés répugnent à laisser du personnel militaire avoir accès à des thérapeutes civils. L'armée recrute davantage de médecins généralistes, ce qui est un début, et plus de psychothérapeutes aussi mais l'accent porte essentiellement sur les troupes au combat. Que se passe-t-il quand elles rentrent au pays ? Sur les soixante soldats qui se sont suicidés entre janvier et août 2008, trente-neuf l'ont fait *après* leur retour en Amérique. Nous laissons tomber ces hommes et ces femmes. Ils sont blessés et, dans certains cas, il est trop tard lorsque leurs blessures deviennent apparentes. Il faut faire quelque chose pour eux. Quelqu'un doit prendre cette responsabilité.

Saunders se renversa contre le dossier de sa chaise. Elle avait perdu une partie de sa dureté et semblait simplement fatiguée. Fatiguée et plus jeune qu'elle ne l'était, comme si son désarroi devant ces morts avait quelque chose d'enfantin dans sa pureté.

— Vous comprenez maintenant pourquoi je me suis méfiée quand un détective privé – qui plus est précédé d'une réputation de violence – est venu m'interroger sur le suicide d'anciens combattants ?

La question était purement rhétorique et, si ce n'était pas le cas, je choisis de la considérer comme telle. Je fis signe à la serveuse d'apporter une autre tournée et nous gardâmes le silence jusqu'à ce qu'elle arrive. Saunders versa le reste de son premier verre dans le second.

— Et vous ? demandai-je. Cela vous affecte ?

— Je ne comprends pas votre question.

— Ça doit être dur d'écouter toutes ces histoires de douleur et de mort, de voir jour après jour ces hommes et ces femmes meurtris. C'est forcément éprouvant.

Elle déplaça son verre sur la table, observa les ronds superposés qu'il laissait, semblables à des diagrammes de Venn.

— Voilà pourquoi j'ai quitté l'armée et je suis devenue thérapeute civile. Je me sens encore coupable de l'avoir fait, mais là-bas j'avais parfois l'impression d'être le roi Canut essayant seul d'arrêter la marée. En Irak, mes décisions pouvaient toujours être remises en cause par un commandant ayant besoin de soldats sur le terrain. La plupart du temps, tout ce que je pouvais faire, c'était donner des tuyaux pour aider à tenir, alors que ces soldats n'en étaient déjà plus capables. Au centre de Togus, j'ai l'impression de faire partie d'une stratégie globale, d'un effort pour saisir le problème dans son ensemble, même si cela veut dire trente-cinq mille soldats chez qui on a déjà diagnostiqué un syndrome de SPT, et ce nombre ne fera qu'augmenter.

— Cela ne répond pas à ma question, dis-je.

— Non, n'est-ce pas ? Ce à quoi vous faites référence porte le nom de traumatisme secondaire, ou « angoisse de contact » : plus le thérapeute s'implique, plus il risque d'éprouver une partie du traumatisme de ses patients. Actuellement, il n'y a quasiment aucune évaluation de la santé mentale des thérapeutes. Ils s'autoévaluent, c'est tout. Vous savez que vous êtes atteint uniquement quand vous craquez.

Elle but la moitié de son verre et enchaîna :

— Maintenant, parlez-moi d'Harold Proctor et de ce que vous avez vu là-bas.

Je lui fis un compte rendu presque complet en laissant de côté ce que Geagan m'avait révélé et l'argent découvert dans la cabane de Proctor. Quand j'eus terminé, elle garda le silence sans cesser de me regarder. Si c'était un truc de psy pour saper mes défenses et m'amener à déballer tout ce que je gardais caché depuis l'enfance, ça ne marchait pas. Je lui avais déjà révélé plus de choses à mon sujet que je ne l'aurais voulu, je n'avais pas l'intention de recommencer. Je me vis en train de refermer la porte de l'écurie alors que le cheval galopait vers l'horizon.

— Et l'argent ? m'assena-t-elle tout à trac. Vous avez simplement oublié de mentionner ce détail ?

Manifestement, les flics de l'État du Maine étaient plus vulnérables que moi à ses ruses. Quand je reverrais Walsh, je lui dirais un mot sur la nécessité de rester ferme et de ne pas glousser bêtement lorsqu'une jolie femme vous tapote le bras et vous fait des compliments sur votre gros calibre.

— Je n'ai pas encore compris le sens de cet élément.

— Vous n'êtes pas idiot, monsieur Parker, alors ne supposez pas que je le suis. Laissez-moi suggérer les conclusions auxquelles je crois que vous êtes parvenu et vous me direz si je me trompe quand j'aurai fini. Vous pensez que le motel de Proctor servait de planque, peut-être ou même probablement pour de la drogue. Vous pensez que l'argent retrouvé sous le matelas constitue le paiement de ses services. Vous pensez que plusieurs de ceux qui se sont suicidés, voire tous, étaient aussi impliqués dans ce trafic. Joel Tobias fait la navette entre le Maine et le Canada avec son camion, et vous pensez que c'est probablement lui qui transporte la marchandise. Je me trompe ?

Comme je ne répondais pas, elle continua :

— Pourtant, je ne crois pas que vous ayez informé la police de tout ça. Je me demande pourquoi. Est-ce par loyauté envers Bennett Patchett ? Parce que vous voulez éviter de salir la réputation de son fils si vous n'y êtes pas absolument obligé ? En partie, je crois. Vous êtes un romantique, monsieur Parker, et quelquefois, comme tous les romantiques, vous confondez romantisme et sentimentalité. Cela explique votre cynisme sur les motivations des autres.

« Vous êtes aussi une sorte de chevalier blanc et cela cadre parfaitement avec votre veine romantique. Mais votre noble combat est essentiellement égoïste : vous le menez parce que cela donne un sens à votre vie, non pour la cause de la justice ou de la société. En fait, lorsque vos besoins et ceux de la communauté entrent en conflit, je vous soupçonne de faire généralement passer les premiers avant les seconds. Cela ne fait pas de vous un sale type, juste quelqu'un sur qui on ne peut pas compter. J'ai raison ?

— À peu près pour Proctor et Tobias. Je ne peux pas faire de commentaires sur votre deuxième séance de psychanalyse gratuite.

— Ce n'est pas gratuit, vous paierez mes consommations. Qu'est-ce qui m'échappe, pour Proctor et Tobias ?

— Je ne crois pas qu'il s'agisse de drogue.

— Pourquoi ?

— J'en ai parlé à quelqu'un qui serait forcément au courant d'une tentative pour augmenter la quantité de marchandise mise sur le marché local ou utiliser le Maine comme relais. Il faudrait d'abord arranger les choses avec les Dominicains, probablement aussi avec les Mexicains. Et le gentleman à qui j'ai parlé réclamerait aussi sa part.

— Et si les nouveaux venus décidaient simplement de se dispenser des convenances ?

— Alors des individus armés pourraient être tentés de se dispenser d'*eux*. Il y a aussi la question de l'approvisionnement. À moins de cultiver eux-mêmes des têtes de l'autre côté de la frontière, ou d'importer directement de l'héroïne d'Asie, ils devraient s'entendre avec les fournisseurs actuels à un point ou à un autre de la filière. C'est difficile de garder secret ce genre de négociations, surtout quand elles menacent le statu quo.

— Si ce n'est pas de la drogue, qu'est-ce que c'est ?

— Il y a peut-être un indice dans leurs dossiers militaires, suggérai-je, évitant la question.

— J'ai déjà regardé dans les dossiers de ceux qui sont morts. Il n'y a rien.

— Regardez de plus près.

— Je vous repose la question : un trafic de quoi ? Je crois que vous le savez.

— Je vous le dirai quand je serai sûr. En attendant, cherchez encore dans leurs dossiers, il doit y avoir quelque chose. Si vous vous souciez de la réputation de l'armée, laisser les flics découvrir un réseau de contrebande dirigé par des anciens combattants n'arrangera pas les choses. Il vaudrait mieux que l'armée soit l'instigatrice de toute action entreprise contre eux.

— Pendant ce temps-là, qu'est-ce que vous ferez, vous ?

— Il y a toujours un maillon faible. Je le trouverai.

Je réglai l'addition en espérant pouvoir la présenter au fisc comme frais professionnels justifiés si je prétendais ne pas m'être amusé, ce qui était en grande partie vrai.

— Vous retournez à Augusta ce soir ? demandai-je à Saunders.

— Non, je passerai la nuit au même endroit que vous.

Je traversai la chaussée avec elle en direction du motel.

— Où êtes-vous garée ?

— Dans la rue, répondit-elle. Je vous inviterais bien à prendre un dernier verre mais je n'ai rien à boire... Et puis je n'en ai aucune envie. Ça joue aussi.

— Je ne le prendrai pas personnellement.

— J'espère bien, dit-elle avant de s'éloigner.

De retour dans ma chambre, je consultai mes messages. Il y en avait un de Louis qui me donnait le numéro de téléphone d'un motel et celui de sa chambre. J'utilisai la ligne de la mienne pour l'appeler. Le bâtiment principal était fermé pour la nuit, je n'avais pas à m'inquiéter d'une standardiste curieuse. Notre conversation fut cependant aussi peu explicite que possible, à tout hasard.

— On a eu de la compagnie, m'annonça-t-il après qu'Angel lui eut passé le téléphone. Deux convives de plus pour le dîner.

— Ils sont allés jusqu'au plat de résistance ?

— Ils n'ont pas dépassé les amuse-gueule.

— Et après ?

— Ils sont allés se baigner.

— Au moins, ils ne l'ont pas fait en pleine digestion.

— On ne fait jamais trop attention. Maintenant, y a plus que nous quatre.
— Quatre ?
— Ouais, t'as une carrière toute trouvée de conseiller matrimonial.
— Je ne suis pas sûr que mes talents soient à la hauteur de tes problèmes de couple.
— T'inquiète, on a conclu un pacte de suicide commun si on en arrive là un jour. En attendant, il faut que tu viennes. Notre ami est devenu très causant.
— J'ai promis aux flics de rester dans le coin jusqu'à demain matin.
— Ben, tu leur manqueras mais je crois vraiment qu'il faut que tu entendes cette histoire.

Je fis observer que ça me prendrait quelques heures pour venir, il répondit qu'ils n'avaient pas l'intention de bouger. En sortant du parking, je remarquai qu'il y avait encore de la lumière dans la chambre de Carrie Saunders mais ce n'était sûrement pas à mon intention.

IV

« Ménélas : Victimes des dieux qui nous avaient trompés, nous n'avions jusqu'ici dans les mains qu'un triste fantôme fait de brouillards.

Le messager : Que dis-tu ? C'est pour un fantôme que nous avons vainement souffert ? »

Euripide, *Hélène*[1], II, 704-707

---

1. Traduction d'Henri Berguin, Garnier-Flammarion.

Il avait passé trop de temps dans presque tous les véhicules que l'armée avait à offrir, il connaissait leurs points forts et leurs défauts mais on l'avait finalement envoyé occuper un poste libre dans le peloton de Stryker de Tobias.
Des gens racontaient des tas de conneries sur le Stryker, généralement le genre d'enfoirés qui sont abonnés aux magazines d'armes à feu et leur envoient des lettres sur la « classe guerrier », mais les soldats, eux, aimaient le Stryker. D'accord, les coussins des sièges étaient pourris, la clim avait la puissance d'un battement d'ailes de mouche et il n'y avait pas assez de prises pour brancher les lecteurs de DVD ou les iPod de tout un peloton, mais le Stryker était supérieur au Humvee, même au modèle à blindage renforcé. Le Stryker offrait une protection intégrale de 14,5 mm contre tout ce que les hadji *pouvaient lancer dessus, avec en plus une grille antiroquettes séparée du corps principal par un espace de 45 cm. Il était équipé d'un M240 à l'arrière et d'un 50 vraiment génial. Le Humvee, en comparaison, ça revenait à s'envelopper de PQ et à agiter un 22.*
Et c'était important parce que, contrairement à tout ce qu'on leur avait appris sur la guérilla urbaine,

l'armée les faisait patrouiller chaque jour selon les mêmes itinéraires, aux mêmes heures, si bien que les hadji *pouvaient régler leurs montres et du même coup leurs bombes à retardement sur leur passage. À ce stade, la question n'était pas de savoir s'ils seraient touchés un jour mais quand. Le bon côté, c'était que tout véhicule touché était automatiquement renvoyé à la base pour réparation, ce qui permettait au peloton de se reposer pendant le reste de la journée.*

C'était Tobias qui avait arrangé son transfert à la compagnie de Stryker. Tobias et le nommé Roddam. Tobias avait gagné ses galons de sergent et était devenu chef de peloton. Mais pas un sale con pour autant : il leur avait même dégoté de la bière, alors que picoler était un délit grave. On tombait sous le coup de l'article 15 pour une bagarre ou l'emprunt d'un véhicule sans autorisation, mais l'alcool et la drogue entraînaient des condamnations judiciaires. Tobias avait risqué gros avec la bière mais il avait confiance en eux. À ce moment-là, cependant, il commençait à comprendre la façon dont Tobias opérait et savait que les cannettes étaient un moyen de les amadouer. Tobias avait son interprétation personnelle de la troisième loi de Newton sur le mouvement : à chaque action correspond une réaction égale ou plus forte. Ils paieraient pour ces bières, d'une façon ou d'une autre, et c'était Roddam qui viendrait encaisser.

Roddam était une sorte d'espion. Bagdad en était plein à l'époque, des vrais comme des faux, et Roddam était un peu des deux. Il appartenait au secteur privé, pas à la CIA, et, comme toute bonne barbouze, il parlait peu de ce qu'il faisait. Il prétendait travailler pour une petite entreprise du nom d'IRIS – Information, Recherches, Interprétation, Services – mais Tobias avait laissé échapper que le personnel de la boîte se réduisait quasiment à Roddam. Comme on pouvait s'y attendre, le logo d'IRIS était un œil, avec le monde pour pupille. Sur ses cartes professionnelles, Roddam se targuait d'avoir des bureaux à Concord, dans le New Hampshire, et à Pont-Rouge, au Canada, mais le bureau de Pont-Rouge se révéla n'être qu'une arnaque fiscale à proximité d'un aéroport, et celui de Concord un simple téléphone avec un répondeur.

Roddam avait toutefois appartenu à la CIA : il avait des contacts, de l'influence. Son rôle à Bagdad consistait en partie à servir d'intermédiaire entre l'armée et de petites sociétés qui n'avaient pas leurs propres réseaux de transport et s'efforçaient de réduire leurs coûts afin d'engranger une plus grosse part de ce qu'elles faisaient déjà payer trop cher à l'Oncle Sam. Roddam arrangeait le transport de ce que les grosses entreprises comme Halliburton ne s'étaient pas octroyé d'autorité, depuis la caisse de vis jusqu'à des armes qui, pour une raison ou une autre, ne devaient pas passer par le circuit normal.

Cela payait ses factures mais ce n'était pas son principal domaine de compétence. Il s'avéra que Roddam était aussi un expert en interrogatoires et analyse d'informations, ce qui expliquait le nom d'IRIS. Il y avait trop d'Irakiens emprisonnés pour que les services de renseignements officiels puissent s'occuper de chacun d'eux et ils laissaient le menu fretin à Roddam. Si vous aviez assez de petits poissons et si vous recoupiez les informations que vous glaniez grâce à eux, vous pouviez parvenir à une vue d'ensemble à partir de multiples éléments. Roddam était une sorte de génie pour analyser les renseignements soutirés aux détenus, parfois même sans que ceux-ci se doutent qu'ils avaient révélé quelque chose d'important. Roddam s'occupait d'eux lui-même à l'occasion, généra-

lement pour clarifier un point ou pour établir une relation solide entre deux informations apparemment sans rapport. Il n'était pas adepte de la perceuse ou de la baignoire. Il était patient, méticuleux et n'élevait jamais la voix. Tout ce qu'il obtenait était incorporé à un programme informatique qu'il avait créé et auquel l'Irak servirait de banc d'essai : il collationnait des mots-clés, des détails opérationnels mineurs, voire des tournures de phrase, et les recoupait dans l'espoir de découvrir des schémas récurrents. La CIA et les services de renseignements de l'armée lui confiaient aussi leurs bribes d'infos, si bien qu'avec le temps Roddam finit par en savoir plus que n'importe qui d'autre sur les opérations au jour le jour des rebelles. C'était à lui qu'il fallait s'adresser, c'était lui l'oracle infaillible. En échange, il obtenait tout ce qu'il voulait.

Il n'avait jamais su comment Roddam et Tobias s'étaient rencontrés et présumait que des types comme eux finissaient inévitablement par se trouver. Le jour où Tobias avait apporté les bières, Roddam l'accompagnait. C'était d'ailleurs probablement Roddam qui les avait obtenues.

À cette période-là, le peloton avait subi quelques pertes : Lattner était mort, Cole aussi. Edwards et Martinez, blessés, avaient été remplacés par Harlan et Kramer ; Hale, touché par un sniper, ne s'en sortirait probablement pas. Il avait reçu une balle dans la tête et la mort serait peut-être pour lui une délivrance. L'équipe avait été affectée à des missions de protection jusqu'à ce qu'elle se retrouve au complet : pas de patrouilles, uniquement des gardes dans la tour, autrement dit des heures et des heures de contrôle radio avec Front Line Yankee et des réponses du genre « 5 sur 5, RAS », en baissant de temps en temps la tête quand quelqu'un dans l'obscurité décidait d'envoyer un obus de mortier ou une roquette, ou de tirer une rafale pour que vous ne vous ennuyiez pas trop.

Cette nuit-là, Tobias – ou Roddam – s'était arrangé pour qu'ils soient exempts de patrouille à pied et ils s'étaient retrouvés à huit dans l'UHC de Tobias : lui, Tobias, Roddam, Kramer, Harlan, Mallak, Patchett et Bacci. Après deux ou trois bières pour les détendre, Tobias leur avait expliqué le coup. Il leur avait parlé de Hale pour qui, au mieux, le reste de la vie serait un combat. Il avait aussi mentionné d'autres gars qu'il connaissait et qui se battaient pour obtenir un peu de fric de l'armée, de l'assistance sociale, de l'aide aux anciens combattants, de n'importe où. Il leur avait raconté que Keys, le servant de mitrailleuse que Patchett remplaçait, n'avait rien obtenu pour sa jambe parce qu'on avait estimé son invalidité à 60 % seulement. Keys avait ameuté la presse et son taux avait été relevé, uniquement pour qu'il se tienne tranquille. Il avait eu de la chance mais il y avait des tas d'autres infirmes qui avaient eu moins de veine ou qui n'avaient pas trouvé un journal compréhensif pour plaider leur cause. Pour conclure, Tobias avait annoncé que Roddam avait une proposition à leur faire, et que, s'ils étaient d'accord, ils pourraient à la fois venir en aide aux camarades blessés et s'assurer une vie plus facile une fois rentrés au pays. Il leur avait demandé d'écouter et ils l'avaient fait.

Roddam avait la cinquantaine, des kilos en trop et le crâne dégarni. Il portait toujours des chemisettes et une cravate. Avec ses lunettes à monture noire, il avait l'air d'un prof de physique. Roddam avait expliqué qu'il était tombé sur une information intéressante. Quand il leur avait parlé du pillage du musée de l'Irak à Bagdad en 2003, Patchett l'avait interrompu pour signaler qu'il avait été sur place tout de suite après l'événement et Roddam avait paru intéressé. Plus tard, il prendrait Patchett à part pour discuter avec lui mais, sur le coup, il avait simplement rangé ce détail dans son esprit et repris le fil de son histoire. Il avait parlé de statues, de sceaux anciens, d'or. Kramer avait ricané. Des rumeurs circulaient sur les trésors cachés de Saddam, des lingots d'or enterrés dans des jardins, fables ayant généralement pour origine des Irakiens douteux en quête de pots-de-vin qui disparaissaient dans la nuit et qu'on ne revoyait plus si quelqu'un était assez bête pour leur donner de l'argent. Tobias avait dit à Kramer de la fermer et d'écouter, ce que Kramer avait fait.

Lorsque Roddam avait terminé son exposé, ils étaient tous convaincus, y compris Kramer, parce que Roddam donnait une impression de calme et de sérieux. Ils s'étaient déclarés partants et lui avaient laissé le soin de régler les détails. Il les tenait.

Il avait oublié ce que c'était, être soûl. En Amérique, un pack de six aurait à peine suffi à le mettre en train mais, en Irak, privé d'alcool pendant des mois, la bouche toujours sèche, le corps toujours trop chaud, il avait réagi comme s'il s'était enfilé la production hebdomadaire de la brasserie Coors. Le lendemain, il avait mal à la tête mais il n'avait pas oublié la promesse qu'ils avaient faite. Il était content d'utiliser le Stryker et non un fourgon à viande de fortune pour l'opération, même s'il commençait à se demander dans quoi au juste ils s'étaient fourrés. La veille, avec quelques bières et presque pas de bouffe dans le cornet, il avait été aussi emballé que les autres mais, à présent, la réalité de la situation s'imposait de nouveau à lui. Dans une vraie mission « Mouvement en vue de contact », nouvelle appellation plus aimable pour « Rechercher et détruire », le petit écran du système de localisation FBCB2 situé derrière le sas du chef de char affichait des triangles rouges une fois que l'ennemi était repéré, et la voix de garce, à la fois adorable et consternante, annonçait une présence hostile dans le secteur ; mais cette fois ils avanceraient en aveugles et sans aide.

Tobias se comporta exactement comme pour une patrouille ordinaire : il tapota le dos de chacun d'eux pour s'assurer qu'ils avaient emporté un sac hydro, vérifia qu'ils avaient des gants, une arme bien graissée et des piles neuves dans les lunettes de vision nocturne. Ils avaient tous procédé à leur propre inspection d'avant le combat, ils avaient tous en tête l'ordre d'opération et, quels qu'aient été ses défauts, Tobias veillait avec insistance à ce que chacun connaisse précisément sa tâche et emporte l'équipement nécessaire pour la remplir. Roddam les observait sans rien dire, mal à l'aise dans son gilet pare-balles. Il semblait nerveux et ne cessait de regarder sa montre. Tobias vérifia les munitions supplémentaires pour le 50 fixées par une sangle au flanc droit du Stryker. Elles étaient difficiles à atteindre en cas de fusillade mais il n'y avait pas d'autre endroit où les mettre et il valait mieux les avoir là que pas du tout. Une fois les vérifications terminées, chacun passa à son propre rituel intime – toucher une médaille, une croix, une photo de famille – dont il pensait qu'il l'avait maintenu en vie jusque-là. Tous les soldats étaient superstitieux, ça faisait partie du boulot.

C'était un dimanche soir et le soleil se couchait quand ils se mirent en route. Ils avaient tous un bon *repas dans le ventre parce que les meilleurs plats étaient toujours servis le dimanche mais ils avaient évité le café. La poussée d'adrénaline était déjà assez forte comme ça avant un raid. Il se rappela le bruit de ses bottes, le sable se tassant sous la semelle, le contact ferme du sol et la puissance de ses jambes, le son creux renvoyé par le plancher du Stryker quand il gagna sa place. Un acte simple, mettre un pied devant l'autre. Fini, maintenant. Fini, tout ça.*

L'entrepôt se trouvait à Al-Adhamiya, le vieux quartier de Bagdad, une forteresse sunnite. Ils empruntèrent des ruelles taillées sur mesure pour une embuscade, remarquèrent au passage des lampes à pétrole allumées aux fenêtres des maisons mais pas une seule silhouette en vue. À deux rues de la cible, toutes les lumières disparurent et il n'y eut plus qu'une demi-lune au-dessus d'eux pour argenter les bâtiments et dessiner leurs contours dans l'obscurité qui les enveloppait.

Ils firent les trente derniers mètres à pied. Le bâtiment, qui avait deux entrées, semblait plus moderne que ceux qui l'entouraient et aucune lumière ne brillait à l'intérieur. Une porte au sud, derrière, et l'autre côté ouest. Au niveau du sol, deux petites fenêtres étaient protégées par des barreaux mais leurs vitres étaient couvertes d'une couche de poussière et de crasse si épaisse qu'on ne pouvait voir au travers. Les portes étaient en acier renforcé, ils firent sauter les serrures au C4 et se ruèrent à l'intérieur. Grâce à ses lunettes de vision nocturne, il distingua des silhouettes en mouvement, des armes qu'on levait et, au moment même où il tirait, il pensa : il y a quelque chose d'anormal. Comment est-ce qu'on a pu les prendre par surprise ? Quand une mouche se pose à Al-Adhamiya, quelqu'un court prévenir une araignée.

Un homme abattu. Deux. « Dégommez-les ! » entendit-il crier sur sa gauche, une voix qu'il reconnut et qu'il ne reconnut pas, déformée par la fureur et la confusion du combat. Un téléviseur beuglait, l'écran presque aveuglant à travers les lunettes, puis l'écran explosa et devint sombre. Il entendit Tobias brailler « Cessez le feu ! » et ce fut terminé. Presque aussi vite que cela avait commencé.

Ils fouillèrent le bâtiment et ne trouvèrent pas d'autres hadji. *Trois étaient morts, un quatrième agonisait. Tobias se tenait penché sur lui tandis que les autres sécurisaient le périmètre et il crut entendre l'homme et Tobias échanger quelques mots à voix basse. Tous les membres du peloton relevèrent leurs lunettes lorsque les faisceaux des torches électriques rebondirent sur les murs, révélant des caisses en bois et en carton, des formes bizarres enveloppées de toile de lin. Le* hadj *agonisant avait les pupilles dilatées et souriait en bredouillant.*

— Il est défoncé, expliqua Tobias. À l'Artane, probablement.

L'Artane était un antipsychotique utilisé pour traiter la maladie de Parkinson mais aussi d'un usage très répandu parmi les jeunes insurgés. À Bagdad, il faisait partie de la pharmacopée disponible dans des endroits comme Babb al-Sharq, la Porte orientale. Il procurait un sentiment d'euphorie et d'invulnérabilité. La voix du hadj *s'éleva sur un rythme de prière et une balle claqua quand Tobias l'acheva. Il n'y aurait pas d'enlèvement des corps cette nuit-là, pas de mise en sac des cadavres pour les déposer au poste de police le plus proche. Les morts resteraient où ils étaient tombés.*

Les hadji *abattus portaient tous un bandeau noir, le signe distinctif des* shahid, *des martyrs. Il en fit la remarque à Tobias, qui haussa les épaules.*

— Et alors ? S'ils avaient envie d'être des martyrs, ils ont eu ce qu'ils voulaient.

Tobias ne comprenait pas. Ces types nous attendaient mais ils se sont à peine battus, pensait-il. Ils auraient pu nous descendre dans la rue quand nous étions vulnérables, ils ne l'ont pas fait. Ils nous ont laissés approcher, ils nous ont laissés les tuer.

Roddam les rejoignit, l'oreille collée à un téléphone par satellite. Quelques minutes plus tard, ils entendirent un grondement et virent des lumières, un véhicule blindé Buffalo apparut dehors. Dieu sait comment son chauffeur avait réussi à le faire passer dans ces ruelles. Il était suivi d'un seul Humvee. Il ne connaissait pas les quatre hommes qui se trouvaient à l'intérieur mais apprendrait plus tard que c'étaient des soldats de la Garde nationale, deux de Calais, deux autres d'un trou perdu du comté. Encore des gars du Maine qui devaient un service à Tobias. Trois d'entre eux ne rentreraient pas en Amérique. Le quatrième essayait encore de faire fonctionner ses nouveaux bras.

Ils firent rouler hors du Buffalo deux engins de levage et entreprirent de sortir de l'entrepôt les caisses les plus lourdes. Tobias ordonna à quatre membres du peloton de former une file et ils chargèrent les petites pièces dans le Humvee, les grandes dans le Buffalo. Cela leur prit quatre heures. Pendant tout ce temps, personne ne s'approcha du bâtiment et ils purent quitter Al-Adhamiya sans encombre. En chemin, ils prirent deux équipes de snipers. Ce n'était pas inhabituel : c'était la façon de procéder. Des snipers – Delta, Blackwater, rangers, SEALS, marines –

étaient affectés à une unité d'infanterie pour les missions « Encerclement et recherche ». Lorsque l'unité repartait, les snipers restaient et se terraient. Plus tard, une unité passait les reprendre. Il savait qu'en l'occurrence Roddam s'était arrangé pour obtenir des snipers, et uniquement pour couvrir le raid sur l'entrepôt parce que leur peloton avait déposé les deux équipes plus tôt dans la semaine.

Il aurait dû y avoir des coups de feu, se dit-il. Ils auraient dû se heurter à une résistance. Ça n'avait aucun sens.

Mais ils s'en fichaient, ils étaient riches.

Encore maintenant, il était étonné par ce que Roddam avait réussi à arranger mais ce type était malin. Il savait tirer profit du chaos de la guerre et l'Irak était le chaos absolu. Ce qui importait, c'était ce qu'on apportait dans le pays, pas ce qu'on en sortait. La moitié de ce qu'ils avaient pillé dans l'entrepôt fut expédiée au Canada, parfois via les États-Unis, dans des avions vides retournant prendre de l'équipement vendu trop cher à l'armée. Les grosses pièces passèrent par la Jordanie puis par la mer. En cas de besoin, on paya des pots-de-vin mais ni aux États-Unis ni au Canada. Même sans les contacts de Roddam à la CIA, l'Irak était une mine d'or pour les fournisseurs de l'armée. Les troupes avaient besoin d'équipement de toute urgence et à tout prix, personne ne tenait à se faire accuser de gêner l'effort de guerre en chicanant sur la paperasse.

Pendant les mois qui suivirent, ils rentrèrent tous en Amérique, certains en meilleur état que d'autres. Ils rendirent leurs armes, remplirent des questionnaires médicaux sur des PalmPilot, aucun d'eux n'avouant avoir des problèmes psychologiques, pas à ce moment-là, à la grande satisfaction de l'armée. Ils écoutèrent tous le même discours du commandant du bataillon leur recommandant de ne pas cogner sur leur femme ou leur petite amie à leur retour, ou quelque chose comme ça, leur assurant que l'armée les accueillerait à bras ouverts avec un bouquet de fleurs et quarante vierges des États du Sud.

Ou quelque chose comme ça.

Ensuite le Koweït et Francfort, un passage par Bangor, Maine, pour rejoindre la base McCord, puis de nouveau Bangor et retour à la maison pour tout le monde.

Tout le monde sauf lui parce que alors ses jambes étaient foutues. Il suivit un itinéraire différent: un hélicoptère sanitaire Black Hawk jusqu'à l'hôpital militaire de la Zone verte où les médecins stabilisèrent son état avant de le transférer au service des traumatismes du Centre médical régional de Landstuhl, près de Francfort, où il fut amputé. De Landstuhl à Ramstein, de Ramstein à la base Andrews à bord d'un Starlifter C-141, les blessés entassés comme du petit bois au centre de l'appareil, comme les esclaves d'un bateau négrier, dix centimètres séparant sa couchette de celle de l'homme du dessus, l'odeur nauséabonde de l'urine et du sang malgré la brume des calmants, le fracas assourdissant de l'avion malgré les boules Quies. D'Andrews à Walter Reed. L'enfer de l'ergothérapie, les tentatives pour fixer des prothèses, finalement abandonnées à cause de la douleur qu'elles lui causaient, et il avait eu son content de douleur.

Puis le retour dans le Maine et les discussions avec Tobias. On s'occuperait de lui, assurait Tobias. Tout ce qu'il avait à faire, c'était la fermer. Mais il ne se souciait pas seulement de lui. Ils avaient conclu un marché : l'argent servirait à aider les frères et sœurs d'armes blessés, ceux qui avaient tant perdu. Tobias estimait que la situation avait changé et que ce n'était pas à lui de forcer les autres à la générosité. Ils donneraient ce qu'ils voudraient. C'était compliqué, il fallait faire attention. Jandreau ne comprenait pas.

Et tout à coup, ils s'étaient mis à mourir. C'était Kramer qui lui avait parlé du coffret, Kramer qui lui avait raconté ses cauchemars, qui l'avait incité à explorer les parties sombres de la mythologie sumérienne, mais ce fut seulement après la mort de Damien Patchett qu'il apprit la vérité sur Roddam. Roddam était mort lui aussi. On l'avait retrouvé dans le bureau de Concord d'IRIS une semaine après le retour au pays de Tobias et Bacci, les premiers des soldats impliqués dans le raid d'Al-Adhamiya à rentrer. Aucun d'eux n'était au courant parce que Roddam n'était pas son vrai nom. Il s'appelait Nailon, Jack Nailon. Il s'était endormi sur le canapé de son bureau, un cigare allumé dans le cendrier posé sur l'accoudoir, les vêtements et le corps imbibés de whisky. Mort de ses brûlures, avaient conclu les policiers.

Sauf que Roddam, ou Nailon, ne buvait pas. C'était ce qu'il avait retenu de la soirée bière à la base, quand Roddam et lui avaient échangé quelques mots après qu'il lui eut proposé une cannette. Roddam était diabétique et souffrait d'hypertension. Il ne pouvait pas boire d'alcool et il ne fumait pas. Il se demandait pourquoi l'enquête sur la mort de Roddam n'avait pas révélé ces faits. Peut-être que, comme tout ce qui le concernait, son dossier médical était inexact. Puis il s'était rappelé les propos que Tobias avait commencé à tenir sur Roddam avant son retour : on ne peut pas lui faire confiance, il n'est pas des nôtres. Roddam cause des problèmes à Québec, il exige une plus grosse part. Comme si Tobias préparait le terrain à l'élimination de Roddam.

Il avait parlé de la mort de Roddam après l'enterrement de Damien. Il avait parlé de tas de choses parce qu'il était triste, parce qu'il était ivre, parce que Mel lui manquait et que Damien lui manquerait aussi. Si ce n'était pas Roddam le cerveau, c'était qui ? Tobias était le sous-off classique. Il n'avait pas d'idées, il mettait celles des autres en pratique et c'était une opération compliquée.

Et Tobias lui avait dit de se tenir tranquille, de s'occuper de ses propres affaires parce qu'un homme en fauteuil roulant est vulnérable et que les infirmes ont tout le temps des accidents.

Après ça, il avait commencé à planquer le pistolet sous son fauteuil.

29

Le Collectionneur était maintenant sur les talons d'Herod et sentait sa peur croître à mesure qu'il se rapprochait de lui.

Herod était un cas inhabituel. Le Collectionneur l'aurait peut-être même considéré comme un défi intéressant – tel un chasseur qui trouve que l'animal qu'il traque déploie des trésors de ruse inattendus – s'il n'avait pas été de plus en plus préoccupé par l'objectif ultime du personnage et l'imminence de sa réalisation. Herod avait su se cacher et le Collectionneur n'avait trouvé que ses traces : accords et menaces, vies ruinées, corps laissés sans sépulture, pièces achetées ou volées aux morts. C'était la nature des objets – occultes, mystérieux – qui avait à l'origine attiré l'attention du Collectionneur. Examinant avec soin tous ces éléments, il avait tenté de discerner un schéma. Apparemment, Herod n'était pas intéressé par une époque particulière et les objets déroutaient par la variété de leur nature et de leur valeur. Le Collectionneur avait le sentiment étrange qu'ils constituaient le reflet d'une conscience, comme si Herod meublait une pièce en vue de l'arrivée d'un hôte de marque, pour qu'il soit entouré de pièces précieuses et de curiosités qui lui seraient familières ou éveilleraient son intérêt.

Ou bien il préparait une exposition qui ne prendrait sens pour le visiteur qu'une fois la pièce principale mise en place.

Le Collectionneur avait plusieurs fois failli coincer Herod mais l'homme lui avait toujours glissé entre les doigts au dernier moment. C'était comme s'il était prévenu de l'approche du Collectionneur, comme s'il trouvait un moyen de lui échapper, même si cela l'obligeait à sacrifier un objet qu'il désirait car le Collectionneur avait bien appâté ses pièges. Cela faisait déjà quelques années qu'il avait décidé de liquider Herod. Celui-ci avait exécuté un jeune enfant dont le père était revenu sur un contrat et, aux yeux du Collectionneur, Herod s'était damné par cet acte. Entre autres bizarreries patentes, Herod semblait considérer que ceux avec qui il faisait affaire et lui-même étaient tenus par une conception tordue de l'honneur dont lui seul fixait les règles.

Mais si le Collectionneur avait nourri des doutes sur la légitimité de la liquidation d'Herod, ils avaient été balayés quand il avait appris qu'Herod enquêtait sur les trésors pillés dans le musée de l'Irak. Cette information avait donné au Collectionneur sa première vague idée sur l'objectif visé. Il avait entendu des rumeurs sur le coffret mais n'en avait pas tenu compte. Il courait tant d'histoires de ce genre, à commencer par la légende de Pandore, mais cette fois c'était différent parce que Herod s'intéressait à cette rumeur et il ne s'embarquait pas dans de vaines recherches. Il avait un objectif en vue et tout ce qu'il faisait servait à l'atteindre.

À Paris, il avait pris contact avec Rochman pour identifier la source des sceaux que celui-ci avait acquis. L'antiquaire ne s'était pas montré coopératif car Herod n'avait pas les fonds nécessaires pour prendre sérieusement part aux enchères, à supposer qu'il ait eu l'intention d'acheter les sceaux, ce qui n'était pas le cas. De son côté, Herod s'était curieusement abstenu de menacer Rochman pour lui extorquer l'information. Le Collectionneur avait remarqué qu'Herod recourait à la violence uniquement avec les faibles, comme une petite brute de cour de récréation. La Maison Rochman était renommée, influente. En la contrariant, Herod risquait de s'aliéner toute une clique de marchands riches et sans scrupules qui, au mieux, le mettraient en quarantaine ou, ce qui était plus probable, s'en prendraient à lui. Le Collectionneur ne doutait pas que quiconque entrant en conflit avec Herod en subissait les conséquences, mais un affrontement avec des hommes cherchant à protéger un marché d'un milliard de dollars reposant sur la vente secrète d'antiquités volées ne pouvait qu'aboutir à l'anéantissement d'Herod.

Herod avait donc reculé et attendu le bon moment. Depuis, plusieurs sceaux étaient apparus dans une petite ville du Maine car, dès que Rojas avait essayé de convertir de l'or et des pierres précieuses en liquide, des bruits avaient couru. Ils n'avaient pas attiré l'attention seulement des antiquaires et d'Herod. L'administration fédérale s'y intéressait aussi car Rochman avait commencé à parler pour sauver son affaire et lui-même. Les sceaux qu'il avait en sa possession provenaient du Coffre 5 du sous-sol du musée de l'Irak, comme ceux qui étaient actuellement mis sur le marché dans le Maine. Rochman avait obtenu les siens en échange d'une estimation de leur valeur et de son rôle d'intermédiaire avec des acheteurs potentiels. Il finirait par révéler tout ce qu'il savait aux enquêteurs et, sous peu, le filet se resserrerait autour de toutes les personnes impliquées.

Le Collectionneur avait entendu parler du Dr Al-Daini et pensait que l'Irakien cherchait en définitive le coffret tout en s'efforçant de récupérer les autres trésors perdus en 2003. Le Collectionneur avait fait des recherches et appris qu'Al-Daini était en route pour les États-Unis. L'Irakien prendrait l'avion pour Boston et de là serait directement conduit à un motel désaffecté de Langdon, une petite ville du Maine.

Les hommes venus prendre les pièces volées au motel s'étaient montrés négligents. On avait retrouvé dans l'herbe haute deux statuettes d'albâtre rapidement identifiées comme provenant de fouilles effectuées en 1964 à Tell es-Sawwan, sur la rive gauche du Tigre, et volées plus tard dans le musée de l'Irak. On avait également découvert au motel le cadavre d'un homme qui s'était enfermé dans une chambre et s'était tiré une balle dans la tête après avoir apparemment vidé le chargeur de son arme sur une menace inconnue.

Le corps avait été retrouvé par le détective privé Charlie Parker.

Il n'y avait pas de coïncidences, pas quand il s'agissait de Parker. Il était mêlé à une histoire qu'il ne comprenait pas et que le Collectionneur, s'il fallait être franc, ne comprenait pas tout à fait non plus. Une fois de plus, Parker et lui cernaient la même proie, telles deux lunes jumelles en orbite autour d'une sombre planète inconnue.

Le Collectionneur appela son avocat pour savoir où se trouvait Parker. Le vieil homme de loi, qui dédaignait les ordinateurs, les portables et la plupart des autres innovations techniques importantes de ces dernières années, téléphona à son tour à un spécialiste en matière de triangulation qui localisa le portable du détective privé dans un motel proche de Bucksport.

Bucksport était à une heure de route.

Le Collectionneur commença à rouler.

30

Debout près de sa voiture, Herod avait les yeux fixés sur l'entrepôt de Rojas. Des lampes étaient allumées aux deux niveaux et des silhouettes se déplaçaient derrière les vitres du rez-de-chaussée. Plusieurs véhicules étaient garés sur le parking de devant : les pick-up des frères Rojas, deux autres voitures et un 4 × 4 blanc.

Herod avait besoin de prendre une dose – une forte dose – de son médicament. À mesure que la journée s'avançait, la douleur avait empiré et il voulait maintenant en finir avec cette histoire pour pouvoir se reposer un moment.

Il sentit un picotement à la base de sa nuque. D'abord il l'avait à peine perçu par-dessus la stridence de sa douleur : c'était comme tenter d'entendre une mélodie dans la cacophonie d'un orchestre accordant ses instruments. La plaie de sa bouche palpitait dans l'air chaud de la nuit et les insectes se repaissaient de sa chair.

Je pue la décomposition, pensa-t-il. Si je m'étendais pour attendre que la mort me prenne, ils pondraient leurs œufs dans mon corps avant que je meure. J'en éprouverais peut-être même un soulagement. Il imagina les asticots sortant des œufs et se nourrissant de ses tumeurs, grignotant les tissus pourrissants et laissant le reste se régénérer. Sauf qu'il ne lui restait plus de tissus sains et que les vers le dévoreraient tout entier. Autrefois, il aurait peut-être accepté une telle fin car elle aurait au moins été plus rapide et plus naturelle que la façon dont son corps se cannibalisait. Mais il avait depuis trouvé un autre exutoire à sa souffrance. Si c'était une punition du ciel, une expiation de ses péchés – car il avait péché et y avait pris plaisir –, Herod administrerait un châtiment à d'autres. Le Capitaine lui en avait fourni les moyens, il lui avait donné un objectif allant au-delà de la souffrance infligée à d'autres pour se venger de ses propres tourments. Avant qu'Herod soit ramené de l'obscurité – ramené peut-être d'un enfer créé par un autre à l'enfer de son propre corps –, le Capitaine avait fait surgir des images dans son esprit : l'image d'un ange noir tapi derrière un mur et renfermant en lui une présence captive, de corps s'estompant lentement mais ne mourant jamais, chacun recelant quelque chose du Capitaine.

Et le coffret. Le Capitaine le lui avait montré mais, à l'époque, le coffret avait déjà disparu et la recherche avait commencé.

Le picotement persistait. Il se frotta le cou en s'attendant à écraser entre ses doigts une bestiole gorgée de sang mais il n'y avait rien. Entre Herod et l'entrepôt s'étendait un espace découvert bordé d'une mare au-dessus de laquelle voletait un nuage d'insectes. Herod s'en approcha jusqu'à ce qu'il puisse contempler son reflet, le sien et celui d'un autre. Derrière lui se tenait un grand épouvantail en costume sombre, coiffé d'un haut-de-forme noir au fond éclaté. Son visage était un sac dans lequel on avait grossièrement découpé deux orbites et il n'avait pas de bouche. Il n'y avait pas non plus de bâtons croisés servant de soutien au costume...

Le Capitaine était de retour.

Allongés sur une petite butte, dissimulés par des bruyères et des branches basses, Vernon et Pritchard voyaient clairement les maisons jouxtant l'entrepôt de Rojas. Les deux hommes étaient parfaitement immobiles : même de près, ils semblaient à peine respirer. Pritchard avait l'œil droit près de la lunette à vision nocturne de son M40. L'arme était précise jusqu'à mille mètres et Pritchard n'était qu'à huit cents mètres des cibles. À côté de lui, Vernon surveillait les portes et les fenêtres avec une lunette monoculaire ATN Night Spirit.

Vernon et Pritchard avaient appartenu au groupe d'élite des snipers éclaireurs des marines, les HOG[1] dans leur jargon : chasseurs de terroristes. Ils avaient participé aux affrontements de snipers de Bagdad, un combat en grande partie invisible qui avait atteint son point culminant après la perte de deux équipes de snipers des marines, dix hommes au total abattus par les *hadji*. Ils avaient joué au chat et à la souris avec « Juba », leur sniper quasi mythique, peut-être un Tchétchène, peut-être un nom collectif pour un groupe de snipers armés de Tabuk fabriqués en Irak, variante de la Kalachnikov. Juba était discipliné, il attendait que les soldats ennemis se mettent debout dans un véhicule ou en descendent, il cherchait une faille dans leurs vêtements pare-balles et ne tirait jamais plus d'une fois avant de s'éclipser. Vernon et Pritchard n'étaient pas d'accord sur Juba. Pritchard, le meilleur

---

1. *Hunters of Gunmen*, mais aussi *hogs*, « cochons ». (*N.d.T.*)

tireur des deux, inclinait à penser que Juba était un seul homme en se fondant sur sa préférence pour des tirs à trois cents mètres de distance et sur son refus de tirer plus d'une fois, même lorsqu'on l'appâtait. Vernon arguait de son côté que si le Tabuk était fiable jusqu'à neuf cents mètres, il avait une précision maximale à trois cents et les divers Juba qui utilisaient cette arme étaient ainsi limités. Vernon attribuait aussi à Juba des pertes infligées par des tirs de Dragunov et d'Izhmash – ce qui suggérait de multiples snipers –, alors que Pritchard rechignait à les prendre en compte. Finalement, les deux hommes avaient été pris pour cibles par Juba, qu'il soit un seul homme ou plusieurs. Comme leurs camarades, ils étaient devenus des experts de l'esquive : zigzaguant, avançant et reculant, baissant la tête pour offrir une cible plus difficile à atteindre. Pritchard appelait ça le « Boogie du Champ de Bataille » et Vernon le « Jitterbug du Djihad ». Curieusement, ni l'un ni l'autre n'auraient mis le pied pour rien au monde sur une vraie piste de danse mais, menacés par un tueur talentueux, ils avaient joué les Gene Kelly et les Fred Astaire.

Vernon et Pritchard avaient connu les quatre hommes de la compagnie E tués à Ramadi en 2004. Trois avaient été touchés à la tête, le quatrième avait été littéralement criblé de balles. En plus, un marine s'était fait égorger. L'attaque avait eu lieu en plein jour, à huit cents mètres du poste de commandement. Ils avaient appris plus tard que c'était probablement l'œuvre d'un commando de quatre hommes et que les marines étaient visés depuis quelque temps, mais ces morts avaient marqué le début de la désillusion de Vernon et Pritchard sur la nature de la guerre en Irak. Un seulement des soldats abattus était un sniper entraîné ; les autres étaient de simples troufions et ce n'était pas la façon dont le système était censé fonctionner. Pas moins de deux snipers expérimentés dans chaque équipe, telle était la règle d'or. Lorsque les six hommes du groupe de snipers du 3ᵉ bataillon de réserve étaient morts à Haditha un an plus tard, et que les snipers survivants furent contraints d'opérer selon des règles de plus en plus restrictives, Vernon et Pritchard résolurent que les marines pouvaient aller se faire foutre, décision renforcée ultérieurement par l'explosion qui décolla la rétine de l'œil droit de Vernon, ce qui lui valut une perte de vision définitive de cet œil et un billet de retour.

Mais ils avaient alors déjà rencontré Tobias et ils étaient présents la nuit du raid sur l'entrepôt. Ils constituaient l'équipe 1, qui couvrait les abords sud. Twizell et Greenham, l'équipe 2, couvraient le nord. Personne ne s'était interrogé sur l'objectif de la mission : c'était dans la nature des unités de snipers de planifier et d'exécuter elles-mêmes leurs opérations, et ils avaient annoncé leur insertion dans le secteur quelques jours plus tôt afin que les unités de patrouille passent autour d'eux. Seuls Tobias et Roddam savaient exactement où ils se trouveraient. Finalement, ils n'avaient pas eu à tirer une seule fois le soir du raid, ce qui les avait déçus.

Pritchard avait quitté l'armée peu après que Vernon eut été rapatrié et c'était pour cette raison qu'ils étaient maintenant à plat ventre dans les broussailles, prêts à descendre non des *hadji* cette fois mais des Mexicains. Les deux hommes étaient calmes, patients, renfermés, comme devaient l'être les membres de leur profession. Ils n'avaient aucun remords. Lorsqu'on lui demandait s'il regrettait la vie qu'il avait choisie, Pritchard répondait que la seule chose qu'il eût jamais sentie, c'était le recul de son arme. Ce n'était pas entièrement vrai : si tuer lui procurait une sensation plus forte que le sexe, Pritchard était aussi un homme moral et courageux qui trouvait de la noblesse dans sa vocation et il était assez intelligent pour reconnaître la tension implicite dans le désir de supprimer des vies pour une cause juste tout en prenant du plaisir dans l'accomplissement de cet acte.

Vernon et lui portaient des tenues de camouflage qu'ils avaient confectionnées eux-mêmes, avec des trous dans le dos pour l'aération. Ils s'étaient frotté la figure avec la boue d'un ruisseau proche et, comme c'était une nuit de clair de lune, ils avaient mis des filets sur leurs casques pour casser le contour d'un visage humain. Au lieu d'utiliser un télémètre laser, ils avaient effectué dans leur tête tous les calculs nécessaires : distance, angle par rapport à la cible, densité de l'air, vitesse et direction du vent, humidité, ajoutant même la température de la poudre propulsive de la cartouche, car une cartouche plus chaude de vingt degrés qu'une autre atteindra la cible cinquante centimètres plus haut sur une distance de mille mètres. Autrefois, ils avaient fait usage de manuels, de calculatrices équipées de logiciels balistiques et de tables de données collées à la crosse de leur arme. Maintenant, ils connaissaient tout ça par cœur.

L'angle oblique était légèrement descendant. Pritchard estima qu'il devrait tirer cinq mètres au-dessus de la cible et à gauche compte tenu de la retombée de la balle. Tout était prêt. Seul problème, Twizell et Greenham. Ils n'étaient pas en position. Pritchard n'avait aucune idée de l'endroit où ils se trouvaient. Vernon et lui avaient été perturbés quand Tobias avait envoyé les deux autres quelque part ailleurs sans prendre la peine de les consulter auparavant. À l'armée, Vernon était sergent-chef, le grade le plus élevé des quatre snipers, et il s'accrochait encore avec Tobias sur les questions opérationnelles. Tobias aurait dû leur demander leur avis. Maintenant, ils étaient réduits à une seule équipe, ce qui n'augurait rien de bon.

La camionnette était garée dans un taillis à une centaine de mètres derrière l'entrepôt de Rojas. La portière du chauffeur était ouverte. Tobias, treillis et cagoule de ski noirs, inspectait l'entrepôt et les bâtiments proches avec des jumelles à vision nocturne. Il sursauta en entendant un bruit à proximité puis un sifflement bas. Une forme émergea des buissons devant lui.

— Quatre, plus Rojas, annonça Mallak. Trois armés de MP5, le quatrième avec un gros fusil à pompe. Un Mossberg Roadblocker, probablement. Deux Glock 9 mm dans des holsters d'épaule, l'un avec le fusil à pompe, l'autre avec le MP5 le plus proche de la porte. Pas d'alcool, à ce que j'ai pu voir. La télé marche mais pas trop fort. Des restes de bouffe sur la table.

Tobias approuva de la tête. On est engourdi après un repas.

— Et Rojas ?

— Il y a un escalier clos contre le mur ouest. Il monte sans tourner jusqu'à une porte en fer entrouverte. Je pense qu'on peut la fermer au premier signe de problème. Les fenêtres du rez-de-chaussée sont en verre blindé et il n'y a pas de raison pour que ce soit différent dans le loft de Rojas. Sur le mur sud, pas de cage d'escalier mais une échelle à contrepoids à laquelle on peut accéder de la fenêtre.

— Les maisons voisines ?

— Deux familles en A et B, répondit Mallak en utilisant ses doigts pour désigner les bâtiments. Deux jeunes femmes, une femme adulte, deux hommes adultes en A ; un Glock, ceinture. Deux femmes adultes, un homme jeune, un homme adulte en B ; un Glock, ceinture. Trois hommes en C ; deux AK47, un Glock, épaule. Vernon et Pritchard ont les infos mais on a toujours une équipe en moins.

Tobias considéra une fois de plus la cible avec les jumelles puis jeta celles-ci sur le siège du conducteur. Ils pouvaient soit attendre Greenham et Twizell, soit donner l'assaut. Plus longtemps ils demeuraient en position, cependant, plus ils risquaient de se faire repérer. Se penchant par-dessus le siège, il regarda à l'intérieur de la camionnette. Bacci leva les yeux vers lui, la cagoule remontée sur le front, le visage luisant de sueur.

— Bon, écoutez, dit Tobias, tandis que Mallak s'adossait au flanc du véhicule.

Herod n'était pas armé, son pistolet était dans la voiture. Il ne portait sur lui que deux enveloppes en papier kraft. La première contenait une feuille sur laquelle était tapé un nombre. Il correspondait à la somme qu'il était disposé à transférer sur un compte au choix de Rojas en échange d'informations sur la provenance des sceaux. Si Rojas refusait de les fournir, Herod s'occuperait de la maîtresse et du fils illégitime de cinq ans du trafiquant. Il savait où ils habitaient, il les abattrait tous les deux. Au besoin, il tuerait d'abord la femme pour montrer à Rojas qu'il parlait sérieusement mais il ne pensait pas que ce serait nécessaire, pas après que le dealer aurait ouvert la seconde enveloppe et vu les photos de ceux qui avaient provoqué par le passé la colère d'Herod car celui-ci avait une façon particulière de traiter les femmes. Sa connaissance intime de leurs corps aurait même fait de lui un amant exceptionnel s'il n'avait été un être asexué. Il n'était pas cruel, toutefois. La douleur n'était pour lui qu'un moyen pour parvenir à une fin et il ne prenait aucun plaisir à l'infliger. Il n'était pas dépourvu d'empathie et ses propres souffrances le dissuadaient de prolonger la douleur des autres. Voilà pourquoi il espérait que Rojas prendrait l'argent.

Il contempla de nouveau le reflet du Capitaine sans éprouver aucun malaise. Il appréciait sa présence et se demandait si le Capitaine l'accompagnerait dans l'entrepôt. Il s'apprêtait à le découvrir quand, à la surface de la mare, le Capitaine bougea. Ses doigts faits de brindilles bruissèrent quand il leva la main et la posa sur l'épaule du reflet d'Herod. Celui-ci ne put s'empêcher de frissonner au contact de la main glacée qu'il sentait aussi sûrement que la chaleur de la nuit et la piqûre des moustiques, mais il demeura sans bouger et, ensemble, ils continuèrent à observer le bâtiment dressé devant eux.

Dans une partie du rez-de-chaussée de l'entrepôt, on avait entassé du sol au plafond des caisses de bouteilles de sauce épicée Fuego Sagrado des Frères Rojas. Pour quiconque prenait la peine d'enquêter, l'importation et la distribution de cette sauce justifiaient l'existence de l'entrepôt et constituaient un des moyens par lesquels Antonio Rojas gagnait sa vie. Il ne comptait plus le nombre de fois où les forces de l'ordre locales et fédérales avaient fouillé ses camions mais il s'en fichait. Cela détournait l'attention des autres camions et voitures transportant une marchandise bien plus précieuse. Rojas tirait aussi des bénéfices substantiels de cette sauce, même si, de l'autre côté de la frontière, certains considéraient presque comme un blasphème son nom et son emballage. Son étiquette, où une croix rouge feu se détachait sur un fond noir, la présentait comme un produit de qualité proposé dans les épiceries fines et les meilleurs restaurants mexicains de toute la Nouvelle-Angleterre. La marge était presque aussi importante que pour l'herbe ou la cocaïne, et Rojas déclarait scrupuleusement au fisc les profits qu'il en tirait. Grâce aux conseils d'un comptable inventif, Antonio Rojas semblait réaliser des bénéfices appréciables en qualité de fournisseur d'une sauce épicée gastronomique.

Ce fut le bruit que fit une des bouteilles de cette sauce en se brisant qui alerta Rojas. Il leva la tête des papiers posés sur son bureau, tendit le bras vers le pistolet qui n'était jamais loin de lui. Si la porte de son loft n'avait pas été entrouverte, l'isolation du plancher aurait étouffé les bruits provenant d'en bas : verre cassé, raclement de pieds de chaise, chute d'une masse lourde et molle.

Rojas se leva et se rua vers la porte mais arriva quelques secondes trop tard. Le canon d'une arme se glissa dans l'ouverture et une rafale au son étouffé l'atteignit aux cuisses, détachant presque ses jambes de son torse. Il s'effondra tandis que la porte s'ouvrait toute grande, mais, en tombant, il eut le temps de tirer deux coups qui touchèrent la poitrine de la silhouette vêtue de noir. Le gilet pare-balles absorba les impacts, qui firent cependant vaciller l'homme. La troisième balle de Rojas fut plus haute et un jet de sang jaillit de la tête de l'homme. Rojas eut à peine le temps de le voir avant de sentir dans son dos les coups de poing brûlants d'une autre rafale. Il s'écroula et ne bougea plus, sans pourtant mourir. Son regard se posa sur les bottes noires brillantes qui apparurent près de lui et il saisit quelques-uns des mots prononcés : « tirer », « question », « pas le choix » et « mort, il est mort ». Rojas eut un petit rire.

D'autres pas, s'éloignant puis se rapprochant. Des genoux noirs près de son visage. Des doigts dans ses cheveux, soulevant sa tête. Le sac de sceaux tenu par des mains gantées, le support qu'il avait fabriqué jeté par terre. Des lèvres roses remuant dans l'un des trous de la cagoule. Des dents blanches, propres et régulières.

— Où est le reste ?
— *No comprendo*.
Le reflet d'une lame.
— Je peux encore te faire mal.
— Non, tu peux pas, répondit Rojas et, juste avant de mourir, il sourit, révélant une double rangée d'or ancien et de pierres précieuses récemment incrustés dans ses dents.

Le bruit d'une rafale tirée dans l'entrepôt parvint aux deux anciens snipers.

— Merde, marmonna Vernon.

Il savait que les autres ne réussiraient sans doute pas à pénétrer dans le bâtiment et à en ressortir sans aucun problème mais il espérait le contraire.

— OK, on se prépare.

Lentement, il fit passer la lunette sur les trois maisons auxquelles ils avaient donné les noms de Moe, Larry et Curly.

— Moe. Encadrement de la porte, à droite, dit-il en repérant la silhouette d'un homme armé d'un AK47.

— Je le vois.

Inspirer. Expirer. Amener la détente au point de poussée. Expirer.

Presser.

Feu.

Vernon vit la cible lever une main en l'air, dernier salut, et tomber.

— Touché, dit-il. Curly. Porte. Distance sept cent cinquante mètres. Pas de vent. Pas de correction.

Cette fois, l'homme demeurait à l'intérieur et, abrité par le chambranle, s'efforçait de repérer d'où provenait le coup.

— Tireur, prêt.

— Envoie.

Pritchard fit de nouveau feu. La balle arracha des éclats de bois à la porte et la cible recula.

— Raté, je crois, dit Vernon. Mais ça devrait le maintenir coincé à l'intérieur.

Il braqua brièvement sa lunette sur l'entrepôt dont deux hommes de leur équipe sortirent, soutenant entre eux un troisième.

— Bon, ils évacuent mais ils ont un blessé. On va...

Une flamme blanche jaillit du panneau de verre droit de la porte de Curly.

— Curly. Porte.

Pritchard tira et Vernon vit l'homme sauter en l'air quand la balle l'atteignit à la tête. Un spasme parcourut ses jambes.

— Touché, dit Vernon.

D'autres coups furent tirés de Moe, et Vernon fit pivoter sa lunette juste à temps pour voir s'écrouler un autre membre de leur équipe.

— Bon Dieu, on perd encore un homme.

Pritchard changea de position aussi vite qu'il put et se mit à arroser la fenêtre de la maison pour couvrir ses camarades pendant qu'ils emmenaient le blessé, mais des cris retentirent, des lumières s'allumèrent dans les autres maisons. Vernon vit le dernier homme indemne de l'équipe – Tobias, lui sembla-t-il – porter l'un des blessés jusqu'à la camionnette à la manière d'un pompier et l'allonger sur le plancher le plus doucement possible. Puis il retourna chercher l'autre blessé.

— On décroche, décida Pritchard.

Ils coururent aux deux Harley garées sur le côté d'un chemin défoncé. Sur le sol, derrière eux, ils abandonnèrent un blouson en denim crasseux prélevé sur un motard, une « mule » qu'ils avaient prise pour cible au Canada et qu'ils avaient laissée pour morte à Lac-Baker. Le maquillage était grossier mais les Mexicains ne s'embarrasseraient pas des subtilités d'une enquête officielle. Ils voudraient se venger, et le blouson, s'ajoutant au grondement des motos, suffirait à les mettre sur une fausse piste pendant deux ou trois jours.

Tobias se glissa derrière le volant de la camionnette et démarra. Dans son rétroviseur, la forme obscure de l'entrepôt se découpait sur le ciel nocturne, avec, de chaque côté, les ombres dansantes d'hommes qui s'approchaient. Il était le seul survivant. Mallak était mort dans le bâtiment, Bacci avait pris une balle dans la nuque alors qu'ils emportaient le corps de Mallak. C'était un désastre qui aurait pu être évité si Greenham et Twizell avaient été là, mais ils les avaient envoyés ailleurs et il devrait vivre avec ce remords. Peut-être que si cet enfoiré de Pritchard avait été plus rapide...

Le bruit de l'explosion fut assourdi par les murs épais du vieux bâtiment mais l'engin à la thermite – 25 % d'aluminium, 75 % d'oxyde ferrique – n'était pas destiné à transformer l'entrepôt en ruine. Le but était de brûler tout ce qui se trouvait à l'intérieur pour laisser un minimum d'indices et retenir ses poursuivants : Mallak et Bacci étant morts, il ne restait personne pour le couvrir, il fallait qu'il rejoigne la route au plus vite et qu'il garde le pied au plancher. Vernon et Pritchard prendraient un autre chemin pour le retrouver au point de rendez-vous et il leur remonterait les bretelles, ne serait-ce que pour prévenir l'inévitable colère des snipers.

Il avait un message sur son téléphone. Il l'écouta en roulant, apprit que quelque chose avait mal tourné à Bangor. Greenham et Twizell n'avaient pas donné signe de vie, ce qui voulait probablement dire que le problème Jandreau restait entier. Le traceur GPS fixé sur la voiture de Parker n'émettait plus et le privé était toujours en vie. C'était le bordel mais au moins il avait récupéré les sceaux manquants. Il avait aussi dans sa poche les dents qu'il avait fait sauter de la bouche de Rojas pendant le peu de temps dont il disposait. Le moment était venu de bazarder tout ce qu'ils avaient, de rafler le maximum d'argent le plus rapidement possible et de disparaître.

Il ne remarqua pas la voiture garée sur une route secondaire, feux éteints, moteur tournant au ralenti. Quelques secondes plus tard, Herod prit le sillage de la camionnette.

31

La chambre de motel était silencieuse. Assise sur le lit, Mel serrait Bobby Jandreau contre elle et lui caressait le visage comme pour le récompenser de s'être enfin libéré de tout ce qu'il savait. De la fenêtre, Angel surveillait le parking. Assis sur l'autre lit, je m'efforçais d'intégrer ce que je venais d'apprendre. Tobias et son équipe faisaient le trafic d'antiquités mais, s'il fallait croire Jandreau, ils avaient aussi rapporté d'Irak quelque chose d'autre qui n'aurait jamais dû être découvert ni ouvert. Cette chose était dissimulée dans l'appât, comme du poison dans une boulette de viande. J'aurais préféré penser que Jandreau se trompait, que c'était le sentiment de culpabilité et le stress qui avaient conduit ces hommes à mettre fin à leurs jours et à ceux d'autres personnes, comme la femme de Brett Harlan et Foster Jandreau, car Bobby confirma qu'il avait fait part de ses inquiétudes à son cousin et que l'enquête officieuse de Foster avait abouti à son meurtre. Restait à savoir qui avait pressé la détente. Au départ, j'aurais parié sur Tobias, mais Bobby en était moins sûr : il avait mis son cousin en garde contre Tobias et il voyait mal Foster accepter de le rencontrer sans témoins sur le parking sombre d'un bar en ruine. Puis Bobby ajouta qu'il avait aussi confié ses inquiétudes à une autre personne dans le cadre de sa psychothérapie.

Carrie Saunders. Ce n'était pas seulement Tobias qui reliait tous ces hommes l'un à l'autre, c'était elle aussi. Elle était à Abou Ghraïb, comme le mystérieux Roddam, ou Nailon. Elle avait été en contact avec tous les anciens soldats décédés à un moment ou à un autre et elle avait une raison d'évoluer autour d'eux. Jandreau n'aurait pas accepté de rencontrer un homme potentiellement dangereux sur un parking désert mais il aurait pu y rejoindre une femme. J'appelai Gordon Walsh et lui rapportai tout ce que je savais en omettant uniquement Tobias. Tobias, je me le gardais. Walsh répondit qu'il serrerait Saunders lui-même et qu'il verrait ce qui en sortirait.

Ce fut Louis, planqué dans la Lexus pour surveiller les abords de la chambre, qui le repéra. La silhouette dépenaillée traversa le parking à pas lents, la main droite tenant une cigarette, la gauche étant vide. L'homme portait un manteau noir sur un costume noir, une chemise froissée au col déboutonné. Le pantalon et la veste, coupés dans un méchant tissu, portaient les marques d'un usage négligent. Ses cheveux, rabattus en arrière et trop longs dans le cou, pendaient en mèches grasses sur son col. Il semblait s'être soudain matérialisé, comme si des atomes arrachés à l'air s'étaient altérés et combinés pour le reconstruire. Louis, qui observait ses rétroviseurs en plus de la partie du motel visible à travers son pare-brise, aurait dû le voir arriver mais il n'avait rien remarqué.

Et Louis savait qui il était, il le connaissait pour ce qu'il était : le Collectionneur. L'homme s'habillait peut-être de fripes, il donnait peut-être l'impression d'avoir été mal traité par la vie, et de l'avoir mal traitée en retour, mais ce n'était qu'une façade. Louis avait croisé auparavant des types dangereux, et certains étaient morts de sa main, mais il émanait de celui qui marchait vers la porte du 112 une menace, comme la sueur sort des pores chez d'autres. Louis en sentit presque l'odeur quand il se coula hors de la voiture. Une menace et quelque chose en plus : une trace d'offrandes brûlées, de sang et de charniers. Bien que l'approche se fît en silence, le Collectionneur leva les bras sans se retourner alors que Louis était encore à cinq mètres de lui. La cigarette avait brûlé jusqu'à la peau jaunie des doigts mais, si le Collectionneur ressentit une douleur, il n'en montra rien.

— Vous pouvez la lâcher si ça vous gêne, dit Louis.

Le Collectionneur laissa le mégot lui glisser des doigts.

— Quel gâchis. J'aurais encore pu tirer une bouffée.

— Ça vous tuera, ces trucs.

— Il paraît.

— Ou je vous tuerai peut-être avant.

— Et nous n'avons même pas été officiellement présentés, même si j'ai vraiment l'impression de vous connaître. On pourrait dire que je vous ai observés de loin, vous et votre associé. J'ai admiré votre travail, en particulier depuis que vous vous êtes apparemment acheté une conscience.

— Je dois me sentir flatté ? répliqua Louis.

— Non, vous devriez simplement vous féliciter que je n'aie pas eu une bonne raison de m'en prendre à vous. Un moment, vous étiez au bord de la damnation. À présent, vous rachetez vos péchés. Si vous continuez dans cette voie, vous pouvez peut-être encore être sauvé.

— Vous êtes sauvé, vous ? Si vous l'êtes, je suis pas sûr de vouloir de ce genre de compagnie.

Le Collectionneur rejeta de l'air par ses narines, et c'était pour lui ce qui ressemblait le plus à un rire depuis une éternité.

— Non, j'existe entre salut et damnation, répondit-il. Suspendu, si vous voulez : en balance.

— À genoux, ordonna Louis. Mettez les mains sur la tête et laissez-les-y.

Le Collectionneur obtempéra. Louis s'approcha rapidement, pressa le canon de son arme contre la nuque de son prisonnier et frappa à la porte. De près, les relents de nicotine piquaient les yeux mais ils servaient à masquer les autres odeurs.

— C'est moi, annonça Louis. J'ai de la compagnie. Un vieil ami à toi.

La porte s'ouvrit, le Collectionneur leva les yeux vers moi.

Il était assis dans un fauteuil près de la porte. Louis l'avait fouillé mais il n'avait pas d'arme. Le Collectionneur examina le carton « Défense de fumer » accroché près du téléviseur, plissa le front en croisant les doigts sur son ventre. Bobby Jandreau le fixait comme on le ferait en découvrant au réveil une araignée suspendue au-dessus de son visage. Mel s'était réfugiée dans un coin derrière Angel, les yeux rivés à l'inconnu.

— Pourquoi vous êtes ici ? demandai-je.

— Je vous cherchais. Nous poursuivons le même objectif, semblerait-il.

— C'est-à-dire ?

Un doigt maigre à l'ongle couleur de rouille se tendit et désigna Jandreau.

— Laissez-moi deviner, dit le Collectionneur. Des soldats, un trésor, une dispute entre voleurs…

Jandreau parut sur le point de contester le terme « voleurs » mais le Collectionneur tourna son regard moqueur dans la même direction que son doigt et Jandreau garda le silence.

— Sauf qu'ils ne savaient pas ce qu'ils volaient, poursuivit le Collectionneur. Ils ont raflé tout ce qu'ils pouvaient, sans se demander pourquoi c'était aussi facile. Vous l'avez chèrement payé, n'est-ce pas, monsieur Jandreau ? Vous payez tous chèrement vos péchés.

— Comment vous savez mon nom ?

— Les noms, c'est ma spécialité. Il y avait un coffret, non ? Un coffret en or. Ils l'avaient laissé pour que vous le trouviez. Il était probablement dans une caisse en plomb, car on n'est jamais trop prudent, mais ils l'ont laissé là où vous le verriez forcément. Dites-moi si je me trompe.

Jandreau hocha simplement la tête.

— Je veux le coffret, reprit le Collectionneur. C'est pour ça que je suis ici.

— Pour votre collection ? intervins-je. Je croyais que vous ne réclamiez que les possessions des morts.

— Oh, quelqu'un mourra si les choses se passent comme je le souhaite et ma collection s'en trouvera enrichie, mais le coffret n'en fera pas partie. Il ne m'appartient pas. Il n'appartient à personne. Il est dangereux. Quelqu'un d'autre le cherche, un nommé Herod, et il faut absolument empêcher qu'il le trouve. Sinon, il l'ouvrira. Il a la patience et l'habileté requises. Celui qui l'accompagne a les connaissances.

— Qu'est-ce qu'il y a dedans ? demanda Angel.

— Trois êtres, répondit le Collectionneur. De vieux démons si vous préférez. Ce coffret est la dernière d'une série de tentatives pour les contenir mais son efficacité s'est trouvée amoindrie par la vanité de son créateur, qui a oublié qu'il fabriquait une prison. L'or est un métal fragile. Avec les années, des fissures sont apparues. Une partie de ce qui était contenu à l'intérieur est parvenue à s'échapper pour empoisonner les esprits de ceux qui le touchaient. La caisse en plomb était censée remédier à ce défaut : grossier mais efficace. Comme la peinture terne appliquée sur l'or, elle servait aussi à dissimuler ce qui se trouvait dessous.

— Pourquoi ne l'ont-ils pas simplement jeté dans l'océan, ou enterré quelque part ?

— Parce que la seule chose qui soit pire que de savoir où il est, c'est de ne pas le savoir. Le coffret était surveillé. Il l'a toujours été, le secret de son existence se transmettant d'une génération à l'autre. Finalement, on l'a caché dans un fouillis d'objets entassés au sous-sol d'un musée de Bagdad, et la guerre a éclaté, et le musée a été pillé. Le coffret a disparu avec tout ce qui avait de la valeur mais, d'une façon ou d'une autre, ceux qui s'en sont emparés ont fini par comprendre sa vraie nature, du moins en partie. Il se peut même qu'ils l'aient connue dès le départ car « pillé » n'est pas le bon mot. Les pièces volées au musée de l'Irak ont été soigneusement choisies, pour la plupart. Savez-vous que 17 000 objets ont été dérobés dans ce musée pendant les journées d'avril ? Que 450 vitrines sur 451 ont été vidées mais 28 seulement brisées ? Les autres ont été simplement ouvertes, ce qui signifie que les voleurs avaient les clés. Renversant, non ? L'un des plus grands vols de musée de l'histoire, l'une des plus terribles mises à sac depuis les Mongols, a peut-être bénéficié de complicités parmi le personnel.

« Mais peu importe. Quand M. Jandreau et ses amis sont venus chercher des trésors, on les a laissés prendre le coffret, peut-être dans l'espoir qu'ils fassent exactement ce qu'ils ont fait : l'apporter dans ce pays, le pays de l'ennemi, où il serait ouvert. Maintenant vous savez ce que c'est, à vous de me dire où le trouver.

Comme s'il pouvait y lire l'information qu'il réclamait, ses yeux scrutèrent tous les visages de la pièce et s'arrêtèrent sur le mien.

— Pourquoi vous ferions-nous confiance ? rétorquai-je. Vous manipulez la vérité à vos propres fins. Vous n'êtes qu'un meurtrier, un tueur en série qui se cache sous un pavillon de complaisance prétendument divin.

Une lumière s'alluma dans ses yeux, comme deux flammes jumelles au fond d'un abysse.

— Non, je ne suis pas simplement un tueur : je suis l'instrument de Dieu, Son assassin. Toute Son œuvre n'est pas belle...

Il eut une moue de dégoût qui m'était destinée et qui, devinai-je, à un niveau échappant à sa propre conscience, le désignait peut-être aussi.

— Vous devez mettre vos scrupules de côté comme je le fais moi-même, répondit-il au bout d'un moment. Si je vous trouble, sachez que vous me perturbez aussi. Je n'aime pas me trouver près de vous. Vous faites partie d'un plan dont j'ignore tout. Vous vous acheminez vers un châtiment qui sera votre mort et celle de tous ceux qui se tiennent à vos côtés. Vos jours sont comptés et je ne voudrais pas être près de vous quand vous tomberez.

Il écarta les mains en me montrant ses paumes.

— Alors, accordons-nous au moins sur une chose, plaida-t-il, car aussi mauvais que vous me croyiez, le nommé Herod est encore pire, et il est suivi comme son ombre par un être qu'il croit comprendre, qui lui a sans doute promis une récompense pour ses services. Cet être a de multiples noms mais Herod ne le connaît sûrement que sous celui qu'il lui a donné lorsqu'il a réussi à s'insinuer dans sa conscience.

— Et vous, vous l'appelez comment ? demandai-je.

— Je l'appelle uniquement par ce qu'il est. Il est la Face Obscure : le mal incarné. Il est Celui Qui Attend Derrière la Vitre.

32

Herod mit ses mains sous le robinet et laissa l'eau laver le sang. Il regarda les dessins qu'elle formait, le tourbillon écarlate qui tournoyait sur l'acier inoxydable comme une lointaine nébuleuse vrillant dans sa chute. Une goutte de sueur coula de son nez et se perdit. Il ferma les yeux. Il avait mal aux doigts et à la tête mais c'était une douleur de nature différente, la douleur d'une dure besogne. Torturer un autre être humain est un travail pénible. Il leva les yeux vers son reflet et vit dans le miroir l'homme affalé sur la chaise, les mains liées derrière le dos. Herod lui avait ôté son bâillon pour qu'il puisse parler et n'avait pas pris la peine de le remettre en place quand l'homme avait terminé. Inutile. Il avait à peine la force de respirer et même cela il ne le pourrait bientôt plus.

Derrière l'homme avachi se tenait une autre silhouette aux mains posées sur le dossier de la chaise. Une fois de plus, le Capitaine avait pris la forme de la petite fille en robe bleue, aux longs cheveux tressés pendant entre ses seins. Comme avant, la fillette ne pouvait pas avoir plus de neuf ou dix ans mais ses seins étaient étonnamment développés. D'une rondeur obscène, pensa Herod. Elle avait un visage extrêmement pâle et inachevé. Ses yeux et sa bouche étaient des ovales noirs aux bords flous, comme si une gomme sale avait étalé les marques faites par un crayon épais. Elle se tenait parfaitement immobile, la tête presque au niveau de celle de l'homme assis.

Le Capitaine attendait que Joel Tobias meure.

On aurait eu tort d'accuser Herod d'être un homme immoral. Il n'était pas amoral non plus puisqu'il faisait la distinction entre une conduite morale et une conduite immorale et il reconnaissait la nécessité de la justice et de l'honnêteté dans toutes ses relations. Il le souhaitait des autres, il l'exigeait de lui. Mais il y avait en lui un vide, comme le creux au centre de certains fruits une fois le noyau enlevé, ce qui accélérait leur pourrissement, et de ce vide naissait l'aptitude à certains types de comportement. Il n'avait pris aucun plaisir à faire souffrir l'homme qui agonisait sur la chaise et, immédiatement après avoir appris ce qu'il voulait savoir, il avait cessé de travailler les entrailles de Tobias. Les blessures infligées étaient cependant si grandes que la souffrance avait persisté après l'interruption des violences intrusives. Maintenant que l'eau emportait le reste de sang tachant ses mains, Herod se sentait tenu de mettre un terme à ces souffrances.

— Monsieur Tobias, dit-il, je crois que c'est la fin.

Il prit son pistolet posé à côté de l'évier et s'apprêta à se retourner.

À cet instant, la forme de la fillette bougea. Elle changea de position pour se poster légèrement sur sa droite. Une main malpropre caressa le visage de Tobias qui ouvrit les yeux à ce contact. Il paraissait perdu. Il sentait des doigts sur sa peau et ne voyait cependant rien. La petite fille se pencha plus près. De l'orbe sombre de sa bouche sortit une langue épaisse et longue qui se mit à laper le sang du mourant. Il tenta de détourner la tête mais la créature suivit le mouvement, s'accrochant à ses vêtements, glissant ses jambes entre les siennes, pressant son corps contre le sien. La nouvelle position de Tobias sur la chaise lui permit de voir son reflet dans le verre fumé de la porte d'un four : son reflet et la nature de l'être qui lui imposait son contact. Il gémit de frayeur.

Herod s'approcha, pressa le pistolet contre la tête de Tobias et appuya sur la détente. Le Capitaine disparut, tout mouvement cessa.

Herod recula d'un pas. Il avait conscience de la présence du Capitaine quelque part à proximité. Il sentait sa rage. Il risqua un regard vers la porte du four mais ne vit rien.

— Ce n'était pas nécessaire, dit-il à l'obscurité qui écoutait. Il avait assez souffert.

Assez ? Assez pour qui ? Pour lui, oui, mais, pour le Capitaine, il ne pourrait jamais y avoir assez de souffrance. Les épaules d'Herod se voûtèrent. N'ayant pas le choix, il regarda de nouveau la fenêtre.

Le Capitaine se trouvait juste derrière lui mais la petite fille était devenue une forme asexuée enveloppée d'une longue cape grise. Sa figure était une tache floue, une série de visages sans cesse changeant dans lesquels Herod reconnut tous ceux qu'il avait aimés : sa mère et sa sœur, mortes ; sa grand-mère, adorée et enterrée depuis longtemps ; des amis et des maîtresses, vivants et morts, chacun en proie à de vives souffrances, les traits tordus d'angoisse et de désespoir. Enfin, son propre visage apparut et il comprit.

Contrarie une fois de plus le Capitaine et voilà ce qui se passera.

Le Capitaine partit, le laissant seul avec le corps. Herod remit l'arme dans son étui d'épaule et accorda un dernier regard au mort. Il se demanda dans combien de temps ses amis le découvriraient, à supposer qu'il en reste encore. C'était sans importance. Il savait maintenant qui détenait le coffret mais il fallait faire vite. Le Capitaine l'avait prévenu : le Collectionneur arrivait.

Bien avant que l'homme commence à le poursuivre, Herod avait entendu des histoires sur le Collectionneur, cet être étrange qui se prenait pour un moissonneur d'âmes et gardait des souvenirs de ses victimes. Par le Capitaine, Herod avait appris d'autres choses encore. Le Collectionneur voulait le coffret pour lui. Herod avait pris soin de se cacher en opérant derrière des noms d'emprunt, des sociétés-écrans, des avocats que les scrupules n'étouffaient pas, des transporteurs douteux qui se souciaient peu de paperasse et de documents de douane tant qu'ils étaient bien payés. Mais le caractère exceptionnel de plusieurs de ses acquisitions ainsi que les enquêtes menées dans le cadre de ses recherches avaient, malgré leur discrétion, inévitablement attiré sur lui l'attention du Collectionneur. Il était essentiel qu'Herod garde une légère avance sur cet homme car il lui faudrait du temps pour comprendre les subtilités des serrures du coffret. Une fois le coffret ouvert, ni le Collectionneur ni quiconque ne pourrait plus rien. Le triomphe du Capitaine serait la vengeance d'Herod, qui pourrait enfin mourir et réclamer sa récompense dans l'autre monde.

En sortant de la maison, il passa devant les corps de Pritchard et de Vernon allongés dans la cour et monta dans sa voiture. Des sirènes ululaient au loin, se rapprochaient. Au moment où il mettait le contact, il entendit un bruit de coups dans le coffre, aussitôt couvert par le grondement du moteur.

33

Quand Karen Emory était petite et commençait seulement à dormir dans sa propre chambre – dont la porte demeurait toutefois ouverte pour qu'elle puisse clairement voir celle de sa mère –, un homme avait pénétré dans leur maison peu après minuit. En se réveillant, Karen l'avait découvert dans un coin de la pièce, les yeux fixés sur elle. Bien qu'il fût totalement silencieux – elle n'entendait pas même sa respiration –, elle avait été tirée de son sommeil par sa présence, par la conscience qu'il se passait quelque chose d'anormal et qu'une menace était proche. Karen avait été incapable de crier tant elle était terrifiée. Des dizaines d'années plus tard, elle se rappelait encore la sécheresse de sa bouche, le râle asthmatique de sa respiration lorsqu'elle avait tenté d'appeler à l'aide, le sentiment qu'un poids la clouait sur le lit, l'empêchait de bouger. Ils étaient tous deux comme englués : l'une incapable du moindre mouvement, l'autre parfaitement immobile.

Soudain, l'homme avait fait passer son poids d'une jambe sur l'autre comme s'il se préparait à se jeter sur elle, ses mains gantées s'étaient tendues vers Karen et le charme avait été rompu. Elle avait crié si fort qu'elle en avait eu mal à la gorge toute la semaine, et l'intrus s'était rué vers l'escalier. La mère de Karen était sortie de sa chambre à temps pour voir une forme ouvrir la porte d'entrée et disparaître. Après être revenue voir comment allait sa fille, elle avait appelé le 911. Des voitures de police avaient convergé vers le quartier, les recherches avaient commencé. Finalement, les policiers avaient arrêté un vagabond nommé Clarence Buttle qui se terrait derrière une poubelle dans une ruelle. Karen avait déclaré qu'elle n'avait pas bien vu l'homme qui avait pénétré dans sa chambre et qu'elle ne se souvenait d'aucun détail particulier. De même, sa mère n'avait aperçu qu'un dos dans l'obscurité et elle était trop affolée pour remarquer quoi que ce soit permettant de le distinguer de n'importe quel autre dos. L'homme s'était introduit dans la maison par une fenêtre, sans laisser d'empreintes. Buttle avait vivement protesté de son innocence, affirmant qu'il se cachait dans la ruelle uniquement parce qu'il avait peur de la police et qu'il ne voulait pas être accusé de quelque chose qu'il n'avait pas fait. Il parlait comme un enfant et évitait le regard des inspecteurs qui l'interrogeaient.

Ils l'avaient gardé vingt-quatre heures. Il n'avait pas réclamé d'avocat puisqu'il n'avait été inculpé d'aucun crime. Il leur avait donné son nom en précisant qu'il était de Montgomery, Alabama, et qu'il trimardait depuis près de douze ans. Il n'était pas sûr de son âge mais il pensait qu'il devait avoir trente-trois ans, « comme Notre-Seigneur Jésus ».

Pendant sa détention, on avait trouvé, accroché à un clou de la fenêtre de Karen, un morceau de tissu correspondant parfaitement à un trou du blouson de Clarence Buttle. Il avait été inculpé d'effraction, de violation de domicile et de possession d'une arme mortelle : une lame découverte dans la doublure du blouson. On l'avait emmené à la prison du comté où il attendrait son procès et il s'y trouvait encore lorsque le Fichier automatisé des empreintes digitales avait établi une correspondance. Un an plus tôt, une fillette de neuf ans, Franny Keaton, avait été enlevée au domicile de ses parents à Winnetka, Illinois. Après de longues recherches, on avait retrouvé son corps dans un égout pluvial. Elle avait été étranglée. Il n'y avait pas trace d'agression sexuelle mais le meurtrier l'avait totalement déshabillée. L'œil gauche de la poupée découverte à côté du cadavre de Franny Keaton portait une empreinte correspondant à celles de Clarence Buttle.

Lorsqu'on l'avait interrogé sur Winnetka, Buttle avait répondu avec un sourire espiègle : « J'ai été vilain, *très* vilain… »

Malgré les années écoulées depuis, Karen Emory se réveillait encore au moins une fois par mois persuadée que Clarence Buttle, le vilain, vilain garçon, était revenu pour l'entraîner dans un égout pluvial et lui demander de jouer avec lui.

Mais d'autres cauchemars avaient désormais pris la place de ceux qui faisaient resurgir Clarence Buttle. Karen avait de nouveau entendu les voix murmurant dans leur langue étrange, mais cette fois elles ne cherchaient apparemment pas à lui parler. Elle sentait en fait leur indifférence, voire leur mépris pour elle. Elles attendaient l'arrivée de quelqu'un d'autre qui répondrait à leurs supplices. Elles attendaient depuis très longtemps et leur impatience croissait. Dans son rêve, Karen avait vu Joel descendre au sous-sol, s'avancer dans l'obscurité, et les voix s'étaient élevées en un crescendo de bienvenue…

Joel n'était pas là. Avant de partir, il avait posé un écrin sur l'oreiller à côté d'elle en disant :

« Je pensais le garder pour ton anniversaire mais, finalement, pourquoi attendre ? »

C'était, avait-elle supposé, une façon de s'excuser de l'avoir frappée, de l'avoir fait souffrir. Elle avait ouvert l'écrin. Les boucles d'oreilles étaient en or mat, si délicatement ciselées qu'elles semblaient en dentelle. Avant même de les toucher, Karen avait su qu'elles étaient anciennes. Anciennes et précieuses.

« Comment tu les as eues ? » avait-elle demandé.

Dès que les mots étaient sortis de sa bouche, Karen avait compris qu'elle avait mal réagi, que son ton était empreint de soupçon, non d'émerveillement et de gratitude comme Joel l'espérait. Elle avait craint un instant qu'il lui reprenne brutalement l'écrin ou qu'il ait un autre accès de rage mais il avait simplement paru blessé.

« C'est un cadeau, avait-il dit. Je croyais que ça te plairait.

— Ça me plaît », avait-elle assuré d'une voix tremblante.

Quand elle avait sorti les boucles de l'écrin, elles lui avaient semblé plus lourdes qu'elle ne s'y attendait. Elle avait souri, tentant de sauver la situation.

« Elles sont magnifiques. Merci.

— Alors ça va », avait-il grommelé.

Il l'avait regardée les mettre mais, lorsqu'elle s'était tournée pour que les boucles capturent le jour passant entre les doubles rideaux, il n'avait eu qu'un hochement de tête distrait. Elle l'avait déçu. Pis, elle avait confirmé par sa conduite ce dont il la soupçonnait déjà. Après le départ de Joel, elle avait enlevé les boucles et les avait remises dans l'écrin, elle avait tiré le drap par-dessus sa tête et avait prié pour que vienne le sommeil. Elle avait tant besoin de dormir, de dormir sans rêver. Finalement, elle avait pris la moitié d'un comprimé d'Ambien, le sommeil était venu, et avec lui les voix.

L'après-midi s'achevait quand elle s'était réveillée. Elle avait la tête qui tournait, les idées embrouillées. Elle avait failli appeler Joel, s'était rappelé qu'il était parti et, malgré leurs problèmes, avait regretté qu'il ne soit pas auprès d'elle. Il avait dit qu'il ne rentrerait pas avant le lendemain, voire le surlendemain. Il avait promis de la tenir au courant. Il était sur le point de conclure une affaire importante, ils pourraient ensuite habiter dans une maison plus agréable encore. Ils pourraient même faire un voyage, passer un moment dans un endroit beau et tranquille. Elle avait répondu qu'elle serait contente de partir avec lui mais qu'elle serait heureuse aussi de rester où ils étaient. Elle serait heureuse n'importe où tant qu'il serait près d'elle et qu'il serait content. Tobias avait répondu que c'était une des raisons pour lesquelles elle lui plaisait, parce qu'elle ne réclamait pas des choses luxueuses, parce qu'elle avait des goûts simples. Mais ce n'était pas du tout ce qu'elle avait voulu dire et elle avait été fâchée qu'il l'ait aussi mal comprise. Il avait été condescendant avec elle et elle détestait ça, comme elle détestait les secrets stupides qu'il gardait à la cave, ses cachotteries sur ce qu'il transportait dans son camion.

Et puis il y avait les boucles. Karen roula sur le côté, ouvrit l'écrin. Elles étaient *vraiment* magnifiques. Anciennes aussi. Non, *antiques*, et elle avait presque senti leur âge quand elle les avait touchées la première fois.

Elle se leva, se fit couler un bain. La journée touchait à sa fin et Karen décida de ne pas s'habiller. Elle passerait la soirée en peignoir, regarderait la télé, commanderait une pizza. Profitant de l'absence de Joel, elle se roula un joint en prélevant un peu d'herbe de la réserve cachée dans son tiroir personnel et le fuma dans la baignoire. Joel n'approuvait pas la drogue et, s'il n'avait jamais essayé de lui interdire les pétards, il lui avait fait clairement comprendre qu'il ne voulait pas savoir si elle en fumait. C'était pour cette raison qu'elle fumait seulement en son absence ou quand elle était avec des amis.

Après le bain et le pète, elle se sentit mieux qu'elle ne s'était sentie depuis longtemps. Elle contempla de nouveau les boucles, décida de les porter. Elle releva sa chevelure et, enveloppée dans un drap blanc, se campa devant le miroir pour avoir une idée de l'allure qu'elle aurait eue à une autre époque. Elle se sentait un peu idiote mais elle dut reconnaître qu'elle avait l'air élégante avec les boucles qui luisaient à la lumière de la lampe et projetaient un semis de lueurs jaunes sur son visage.

Joel n'avait absolument pas les moyens de lui offrir un cadeau aussi somptueux, elle le savait, à moins qu'il ne lui ait menti encore plus qu'elle ne le soupçonnait sur ce qu'il gagnait avec son camion. Seule conclusion possible, il était mêlé à des opérations illégales auxquelles les boucles étaient liées : objet d'échange ou achat effectué avec une partie des bénéfices. Cela leur enlevait de leur beauté. Karen n'avait jamais rien volé de sa vie, pas même un sachet de bonbons ou du maquillage bon marché, cibles habituelles des petits délinquants de son lycée quand elle était adolescente. Au *diner*, elle ne prenait jamais plus que ce à quoi elle avait droit pour ses repas. L'allocation était d'ailleurs plus que généreuse et elle ne voyait aucune raison d'être vorace, même si une ou deux serveuses en profitaient pour emporter de la nourriture à la maison et se gaver, régaler leur copain et probablement aussi tous ceux qui passaient chez elles.

Mais les boucles étaient si belles. Jamais on ne lui avait fait un cadeau aussi ravissant, aussi ancien, aussi précieux. Maintenant qu'elle les portait, elle ne voulait plus les enlever. Si Joel arrivait à la convaincre qu'il se les était procurées honnêtement, elle les garderait. Elle saurait s'il lui mentait. Parce qu'elle l'aimait, elle avait déjà résolu de lui pardonner de l'avoir frappée mais il devait maintenant être franc avec elle, et peut-être aussi avec lui-même.

Karen s'assit sur le lit, alluma le poste de télévision. Et puis, qu'est-ce que ça peut faire ? pensa-t-elle avant de se rouler un deuxième joint. Elle regarda un film, une comédie idiote qu'elle avait déjà vue et qui lui parut bien plus drôle avec un pétard. Suivit un film d'action mais elle commença à somnoler. Ses yeux se fermèrent. Elle s'entendit ronfler et cela la réveilla. Elle s'étendit, posa la tête sur l'oreiller. Les voix revinrent mais Karen eut cette fois l'étrange sensation qu'il s'y ajoutait des éléments provenant des cauchemars sur Clarence Buttle parce qu'elle sentait une présence dans son rêve.

Non, pas dans son rêve.

Dans la maison.

Ses yeux s'ouvrirent.

— Joel ? appela-t-elle en pensant qu'il était peut-être rentré plus tôt que prévu. C'est toi ?

Elle n'entendit pas de réponse mais elle eut l'impression que ses mots avaient provoqué une réaction ailleurs dans la maison : immobilité là où il y avait auparavant mouvement, silence là où il y avait eu bruit.

Elle se redressa, les narines palpitantes, sentit une odeur bizarre : de moisi mais légèrement parfumé, comme un vieux vêtement sacerdotal encore imprégné d'encens. Elle trouva sa robe de chambre, l'enfila pour couvrir sa nudité et était sur le point de quitter la pièce quand elle se ravisa. Elle s'approcha de sa table de nuit, ouvrit le tiroir. Il contenait un revolver Lady Smith 60. Joel avait insisté pour qu'elle ait une arme à elle dans la maison et lui avait appris à tirer dans les bois. Elle n'aimait pas ce revolver, elle avait accepté uniquement pour lui faire plaisir mais elle était maintenant contente de l'avoir pour ne pas être totalement sans défense en l'absence de Joel.

Elle attendit en haut de l'escalier et n'entendit rien, du moins au début. Puis, lentement, elle prit conscience du bruit.

Les murmures avaient recommencé et, cette fois, elle ne dormait pas.

34

Karen se tenait devant la porte de la cave et écoutait. Elle se sentait comme une somnambule, l'esprit encore engourdi par le somnifère, le joint et la sieste. Tout était légèrement de guingois. Quand elle tourna la tête, elle eut l'impression que ses yeux mettaient une fraction de seconde à suivre le mouvement, ce qui troublait sa vision. D'un geste hésitant, elle plaqua une main sur la porte, s'agenouilla pour approcher une oreille du trou de la serrure. Curieusement, cela ne modifia en rien le volume des voix qu'elle entendait, alors qu'elle était sûre que la source des murmures se trouvait de l'autre côté de la porte. Les voix étaient à la fois en elle et au-delà, résultat d'une altération de perception qu'elle se représenta par une figure géométrique : un triangle équilatéral avec elle-même à l'un des angles, les voix à un autre et le son transmis au troisième. Elle entendait une conversation tenue par des êtres qui n'avaient pas conscience de sa présence ou, plus exactement, qui la considéraient comme négligeable. Elle se rappela un jour ensoleillé de sa petite enfance où son père et ses amis buvaient des bières dans le jardin tandis qu'elle les observait, assise à l'ombre d'un arbre, saisissant certains mots de leur conversation mais incapable de comprendre ce qu'ils disaient.

Malgré son aversion pour les endroits sombres et sa crainte de la réaction de Joel s'il apprenait qu'elle était allée au sous-sol sans sa permission, elle voulait découvrir ce qu'il y avait en bas. Elle savait qu'il y avait entreposé quelque chose d'autre parce qu'elle l'avait vu descendre des caisses à son retour, le jour d'avant. À l'idée d'enfreindre un interdit, elle fut parcourue d'un frisson d'excitation mêlée d'appréhension, voire de peur.

Karen se mit à chercher une clé de la cave. Joel en gardait une accrochée à une chaîne avec ses autres clés mais il devait y en avoir un double quelque part. Elle connaissait bien la maison, maintenant. Un des tiroirs de la cuisine contenait un bric-à-brac de vieilleries, notamment des clés, des cadenas à combinaison et des vis. Elle ne trouva pas de clé paraissant correspondre à la serrure du sous-sol. Elle fouilla ensuite les poches des vêtements de Joel suspendus dans l'entrée mais ne récolta que quelques pièces de monnaie et un vieux ticket pour un plein d'essence.

Consciente de s'apprêter à franchir une limite, elle se dirigea vers le placard personnel de Joel. Ses doigts se glissèrent dans les poches des costumes et dans les chaussures, sous les tee-shirts et les sous-vêtements. Tout était soigneusement plié et rangé, vestige de son passage dans l'armée. Oubliant un instant la clé, elle prit plaisir à la nature intime de ses recherches et à ce qu'elles révélaient sur l'homme qu'elle aimait. Elle découvrit des photos datant de sa période en Irak, des lettres d'une autre femme. Elle en lut quelques-unes, se sentit curieusement angoissée que quelqu'un d'autre ait pu aimer Joel autant qu'elle, et agacée qu'il ait gardé ces lettres. Elle parcourut le reste jusqu'à ce qu'elle trouve la lettre qu'elle cherchait, dans laquelle cette femme annonçait à Joel qu'elle ne supportait plus leur trop longue séparation forcée et qu'elle souhaitait mettre un terme à leur relation. La lettre était datée de mars 2007. Karen se demanda si la prénommée Faye avait rencontré quelqu'un d'autre avant de l'écrire. Son sixième sens lui souffla que c'était le cas.

Une cantine en métal rangée en bas du placard contenait un pistolet Ruger et un grand nombre d'armes blanches, notamment une baïonnette. Elle frissonna de nouveau en voyant toutes ces lames, en songeant à leur terrible capacité de pénétration, de connexion brutale entre tueur et victime, deux êtres distincts brièvement unis par un morceau de métal.

Près des couteaux se trouvait ce qui pouvait être la clé du sous-sol.

Karen l'emporta en bas, la glissa dans la serrure. Elle tourna la clé de sa main gauche, la droite refermée sur la crosse du petit Lady Smith. Le pêne bougea sans problème. Karen ouvrit la porte et se rendit soudain compte du silence de la maison.

Les murmures avaient cessé.

Devant elle, l'escalier dans l'obscurité, la lumière de l'entrée n'éclairant que les trois premières marches. Ses doigts trouvèrent le cordon de l'ampoule suspendue au plafond. Elle tira dessus, l'ampoule s'alluma et Karen put voir le bas de l'escalier.

Elle commença à descendre, lentement, avec précaution. Il ne fallait pas qu'elle trébuche, pas dans la cave. Elle se demanda ce qui serait pire : que Joel la trouve allongée par terre avec une jambe cassée, ou qu'il ne rentre pas et qu'elle reste là sans personne pour la secourir, attendant que les voix se remettent à murmurer.

Elle chassa de son esprit cette idée qui ne l'aidait pas à garder son calme. À l'avant-dernière marche, elle s'agrippa à la rampe, se hissa sur la pointe des pieds et tira sur le cordon de l'ampoule du bas. Rien. Elle essaya une deuxième, une troisième fois. Toujours l'obscurité devant elle et sur sa gauche, là où le sous-sol s'étirait sur presque toute la largeur de la maison.

Elle se rappela que Joel, homme pratique, gardait une lampe électrique sur une étagère, juste après la dernière marche, précisément pour ce genre d'éventualité. Elle avait remarqué ce détail quand il lui avait montré la cave pour la première fois, le jour où elle avait emménagé chez lui. Karen toucha de l'index une équerre en acier, fut surprise par le froid du métal, passa la main sur l'étagère, lentement, craignant de faire tomber la lampe. Finalement, ses doigts se refermèrent sur un cylindre. Elle fit tourner la tête de la torche, un faisceau lumineux éclaira le plafond. Une araignée se réfugia dans un coin. La lumière était faible, il aurait fallu changer les piles, mais de toute façon Karen ne resterait pas longtemps en bas, juste le temps qu'il faudrait.

Elle repéra immédiatement ce qu'il y avait de nouveau. Joel avait empilé des caisses en bois et en carton dans le coin le plus éloigné. Karen s'approcha, silencieuse avec ses pantoufles. Toutes les caisses étaient ouvertes et pleines de matériaux d'emballage : de la paille pour la plupart, des billes en mousse pour le reste. Elle plongea le bras dans la plus proche, sentit un petit objet cylindrique protégé par du plastique à bulles. Elle le sortit de la caisse, l'extirpa de son emballage à la lumière de la torche électrique. Le faisceau fit étinceler les deux pierres précieuses incrustées dans les disques d'or à chaque extrémité ainsi que les signes étranges gravés dans ce qu'elle savait être de l'ivoire.

Elle replongea la main dans la caisse, trouva un deuxième puis un troisième cylindre. Chacun était légèrement différent des autres mais tous avaient en commun les gemmes et l'or. Il y en avait d'autres dans la caisse, plus d'une vingtaine au total, et au moins autant de pièces d'or anciennes glissées dans des pochettes en plastique individuelles. Karen remballa les cylindres qu'elle avait examinés, les remit à leur place et passa à la caisse suivante, apparemment plus lourde. Elle ôta en partie la paille qu'elle contenait, révélant un vase richement orné. Dans la caisse voisine, utilisée auparavant pour transporter des bouteilles de vin, elle découvrit une tête de femme en or aux yeux de lapis-lazuli. Karen effleura de ses doigts les traits si parfaits qu'ils semblaient réels. Bien qu'elle ne perturbât pas souvent les musées par ses visites, elle commença à comprendre, dans cette cave sentant le renfermé, le charme puissant et la beauté de tels objets anciens, nous mettant en relation avec des civilisations disparues depuis des siècles.

Elle repensa aux boucles d'oreilles. Comment Joel les avait-il obtenues ? Elle n'en avait pas la moindre idée mais elle savait maintenant qu'elle avait sous les yeux « l'affaire importante » dont il avait parlé et sur laquelle il fondait ses espoirs pour leur avenir commun. Karen était furieuse contre lui mais aussi étrangement soulagée. Si elle avait trouvé de la drogue, de la fausse monnaie, des montres de luxe et des pierres précieuses volées dans une bijouterie, Joel l'aurait profondément déçue. Mais ces objets d'art étaient si inattendus qu'ils l'incitèrent à revoir l'opinion qu'elle avait de lui. Il n'avait même pas accroché une seule gravure dans cette maison avant qu'elle vienne vivre avec lui et il avait entassé ces trésors dans sa cave ? Une envie de rire monta en elle et, en portant une main à sa bouche pour la contenir, Karen se rappela Joel assis en tailleur devant la porte du sous-sol et parlant avec animation à quelqu'un qui se trouvait de l'autre côté. Elle se rappela alors pourquoi elle était descendue et son sourire disparut. Elle allait passer aux autres caisses quand une forme, sur une étagère, à gauche, attira son regard. C'était un coffret entouré de plastique à bulles, présence incongrue parmi les boîtes de peinture, les bocaux de clous et de vis. Karen s'en approcha et le sentit vibrer sous ses doigts quand elle le toucha. Elle pensa à un chat qui ronronnait.

Après avoir posé la lampe sur l'étagère, elle entreprit de défaire l'emballage du coffret. Elle dut pour cela le soulever d'un côté et quelque chose bougea légèrement à l'intérieur. Toutes ses craintes que Joel ne découvre sa transgression s'envolèrent : elle éprouvait un désir impérieux de voir ce coffret, de l'ouvrir, parce qu'elle avait compris dès l'instant où elle l'avait touché que c'était ce qu'elle cherchait, qu'il était lié aux voix de son cauchemar, à son sentiment d'enfermement et aux conversations nocturnes de Joel. Quand le plastique résista, elle tira dessus pour le déchirer et entendit les bulles claquer jusqu'à ce qu'enfin le coffret lui soit pleinement révélé. Elle le caressa, s'émerveilla de la délicatesse de ses gravures. Elle le souleva de nouveau et fut étonnée par son poids. Elle n'arrivait pas à imaginer combien l'or dont il était fait valait à lui seul, sans compter l'ancienneté du coffret lui-même. De l'extrémité d'un doigt, elle suivit les multiples fermoirs en forme d'araignée qui maintenaient le couvercle sur les côtés. Il n'y avait pas de serrures visibles, simplement ces fermoirs impossibles à ouvrir. Perdant toute patience, elle s'attaqua au métal avec ses ongles, en cassa un et la douleur lui fit recouvrer ses esprits. Karen laissa tomber le coffret comme s'il était soudain devenu brûlant. Elle se sentit submergée par le sentiment d'une présence maléfique, d'une intelligence qui ne cherchait qu'à lui faire mal et ne supportait pas son contact. Elle voulut s'enfuir mais elle n'était plus seule dans la cave, quelque chose bougeait dans le coin à gauche, juste en face de l'escalier.

— Joel ? appela-t-elle d'une voix tremblante.

Il serait sûrement fâché contre elle et Karen imaginait déjà la scène : lui furieux qu'elle soit descendue au sous-sol, elle furieuse qu'il ait entassé des objets volés dans leur maison. Ils avaient tous les deux commis une faute mais celle de Karen était mineure comparée à celle de Joel, sauf qu'il ne verrait pas les choses de cette façon. Elle ne voulait pas qu'il la frappe encore. Elle commençait à retrouver le sens des réalités : Joel était mêlé à des activités criminelles, ce qui était déjà grave en soi, mais le coffret... Le coffret était une chose ignoble. Il fallait qu'elle s'en éloigne. Il fallait qu'ils s'en éloignent tous les deux. Si Joel ne venait pas avec elle, elle le quitterait.

S'il me laisse partir, pensa-t-elle. S'il se contente de me taper dessus quand il découvrira ce que j'ai fait. Karen revit en pensée les armes rangées dans le placard de Joel, en particulier la baïonnette. Joel la lui avait montrée quand elle l'avait trouvé avachi dans un coin de la pièce, les yeux rougis d'avoir pleuré la mort de son camarade Brett Harlan. C'était une baïonnette de M9, comme celle avec laquelle Harlan avait tué sa femme avant de trancher sa propre gorge.

Parce que le coffret l'a poussé à le faire.

Ce bond que ses réflexions venaient soudain de faire la fit frissonner. Elle tenta de scruter l'obscurité de la cave avant de se rappeler la torche électrique. Elle s'en saisit, en braqua le faisceau sur le coin. Des formes apparurent : des outils de jardinage et des bouteilles empilées, des étagères et... Une ombre qui, fuyant la lumière, se fondit dans le noir sous l'escalier, une silhouette tordue, déformée par le mouvement du faisceau de la lampe mais aussi anormale en elle-même, difforme par nature. Karen pouvait presque sentir son odeur : une odeur de moisi avec une pointe âcre, comme un vieux chiffon en train de brûler.

Ce n'était pas Joel, ce n'était pas même un être humain.

Karen tenta de suivre sa progression avec la torche. Comme son bras tremblait, elle serra la lampe à deux mains et la tint contre sa poitrine, la dirigea sous l'escalier et la chose s'enfuit de nouveau, ombre sans contours précis, semblable à une fumée montant d'une flamme invisible. Quelque chose bougea aussi à droite. Karen fit pivoter le faisceau de la lampe et une silhouette se découpa brièvement sur le mur, voûtée, les bras et les jambes trop longs pour le torse, le dessus du crâne déformé par des excroissances d'os. À la fois réelle et irréelle, elle semblait sortir du coffret telle une odeur nauséabonde et s'étirer.

Les murmures avaient repris : les voix parlaient d'elle, elles étaient troublées, inquiètes. Elle n'aurait pas dû toucher le coffret, elle l'avait profané avec ses mains de femme. Sales. Impures.

Du sang.

Elle avait ses règles, elles avaient commencé ce matin.

Du sang.

Souillé.

Du sang.

Elles savaient. Elles sentaient son odeur sur elle. Karen recula en direction de l'escalier tandis que les trois formes tournaient à présent autour d'elle comme des loups, s'efforçant de se rapprocher tout en évitant la lumière. Elle agita la lampe pour les tenir à distance, le dos contre les étagères puis contre le mur, jusqu'à ce qu'enfin son pied trouve la première marche. Elle monta lentement, sans se retourner. Quand elle fut au milieu de l'escalier, la lumière de l'ampoule du plafond tremblota et s'éteignit puis la lampe électrique rendit l'âme à son tour.

C'est elles qui font ça. Elles aiment l'obscurité.

Parvenue aux dernières marches, Karen se retourna enfin, franchit la porte en trébuchant. Au moment où elle la claquait derrière elle, elle aperçut les ombres qui montaient à sa suite, formes sans substance, mauvais rêves nés de vieux ossements. Elle tourna la clé et la sortit de la serrure, perdit l'équilibre dans sa précipitation et se fit mal en tombant sur le coccyx. Elle fixa la poignée de la porte en s'attendant à ce qu'elle tourne comme dans les films d'horreur mais il ne se passa rien. Il n'y avait que le halètement de sa respiration et le battement de son cœur, le bruissement de son peignoir sur sa peau quand elle se releva et s'appuya à un fauteuil.

La sonnette de la porte d'entrée retentit et Karen poussa un cri de stupeur, vit une silhouette d'homme éclairée par la veilleuse extérieure. Elle regarda la pendule accrochée au mur : 3 heures. Comment le temps avait-il pu passer aussi vite ? Frottant le bas de son dos endolori, elle s'approcha de la porte, écarta le rideau pour voir qui était là. Un homme d'une soixantaine d'années se tenait sur le seuil. Il portait un chapeau noir qu'il souleva poliment, révélant un cône chauve traversé par quelques mèches grises. Soulagée par la présence d'un autre être humain, Karen ouvrit mais laissa la chaîne de sécurité.

— Bonsoir, dit l'homme. Nous cherchons Karen Emory.

Comme il ne s'était pas tourné vers elle, elle ne voyait qu'un côté de son visage.

— Elle n'est pas là, répondit-elle, les mots sortant de sa bouche avant même qu'elle ait voulu les prononcer. Je sais pas quand elle rentrera. Pas avant demain matin, sûrement. Il est tard.

Elle ne savait pas pourquoi elle mentait et elle avait conscience de l'inanité de ses mensonges. L'homme ne semblait pas menaçant mais ce qu'elle avait vu au sous-sol l'avait mise sur ses gardes. Elle avait eu tort d'ouvrir la porte, il fallait absolument la lui refermer au nez le plus vite possible. Elle avait envie de hurler, coincée entre cet inconnu et les créatures de la cave. Elle aurait voulu que Joel revienne, même si elle savait que tout était de sa faute, que cet homme était là à cause de lui et des caisses rangées au sous-sol, parce qu'il ne pouvait pas y avoir une autre raison pour qu'un tel individu sonne à leur porte à 3 heures du matin. Joel saurait quoi faire, lui. Elle accepterait volontiers d'essuyer sa colère si seulement il rentrait pour l'aider.

— Nous pouvons attendre, déclara l'homme.

— Désolée, ça va pas être possible. De toute façon, je ne suis pas seule.

Encore des mensonges et son ton paraissait peu convaincant, même à ses propres oreilles. Elle repensa alors à ce que l'homme venait de dire : *Nous* cherchons Karen Emory. *Nous* pouvons attendre.

— Non, fit l'homme. Nous pensons que vous êtes seule.

Elle tourna la tête pour voir si quelqu'un d'autre l'accompagnait mais il n'y avait que ce type étrange et effrayant avec son chapeau à la main. Et elle avait laissé le revolver en bas.

L'homme tourna enfin la tête et Karen découvrit son visage ravagé, devina que son délabrement était autant mental que physique. Elle tenta de fermer la porte mais il avait déjà glissé le pied dans l'entrebâillement.

— Jolies, ces boucles, remarqua Herod. Anciennes et trop belles pour une femme comme vous.

Il passa vivement la main dans l'ouverture et arracha une des boucles, lui déchirant le lobe de l'oreille. Du sang aspergea le peignoir et Karen voulut crier mais la main de l'homme serrait sa gorge, ses ongles s'enfonçaient dans sa peau. De l'épaule, il heurta violemment la porte et la chaîne se détacha du chambranle. Karen se débattit et le griffa, jusqu'à ce qu'il lui cogne la tête contre le mur.

Une fois.

— Ne...

Deux fois.

— ... dites pas...

La troisième fois, elle sentit à peine la douleur.

— ... de mensonges !

35

Karen ne perdit pas conscience, pas complètement, et elle sentit que l'homme la traînait par les cheveux sur le sol et la jetait dans un coin. Son lobe déchiré palpitait de douleur et du sang coulait de la blessure. Elle entendit la porte se refermer, vit l'homme tirer les doubles rideaux. Mais elle avait des problèmes de vision parce que, quand l'homme s'était approché de la fenêtre, elle avait aperçu deux reflets dans la vitre. L'un était celui de son agresseur, l'autre...

L'autre était Clarence Buttle. Karen l'aurait reconnu à sa démarche, à sa posture, s'il n'avait pas porté le même blouson sombre que la nuit où il s'était introduit dans sa chambre, la même chemise à carreaux rouges et noirs aux pans fourrés dans un jean ample qui aurait mieux convenu à quelqu'un de plus gras. Le jean de Clarence était maintenu par une ceinture de cuir noire avec une boucle argentée en forme de chapeau de cow-boy. C'était le souvenir qu'elle avait gardé de lui d'après les photos publiées après que l'enquête de la police avait révélé sa véritable nature.

Mais Clarence Buttle était mort. Il avait succombé en prison à un cancer de l'estomac qui lui avait dévoré les entrailles. Le Clarence reflété dans la vitre semblait avoir été rongé lui aussi mais au visage, parce que la tête qu'elle entrevit avant que le rideau se ferme avait des trous à la place des yeux et que la bouche sans lèvres révélait des gencives noires et des chicots de dents cariées. Au cours de ce bref instant, cette bouche remua et Karen entendit des mots, elle sentit une puanteur de tripes polluant la pièce.

J'ai été vilain, très vilain, dit le reflet qui était et n'était pas Clarence, et Karen, luttant pour retenir sa bile, sut au plus profond d'elle-même, là où elle gardait tout ce qui constituait véritablement son être, qu'elle avait devant elle la créature qui avait fait de Clarence Buttle ce qu'il avait été, la voix qui lui avait parlé des plaisirs de jouer avec les petites filles dans un égout pluvial, le visiteur maléfique qui avait glissé le nom de Karen Emory dans l'esprit de Buttle.

Elle jouera avec toi, Clarence. Elle aime les garçons, elle aime les endroits sombres. Et elle ne criera pas, quoi que tu lui fasses, parce que c'est une bonne, bonne petite fille, et les bonnes, bonnes petites filles ont besoin d'un vilain garçon pour faire sortir ce qu'il y a de meilleur en elles...

Karen comprit également que son agresseur avait été lui aussi contaminé par l'être qu'elle avait aperçu car il pourrissait lui aussi, à l'extérieur comme à l'intérieur, et elle se demanda si la créature apportait avec elle le cancer, si un tel degré de décomposition mentale devait trouver une expression physique sous une forme ou une autre. Après tout, le mal est une sorte de poison, une infection de l'âme, et d'autres poisons, lentement absorbés au fil des ans, modifient le corps : la nicotine jaunit la peau et noircit les poumons ; l'alcool corrode le foie et les reins, ravine le visage ; les rayons X font tomber les cheveux ; le plomb, l'amiante, l'héroïne rapprochent le corps de son délabrement final. Ne se pouvait-il que le mal sous sa forme la plus pure, sa quintessence, ait le même effet ? Parce qu'une maladie avait miné Clarence Buttle comme elle minait l'homme qui la tenait maintenant en son pouvoir.

— Quel était son nom ? demanda-t-il.

Elle se sentit obligée de répondre :

— Clarence. Il s'appelait Clarence.

— Il vous a fait mal ?

Elle secoua la tête.

Mais il en avait envie. Oh, oui, Clarence avait voulu jouer et il devenait brutal quand il jouait avec les petites filles.

Karen ramena les genoux contre son menton et les entoura de ses bras. Le reflet avait disparu mais elle avait encore peur de ce qui l'avait créé. L'être était toujours là, elle le sentait. Elle le sentait parce qu'il y avait un lien entre elle et Clarence Buttle. Elle était celle qui lui avait échappé. Pis, elle était celle qui l'avait fait prendre et il ne le lui pardonnerait jamais. Il ne lui pardonnerait jamais d'avoir douloureusement dépéri à l'hôpital de la prison, sans personne pour lui rendre visite, sans personne pour l'aimer, alors qu'il avait simplement voulu jouer.

L'homme s'approcha et Karen recula.

— Mon nom est Herod, dit-il. N'aie pas peur, je ne te ferai plus aucun mal si tu réponds franchement à mes questions.

Elle regardait par-dessus son épaule et parcourait nerveusement la pièce des yeux, remuant les narines, cherchant à déceler l'approche de Faux-Clarence, de son haleine putride et de ses doigts sales, inquisiteurs. Herod l'examina avec curiosité.

— Je crois que ce n'est pas moi qui t'effraie le plus. Parce que tu l'as vu, *lui*. C'est ça, c'est bien ça. Oh, tu peux l'appeler Clarence mais il a quantité d'autres noms. Pour moi, il est le Capitaine.

Il posa une main sur la tête de Karen, lui caressa les cheveux et ce contact la fit trembler car ce qu'elle avait vu chez Clarence était aussi en lui.

— Tu n'as pas non plus à avoir peur du Capitaine si tu n'as rien fait de mal, poursuivit Herod.

Sa main passa de la tête à l'épaule de Karen, ses ongles s'enfoncèrent dans sa chair. Elle grimaça et le regarda, les yeux attirés par la plaie en forme de pointe de flèche de sa lèvre supérieure et par la virulence de son infection.

— Je crois que même une petite putain comme toi qui a le feu au derrière n'a pas à s'inquiéter parce que le Capitaine a d'autres soucis en tête. Tu es insignifiante et, tant que tu le resteras, le Capitaine ne s'occupera pas de toi. Mais dans le cas contraire...

Il pencha la tête sur le côté comme s'il écoutait une voix que lui seul pouvait entendre puis eut un sourire déplaisant.

— Le Capitaine me charge de t'annoncer qu'un égout porte ton nom et qu'un ami y attend que quelqu'un le rejoigne.

Il lui fit un clin d'œil et continua :

— Ce bon vieux Clarence a toujours aimé les endroits chauds et humides et le Capitaine a toujours veillé à le satisfaire à cet égard parce qu'il tient toujours sa parole. Clarence a maintenant un trou sombre et profond pour lui tout seul où il attend la petite fille qui s'est enfuie. Mais c'est comme ça avec les promesses du Capitaine : il faut lire ce qui est écrit en petits caractères avant de signer sur la ligne pointillée. Clarence ne l'a pas compris, voilà pourquoi il est resté si longtemps seul. Moi, j'ai compris. Le Capitaine et moi, nous sommes vraiment proches. Nous parlons d'une même voix, pourrait-on dire.

Herod lui pressa de nouveau l'épaule, la força à se lever.

— J'ai une mauvaise nouvelle pour toi, il faut que tu sois courageuse : ton ami Joel Tobias ne fourrera plus ton petit pain de sitôt. J'ai essayé d'avoir une conversation avec lui mais il ne s'est pas montré bavard et j'ai dû le forcer un peu.

De sa main gauche, il pinça doucement la joue de Karen. Ses doigts étaient glacés et elle poussa un petit gémissement animal.

— Je crois que tu vois ce que je veux dire. Franchement, la fin a été un soulagement pour lui.

Karen flageola sur ses jambes et serait tombée si Herod ne l'avait pas retenue. Elle tenta de le repousser mais il était plus fort qu'elle. Elle se mit à sangloter. Soudain, il la saisit de nouveau par les cheveux et lui tira la tête en arrière si violemment qu'elle entendit son cou craquer.

— Pas de ça, lui enjoignit-il. Ce n'est pas le moment de pleurer. Je suis un homme très occupé, le temps ne joue pas en ma faveur. Nous avons des choses à faire, tu pourras ensuite te lamenter autant que tu voudras.

Il l'entraîna vers la porte du sous-sol, tendit la main droite et la posa à plat sur le bois.

— Tu sais ce qu'il y a là en bas ?

Karen secoua la tête. Elle pleurait toujours mais son chagrin était comme assourdi, comme une douleur tentant de percer à travers un anesthésique.

— Tu mens encore, souligna Herod, mais d'une certaine façon tu dis aussi la vérité parce que je ne pense pas que tu saches *vraiment* ce qu'il y a en bas. Nous allons le découvrir ensemble. Où est la clé ?

Lentement, Karen glissa la main dans la poche de sa robe de chambre, lui tendit la clé.

— Je ne veux pas redescendre, geignit-elle, d'une voix pleurnicharde et enjôleuse de petite fille.

— Ma chère petite, je ne peux vraiment pas te laisser seule en haut, tu ne crois pas ?

Il parlait d'un ton raisonnable, voire amical, mais c'était ce même homme qui l'avait traitée de pute quelques minutes plus tôt, qui avait enfoncé ses ongles dans son épaule, déchiré le lobe de son oreille et tué Joel Tobias, la ramenant à la solitude.

— Ne t'en fais pas, je suis là pour te protéger, dit-il en lui rendant la clé. Ouvre et descends, je te suis.

Pour achever de la convaincre, il lui montra son pistolet et elle obéit, la main tremblant légèrement quand elle inséra la clé dans la serrure. Herod recula lorsqu'elle ouvrit la porte donnant sur l'obscurité de la cave.

— Comment on allume ? demanda-t-il.

— Il n'y a plus de lumière. L'ampoule a grillé quand j'étais en bas.

Ce sont les voix qui l'ont fait griller, faillit-elle ajouter. Elles voulaient me faire trébucher, pour que je sois obligée de rester en bas avec elles.

Herod regarda autour de lui, vit la lampe électrique par terre. Quand il se pencha pour la ramasser, Karen lui expédia son pied dans la tempe et il tomba à genoux. Elle se rua vers la porte d'entrée mais elle tentait encore de tourner le bouton quand Herod fut sur elle. Elle poussa un cri, il la bâillonna d'une main et la fit basculer en arrière, la projeta par terre. Elle atterrit sur le dos et, avant qu'elle ait le temps de se relever, il s'agenouilla sur sa poitrine. Il introduisit plusieurs doigts dans la bouche de Karen, lui saisit la langue et tira. Elle crut qu'il allait la lui arracher. Incapable de parler, elle le suppliait du regard de n'en rien faire.

— Dernier avertissement, prévint-il.

La blessure de sa lèvre s'était rouverte et commençait à saigner.

— Je n'inflige jamais de souffrance sans raison et je n'ai aucune envie de te faire encore mal mais, si tu m'y contrains, je n'hésiterai pas. Énerve-moi une fois de plus et je jette ta langue aux rats et je te laisse t'étouffer dans ton sang. Tu as compris ?

Karen acquiesça d'un infime hochement de tête de peur qu'un mouvement trop vif ne lui fasse perdre sa langue. Herod la lâcha et elle sentit son goût dans sa bouche, âcre, chimique. Elle se leva, il alluma la lampe électrique, qui marchait à présent.

— Passe la première, ordonna-t-il. Garde les bras écartés du corps et ne touche à rien sauf à la rampe.

À contrecœur, Karen avança. Le faisceau de la torche éclairait l'escalier. Herod laissa Karen descendre trois marches avant de la suivre. Parvenue au milieu de l'escalier, elle se figea et regarda à gauche, là où l'obscurité était la plus épaisse et où le coffret reposait sur son étagère.

— Pourquoi tu t'arrêtes ?

— Il est là derrière, répondit-elle.

— Quoi ?

— Le coffret en or. C'est ce que vous cherchez, non ?

— Montre-moi où il est exactement.

— Il y a des créatures, là en bas. Je les ai vues.

— Tu ne crains rien, je te l'ai dit. Allez, avance.

Karen descendit jusqu'au bas de l'escalier. Herod la rejoignit, fouilla du faisceau de la lampe les recoins du sous-sol. Des ombres bougèrent mais c'était à cause du mouvement de la lumière et Karen aurait pu croire qu'elle avait tout imaginé si les murmures n'avaient repris. Cette fois, le ton était différent : intrigué, peut-être, et impatient.

Elle conduisit Herod aux caisses mais il ne montra aucun intérêt pour les sceaux ni pour la splendide tête de femme. Il n'avait d'yeux que pour le coffret. Il fit jouer la lumière dessus, eut un claquement de langue réprobateur en découvrant les dommages que l'objet avait subis, les éraflures qui altéraient la beauté de ses ornements, puis il indiqua un sac de sport en toile posé près des étagères.

— Prends-le et mets-le dans ce sac. Doucement, surtout.

Karen n'avait pas envie de toucher de nouveau le coffret mais elle voulait en finir. Herod partirait quand il aurait le coffret et, si c'était un homme de parole, il lui laisserait la vie sauve. Malgré la terreur qu'il lui inspirait, elle était convaincue qu'il ne la tuerait pas. S'il avait voulu le faire, elle serait déjà morte.

— Qu'est-ce qu'il y a, dans ce coffret ?

Au lieu de répondre, Herod répliqua par une autre question :

— Qu'est-ce que tu as vu quand tu étais en bas ?

— Des silhouettes. Déformées. Comme des hommes mais... ça n'était pas des hommes.

— Non, ça n'en est pas, confirma-t-il. As-tu entendu parler de la boîte de Pandore ?

Karen acquiesça.

— C'est une boîte dans laquelle on avait enfermé le mal. Quand on l'a ouverte, le mal s'est échappé et s'est répandu dans le monde.

— Exactement. Sauf que c'était une jarre, *pithos*, pas une boîte. L'expression « boîte de Pandore » vient d'une mauvaise traduction en latin.

À présent qu'il avait trouvé ce qu'il cherchait, il était content d'avoir quelqu'un à qui expliquer son importance.

— Ce coffret est une vraie boîte de Pandore, poursuivit-il, une prison en or. Sept boîtes encastrées, sept fermoirs symbolisant les portes des régions infernales. Ils sont en forme d'araignée parce que c'est cet animal qui a protégé le prophète Mahomet des assassins en tissant une toile devant l'entrée de la grotte où il se cachait avec Abu Bakr. Les hommes qui ont fabriqué ce coffret espéraient que l'araignée les protégerait eux aussi. Quant à ce qu'il contient, appelons-les des esprits anciens, presque aussi vieux que le Capitaine. Presque.

— Ils sont mauvais, dit Karen avec un frisson. Je l'ai senti.

— Oh, certes. Très mauvais.

— Qu'est-ce que vous allez faire de ce coffret ?

— Je vais l'ouvrir pour les libérer, répondit Herod d'un ton patient, comme s'il s'adressait à un enfant.

Karen le regarda fixement.

— Pourquoi ?

— Parce que c'est ce que veut le Capitaine, et ce qu'il veut, il l'obtient. Allez, va prendre le coffret et mets-le dans le sac.

Elle secoua la tête. Herod approcha le pistolet des lèvres de Karen.

— J'ai ce que je voulais, dit-il. Je peux te tuer ou te laisser vivre. À toi de choisir.

Malgré sa répugnance, Karen prit le coffret, le sentit de nouveau vibrer dans ses mains. Elle entendit des grattements, comme si un rongeur était emprisonné à l'intérieur et tentait vainement de soulever le couvercle. De peur, elle faillit faire tomber l'objet. Herod émit un sifflement irrité mais ne dit rien. Avec précaution, Karen mit le coffret dans le sac, le ferma. Quand elle le tendit à Herod, il refusa.

— Je te laisse le porter. Viens, c'est presque fini.

Elle monta l'escalier, suivie de près par Herod qui la tenait par l'épaule et pressait le canon du pistolet dans son dos. Parvenue devant le living, Karen s'immobilisa.

— Conti...

Herod s'interrompit en découvrant ce que Karen avait vu avant lui. Il y avait trois hommes dans la pièce, tous tenant une arme braquée sur lui.

— Lâchez-la, dis-je.

36

Si Herod fut surpris de notre présence, il le cacha bien. Plaquant Karen Emory contre lui, il s'en servit de bouclier, le canon de son arme logé sous la mâchoire de la jeune femme et pointé vers son cerveau. D'où nous étions, nous ne pouvions voir que le côté droit de la tête d'Herod et même Louis ne se risquerait pas à un tir aussi difficile. Du sang coulait de la plaie hideuse de son visage, tachant ses lèvres et son menton.

— Ça va, Karen ? demandai-je.

Elle tenta de hocher la tête mais le pistolet l'effrayait tellement qu'elle ne fit qu'esquisser le mouvement. Les yeux d'Herod brillaient ; il ne s'intéressait ni à Angel ni à Louis, il n'avait d'yeux que pour moi.

— Je vous connais, dit-il. Je vous ai vu au bar.

— Vous auriez dû vous présenter, cela nous aurait épargné du temps et de l'énergie.

— Oh, je ne crois pas. Le Capitaine n'aurait pas apprécié.

— Qui est le Capitaine ?

Je me rappelai aussitôt la seconde silhouette que j'avais cru apercevoir dans la voiture, un spectre à tête de clown.

— Le Capitaine s'intéresse à vous et il en faut beaucoup pour piquer sa curiosité. Il en a tant vu que peu de choses le tirent encore de sa torpeur.

— Il cherche à t'entuber, déclara Louis.

— Vous croyez ? dit Herod, inclinant la tête comme s'il écoutait une voix qu'il était seul à entendre. *Dominus meus bonus et benignus est.* Cela vous rappelle quelque chose, monsieur Parker ?

Je modifiai ma prise sur la crosse de mon arme. J'avais déjà entendu cette phrase, elle fonctionnait à plusieurs niveaux : salutation codée, sinistre plaisanterie et sorte d'appellation. « Mon maître est bon et bienveillant[1]. » M. Goodkind. C'était le nom que lui donnaient ses disciples mais Herod laissait maintenant entendre que Goodkind et l'être qu'il appelait le Capitaine étaient une seule et même personne.

— Peu importe, dis-je. Je ne m'intéresse pas à vos histoires de fantômes. Qu'est-ce qu'il y a dans le sac ?

— Une autre histoire de fantômes. Le coffret prison. J'ai l'intention de l'emporter et vous allez me laisser faire.

— Je crois pas.

La réponse venait d'Angel, appuyé presque langoureusement à l'encadrement de la porte.

— Vous l'avez peut-être pas remarqué, ajouta-t-il, mais vous avez trois flingues braqués sur vous.

— Et j'en braque un sur la tête de Mme Emory, rétorqua Herod.

— Tu la butes, on te bute, menaça Angel. Et tu pourras pas faire joujou avec ta boîte.

— Vos amis et vous croyez avoir anticipé tous les coups possibles, monsieur Parker, mais je suis au regret de devoir vous détromper. Madame Emory,

---

1. En anglais, *good and kind*. (*N.d.T.*)

introduisez une main dans la poche extérieure gauche de mon manteau et prenez ce que vous y trouverez. Lentement, sinon vous ne saurez jamais comment cette histoire se termine.

Karen farfouilla dans la poche, jeta quelque chose par terre entre nous. C'était un sac à main de femme.

— Regardez à l'intérieur, me suggéra Herod.

L'objet était tombé près du pied de Louis qui le fit glisser vers moi sans quitter Herod des yeux. Je l'ouvris. Il contenait du maquillage, des pilules et un portefeuille. Avec un permis de conduire au nom de Carrie Saunders.

— Je l'ai enterrée, dit Herod. Oh, pas très profond. Dans une grande caisse métallique : matériel militaire, je pense. Je l'ai trouvée dans sa cave. Je ne voulais pas que le couvercle se déforme sous le poids de la terre. Mme Saunders peut respirer grâce à un trou et à un tube en plastique mais ça ne doit pas être très agréable d'être enfermée dans le noir, et qui sait ce qui pourrait arriver si le tube venait à se boucher. Une feuille morte suffirait, ou une motte de terre retournée par un animal en maraude. De plus, elle doit être maintenant au bord de la panique et si elle y cède... Elle a les mains attachées. Si elle ne garde pas les lèvres serrées sur ce tube, elle ne survivra qu'une quinzaine de minutes, au maximum. De très *longues* minutes, cependant.

— Pourquoi elle ? demandai-je.

— Je crois que vous savez pourquoi et, si vous l'ignorez, vous n'êtes pas aussi intelligent que je le pensais. J'aimerais pouvoir rester pour vous narrer tous les détails mais sachez simplement que M. Tobias et ses amis se sont employés quelques heures plus tôt à trucider des Mexicains et se sont retrouvés chez Mme Saunders une fois leur besogne accomplie. J'ai beaucoup appris de M. Tobias avant qu'il n'expire : sur un nommé Jimmy Jewel et les circonstances de sa mort, sur un certain Foster Jandreau. Il semblerait que Mme Saunders puisse jouer les séductrices quand elle s'y met. On peut dire qu'elle était le cerveau de l'opération. Elle les a tous liquidés : Roddam, Jewel, Jandreau. Vous aurez peut-être la possibilité de l'interroger vous-même si vous me laissez partir. Plus vous tergiverserez, moins elle aura de chances de survivre. Tout est échange. Tout est négociation. Je suis un homme d'honneur, je tiens mes promesses. La vie sauve pour Mme Emory et l'emplacement du cercueil de fortune de Carrie Saunders en échange du coffret. Nous savons tous deux que vous ne laisserez pas Mme Emory mourir. Vous n'êtes pas le genre d'homme qui supporterait ce poids sur la conscience.

Je regardai le permis de conduire puis le visage terrifié de Karen Emory.

— Comment je peux savoir que vous tiendrez votre part du marché ?

— Je tiens toujours mes promesses.

Je laissai s'écouler quelques secondes avant de donner mon accord d'un hochement de tête.

— T'es pas sérieux ? dit Angel. Tu vas accepter ça ?

— On a le choix ? Posez vos armes. Laissez-le partir.

Angel et Louis hésitèrent un moment puis Louis baissa lentement son pistolet, Angel fit de même.

— Vous avez un portable ? me demanda Herod.

— Oui.

— Donnez-moi le numéro.

Je le récitai puis proposai :

— Vous voulez que je vous l'écrive ?

— Non, je vous remercie. J'ai une mémoire exceptionnelle. Dans dix minutes, je déposerai Mme Emory à une cabine, je lui dirai où Carrie Saunders est enfouie. Je lui donnerai même l'argent pour vous appeler. Vous pourrez accourir à sa rescousse.

— Si vous ne tenez pas votre promesse, je vous traquerai. Vous et votre Capitaine.

— Oh, vous avez ma parole. Je ne tue jamais inutilement, j'ai déjà assez de taches sur mon âme pour toute une vie.

— Et le coffret ?

— Je l'ouvrirai.

— Vous vous croyez capable de maîtriser ce qu'il contient ?

— Non, mais le Capitaine le peut. Adieu, monsieur Parker. Dites à vos amis de reculer. J'aimerais que vous vous mettiez tous les trois là-bas dans le fond, s'il vous plaît. Si je vois quelqu'un passer le nez dehors ou si vous essayez de me suivre, notre marché ne tient plus. J'abattrai Mme Emory et Carrie Saunders devra tenter de survivre dans sa caisse. Nous nous comprenons ?

— Oui.

— Je ne pense pas que nous nous reverrons, dit Herod. Quant au Capitaine, c'est une autre affaire. Je pense qu'avec le temps vous aurez l'occasion de mieux vous connaître, lui et vous.

Angel s'écarta de l'encadrement et tous les trois nous nous dirigeâmes vers le coin diagonalement opposé à la porte d'entrée. Se servant toujours de Karen comme bouclier, Herod sortit de la maison à reculons, Karen fermant la porte derrière eux sur son instruction. Quelques instants plus tard, j'entendis une voiture démarrer et s'éloigner.

Louis fit un pas vers la porte mais je l'arrêtai.

— Non.
— Tu lui fais confiance ?
— Pour ça, oui, répondis-je.
— Je parlais pas d'Herod.
— Moi non plus.

37

Je ne sais pas si Carrie Saunders céda à la panique. J'ignore si le tube glissa hors de sa bouche et si, attachée comme elle l'était, elle ne put le reprendre entre ses lèvres. Je me surprends parfois à imaginer ses derniers moments, je vois Herod jeter sa pelle sur le côté, fixant un moment la terre tassée puis tirant doucement le tube respiratoire de la bouche de la femme enterrée dessous. Parce qu'elle avait enfreint un accord non écrit passé avec lui mais aussi parce qu'il y prenait plaisir. Je pensais que, malgré ses discours sur l'honneur, la négociation et les promesses, Herod était un homme cruel. Il avait tenu parole en libérant Karen Emory et en lui révélant auparavant où Saunders était enfouie, mais l'autopsie prouva que la thérapeute était morte depuis des heures quand on la déterra.

Je sais une chose : Carrie Saunders avait bien liquidé Jimmy Jewel et Foster Jandreau. On retrouva chez elle un Glock calibre 22 correspondant aux balles qui avaient tué les deux hommes et il n'y avait que ses empreintes sur l'arme. Quant à Roddam, impossible de savoir si elle était aussi responsable de sa mort, mais, comme Herod avait dit la vérité pour les autres victimes, il n'y avait aucune raison de penser qu'il mentait pour Roddam.

Après la découverte du corps de Saunders, certains avancèrent que l'homme responsable de sa mort lui avait peut-être mis les autres meurtres sur le dos, mais cette hypothèse fut abandonnée lorsque Bobby Jandreau déclara qu'il avait confié à son cousin Foster qu'il croyait les suicides de Damien Patchett, Bernie Kramer et Brett Harlan liés au trafic de Joel Tobias, même s'il n'en avait aucune preuve formelle. Foster Jandreau était ambitieux et n'avait pas obtenu l'avancement qu'il espérait dans la police. S'il dénichait des preuves contre Tobias, il ressusciterait une carrière moribonde. Mais Bobby Jandreau commit l'erreur d'en parler à Carrie Saunders pendant une de ses séances de thérapie et elle se retrouva obligée de supprimer Foster et de salir sa réputation en laissant des fioles de drogue autour de son corps. Je ne sais pas si Tobias était au courant et lui avait donné son accord et ceux qui auraient pu me l'apprendre étaient tous morts. Je me souvins de ce que d'autres avaient dit de lui : il était malin mais pas à ce point. Il n'était pas capable de diriger une opération pouvant rapporter des millions de dollars ; Carrie Saunders l'était. À Paris, Rochman révéla que son contact pour l'achat des statuettes d'ivoire et des sceaux était une femme utilisant le pseudonyme de « Médée » et que l'argent avait été viré à une banque de Bangor, Maine. Selon certaines rumeurs, Saunders et Roddam auraient été amants à Abou Ghraïb mais ils formaient un couple improbable. La guerre crée de telles unions étranges mais Roddam et Saunders se manipulaient probablement l'un l'autre et la thérapeute avait fini par prendre le dessus parce que

Roddam était mort. Tobias et elle avaient fréquenté le même lycée de Bangor, Saunders une classe au-dessus de lui. Ils se connaissaient depuis longtemps mais, si elle avait été l'intelligence supérieure dirigeant l'opération en coulisse, elle n'aurait pas eu besoin de la permission de Tobias ni de personne d'autre pour faire ce qu'il y avait à faire afin d'en assurer le succès.

J'étais là quand on ouvrit la caisse et je vis le visage de Carrie Saunders. Quoi qu'elle ait pu faire, elle ne méritait pas de mourir comme ça. Peu après la découverte du corps, je fis ma déclaration à la police en présence de deux agents du BID, le Bureau de l'immigration et des douanes. Derrière eux se tenait un petit homme barbu à la peau basanée qui se présenta comme le Dr Al-Daini, ancien conservateur adjoint du musée de l'Irak à Bagdad. Les deux agents appartenaient au GCIA, le Groupe de coordination inter-agences, un fourre-tout de militaires, de représentants du FBI, de la CIA, du fisc, du BID ainsi que de tous ceux qui passaient dans le coin et s'intéressaient à l'Irak et à la façon dont les terroristes finançaient leurs opérations. Le pillage du musée de l'Irak avait attiré leur attention parce qu'ils craignaient que les pièces volées ne soient vendues au marché noir afin de fournir des fonds aux réseaux terroristes. L'homme qui m'avait interrogé au Blue Moon m'avait menti et s'était peut-être menti à lui-même : il était faux de prétendre que son petit groupe ne faisait de mal à personne, mais des soldats américains mouraient dans les rues de Bagdad et de Fallujah, de toutes les villes d'Irak où on les prenait pour cible. Je rapportai toute l'histoire aux agents et au Dr Al-Daini en ne leur cachant qu'un détail : je ne parlai pas du Collectionneur. Al-Daini chancela légèrement en apprenant la disparition du coffret mais ne dit rien.

Quand nous eûmes terminé, je montai dans ma voiture et pris la direction du sud.

38

Herod était assis dans son bureau, entouré de ses livres et de ses instruments. Il n'y avait dans la pièce ni miroirs ni surfaces réfléchissantes. Il avait même placé son ordinateur ailleurs pour ne pas courir le risque d'entrevoir le visage du Capitaine. Cela aurait détourné son attention et Herod éprouvait un tel désir d'ouvrir le coffret qu'il avait dû bannir sa présence. Il avait besoin de calme pour travailler et la présence du Capitaine l'aurait rendu fou. Comprendre le mécanisme des fermoirs prendrait du temps : des jours, peut-être. Il fallait les ouvrir dans un certain ordre car le coffret était constitué de cellules emboîtées. C'était un casse-tête chinois d'une extraordinaire complexité. Les reliques contenues dans le dernier compartiment étaient entourées de fils reliés à chacun des fermoirs. Les forcer détruirait les reliques, sans doute fragiles, et il importait manifestement qu'elles demeurent intactes puisqu'on avait mis tant de soin à les préserver.

Herod avait posé le coffret sur un linge blanc. Il ne vibrait plus et les voix avaient cessé de murmurer à l'intérieur, comme si elles hésitaient à troubler la concentration de celui qui les libérerait peut-être. Herod n'avait pas peur d'elles. Le Capitaine lui avait expliqué ce qu'il y avait dans le coffret et la nature des liens qui entravaient ces êtres. C'étaient des bêtes mais des bêtes enchaînées. Une fois le coffret ouvert, elles ne seraient pas totalement libérées : il faudrait leur faire comprendre qu'elles étaient désormais les créatures du Capitaine.

Herod s'apprêtait à soulever la première araignée et à révéler le mécanisme du fermoir lorsque le système d'alarme de la maison se déclencha, le stupéfiant par sa soudaineté. Sans même prendre le temps d'évaluer la situation, il verrouilla totalement son bureau, le transformant en pièce de sécurité. Puis il décrocha le téléphone, appuya sur le bouton rouge de l'appareil et obtint immédiatement la société de gardiennage chargée de surveiller le système d'alarme. Il confirma une possible intrusion et annonça qu'il s'était enfermé dans la pièce de sécurité. Il alla ensuite ouvrir un placard contenant une rangée d'écrans de contrôle dont chacun montrait une partie de la maison, intérieure ou extérieure, et du jardin. Il crut voir une silhouette reflétée sur les écrans et sentit la vive curiosité du Capitaine pour le coffret mais il ne prêta délibérément aucune attention à sa présence. Il y avait plus urgent pour le moment. Herod ne décela aucune trace d'intrusion dans la propriété dont les grilles demeuraient closes. Il s'agissait peut-être d'une fausse alerte, mais il n'était pas disposé à prendre des risques lorsqu'il s'agissait de sa sécurité personnelle ou de sa collection, alors qu'elle venait précisément de s'enrichir d'une pièce rare et précieuse.

Quatre minutes plus tard, une camionnette noire se présenta devant les grilles. Le chauffeur tapa sur le clavier situé à l'entrée un code qu'on changeait chaque semaine pour plus de sûreté et qu'Herod confirma. Les grilles s'ouvrirent, le véhicule pénétra dans le jardin, les grilles se refermèrent. Lorsque la camionnette parvint devant la maison, quatre hommes armés en descendirent, deux d'entre eux allèrent aussitôt inspecter les flancs et l'arrière du bâtiment, un troisième balaya le jardin de son arme, tandis que le dernier s'approchait de la porte et pressait le bouton de l'interphone principal.

— Dürer, dit une voix.

Comme le code numérique, le mot de passe confirmant l'identité de l'équipe de sécurité était différent chaque semaine.

— Dürer, répéta Herod.

Il déverrouilla par télécommande la porte d'entrée pour permettre aux gardes de pénétrer dans la maison. Celui qui avait donné le mot de passe se glissa immédiatement à l'intérieur. Celui qui surveillait le jardin recula vers la porte mais resta à l'extérieur jusqu'à ce que les deux autres le rejoignent et rapportent qu'ils n'avaient rien remarqué d'anormal. Il entra alors dans la maison, les laissant dehors. Herod s'efforça de suivre leur progression d'écran en écran après qu'ils eurent débranché le système d'alarme principal et entrepris de fouiller la maison. Dix minutes plus tard, l'interphone bourdonna dans le bureau d'Herod.

— Rien à signaler, monsieur. La source du déclenchement provient de la zone deux – une fenêtre de la salle à manger – mais il n'y a aucune trace de tentative d'effraction. Il doit s'agir d'un dysfonctionnement. Nous enverrons un technicien dans la matinée.

— Merci, répondit Herod. Vous pouvez disposer.

Il regarda les quatre hommes partir. Après que les grilles se furent refermées derrière eux, il rouvrit les verrous de son bureau sécurisé, masqua les écrans et du même coup le Capitaine. Même si la pièce était bien aérée et s'il y travaillait souvent avec la porte fermée, il n'aimait pas la garder verrouillée. L'idée d'un long emprisonnement ou d'un confinement quelconque le terrifiait. C'était sans doute pour cette raison qu'il avait pris plaisir à enterrer Saunders vivante. Une façon de conjurer sa propre peur tout en punissant cette femme. Il leur avait offert un marché, à Tobias et à elle – la vie sauve contre le coffret –, mais ils s'étaient montrés exigeants et avaient entamé des négociations pour lesquelles il n'avait ni le temps ni l'envie. Le second marché fut proposé seulement à Tobias : il pouvait choisir entre une mort lente et une mort rapide ; en tout cas il mourrait. Tobias eut d'abord du mal à le croire mais Herod avait fini par le convaincre.

Au moment où il ouvrait la porte de son bureau, il était encore légèrement préoccupé par ce qui avait pu déclencher l'alarme et ne se concentrait pas tout à fait sur ce qui se trouvait au-delà. La voix du Capitaine retentit comme une sirène à ses oreilles dès qu'il fit un pas, explosion incohérente d'avertissement, de rage et de peur. Avant qu'Herod pût réagir, quelque chose bougea. Il y avait deux hommes armés devant lui. Le plus proche, qui empestait la nicotine, le fit tomber par terre et pressa une lame contre son cou.

Herod leva les yeux vers le visage du Collectionneur. Derrière lui se tenait le détective, Parker. Aucun d'eux ne parla mais la tête d'Herod était pleine de bruit.

Pleine des cris du Capitaine.

39

Je gardais mon arme braquée sur Herod, dont le regard faisait la navette entre le Collectionneur et moi, comme s'il n'arrivait pas à déterminer qui de nous deux constituait la menace la plus redoutable. Le pistolet d'Herod, que le Collectionneur avait jeté par terre, était hors de portée. Le Collectionneur parcourait maintenant des yeux les étagères, soulevait un objet, le contemplait avec admiration avant de le reposer.

— Vous possédez une quantité impressionnante de trésors, dit-il. Livres, manuscrits, pièces rares. J'ai suivi quelque temps votre progression mais je n'aurais jamais imaginé que vous étiez aussi assidu dans vos recherches et doté d'un goût aussi sûr.

— Je suis un collectionneur, comme vous.

— Non, pas comme moi. Ma collection est très différente.

— Comment m'avez-vous trouvé ?

— Technologie. Un microémetteur a été fixé sur votre voiture pendant que vous rendiez visite à Mme Emory. Je crois bien qu'il a été fabriqué par feu Joel Tobias, ce qui ne manque pas d'ironie étant donné les circonstances.

— Vous étiez dehors ? Vous me surveilliez ?

— Eh oui.

— Vous auriez pu me supprimer à ce moment-là.

— M. Parker ne voulait pas mettre en danger Mme Emory et je tenais à voir votre collection.

— Comment êtes-vous entrés ici ?

— Tour de passe-passe. Il est difficile de suivre plusieurs hommes à travers une maison sur des écrans différents, surtout quand le système d'alarme a été débranché.

— Vous vous êtes substitués à l'équipe de la société de gardiennage.

— En effet. Vous pouvez vous asseoir mais gardez les mains sur le bureau. Si elles disparaissent un seul instant, M. Parker vous abat.

Herod obéit, posa les mains à plat de chaque côté du coffret.

— Vous avez essayé de l'ouvrir, fit observer le Collectionneur.

— C'est exact.

— Pourquoi ?

— Je suis curieux de savoir ce qu'il contient.

— Tant d'efforts par pure curiosité.

— Non, pas pure. Jamais pure.

— Intérêt personnel, alors ?

Herod soupesa la question.

— Vous connaissez déjà la réponse, dit-il.

Le Collectionneur tira un fauteuil à lui et s'installa, les mains sur le ventre, les doigts entrelacés et les pouces croisés, comme pour la prière.

— Savez-vous seulement qui vous servez ?

— Et vous ? rétorqua Herod.

Un des coins de la bouche du Collectionneur se releva en un sourire.

— Je règle des comptes, je fais payer des dettes.

— Mais pour qui ?

— Je ne prononcerai pas Son nom en présence de… cette *chose*.

Un des doigts du Collectionneur se tendit pour indiquer le coffret. Il tira d'une de ses poches un étui à cigarettes gris métallisé et une boîte d'allumettes.

— La fumée vous dérange ?

— Beaucoup.

— Tant pis. Je crois que je vais encore abuser de votre hospitalité.

Il ficha une cigarette entre ses lèvres, craqua une allumette. Le visage d'Herod se crispa de dégoût.

— Je les fais faire spécialement, précisa le Collectionneur. Auparavant, je fumais des marques ordinaires mais je trouvais leur banalité grossière. Si je dois m'empoisonner, autant le faire avec un peu de classe.

— Admirable, ironisa Herod. Puis-je vous demander ce que vous comptez faire des cendres ?

— Oh, ces cigarettes brûlent lentement. Le temps que le problème se pose, vous serez déjà mort.

L'atmosphère changea dans la pièce, comme si une partie de son oxygène avait été aspirée, et j'entendis dans ma tête un gémissement aigu.

— C'est vous qui me tuerez ou votre ami ? murmura Herod.

— Ni l'un ni l'autre.

Herod parut intrigué mais, avant qu'il puisse approfondir le sujet, le Collectionneur reprit :

— Quel nom donne-t-on à celui que vous servez ?

Herod gigota sur sa chaise, mal à l'aise.

— Je le connais sous le nom du Capitaine mais il en a beaucoup d'autres.

— Certes. Le Capitaine. Celui Qui Attend Derrière la Vitre. M. Goodkind. Peu importe, d'ailleurs. Il est si vieux qu'il n'a pas de nom à lui. Ceux qu'on lui donne ont été forgés par d'autres.

D'un geste circulaire de la main qui laissa dans l'air une traînée de fumée, le Collectionneur indiqua la pièce.

— Aucun miroir, ici. Ni surfaces réfléchissantes. On pourrait penser que vous êtes las de sa présence. Cela doit être éprouvant, je le reconnais. Toute cette colère, ces *désirs*. Il est quasiment impossible de travailler avec ça en tête.

Il se pencha en avant et tapota le coffret.

— Maintenant, il veut qu'on l'ouvre, pour ajouter un peu de chaos à un monde déjà tourmenté. Aucune raison de le décevoir, n'est-ce pas ?

Le Collectionneur se leva, posa soigneusement sa cigarette sur le bras du fauteuil, promena les doigts sur les fermoirs, explorant les pattes des araignées, les corps tordus, les bouches béantes. Il le fit sans même regarder le coffret, sans quitter des yeux ceux d'Herod.

— Qu'est-ce que vous faites ? protesta Herod. Ce sont des mécanismes complexes. Il faut les examiner longuement, voir dans quel ordre…

Au moment même où il parlait, le coffret commença à émettre une série de clics et de bourdonnements. Les doigts du Collectionneur poursuivirent leur danse et les cliquetis furent couverts par un autre bruit. Un murmure qui monta et parut emplir la pièce, des voix empreintes d'une terrible joie. L'un des couvercles s'ouvrit, puis un autre et un autre encore. Une ombre se profila sur les étagères, bossue, cornue, et fut bientôt rejointe par deux autres, prélude à ce qui allait être révélé.

— Arrêtez ! m'écriai-je. Vous ne pouvez pas faire ça.

Je me portai vers la droite pour que le Collectionneur puisse me voir et braquai le canon de mon arme sur lui.

— N'ouvrez pas ce coffret.

Il leva les mains, non en signe de capitulation mais comme un magicien à la fin d'un numéro particulièrement réussi.

— Trop tard, lâcha-t-il.

Et le dernier couvercle s'ouvrit.

Un instant, plus rien ne bougea dans la pièce. Les ombres sur les murs se figèrent et ce qui avait semblé sans substance prit une forme concrète. Le Collectionneur gardait les mains levées, tel un chef d'orchestre attendant qu'on lui remette sa baguette pour que le concert puisse commencer. Herod fixait l'intérieur du coffret, le visage éclairé par une lumière blanche et froide pareille au soleil reflété par la neige. Son expression passa de la peur à l'étonnement devant ce qui lui était dévoilé et qui demeurait caché pour le Collectionneur et moi.

Puis Herod comprit et il fut perdu.

Le Collectionneur recula en tournant sur lui-même, plongea sur moi et me fit tomber par terre mais je ne pus m'empêcher de regarder. Je vis un dos noir courbé comme un arc, la peau déformée et déchirée par l'éruption de vertèbres tranchantes. Je vis une tête trop grosse pour le torse qui la portait, un cou noyé dans des replis de chair, le dessus d'un crâne hérissé d'os jaunes tordus ressemblant aux racines d'un vieil arbre dépouillé de son écorce. Je vis des yeux jaunâtres et luisants, des ongles noirs, des dents acérées. Une tête se sépara en deux, en trois. Deux s'abattirent sur Herod, la troisième se tourna vers moi…

Les doigts du Collectionneur s'enfoncèrent dans ma nuque, me contraignant à plaquer mon visage contre le sol.

— Ne regardez pas, m'ordonna-t-il. Fermez les yeux. Fermez les yeux et priez.

Herod ne poussa aucun cri, ce fut ce qui me frappa le plus. Il garda le silence tandis que les créatures s'acharnaient sur lui et, malgré mon envie de regarder, je ne relevai pas la tête, même quand le Collectionneur lâcha ma nuque et que je le sentis se redresser. J'entendis une dernière série de bruits mécaniques puis sa voix :

— C'est fini.

Alors seulement j'ouvris les yeux.

Herod était affalé dans son fauteuil, la tête renversée en arrière, les yeux et la bouche ouverts. Il était mort mais ne montrait aucune blessure apparente hormis un mince filet de sang qui coulait de son oreille gauche, et tous les capillaires de ses yeux avaient explosé, teintant ses cornées d'écarlate. Sur son bureau, le coffret était de nouveau fermé et j'entendis les murmures revenir, à présent lourds de colère, comme une ruche secouée par une force extérieure.

Le Collectionneur prit sur le bras de son fauteuil la cigarette prolongée par un long doigt de cendre, la tapota au-dessus de la bouche bée d'Herod avant de la porter à sa propre bouche et d'en tirer avidement une bouffée.

— Quand on veut asticoter un chien, il faut toujours s'assurer de la longueur de sa chaîne, déclara-t-il.

Puis il souleva le coffret et le glissa sous son bras.

— Vous l'emportez ? dis-je.

— Provisoirement. Il ne m'appartient pas de le garder.

Il s'approcha d'une des étagères, y prit une statuette d'ivoire représentant un démon féminin qui me parut oriental mais je ne suis pas expert.

— Un souvenir, m'expliqua-t-il, à ajouter à ma collection. J'ai maintenant une autre tâche à accomplir. Je souhaite vous présenter à quelqu'un...

Nous nous tenions devant le miroir au cadre ornementé accroché devant le bureau d'Herod. D'abord, je ne vis que mon reflet et celui du Collectionneur, mais nous fûmes ensuite rejoints par une autre silhouette. Dans un premier temps, à peine plus qu'une forme imprécise, des vides gris là où auraient dû se trouver des yeux et une bouche, mais elle prit ensuite des traits reconnaissables.

C'était le visage de Susan, ma femme morte, avec des trous de brûlure dans sa peau là où étaient autrefois ses yeux. Puis la forme redevint floue et ce fut Jennifer, ma fille assassinée, sans yeux elle aussi, la bouche envahie d'insectes. D'autres visages ensuite, ennemis surgis du passé, se succédant de plus en plus vite : le Voyageur, l'homme qui avait taillé en pièces Susan et Jennifer ; Caleb Kyle, le tueur de femmes ; Pudd, la figure couverte de vieilles toiles d'araignée ; et Brightwell, le démon Brightwell au goitre gonflé comme une outre de sang.

Car celui que le Collectionneur voulait me présenter était chacun d'eux et ils étaient tous lui.

Enfin, il n'y eut plus qu'un homme d'une quarantaine d'années, un peu plus grand que la moyenne, aux cheveux bruns parsemés de gris, au regard inquiet et triste. À côté de lui se tenait son jumeau et à côté de celui-ci le Collectionneur. Puis le Collectionneur s'écarta, les deux reflets ne firent plus qu'un et je me retrouvai face à moi-même.

— Qu'avez-vous ressenti ? me demanda le Collectionneur, avec dans la voix une incertitude que je n'y avais jamais décelée. Qu'avez-vous éprouvé lorsque vous l'avez regardé ?

— De la rage. Et de la frayeur. J'avais peur.

Les mots étaient sortis de ma bouche avant même que je les pense.

— De vous, ajoutai-je.

— Non, dit le Collectionneur, pas de moi...

Je vis de la perplexité dans son expression mais autre chose aussi.

Pour la première fois, je sentis que le Collectionneur avait peur de moi.

Épilogue

« Plût au ciel que j'eusse vécu avec trois fois moins de richesses dans ma maison et que soient encore en vie les hommes tombés devant la grande Troie... »

HOMÈRE, *L'Odyssée*, chant 4

Le bâtiment de Queens surnommé la « Forteresse » était un lieu où le gouvernement des États-Unis entreposait des objets d'art. La Forteresse avait déjà vu un grand nombre d'antiquités provenant du musée de l'Irak franchir ses portes. C'était là qu'on avait apporté la statue de pierre sans tête du roi sumérien Entemena de Lagash après qu'elle avait été retrouvée, et que six cent soixante-neuf autres pièces du musée saisies par les douanes américaines à l'aéroport de Newark en 2003 avaient été réunies pour authentification. Dans les sombres confins de la Forteresse, le Dr Al-Daini commençait à inventorier ce qui avait été récupéré au cours des descentes de police dans le Maine et à Québec tout en pleurant l'absence de l'objet qu'il avait recherché avec tant de ferveur et qu'il avait de nouveau perdu.

Lorsqu'il se sentit fatigué, il quitta la Forteresse et se rendit lentement à une cafétéria proche où il commanda une soupe et lut un journal arabe qu'il avait acheté ce matin-là. Plus tard, il raconterait qu'il avait senti, avant même de le voir, l'odeur de l'homme qui s'était assis en face de lui car le Dr Al-Daini ne fumait pas et des relents de nicotine avaient altéré la saveur de sa soupe.

Il leva les yeux de son repas et de son journal, regarda le Collectionneur.

— Excusez-moi, nous nous connaissons ?

Le Collectionneur secoua la tête.

— Nous avons seulement évolué dans des milieux semblables. J'ai quelque chose pour vous.

Il posa sur la table une boîte enveloppée d'un papier marron maintenu par une ficelle et Al-Daini sentit l'extrémité de ses doigts vibrer en accord avec le colis quand il les promena dessus. Il regarda autour de lui avant de couper la ficelle avec son couteau, défit le papier puis ouvrit le couvercle de la longue boîte blanche qu'il avait sous les yeux. Il examina les fermoirs, plissa le front.

— On a ouvert le coffret.

— Oui, confirma le Collectionneur. Le contenu était fort intéressant.

— Mais ils sont toujours enfermés dedans ?

— Vous ne les sentez pas ?

Le Dr Al-Daini hocha la tête, referma le couvercle de la boîte blanche. Pour la première fois depuis de nombreuses années, il eut l'impression qu'il dormirait bien cette nuit.

— Qui êtes-vous ?

— Moi ? Un collectionneur.

L'homme fit glisser sur la table deux feuilles de papier en direction d'Al-Daini et poursuivit :

— Mais il y a un prix à payer pour que cette pièce unique soit remise aux autorités compétentes.

L'Irakien examina les deux feuilles, dont chacune portait l'image d'un petit sceau cylindrique.

— Considérez-les comme détruits, dit le Collectionneur, ou irrémédiablement perdus.

Le Dr Al-Daini était un homme d'expérience.

— D'accord, répondit-il. C'est pour votre collection ?

— Non, dit le Collectionneur en se levant. C'est pour récompenser quelqu'un.

L'air était immobile. Il avait plu dans la matinée et le gazon du cimetière des anciens combattants du Maine brillait au soleil. Bobby Jandreau se tenait près de moi et son amie attendait derrière nous dans l'allée. Nous étions seuls parmi les morts. Il m'avait demandé de le retrouver à cet endroit et j'avais été heureux de le faire.

— Pendant longtemps, j'ai voulu être ici, me confia Bobby. Pour que ce soit fini.

— Et maintenant ?

— Je suis avec elle.

Il se retourna pour regarder Mel, qui lui sourit, et je pensai : elle sera enterrée ici à côté de lui.

— On vous gardera une place pour vous deux, dis-je. Rien ne presse.

Il hocha la tête.

— C'est notre récompense. Reposer ici, dans l'honneur. Rien d'autre ne compte : ni l'argent ni les médailles. Être ici, cela suffit.

Son regard se porta sur la pierre tombale la plus proche, celle d'un homme et d'une femme enterrés ensemble, et je sus que Bobby y voyait le nom de Mel à côté du sien, comme je l'avais vu.

— Ils avaient de bonnes intentions, au départ, dit-il en parlant de ses anciens camarades.

— La plupart des situations pourries que j'ai connues avaient pour origine les meilleures intentions du monde, fis-je remarquer. Mais ils avaient raison, en un sens : les blessés, les meurtris méritent mieux que ce qu'on leur donne.

— Je crois qu'ils se sont retrouvés avec tellement d'argent qu'ils n'ont pas supporté l'idée de s'en séparer.

— Sûrement.

Il me tendit la main et je la serrai. Lorsque je la lâchai, il avait au creux de la paume deux petits sceaux cylindriques incrustés d'or et de pierres précieuses. Un morceau de papier était attaché à l'un d'eux par un élastique.

— Qu'est-ce que c'est ?

— Des souvenirs, répondis-je. Un certain Dr Al-Daini les a rayés de sa liste de pièces volées en échange d'un coffret en or. Sur le papier, vous trouverez le nom d'une personne prête à payer cher pour ces sceaux sans poser de questions. Je suis sûr que vous ferez un bon usage de cet argent.

Bobby Jandreau referma le poing sur les sceaux.

— Il y a des hommes et des femmes qui sont dans un pire état que moi.

— Je le sais. C'est pour ça qu'on vous les donne à vous : vous saurez leur rendre justice. Si vous avez besoin de conseils, adressez-vous à Ronald Straydeer, ou simplement à Mel.

Ils partirent avant moi. Je demeurai un moment parmi les tombes puis, lorsque les ombres s'allongèrent, je me signai et laissai les morts entre eux.

Ici les morts se déchargent pour un temps de leur fardeau. Ici des noms sont gravés dans la pierre et des bouquets jonchent l'herbe. Ici le mari repose près de l'épouse, l'épouse près du mari. Ici est la promesse de paix mais rien que la promesse.

Car seuls les morts peuvent parler de ce qu'ils ont enduré, et tout comme le sommeil quotidien peut être perturbé par des rêves agités, le dernier sommeil est parfois difficile pour ceux qui en ont trop vu, qui ont trop souffert. Les soldats et les morts ne peuvent partager leurs tourments qu'avec leurs semblables.

La nuit, des formes émergent de l'ombre, des silhouettes sombres parcourent des clairières abritées. Un homme assis près d'un autre sur un banc de pierre écoute en silence son camarade tandis que les oiseaux chantent des légendes au-dessus d'eux. Trois hommes marchent lentement sur les premières feuilles mortes et n'en déplacent aucune, ne laissent aucune trace de leur passage. Ici des soldats se rassemblent, parlent de la guerre et de ce qu'ils ont perdu. Ici les morts témoignent.

Et l'air de la nuit porte des murmures de consolation.

Remerciements

Je n'aurais jamais pu écrire ce livre sans la générosité et la patience de Tom Hyland, ancien combattant de la guerre du Viêtnam, un type bien, qui a répondu à de nombreuses questions pendant la rédaction de ce roman et dont les connaissances ont considérablement amélioré mon manuscrit.

Un grand merci aux visiteurs de Truckingboards, le forum des chauffeurs routiers, qui ont pris la peine de m'expliquer la nature de leur travail entre les États-Unis et le Canada.

J'ai compulsé une kyrielle de journaux et de magazines en écrivant *Les Murmures*, notamment le reportage sensible et engagé du *New York Times* sur le stress posttraumatique et le traitement des anciens combattants après leur retour. Par ailleurs, j'ai pu combler mes lacunes grâce à l'aide précieuse des auteurs et des ouvrages suivants : *My War : Killing Time in Iraq*, de Colby Buzzell (Putnam, 2005), où j'ai puisé la plupart des détails concernant le service dans une unité de Stryker ; *Trigger Men*, de Hans Halberstadt (St. Martin's Griffin, 2008) ; *In Conflict : Iraq War Veterans Speak Out on Duty, Loss and the Fight to Stay Alive*, d'Yvonne Latty (Polipoint Press, 2006) ; *War and the Soul*, d'Edward Tick (Quest Books, 2005) ; *Blood Brothers*, de Michael Weisskopf

(Henry Holt & Co., 2006) ; *The Forever War*, de Dexter Filkins (Vintage Books, 2008) ; *The Secret Life of War*, de Peter Beaumont (Harvill Secker, 2009) ; *Sumerian Mythology*, de Samuel Noah Kramer (Forgotten Books, 2007) ; *Ancient Iraq*, de Georges Roux (Penguin, 1964) ; *Thieves of Baghdad*, de Matthew Bogdanos (Bloomsbury, 2005) ; *The Looting of the Iraq Museum, Baghdad*, sous la direction d'Angela M.H. Schuster et Milbry Polk (Abrams, 2005) ; et *Catastrophe ! The Looting and Destruction of Iraq's Past*, sous la direction de Geoff Emberling et Katharyn Hanson (The Oriental Institute Museum of the University of Chicago, 2008).

Il existe de nombreux témoignages vécus sur la guerre mais peu sont aussi bien écrits et incisifs que celui de Richard Currey, qui a servi comme infirmier au front pendant la guerre du Viêtnam. *Lumière fatale* (Gallimard, 1990), son grand roman sur le Viêtnam, a été réédité en 2009 pour le vingtième anniversaire de la première édition, et *Crossing Over : The Vietnam Stories*, qui m'a servi de source, est régulièrement republié depuis trente ans. D'autres informations sont disponibles sur www.richardcurrey.com.

Je suis profondément reconnaissant, comme toujours, à Sue Fletcher, mon éditrice chez Hodder & Stoughton, et à Emily Bestler, chez Atria Books, ainsi qu'à tout le personnel de ces deux maisons et d'ailleurs qui m'aide à mettre mes curieux romans dans les mains de lecteurs ; à mon agent Darley Anderson et à ses collaborateurs ; à Madeira James et Jayne Doherty ; à Clair Lamb ; à Megan Beatie ; à Kate et à K.C. O'Hearn.

Enfin, tout mon amour et toute ma gratitude à Jennie, Cameron et Alistair.

Oh, et à Sasha.

Découvrez dès maintenant
le premier chapitre de

LA NUIT DES CORBEAUX
le nouvel ouvrage de
JOHN CONNOLLY

aux Éditions
Presses de la Cité

JOHN CONNOLLY

LA NUIT DES CORBEAUX

*Traduit de l'anglais (Irlande)
par Jacques Martinache*

PRESSES DE LA CITÉ

Titre original :
The Burning Soul

Le papier de cet ouvrage est composé de fibres naturelles, renouvelables, recyclables et fabriquées à partir de bois provenant de forêts plantées et cultivées durablement pour la fabrication du papier.

Le Code de la propriété intellectuelle n'autorisant, aux termes de l'article L. 122-5, 2° et 3° a, d'une part, que les « copies ou reproductions strictement réservées à l'usage privé du copiste et non destinées à une utilisation collective » et, d'autre part, que les analyses et les courtes citations dans un but d'exemple et d'illustration, « toute représentation ou reproduction intégrale ou partielle faite sans le consentement de l'auteur ou de ses ayants droit ou ayants cause est illicite » (art. L. 122-4).
Cette représentation ou reproduction, par quelque procédé que ce soit, constituerait donc une contrefaçon, sanctionnée par les articles L. 335-2 et suivants du Code de la propriété intellectuelle.

© John Connolly, 2011
© Presses de la Cité, un département de place des éditeurs, 2012
pour la traduction française.

1

Une mer grise, un ciel gris, mais le feu dans les bois et les arbres en flammes. Pas de chaleur, pas de fumée et pourtant la forêt brûlait, couronnée de rouge, de jaune et d'orange, un incendie froid venu avec l'automne et la chute résignée des feuilles. Il y avait de la mortalité dans l'air, portée par les premiers signes des vents d'hiver, leur menace glacée, et les animaux se préparaient aux neiges à venir. On avait commencé à se remplir le ventre en prévision des temps de vaches maigres. La faim forcerait les bêtes les plus vulnérables à prendre des risques pour se nourrir et les prédateurs seraient à l'affût. Les araignées noires embusquées au coin de leur toile ne sommeillaient pas encore. Il restait des insectes à prendre au piège, des trophées à ajouter à leurs collections d'enveloppes corporelles desséchées. Les pelages d'hiver s'épaississaient et les fourrures s'éclaircissaient pour mieux se confondre avec la neige. Des oies en formation quadrillaient le ciel en laissant des traces dans leur sillage, abandonnant, comme des réfugiés fuyant une guerre proche, ceux qui étaient contraints de rester et d'affronter ce qui allait venir.

Les corbeaux étaient immobiles. Nombre de leurs frères du Grand Nord avaient migré vers le sud pour échapper au plus fort de l'hiver, mais pas ceux-là. Énormes et cependant racés, ils possédaient des yeux brillant d'une intelligence étrange. Sur cette route reculée, certaines personnes les avaient déjà remarqués, et si elles avaient un compagnon de marche, ou un passager dans leur voiture, elles avaient commenté leur présence. Oui, tous en convenaient, ils étaient plus gros que les corbeaux habituels et peut-être suscitaient-ils aussi un sentiment de malaise, ces volatiles voûtés, ces éclaireurs patients et perfides. Ils étaient perchés sur les branches d'un très vieux chêne, organisme dont les derniers jours étaient annoncés : ses feuilles tombaient plus tôt chaque année, si bien que fin septembre il était déjà dénudé, créature calcinée au milieu du flamboiement, comme si le feu dévorant l'avait déjà consumé, ne laissant que les restes fumants de nids depuis longtemps abandonnés. L'arbre se dressait au bord d'un taillis qui s'avançait légèrement pour suivre la courbe de la route et dont le chêne occupait la pointe la plus éloignée. Il avait eu autrefois des compagnons semblables à lui, mais les hommes qui avaient construit cette route les avaient abattus des années plus tôt. Il restait maintenant le seul de son espèce, et lui aussi disparaîtrait bientôt.

Pourtant les corbeaux étaient venus s'y percher, parce qu'ils aimaient les créatures mourantes.

Les oiseaux plus petits les avaient fuis et, des branches toujours vertes de conifères, ils observaient prudemment ces envahisseurs qui avaient réduit le bois au silence. Tout en ces derniers était menace : leur impassibilité, leurs griffes serrées sur les branches, le tranchant aiguisé de leur bec. Traqueurs, guetteurs, ils attendaient que la chasse commence. Avec leur immobilité de statue, on aurait pu les prendre pour des excroissances difformes de l'arbre, des tumeurs sur son écorce. Il était rare d'en voir autant ensemble, car les corbeaux ne sont pas des volatiles sociables. Une paire, oui, mais pas six, pas comme ça, pas sans nourriture en vue.

Marcher, marcher. Les laisser derrière soi, non sans leur jeter un dernier regard inquiet, puisque les voir, c'est se rappeler ce qu'on ressent quand on est suivi à la trace d'en haut tandis que les chasseurs approchent, implacables. C'est ce que font les corbeaux : ils mènent les loups à leurs proies et prennent une partie du butin pour leur peine. On veut qu'ils bougent. On veut qu'ils partent. Le plus banal des corbeaux peut troubler ; toutefois ceux-là n'étaient pas ordinaires. Non, ils étaient tout à fait *singuliers*.

La nuit tombait et ils continuaient à attendre. On aurait pu croire qu'ils somnolaient, si le jour déclinant ne s'était reflété dans le noir de leurs yeux, s'ils n'avaient emprisonné en eux l'image d'une lune tôt levée quand les nuages se déchiraient.

Une hermine émergea de la souche pourrie qui lui servait de gîte et huma l'air. Sa fourrure fauve perdait déjà sa couleur foncée, la bête devenant un fantôme d'elle-même. Elle avait remarqué les corbeaux depuis un moment, mais elle avait terriblement faim. Sa portée s'était dispersée et elle ne se reproduirait pas avant l'année suivante. Son terrier était tapissé de peaux de souris isolant du froid, en revanche le petit garde-manger dans lequel elle avait stocké les restes des rongeurs était maintenant vide. L'hermine doit manger chaque jour quarante pour cent de son poids pour survivre. Soit environ quatre souris, mais les proies étaient devenues rares sur ses parcours de chasse habituels.

Les corbeaux ne réagirent pas à son apparition, cependant elle était trop rusée pour risquer sa vie en se fiant à leur immobilité. Elle se tourna face à son trou et agita sa queue à l'extrémité noire afin d'inciter les oiseaux à attaquer. S'ils le faisaient, elle se réfugierait dans la sécurité de la souche. Ils ne bougèrent pas. L'hermine retroussa son museau. Soudain il y eut du bruit, et de la lumière. Des phares éclairèrent les corbeaux, qui cette fois tournèrent la tête pour suivre les faisceaux. Partagée entre sa peur et sa faim, l'hermine laissa son ventre choisir. Elle s'enfonça dans le bois pendant que les corbeaux regardaient ailleurs, et fut bientôt hors de vue.

La voiture filait à une vitesse excessive sur la route sinueuse, se déportant dans les virages alors qu'on voyait difficilement les véhicules qui pouvaient venir en sens inverse. Un automobiliste connaissant mal l'endroit aurait risqué de se retrouver dans une collision frontale ou de tailler un sentier dans les buissons du bas-côté, si la route avait été fréquemment empruntée par des voyageurs. Or ceux-ci étaient peu nombreux. La bourgade les retenait quelque temps – son manque d'attrait les dissuadait de pousser plus loin leurs investigations –, puis elle les recrachait par où ils étaient arrivés, de l'autre côté du pont, vers la Route 1. Ils prenaient alors au nord jusqu'à la frontière ou au sud en direction de la grand-route menant à Augusta et à Portland, les grandes villes que les habitants de la péninsule s'efforçaient d'éviter. Pas de touristes, donc ; parfois des gens venus d'ailleurs y faisaient une halte sur le chemin de leur vie, et au bout de quelque temps, s'ils semblaient convenir, la péninsule leur trouvait une place et ils s'intégraient à une communauté adossée à la terre, le visage résolument tourné vers la mer.

Il y avait un grand nombre de communautés de ce genre dans l'État. Elles attiraient ceux qui souhaitaient s'échapper, ceux qui recherchaient la protection de la frontière, car c'était un État avec les bois et la mer pour limites. Certains choisissaient l'anonymat de la forêt, où le vent dans les arbres faisait un bruit semblable à celui des vagues se brisant sur la côte, écho du chant de l'océan, à l'est. Mais, à cet endroit, il y avait la forêt *et* la mer ; il y avait des rochers entourant l'anse et une étroite chaussée parallèle au pont reliant le continent et ceux qui avaient décidé de s'en séparer ; il y avait une petite ville avec une grand-rue et assez d'argent pour entretenir un modeste service de police. La péninsule était vaste, et la population disséminée au-delà du groupe de bâtiments entourant la grand-rue. Et, pour des raisons administratives et géographiques depuis longtemps oubliées, la municipalité de Pastor's Bay s'étendait de l'autre côté de la chaussée et à l'ouest vers le continent. Pendant des années, le shérif du comté avait assuré le maintien de l'ordre à Pastor's Bay, jusqu'au jour où la bourgade avait examiné son budget et décidé que non seulement elle pouvait se permettre d'avoir sa propre police, mais qu'elle ferait peut-être aussi des économies du même coup. C'est ainsi que la police de Pastor's Bay était née.

Néanmoins, quand les habitants parlaient de Pastor's Bay, c'était à la péninsule qu'ils faisaient référence, et la police était *leur* police. Les gens venus d'ailleurs l'appelaient souvent « l'île », même si ce n'en était pas une en raison de son lien physique avec le continent, mais c'était par le pont que passait l'essentiel de la circulation. Assez large pour accueillir une bonne route à deux voies, assez élevé pour éviter à la communauté d'être entièrement isolée par mauvais temps, même si les vagues passaient parfois par-dessus la chaussée. Une croix de pierre, côté continent, rappelait le passage sur cette terre d'un nommé Maylock Wheeler, emporté par une vague en 1997 alors qu'il promenait son chien Kaya. La bête ayant survécu, elle avait été adoptée par un couple du continent, car Maylock Wheeler avait été un célibataire des plus endurcis. Mais Kaya ne cessait de retourner sur l'île, comme ceux qui sont nés dans de tels lieux le font souvent, et le couple, renonçant à le garder, l'avait donné à Grover Corneau, alors chef de la police. L'animal était resté avec Grover jusqu'à ce que celui-ci prenne sa retraite ; une semaine avait séparé la mort du chien et celle de son maître. Une photo les représentant ornait encore un mur des locaux de la police de Pastor's Bay. Elle incitait Kurt Allan, le successeur de Grover, à se demander s'il ne devait pas acheter un chien, mais Allan vivait seul et n'avait pas l'habitude des animaux.

C'était sa voiture qui était passée sous le vieux chêne et qu'il garait maintenant devant la maison située de l'autre côté de la route. Il regarda vers l'ouest, protégeant ses yeux des derniers rayons du soleil couchant coupé par l'horizon. Deux véhicules approchaient. Il avait demandé aux autres de le rejoindre. La femme en aurait besoin. Des inspecteurs de la police de l'État du Maine étaient également en route après confirmation de l'alerte AMBER, et le Centre national d'informations criminelles avait été automatiquement prévenu de la disparition d'un enfant. Décision devrait être prise dans les heures à venir de solliciter ou non l'aide du FBI.

La maison était du type ranch, bien entretenue et récemment repeinte. Les feuilles mortes avaient été ratissées et ajoutées au compost entassé sur un côté, abrité, du bâtiment. Pour une femme sans homme pour l'aider et qui n'était pas du coin, elle se débrouillait bien, pensa Allan.

Les corbeaux regardaient quand Allan frappa à la porte, quand elle s'ouvrit et que des mots furent échangés. Il entra, et pendant un moment il n'y eut ni bruit ni mouvement à l'intérieur. Les deux voitures s'arrêtèrent. De la première descendit un homme âgé portant une sacoche de médecin au cuir râpé. L'autre était conduite par une femme d'âge mûr vêtue d'un manteau bleu qui se prit dans la portière quand elle la claqua avant de s'élancer vers la maison. Le tissu se déchira – elle ne s'arrêta pas pour examiner les dégâts, il y avait plus important.

Les visiteurs marchèrent ensemble vers la maison. Ils avaient traversé la moitié du jardin lorsque la porte d'entrée s'ouvrit et qu'une femme accourut. La trentaine bien avancée, elle avait la taille et les cuisses un peu empâtées, de longs cheveux flottant derrière elle. À sa vue, les nouveaux venus se figèrent et la femme mûre écarta les bras comme pour inciter l'autre à s'y jeter, au lieu de quoi cette dernière poursuivit sa course, bousculant le médecin au passage. Elle perdit une de ses chaussures et les pierres blanches de l'allée, éraflant sa peau, furent tachées de sang. Elle trébucha, tomba lourdement ; quand elle se releva, son jean était déchiré, ses genoux égratignés et l'un de ses ongles cassé. Kurt Allan apparut sur le seuil. La femme était déjà sur la route et, les mains en cornet autour de la bouche, criait un nom encore et encore…

— Anna ! Anna ! Anna !

Elle s'était mise à pleurer. Elle voulait continuer à courir, mais la route bifurquait et la femme ne savait quelle direction prendre, droite ou gauche. La femme d'âge mûr la rejoignit et cette fois l'entoura de ses bras, bien qu'elle se débattît, puis le médecin et Allan s'approchèrent tandis qu'elle hurlait de nouveau le nom. Des oiseaux s'envolèrent des arbres proches, des créatures invisibles détalèrent des broussailles comme pour porter le message.

La fille a disparu, la fille a disparu.

Seuls restèrent les corbeaux. L'horizon avait enfin avalé le soleil, l'obscurité s'installait pour de bon. Les corbeaux s'y fondirent, absorbés par elle et l'absorbant à leur tour, car leur noirceur était plus profonde que n'importe quelle nuit.

L'hermine finit par revenir. Le cadavre grassouillet d'un mulot pendait mollement à ses mâchoires et elle sentait dans sa gueule le goût de son sang. Elle avait bien failli le déchiqueter tout de suite après l'avoir tué, néanmoins son instinct lui avait soufflé de maîtriser son envie. Maîtrise récompensée, puisqu'un mulot plus petit avait croisé son chemin alors qu'elle regagnait sa tanière ; elle s'en était nourrie avant d'en cacher les restes. Elle retournerait peut-être les chercher plus tard, une fois sa grosse prise en sûreté.

Elle n'entendit pas le corbeau approcher. Elle s'aperçut seulement de sa présence quand les serres s'enfoncèrent dans son dos, déchirant sa fourrure, pénétrant sa chair. Il la cloua au sol et se mit à la piquer lentement, son long bec lardant son corps de trous nets. Le corbeau ne la mangea pas. Il la tortura à mort, prenant son temps, la faisant longuement souffrir. Quand il l'eut réduite à un tas de fourrure sanglante, il abandonna le cadavre aux charognards et rejoignit ses compagnons. Ils attendaient que la chasse commence, et le chasseur qui allait venir suscitait leur curiosité.

Ou plutôt il éveillait la curiosité de celui qui les avait envoyés et pour qui ils guettaient.

Car c'était le plus redoutable de tous les prédateurs.

POCKET N° 15336

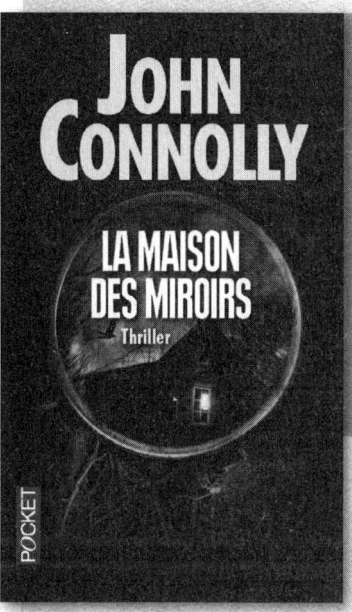

Ne réveillez pas les démons du passé…

John CONNOLLY
LA MAISON DES MIROIRS

Une vieille maison, dans une petite ville des États-Unis. Il y a des années, John Grady y a assassiné plusieurs fillettes puis s'y est suicidé. Depuis, la demeure est à l'abandon, et tout le monde a oublié John. Puis un jour la photo d'une petite fille inconnue est retrouvée dans la maison. Et le cauchemar recommence…

Un texte INÉDIT de JOHN CONNOLLY !

Retrouvez toute l'actualité de Pocket :
www.pocket.fr

Composé par Nord Compo
à Villeneuve-d'Ascq (Nord)

Imprimé en Espagne par
LIBERDUPLEX
en avril 2014

POCKET – 12, avenue d'Italie – 75627 Paris Cedex 13

Dépôt légal : avril 2012
S22600/02